【臺灣現當代作家
研究資料彙編】22

林亨泰

國立台灣文學館
出版

主委序

　　近年來，臺灣文學創作與出版的旺盛能量，可說是國內讀者與華人文化圈有目共睹的事實；然而，文學之花要開得繁麗燦爛，除了借助作家們豐沛文思的澆灌，亦需仰賴評論者的慧眼與文學史料的積累。是以，國立臺灣文學館「臺灣現當代作家研究資料彙編計畫」第二輯的出版，格外令人振奮。

　　為具體展現臺灣現當代文學的發展與既有研究成果，奠定詳實、深入的臺灣文學史料基礎，國立臺灣文學館於 2010 年規劃並執行「臺灣現當代作家研究資料彙編計畫」，秉持堅毅而勤懇的馬拉松精神，在卷帙繁浩的文獻史料中梳理 50 位臺灣現當代重要作家的生平資料、年表、評論文章，各自彙編成冊，以期呈現作家完整的存在樣貌、歷史地位與影響。此計畫首先在 2011 年完成第一階段，包括賴和等 15 位作家的研究資料彙編，歷經將近一年的悉心耕耘，在眾人引頸期盼中，於 2012 年春天再度推出 12 位臺灣文學前輩作家：張我軍、潘人木、周夢蝶、柏楊、陳千武、姚一葦、林亨泰、聶華苓、朱西甯、楊喚、鄭清文、李喬的研究資料彙編。

　　這群主要出生於 1920 年代的作家，雖然時間座標相近，然因歷史軌跡、時代局勢與身處地域的殊異，而演繹出不同的生命敘事；無論成長於日治時期的臺灣，或是在 1949 年前後由中國大陸渡海來臺者，他／她們窮畢生之力，筆耕不輟，在詩、散文、小說、戲劇、兒童文學、文學評論等方面作出貢獻，共同形塑出臺灣文學紛繁多姿的面貌。

　　由於有執行團隊地毯式蒐羅及嚴謹考證，加上多位專家學者的戮力協助，我們才能懷抱欣喜之情，向讀者推介這一套深具實用價值的臺灣文學工具書，提供國內外關心、研究臺灣文學發展者參考使用；我們期待以此為基礎，滋養臺灣文學綻放出更為璀璨亮麗的花朵。

行政院文化建設委員會主任委員　龍應台

館長序

　　作家是文學的創作主體，他在哪些主客觀因素的影響下，走上了寫作之路？寫出了什麼樣的作品？而這些作品，究竟對應著什麼樣的心靈狀態以及變動中的客觀環境？一般所說的作家研究，即是要解答這些問題。進一步說，他和同時代，或同世代的其他作家之所作，存有什麼樣的異同？和前行代的作家之所作，又有什麼樣的繼承與創新？這些則是有關文學史性質的討論。著名的、重要的作家，從其自身的文學表現，到文壇地位，到文學史的評價，是一個值得全方位開挖的寶庫。

　　現當代臺灣文學的討論，原本只在文壇發生，特別是在文藝性質的傳媒上，以書評、詩話、筆記、專訪等方式出現；隨著這個文學傳統形成且日愈豐厚，出版市場日漸活絡，媒體編輯也專業化了，於是我們看到了各種形式的作家專（特）輯，介紹、報導且評論他的人和文學，而如何介紹？如何報導？如何評論？所形成的諸多篇章形式，竟也逐漸規範化：包括小傳、年表、著譯書目（提要）；人和作品的總論、分期和分類的作品群論、單一作品集和個別獨立文本的個論；其他更有比較分析，或與他人合論等，都有相對比較嚴謹的學術要求。

　　將臺灣現當代作家的研究資料加以彙編，應是文壇及學界很多人的期待。2010 年，在《臺灣現當代作家評論資料目錄》（16 開，8冊）的基礎上，國立臺灣文學館再度委託臺灣文學發展基金會組成

顧問群及工作小組，進行《臺灣現當代作家研究資料彙編》的工作，準備出版 50 位作家的研究資料彙編（一人一冊），第一批計 15 冊於 2011 年 3 月出版，包含賴和、吳濁流、梁實秋、楊逵、楊熾昌、張文環、龍瑛宗、覃子豪、紀弦、呂赫若、鍾理和、琦君、林海音、鍾肇政、葉石濤。我仔細看過承辦單位的期中、期末報告書，從其中的工作手冊、顧問會議的紀錄等，可以看出承辦諸君是如何的敬謹任事。

　　現在，第二批 12 冊也將出版，他們是：張我軍、潘人木、周夢蝶、柏楊、陳千武、姚一葦、林亨泰、聶華苓、朱西甯、楊喚、鄭清文、李喬。由於有工作小組執行資料的蒐集整理，且又由對該作家嫻熟者主編，各書都相當完整，所選刊的評論文章皆極富參考價值；我個人特別喜歡包含影像、手稿、文物的輯一「圖片集」，以及輯三的「研究綜述」，前者頗有一些珍品，後者概括性強，值得參考。這是臺灣文學研究界的大事，相信有助於這個學科的擴大和深化。

國立臺灣文學館館長　李瑞騰

編序

◎封德屏

緣起

　　1995 年 10 月 25 日，在臺灣師範大學教育大樓的 201 室，一場以「面對臺灣文學」為題的座談會，在座諸位學者分別就臺灣文學的定義、發展、研究，以及文學史的寫法等，提出宏文高論，而時任國家圖書館編纂張錦郎的「臺灣文學需要什麼樣的工具書」，輕鬆幽默的言詞，鞭辟入裡的思維，更贏得在座者的共鳴。

　　張先生以一個圖書館工作人員自謙，認真專業地為臺灣這幾十年來究竟出版了多少有關臺灣文學的工具書，做地毯式的調查和多方面的訪問。同時條理分明地針對研究者、學生，列出了十項工具書的類型，哪些是現在亟需的，哪些是現在就可以做的，哪些是未來一步一步累積可以達成的，分別做了專業的建議及討論。

　　當時的文建會二處科長游淑靜，參與了整個座談會，會後她劍及履及的開始了文學工具書的委託工作，從 1996 年的《臺灣文學年鑑》起始，一年一本的編下去，一直到現在，保存延續了臺灣文學發展的基本樣貌。接著是《中華民國作家作品目錄》的新編，《臺灣文壇大事紀要》的續編，補助國家圖書館「當代文學史料影像全文系統」的建置，這些工具書、資料庫的接續完成，至少在當時對臺灣文學的研究，做到一些輔助的功能。

　　2003 年 10 月，籌備多年的「台灣文學館」正式開幕運轉。同年五月《文訊》改隸「財團法人台灣文學發展基金會」，為了發揮更大的動能，開

始更積極、更有效率地將過去累積至今持續在做的文學史料整理出來，讓豐厚的文藝資源與更多人共享。

　　於是再次的請教張錦郎先生，張先生認為文學書目、作家作品目錄、文學年鑑、文學辭典皆已完成或正在進行，現在重點應該放在有關「臺灣現當代作家評論資料目錄」的編輯工作上。

　　很幸運的，這個計畫的發想得到當時臺灣文學館林瑞明館長的支持，於是緊鑼密鼓的展開一切準備工作：籌組編輯團隊、召開顧問會議、擬定工作手冊、撰寫計畫書等等。

　　張錦郎先生花了許多時間編訂工作手冊，每一位作家的評論資料目錄分為：

　　（一）生平資料：可分作者自述，旁人論述及訪談，文學獎的紀錄。

　　（二）作品評論資料：可分作品綜論，單行本作品評論，其他作品（包括單篇作品）評論，與其他作家比較等。

　　此外，對重要評論加以摘要解說，譬如專書、專輯、學術會議論文集或學位論文等，凡臺灣以外地區之報刊及出版社，於書名或報刊後加註，如中國大陸、香港、新加坡等。此外，資料蒐集範圍除臺灣外，也兼及中國大陸、香港、新加坡、日本、韓國及歐美等地資料，除利用國內蒐集管道外，同時委託當地學者或研究者，擔任資料蒐集工作。

　　清楚記得，時任顧問的學者專家們，都十分高興這個專案的啟動，但確定收錄哪些作家名單時，也有不同的思考及看法。經過充分的討論後，終於取得基本的共識：除以一般的「文學成就」為觀察及考量作家的標準外，並以研究的迫切性與資料獲得之難易度為綜合考量。譬如說，在第一階段時，作家的選擇除文學成就外，先考量迫切性及研究性，迫切性是指已故又是日治時期臺籍作家為優先，研究性是指作品已出土或已譯成中文為優先。若是作品不少而評論少，或作品評論皆少，可暫時不考慮。此外，還要稍微顧及文類的均衡等等。基本的共識達成後，顧問群共同挑選出 310 位作家，從鄭坤五、賴和、陳虛谷以降，一直到吳錦發、陳黎、蘇

偉貞,共分三個階段進行。

張錦郎先生修訂的編輯體例,從事學術研究的顧問們,一方面讚嘆「此目錄必然能成爲類似文獻工作的範例」,但又深恐「費力耗時,恐拖延了結案時間」,要如何克服「有限時間,高度理想」的編輯方式,對工作團隊確實是一大挑戰。於是顧問們群策群力,除了每人依研究領域、研究專長認領部分作家外(可交叉認領),每個顧問亦推薦或召集研究生襄助,以期能在教學研究工作外,爲此目錄盡一份心力。

「臺灣現當代作家評論資料目錄」專案計畫,自 2004 年 4 月開始,至 2009 年 10 月結束,分三個階段歷時五年六個月,共發現、搜尋、記錄了十餘萬筆作家評論資料。共經歷了三位專職研究助理,近三十位兼任研究助理。這些研究助理從開始熟悉體例,到學習如何尋找資料,是一條漫長卻實用的學習過程。

接續

「臺灣現當代作家評論資料目錄」的專案完成,當代重要作家的研究,更可以在這個基礎上,開出亮麗的花朵。於是就有了「臺灣現當代作家研究資料彙編暨資料庫建置計畫」的誕生。爲了便於查詢與應用,資料庫的完成勢在必行,而除了資料庫的建置外,這個計畫再從 310 位作家中精選 50 位,每人彙編一本研究資料,內容有作家圖片集,包括生平重要影像、文學活動照片、手稿及文物,小傳、作品目錄及提要、文學年表。另外每本書分別聘請一位最適當的學者或研究者負責編選,除了負責撰寫五千至一萬字的作家研究綜述外,再從龐雜的評論資料中挑選具有代表性的評論文章,全文刊載,平均 12～14 萬字,最後再附該作家的評論資料目錄,以期完整呈現該作家的生平、創作、研究概況,其歷史地位與影響。

由於經費及時間因素,除了資料庫的建置,資料彙編方面,50 位作家分三個階段完成。第一階段出版了 15 位作家,此次第二階段出版了 12 位作家的資料彙編。體例訂出來,負責編選的學者專家名單也出爐了,於是

展開繁瑣綿密的編輯過程。一旦工作流程上手，才知比原本預估的難度要高上許多。

首先，必須掌握每位編選者進度這件事，就是極大的挑戰。於是編輯小組在等待編選者閱讀選文的同時，開始蒐集整理作家生平照片、手稿，重編作家年表，重寫作家小傳，尋找作家出版品的正確版本、版次，重新撰寫提要。這是一個極其複雜的工程。還好有認真負責的宇霈、雅嫺、蕙婷，以及編輯老手秀卿幫忙，讓整個專案維持了不錯的品質及進度。

在智慧權威、老練成熟的學者專家面前，這些初生之犢的年輕助理展現了大無畏的精神，施展了編輯教戰手冊中的第一招——緊迫盯人。看他們如此生吞活剝地貫徹我所傳授的編輯要法，心裡確實七上八下，但礙於工作繁雜，實在無法事必躬親，也只好讓他們各顯身手了。

縱使這些新手使出了全部力氣，無奈工作的難度指數仍然偏高，雖有第一階段的經驗，但面對不同的編選者，不同的編選風格，進度仍然不很順利，再加上整個進度掌控者雅嫺遭逢車禍意外，臥病月逾，工作小組更是雪上加霜。此時就得靠意志力及精神鼓舞了。我對著年輕的同仁曉以大義，告訴他們正在光榮地參與一個重要的文學工程，絕對不可輕言放棄。

成果

雖然過程是如此艱辛，如此一言難盡，可是終究看到豐美的成果。每位編選者雖然忙碌，但面對自己負責的作家資料彙編，卻是一貫地認真堅持。他們每人必須面對上千或數百筆作家評論資料，挑選重要或關鍵性的評論文章，全面閱讀，然後依照編選原則，挑選評論文章。助理們此時不僅提供老師們所需要的支援，統計字數，最重要的是得找到各篇選文作者，取得同意轉載的授權。在第一階段進度流程初估時，我們錯估了此項工作的難度，因為許多評論文章，發表至今已有數十年的光景，部分作者行蹤難查，還得輾轉透過出版社、學校、服務單位，尋得蛛絲馬跡，再鍥而不捨地追蹤。有了第一階段的血淚教訓，第二階段關於授權方面，我們

更是如臨深淵、如履薄冰，希望不要重蹈覆轍。

　　除了挑選評論文章煞費苦心外，每個作家生平重要照片，我們也是採高標準的方式去蒐集，過世作家家屬、友人、研究者或是當初出版著作的出版社，都是我們徵詢的對象。認真誠懇而禮貌的態度，讓我們獲得許多從未出土的資料及照片，也贏得了許多珍貴的友誼。遠在中國大陸的張我軍的長子張光正；潘人木的女兒黨英台及在她身後一直持續整理她的遺作及資料的周慧珠；陳千武的長子陳明台、後輩友人吳櫻；姚一葦的女兒姚海星；林亨泰女兒林巾力、兒子林于竝；遠在美國的聶華苓、女兒王曉藍；朱西甯的夫人劉慕沙、女兒朱天文；住得很近卻常常被我們打擾的鄭清文、女兒鄭谷苑；在苗栗的李喬，以及幫了很多忙的許素蘭……，我們和他們一起回憶、欣賞他們或父祖、前輩，可敬可愛的文學人生。

　　研究綜述部分，許俊雅敘述在中研院臺史所楊雲萍數位典藏建置完成後，她才讀到一封 1946 年 5 月 12 日張我軍在上海給楊雲萍的一封信，不僅感受到一位離家 20 年的臺灣遊子，熱切盼望返鄉的心情，也印證了張我軍與楊雲萍早在 1920 年代相識，1943 年再度於京都相逢。林武憲在〈縱橫於小說創作與兒童文學之間〉一文中，對潘人木研究資料的謬誤提出細部的更正及檢討，對她小說創作、兒童文學的貢獻及價值再度給予肯定；曾進豐寫周夢蝶，已超越一個學者的研究論述，情動於中而發為文，情理交融，令人動容。

　　林淇瀁論柏楊，短短一萬字，對其豐富的創作類型、多樣的文風、浩瀚如海的研究概述，鞭辟入裡；阮美慧揭示陳千武一生的文學志業及作品精神樣貌，讓陳千武那種質樸、更貼近普羅大眾語言風格的特殊價值彰顯出來；王友輝將姚一葦的研究分為「人、文、理、育」四方面來檢視、探索的同時，也充分顯示姚一葦一生春風化雨、提攜後進，並專注尋找自己創作和研究上新出路的特質。

　　呂興昌在〈林亨泰研究綜論〉中，特別舉出劉紀蕙〈銀鈴會與林亨泰的日本超現實淵源與知性美學〉一文所言：紀弦為林亨泰提供延續銀鈴會

現代運動的管道，而林亨泰則成爲紀弦發展現代派的支柱，此觀察「可謂機杼別出，言人之所未言」；應鳳凰將聶華苓研究的三個時期，與聶華苓文學事業的三個時期，相互呼應與比較，也凸顯了聶華苓研究領域幅員遼闊，有待來者；陳建忠開宗明義即謂「朱西甯及其文學在臺灣當代文學史上的定位，仍有待重估」，當抽絲剝繭的評析朱西甯研究不同的研究路徑後，期待「朱西甯研究的進展，也實在到了朝更有彈性而務實的方向轉變的時機」。

　　須文蔚在〈唱出土地與人們心聲的能言鳥——臺灣當代楊喚研究資料評述〉一開始，就將 24 歲楊喚遇難當天驚悚的故事錄下，從此許多年輕早慧的心靈中，在閱讀楊喚天才的、靈巧的詩篇同時，也都記得了詩人早夭與不幸的命運。楊喚留下的作品不多，須文蔚認爲他的作品得以傳世，除了友人的幫忙與努力，楊喚真誠的創作與動人的人格，應該是另一項重要的原因；李進益寫鄭清文，一句「他所有作品都在寫臺灣」，道盡鄭清文一生創作，所描繪與建構的文學世界，正是來自他立足的臺灣；彭瑞金在細分李喬研究概述後，輕輕帶上一筆「欲知李喬文學究竟，得閱讀近千萬字文獻」，真實反映出李喬評論及創作的豐盛，但他最終希望選文能「掌握李喬創作脈絡，反映李喬各階段的重要作品成果」。

　　1987 年 7 月臺灣解嚴，臺灣文學研究的風潮日漸蓬勃。1990 年 4 月 23 日，《民眾日報》策劃「呂赫若專輯」，標題爲〈呂赫若復出〉；1991 年前衛出版社林文欽出版「臺灣作家全集・短篇小說卷・日據時代」；1997 年自真理大學開始，臺灣文學系所紛紛成立，臺灣文學體制化的脈動，鼓舞了學院師生積極從事日治時期臺灣文學史料的蒐集。這股風潮正如陳萬益所言，不只是文獻的出土，也是一種心態的解嚴，許多日治時期作家及其家屬，終於從長期禁錮的氛圍中解放。許俊雅認爲，再加上當初以日文創作的作家作品，也在 1990 年代後被逐漸翻譯出來，讀者、研究者在一個開放的空間，又免除語文的障礙，而使臺灣文學研究開始呈現多元的風貌。

1990 年開始，各地縣市文化中心（文化局），對在地作家作品集的整理出版，以及台灣文學館成立後對日治時期作家以迄當代重要作家全集的編纂，對臺灣文學之作家研究，也有了很好的促進作用。《龍瑛宗全集》、《吳新榮選集》、《呂赫若日記》、《楊逵全集》、《葉石濤全集》、《鍾肇政全集》，如雨後春筍般持續展開。「臺灣意識」的興起，使本土文學傳統快速的納入出版與研究行列。

經過近二十年的努力，臺灣文學的研究與出版，也到了可以驗收或檢討成果的階段。這個說法，當然不是要停下腳步，而是可以從「臺灣現當代作家評論資料目錄」所呈現的 310 位作家、10 萬筆資料中去檢視。檢視的標的，除了從作家作品的質量、時代意義及代表性去衡量外、也可以從作家的世代、性別、文類中，去挖掘還有待開墾及努力之處。因此在這樣的堅實基礎上，這套「臺灣現當代作家研究資料彙編」，每位編選者除了概述作家的研究面向外，均有些觀察與建議。希望就已然的研究成果中，去發現不足與缺憾，研究者可以在這些不足與缺憾之處下功夫，而盡量避免在相同議題上重複。當然這都需要經過一段時間、去發現、去彌補，因此，有關臺灣文學研究的調查與研究，就格外顯得重要了。

期待

感謝台灣文學館持續支持推動這兩個專案的進行。「臺灣現當代作家評論資料目錄」的完成，呈現的是臺灣文學研究的總體成果；「臺灣現當代作家研究資料彙編」套書的出版，則是呈現成果中最精華最優質的一面，同時對未來的研究面向與路徑，做最好的建議。我們可以很清楚的體會，這是一條綿長優美的臺灣文學接力賽，我們十分榮幸能參與其中，我們更珍惜在傳承接力的過程，與我們相遇的每一個人，每一件讓我們真心感動的事。我們更期待這個接力賽，能有更多人加入。誠如張恆豪所說「從高音獨唱到多元交響」，這是每一個人所期待的。

編輯體例

一、本書編選之目的，爲呈現林亨泰生平、著作及研究成果，以作爲臺灣
文學相關研究、教學之參考資料。

二、全書共五輯，各輯內容及體例說明如下：

輯一：圖片集。選刊作家各個時期的生活或參與文學活動的照片、著
作書影、手稿（包括創作、日記、書信）、文物。

輯二：生平及作品，包括三部分：

1.小傳：主要內容包括作家本名、重要筆名，生卒年月日，籍
貫，及創作風格、文學成就等。

2.作品目錄及提要：依照作品文類（論述、詩、散文、小說、
劇本、報導文學、傳記、日記、書信、兒童文學、合集）及
出版順序，並撰寫提要。不收錄作家翻譯或編選之作品。

3.文學年表：考訂作家生平所進行的文學創作、文學活動相關
之記要，依年月順序繫之。

輯三：研究綜述。綜論作家作品研究的概況，並展現研究成果與價值
的論文。

輯四：重要文章選刊。選收國內外具代表性的相關研究論文及報導。

輯五：研究評論資料目錄。收錄至 2011 年 6 月底止，有關研究、論述
臺灣現當代作家生平和作品評論文獻。語文以中文爲主，兼及
日文和英文資料。所收文獻資料，以臺灣出版爲主，酌收中國
大陸、香港、日本和歐美國家的出版品。內容包含三部分：

1.「作家生平、作品評論專書與學位論文」下分爲專書與學位
論文。

2.「作家生平資料篇目」下分爲「自述」、「他述」、「訪談」、
「年表」、「其他」。

3.「作品評論篇目」下分爲「綜論」、「分論」、「作品評論目
錄、索引」、「其他」。

目次

輯一◎圖片集

影像◎手稿◎文物

1942～1943年間，林亨泰就讀臺北中學校（今泰北高中）時留影。（文訊資料室）

林亨泰幼年時與家人合影。左起：父親林仁薯、林亨泰、母親傅白瑜（抱著弟弟林亨祥）。（翻攝自《林亨泰全集一──文學創作卷1／四〇年代詩》，彰化縣立文化中心）

約1948年，林亨泰就讀臺灣師範學院（今臺灣師範大學）時留影。（翻攝自《林亨泰全集一──文學創作卷1／四〇年代詩》，彰化縣立文化中心）

1956年2月，林亨泰（右）與來訪的葉泥合影於自宅。（翻攝自《林亨泰全集二──文學創作卷2／五〇・六〇年代詩》，彰化縣立文化中心）

1964年8月23日，笠詩社同仁遊后里毘廬禪寺。左起：詹冰、趙天儀、張彥勳、林亨泰、杜國清。（翻攝自《林亨泰全集二──文學創作卷2／五〇・六〇年代詩》，彰化縣立文化中心）

1964年，笠詩刊創刊紀念照。前排左起：古貝、杜國清、錦連；後排左起：趙天儀、林亨泰、張彥勳、詹冰、陳千武。（文訊資料室）

1966年8月，林亨泰（後排右一）出席於彰化市慈濟寺舉行的笠詩社中部作者讀者詩話會。前排左起：葉笛、喬林、趙天儀；後排左二起：錦連、方平、羅浪、詹冰、岩上。（翻攝自《林亨泰全集二——文學創作卷2／五〇・六〇年代詩》，彰化縣立文化中心）

1968年，林亨泰全家四人前往野柳岬郊遊。前排左起：兒子林于竝、女兒林巾力；後排左起：林亨泰、夫人黃綺雲。（林于竝提供）

1974年，第一屆中國現代詩獎，眾文友合影。左起：林亨泰、梅新、彭邦楨、紀弦、羊令野。（文訊資料室）

1982年，林亨泰開始於國立臺中商專
（今國立臺中科技大學）應用外語科五
年級開設一門「日語專書選讀」課程。
（林于竝提供）

1985年7月，林亨泰（左）赴美國參加於麻州大學舉行的「第
四屆臺灣文學研究會」，與巫永福（中）、非馬（右）合
影。（翻攝自《林亨泰全集九──文學論述卷6／座談錄》，
彰化縣立文化中心）（上圖）

1989年，林亨泰留影於臺北新店自宅。（翻攝自《林亨泰全
集五──文學論述卷2／學術論著（二）》，彰化縣立文化中
心）（左圖）

約1980年代，林亨泰與文友合影於陳秀喜宅前。左起：詹冰夫
人、詹冰、楊逵、林亨泰、黃荷生。（翻攝自《林亨泰全集四
——文學論述卷1／學術論著（一）》，彰化縣立文化中心）

約1980年代，林亨泰與笠詩社同仁聚會。左起：李敏勇、葉
笛、林亨泰、羅浪、杜潘芳格。（翻攝自《林亨泰全集九——
文學論述卷6／座談錄》，彰化縣立文化中心）

約1980年代，林亨泰（左）與熊秉明
（中）、楊英風（右）合影。（林于竝
提供）

約1980年代，參與暑期青年自強活動。左二起：王灝、岩上、林亨泰、白萩、陳千武、陳篤弘。（文訊資料室）

1992年10月31日，林亨泰獲「第二屆榮後臺灣詩獎」，與評審委員合影。左起：呂興昌、李魁賢、莊柏林、林亨泰、黃勁連、李敏勇、鄭烱明。（翻攝自《林亨泰全集三──文學創作卷3／七○─九○年代詩》，彰化縣立文化中心）

1992年，林亨泰應邀出席於靜宜大學舉行的張良澤返臺歡迎會。左起：張良澤、王世勛、林亨泰。（翻攝自《林亨泰全集四──文學論述卷1／學術論著（一）》，彰化縣立文化中心）

1993年7月25日，林亨泰（後排右一）應邀出席於臺北市YMCA舉行的「笠詩社1993年會暨笠詩獎」頒獎典禮。前排左起：白萩、黃騰輝、莊柏林、陳千武；後排左起：林盛彬、蕭翔文。（翻攝自《文學臺灣》第8期）

1993年9月26日，林亨泰為尋找賴和紀念碑豎立地點，與文友合影於八卦山。左起：賴悅顏、呂興忠、林瑞明、賴燊、林亨泰、賴洝、李篤恭。（翻攝自《林亨泰全集十──外國文學研究與翻譯卷》，彰化縣立文化中心）

1994年12月27日，應邀參加於清華大學所舉辦的「賴和及其同時代作家——日據時期臺灣文學國際學術會議」。前排左起：吳漫沙、陳垂映、巫永福、王昶雄、周金波；後排左起：林亨泰、陳千武、葉石濤、楊千鶴。（文學臺灣基金會提供）

1995年3月25日，林亨泰應邀出席文訊雜誌社主辦的「臺灣現代詩史研討會」。（文訊資料室）

1995年8月22日，林亨泰（右）與日本學者三木直大合影於自宅。（翻攝自《林亨泰全集七——文學論述卷4／文學短論》，彰化縣立文化中心）

1997年6月14日，林亨泰（右一）應邀出席於臺北教師會館舉行的「吳濁流文學獎、巫永福評論獎」頒獎典禮。左起：杜潘芳格、楊千鶴、巫永福、王昶雄、莊柏林、陳千武。（王奕心提供）

2004年9月3日，林亨泰獲「第八屆國家文藝獎」。前排左起：蕭泰然、陳其寬、林亨泰；後排左起：李靜君、杜篤之。（劉振祥提供）

2004年10月2日，林亨泰（中）應邀出席於彰化縣政府文化局演講廳舉行的
「第六屆磺溪文學獎」頒獎典禮。左一吳晟、右一康原。（彰化縣政府文
化局提供）

2007年1月18日，林亨泰應邀出席於彰化縣政府文化局會議室舉行的《福爾
摩莎詩哲——林亨泰》新書發表會。左起：呂興昌、林田富、李魁賢、林
亨泰夫婦、林巾力、康原。（彰化縣政府文化局提供）

2008年，85歲的林亨泰留影。（林于竝提供）

2009年6月6日，林亨泰（右）與洪子誠（中）、林明德（左）合影於彰化師
範大學舉行的「第18屆詩學會議——林亨泰詩與詩學國際學術研討會」。
（彰化師範大學國文學系提供）

林亨泰〈文藝創作與批評〉手稿。（翻攝自《找尋現代詩的原點》，彰化
縣立文化中心）

林亨泰〈自序〉手稿。（翻攝自《林亨泰全集一
——文學創作卷1／四○年代詩》，彰化縣立文化
中心）

林亨泰擔任「第三屆亞洲詩
人會議」臺灣詩人代表的致
詞手稿。（翻攝自《林亨泰
全集七——文學論述卷4／
文學短論》，彰化縣立文化
中心）

林亨泰〈鞦韆〉手稿。
（翻攝自《林亨泰全集
三——文學創作卷3／
七〇—九〇年代詩》，
彰化縣立文化中心）

林亨泰〈賴皮狗〉手
稿。（翻攝自《林亨泰
全集十一——外國文學研
究與翻譯卷》，彰化縣
立文化中心）

忘却　林亨泰

それは一日の美しさであった
そして一日の戯れにすぎなかった

萎れ果てた庭に
乱れおりまた去った美しい鳥

はじめは濃く
やがて薄らいでそして忘却し
あゝそれは一日の美しさであった
そして一日の戯れにすぎなかった

私は多くを賛美する
けれどもその一つをも記憶に残し得ない

もし空が青いなら
小鳥よ!あなたの眼にも青い
けれども私にはやがて暗くなって

林亨泰日文詩作〈忘却〉手稿。（林于竝提供）（上圖）

2004年，林亨泰獲第八屆國家文藝獎感言。（林于竝提供）（左圖）

得奬感言　林亨泰

這次受到國家文藝基金會，在民主體制之下以跨領域的評審方式，給予我的作品肯定，我感覺到非常的高興，同時非常的光榮。我個人的作品非常的微不足道，但是在各領域的學者以及評論家的詮釋與研究之下，本來一些渺小的作品，逐漸累積成巨大的豐富的文化財產，文字因為這種詮釋變得豐富，而外圍的社會與族群因為文學而變得多元，而在這種文學創作的生產性當中，原本封閉狹窄的心胸也變得開闊而豐富起來。

在早期，所謂「新詩」，被認為比較好懂，而我的「現代詩」，被認為比較難懂。但是到了後來，漸漸有越來越多的人開始讀懂的詩，討論我的詩，在我漫長的創作歷程當中，我有實際覺到讀者驚人的蛻變，這要歸功於學者研究風氣的熱絡，以及大學裏頭現代之學教育的普遍，使得有越來越多的人接觸現代詩。到今天，現代詩變得是可以懂的東西，而當年比較容易懂的「新詩」，在今天看來，反而有一種過時的感覺。

在我的生命歷程當中，我歷經了終戰，經過這件事情

輯二◎生平及作品

小傳◎作品◎年表

小傳

林亨泰（1924～）

　　林亨泰，男，筆名亨人、恆太，籍貫臺灣彰化，1924 年 12 月 11 日生。

　　臺灣師範學院教育系畢業。曾任教於田尾國小、北斗小學、北斗中學、彰化工業學校、中州工專、建國工專、中山醫學院、臺中商專、慈明佛學院、東海大學等校。1947 年加入「銀鈴會」，1956 年參加紀弦主導之「現代派」，1964 年與詹冰、陳千武、錦連、古貝等人發起「笠」詩社，並擔任《笠》詩刊首任主編。曾獲創世紀詩評論獎、榮後臺灣詩獎、鹽分地帶資深臺灣文學成就獎、磺溪文學獎特別貢獻獎、真理大學臺灣文學家牛津獎、國家文藝獎等獎項。

　　林亨泰創作文類以論述、詩為主。1942 年開始創作新詩，發表日文詩作，戰後一方面受銀鈴會顧問楊逵的鼓勵，另一方面因應語言政策，轉而以中文寫詩，屬於「跨越語言的一代」。學者呂興昌將林亨泰的創作歷程歸納為「始於批判，走過現代，定位鄉土」，並且認為此「正是臺灣現代詩史的典型縮影」。銀鈴會時期，林亨泰的詩作傾向批判現實，流露濃厚的社會關懷；參與「現代派」詩運動時，則多實驗性詩作，一連串的符號詩引發詩壇爭議，在詩的形式上可謂嶄新的突破；發起「笠詩社」及《笠》詩刊後，詩作結合前兩期特色，融匯現代與鄉土精神，透過藝術的手法探討社會問題，表現本土意識。其詩作中一貫不變的是冷靜與知性的筆調及對現

實的關注。詩人蕭蕭認爲：「他的詩冷如匕首，但刺出去的力勁卻熱如鮮血。冷的是語言的削減、情緒的濾除，熱的是生命的活力、物理的沉思，唯其如此，他的詩不會引起喧囂，卻有一股深沉穩定的力量在推促，一把熾熱的火苗在內心深處燃燒。」。

　　林亨泰的詩論與其詩作互相輝映。在現代派時期，提出「主知的優越性」、「方法論的重要性」、「現代主義即中國主義」等主張，建構並補充了紀弦的現代派理論。林亨泰同時注重詩的「時代性」與「本土化」，他認爲：「『現代』與『鄉土』兩種觀念並不衝突，『現代化』只是世界所有國家共同一致的目標，然而其成果務必讓他落實在自己的『鄉土』上。」1980年代開始，林亨泰對於詩史的回溯與建構，有助於臺灣文學主體性論述的建構，被認爲是臺灣第一位新詩理論家。榮後臺灣詩獎的獎辭寫道：「在半世紀的詩文學志業裡，林亨泰先生以紮實的創作和評論建立了詩人和批評家的地位。他真摯地站在現實基礎上，並堅持知性視野，呈現了獨特的形象，堪稱臺灣戰後詩現實主義者的典範。」

作品目錄及提要

【論述】

現代詩的基本精神——論真摯性

臺中：笠詩社
1968 年 1 月，36 開，74 頁
笠叢書之一

本書為林亨泰重要的現代詩論述，書中以各家詩人詩作為引，闡明其對現代詩的基本創作精神「真摯性」之觀點。全書分為「前言」、「天賦中的另一極限」、「攸西里斯的弓」、「大乘的寫法」、「結語」五部分，收錄〈詩人的負擔〉、〈詩次元上的散文〉、〈詩的語言與「分行」〉、〈大乘的寫法與小乘的寫法〉等 42 篇文章。

J. S. 布魯那的教育理論——PSSC 等新課程編制原理

臺中：新光書店
1968 年 9 月，25 開，91 頁

本書為林亨泰對教育學家 J.S.布魯那教育理論的研究與整理。全書分為「前言」、「構造與發見」、「成熟與學習」、「直觀與分析」、「結語」五章，收錄〈知識爆炸〉、〈課程的改革〉、〈學問性的強調〉等 14 篇文章。正文前有〈代序——摘自本書的前言與結語〉，正文後附錄〈本書主要參考書目〉。

創造性教學法（與彭震球合著）

臺北：臺北市政府教育局
1978 年 7 月，25 開，145 頁、184 頁

本書分上下兩冊，闡述創造性教學法的理論與應用，並以創造性教學法的觀點，討論實際上的教學問題。全書收錄〈創造性教學法的構想〉、〈創造性教學的研究法〉、〈創造才能的分析〉等 16 篇文章。正文前有彭震球〈自序〉，正文後有彭震球〈未來教學方法的展望〉、林貴美〈讀〈創造才能的啟發教學法〉〉。

找尋現代詩的原點

彰化：彰化縣立文化中心
1994 年 6 月，25 開，269 頁
彰化縣作家作品集 4

本書為林亨泰評論現代詩與臺灣文學的文章結集。全書分「早
期文學評論」、「現代詩的基本精神」、「強化現代詩體質之探
討」、「找尋現代詩的原點」、「臺灣文學的構成與條件」五輯，
收錄〈關於現代派〉、〈符號論〉、〈中國詩的傳統〉、〈談主知與
抒情（代社論一）〉等 39 篇文章。正文前有阮剛猛〈磺溪文
風‧薪傳之火〉、楊素晴〈彰文教化‧承先啟後〉、林亨泰〈自
序〉、〈手稿〉、〈生活剪影〉。

【詩】

靈魂の產聲

臺中：銀鈴會編輯部
1949 年 4 月，42 開，60 頁
潮流叢書 1

本書為林亨泰的第一本詩集，為 1942 至 1949 年於「銀鈴會」
時期之結集，絕大多數是日文詩，只有少數幾首中文詩，可視
為其 40 年代詩作的總結，。全書收錄〈はつ初り〉、〈月來
香〉、〈夢〉、〈愛の姿〉等 37 首詩作。正文前有蕭金堆〈序〉、
辰光〈扉〉，正文後有林亨泰〈あとがき〉。

長的咽喉

臺北：新光書店
1955 年 3 月，36 開，33 頁

本書為林亨泰的第一本中文詩集，內容多精練短小，充滿睿智
的情趣。全書分為「心的習癖」、「斷想」兩部分，收錄〈清
晨〉、〈習癖〉、〈影〉等 23 首詩作。正文前有林亨泰〈長的咽
喉：代序〉。

林亨泰詩集

臺北：時報文化出版公司
1984 年 3 月，25 開，229 頁
時報書系 483

全書分為「靈魂的啼聲」、「長的咽喉」、「心的習癖」、「渴」、
「非情之歌」、「事件」、「二倍距離」七部分，收錄〈夢〉、〈雨
天〉、〈嬰孩〉、〈詩與題名〉、〈影子〉等 110 首詩作。正文後有
江萌〈一首現代詩的分析〉、〈譜〈風景（其二）〉一詩的示
意〉。

林亨泰詩集——爪痕集

臺北：笠詩刊社
1986 年 2 月，32 開，95 頁
臺灣詩人選集 5

本書為林亨泰新舊詩作選集，全書依時代順序分為「1948～
1949」、「1956～1957」、「1982.11～1985.8」三輯，收錄〈圍
牆〉、〈按摩者〉、〈被虐待成桃紅的女人〉、〈人類的鄉愁〉等 33
首詩作。正文後附錄〈林亨泰詩集研討會〉。

跨不過的歷史

臺北：尚書文化出版社
1990 年 5 月，25 開，222 頁
尚書詩典 1

本書為林亨泰 1972 至 1989 年新舊詩作選集。全書分為「上
篇：事件與爪痕（一九七二～一九八五）」、「下篇：跨不過的歷
史（一九八五～一九八九）、「附篇：靈魂的啼聲・中文全譯版
（一九四二～一九四九）」三部分，收錄〈畫室斷想〉、〈有孤岩
的風景〉、〈生活〉、〈弄髒了的臉〉、〈商業大樓〉等 62 首詩作。
正文前有林亨泰〈序〉，正文後有林燿德〈林亨泰註〉、林亨泰
／簡政珍／林燿德〈詩人與語言的三角對話〉，並附錄〈《附
篇》譯者簡介〉、〈編後〉。

越えられない歴史——林亨泰詩集／三木直大編譯

東京：思潮社
2006 年 12 月，32 開，167 頁
台湾現代詩人シリーズ 3

本書爲林亨泰詩作日譯，全書分爲「溶けた風景 1947〜1949」、「長い咽喉 1955〜1959」、「非情の歌 1964」、「越えられない歴史 1972〜1994」、「人の存在 1996〜2006」五部分，收錄〈哲學者〉、〈にんげんの悲哀〉、〈海岸線〉、〈桃色に虐られた女〉、〈形而上學者〉等 86 首詩作。正文後有〈林亨泰年譜〉、三木直大〈譯者後記〉，並附錄〈譯者簡歷〉。

林亨泰詩集

高雄：春暉出版社
2007 年 9 月，新 25 開，120 頁
文學臺灣叢刊 52

本書分爲「『銀鈴會時期』作品」、「『現代派時期』作品」、「『非情之歌時期』作品」、「『笠詩社時期』作品」、「『病中時期』作品」五輯，全書收錄〈哲學家〉、〈書籍〉、〈人的悲哀〉、〈忘卻〉、〈圍牆〉等 78 首作品。正文前有〈相照〉、〈筆跡〉、〈詩人簡介〉、〈詩觀〉，正文後有呂興昌〈走向自主性的世代〉，並附錄〈林亨泰年表〉。

林亨泰集／陳昌明編

臺南：國立台灣文學館
2008 年 12 月，25 開，123 頁
臺灣詩人選集 9

全書分爲「林亨泰影像」、「林亨泰小傳」、「詩選」、「解說」、「林亨泰寫作生平簡表」、「閱讀進階指引」、「林亨泰已出版詩集要目」七部分。「詩選」部份收錄〈夢〉、〈海線〉、〈哲學家〉、〈黑格爾辯證法〉、〈被虐待成桃紅的女人〉等 56 首作品。

生命之詩——林亨泰中日文詩集／林巾力譯

臺中：晨星出版社
2009 年 6 月，25 開，190 頁
彰化學叢書

本書為林亨泰 1995 年大病之後的詩作結集，內容包含對生命真摯的記錄與關照和對盧梭思想的探索。全書分為「人的存在」、「生命之詩」、「盧梭《愛彌兒》讀後」三部分，除「人的存在」以中文寫作，其餘皆以日文寫作；由林巾力中譯。收錄〈平等心〉、〈誕生〉、〈自若〉、〈愛的美學〉、〈花之頌〉等 60 首詩作。正文前有林明德〈叢書序〉、林巾力〈前言〉，正文後有林亨泰〈後記〉，並附錄〈林亨泰大事紀〉、〈林亨泰創作出版年表〉。

【合集】

見者之言

彰化：彰化縣立文化中心
1993 年 6 月，25 開，351 頁
彰化縣作家作品集 2

本書分為「作品選輯」、「評論選輯」二輯。「作品選輯」部分，全書收錄〈愛之姿〉、〈新畢業的女教師〉、〈海岸線〉、〈夢〉、〈哲學家〉等 111 首詩作，「評論選輯」部分，收錄〈銀鈴會文學觀點的探討〉、〈銀鈴會與四六學運〉等八篇文章。正文前有周清玉〈認知文學的歷史〉、楊素晴〈挽回精神沉淪的危機〉、林亨泰〈自序〉、〈生活剪影〉，正文後有林燿德編〈林亨泰繫年〉。

林亨泰全集／呂興昌主編

彰化：彰化縣立文化中心
1998 年 9 月，25 開

共 10 冊；第 1～3 冊為文學創作，第 4～9 冊為文學研究與論述，第 10 冊為外國文學研究與翻譯之作品。

林亨泰全集一・文學創作卷 1

彰化：彰化縣立文化中心
1998 年 9 月，25 開，246 頁

本書為林亨泰 1940 年代的詩作結集。全書分兩部分，第一部分由左至右翻，為林亨泰的日文詩作及臺語譯本對照，收錄〈はつ便り〉、〈月來香〉、〈夢〉、〈愛の姿〉、〈心を許す日〉等 53 首詩作及蕭金堆〈序〉、辰光〈題辭〉、作者〈あとがき〉三篇文章；第二部分由右至左翻，為第一部分的中文譯本及〈靈魂的秋天〉、〈鳳凰木〉、〈新路〉、〈歸來〉、〈女郎與淚珠〉五首中文詩作。正文前有阮剛猛〈根深葉茂〉、李俊德〈鄉土組曲〉、林亨泰〈自序〉、呂興昌〈編者序〉、作者手稿、書影、照片。

林亨泰全集二・文學創作卷 2

彰化：彰化縣立文化中心
1998 年 9 月，25 開，227 頁

本書為林亨泰 1950～1960 年代的詩作結集。全書分為「五○年代」及「六○年代」兩部分，收錄〈長的咽喉（代序）〉、〈清晨〉、〈習癖〉、〈影〉、〈燈〉等 122 首詩作。部分詩作後附錄發表時的原來版本。正文前有作者書影、照片。

林亨泰全集三・文學創作卷 3

彰化：彰化縣立文化中心
1998 年 9 月，25 開，135 頁

本書為林亨泰 1970～1990 年代的詩作結集。全書收錄〈弄髒了的臉〉、〈畫室斷想〉、〈商業大樓〉、〈有孤岩的風景〉、〈生活〉等 55 首詩作。部分詩作後附錄日文版本。正文前有作者書影、照片。

林亨泰全集四・文學論述卷 1

彰化：彰化縣立文化中心
1998 年 9 月，25 開，251 頁

本書為林亨泰的學術論文結集，除為瞭解其美學思想與詩學見解的重要資料外，更為臺灣現代詩運動的重要見證。全書收錄〈現代詩的基本精神：論真摯性〉、〈抒情變革的軌跡：由「現代派的信條」中的第一條說起〉等五篇文章。正文前有作者手稿、書影、照片。

林亨泰全集五・文學論述卷 2

彰化：彰化縣立文化中心
1998 年 9 月，25 開，221 頁

本書為林亨泰的學術論文結集。全書收錄〈新詩的再革命〉、〈銀鈴會文學觀點的探討〉、〈「銀鈴會」史話〉等 11 篇文章。正文前有作者書影、照片。

林亨泰全集六・文學論述卷 3

彰化：彰化縣立文化中心
1998 年 9 月，25 開，259 頁

全書分「文學生活回顧」、「作家作品論」、「序跋」三部分。「文學生活回顧」收錄〈詩的三十年〉、〈走過現代・定位鄉土：我的文學生活〉、〈五十年的「詩」生活：「榮後臺灣詩獎」得獎感言〉三篇文章。「作家作品論」收錄〈黃荷生和他的詩集《觸覺生活》〉、〈白萩的詩集《蛾之死》〉等 23 篇文章。「序跋」收錄〈《美麗島詩集》序〉、〈國語與方言：林宗源詩集《根》序〉等 11 篇文章。正文前有作者手稿、書影、照片。

林亨泰全集七・文學論述卷 4

彰化：彰化縣立文化中心
1998 年 9 月，25 開，307 頁

本書為林亨泰篇幅較短的論述結集，包含社論、演講摘要、書信、日記雜錄等。全書收錄〈語言的苦鬥〉、〈南北笛書簡〉、〈關於現代派〉、〈符號論〉、〈中國詩的傳統〉等 72 篇文章。正文前有作者手稿、照片。

林亨泰全集八・文學論述卷 5

彰化：彰化縣立文化中心
1998 年 9 月，25 開，261 頁

本書為林亨泰的受訪記錄集結。全書收錄〈詩話錄音〉、〈笠的精神：追記林亨泰先生的談話〉、〈詩的防風林：林亨泰先生訪問記〉等 20 篇文章。正文前有作者照片。

林亨泰全集九‧文學論述卷 6

彰化：彰化縣立文化中心
1998 年 9 月，25 開，327 頁

本書爲林亨泰所參與的座談會會議記錄集結。全書收錄〈作品
合評（杜國清作品等）〉、〈「鄭炯明作品研究」座談會〉、〈詩與
人生座談〉、〈論台灣新詩的獨特性與未來開展〉等 46 篇文章。
正文前有作者照片。

林亨泰全集十‧外國文學研究與翻譯卷

彰化：彰化縣立文化中心
1998 年 9 月，25 開，283 頁

全書分「外國文學研究」、「外國文學翻譯」、「林亨泰原出版文
學著作細目」、「年表」、「索引」五部分。「外國文學研究」部份
收錄〈廿世紀第二個十年的英詩〉一文。「外國文學翻譯」部份
收錄〈保羅‧梵樂希方法序說〉、〈關於批評（上）〉兩篇文章，
以及〈VIRGINITE〉、〈女兒們的合唱〉等五首譯詩。正文前有
作者書影、照片、手稿。

文學年表

1924 年 （大正13年）	12 月	11 日，生於臺中州北斗郡北斗街（今彰化北斗）。父林仁薯，母傅白瑜。排行長子。
1925 年 （大正14年）	本年	隨父母遷居至臺南州新化郡玉井庄（今臺南玉井）。
1926 年 （大正15年）	本年	父親任職於烏日製糖會社，隨父母遷居至臺中州大屯郡烏日庄（今臺中烏日）。
1930 年 （昭和5年）	本年	隨父母遷回臺中州北斗郡北斗街（今彰化北斗）。
1931 年 （昭和6年）	本年	父親通過漢醫考試，舉家遷居至臺中州北斗郡坪頭庄小埔心開業。 就讀埔心公學校，下學期轉至北斗公學校。
1937 年 （昭和12年）	2 月	10 日，母親因難產逝世。
	3 月	22 日，投考臺中一中落榜。 24 日，進入北斗公學校高等科就讀。
	本年	父親續弦。
1938 年 （昭和13年	本年	父親與繼母遷居九塊厝，林亨泰獨自寄居親戚家中。
1939 年 （昭和14年）	3 月	24 日，考入臺北中學校（今泰北高中）。
1941 年 （昭和16年）	本年	開始嘗試創作新詩。
1943 年 （昭和18年）	本年	臺北中學校肄業，考入臺北帝國大學附設熱帶醫學研究所「衛生技術人員養成所」，後改稱「南方要員練成所」。

1944 年 （昭和 19 年）	本年	「衛生技術人員」訓練結業，被派至新幾內亞，寫陳情書呈送所內庶務課長，遂未成行。後至田尾國民學校任教，擔任四年級導師。
1945 年 （昭和 20 年）	1 月	受臺灣總督府徵調入伍編入「劍部隊」，在嘉義受訓兩個月，後分發至位於臺南州埤仔頭的「重機關槍隊」。
	8 月	15 日，日本宣布無條件投降。退伍後至北斗國民學校任教。
1946 年	9 月	考入臺灣師範學院博物系（今臺灣師範大學生物系）。
1947 年	2 月	「二二八事件」爆發，以詩作〈群眾〉表達感受。
		加入「銀鈴會」以及校內社團「臺語戲劇社」、「龍安文藝社」。
	9 月	轉入臺灣師範學院教育系。
1948 年	4 月	14 日，發表組詩「山的那邊」之〈麗梅〉（里慕伊）、〈我〉（林曙光譯）於《臺灣新生報》「橋副刊」第 103 期。
		30 日，發表詩作〈按摩者〉（林曙光譯）於《臺灣新生報》「橋副刊」第 108 期。
		因《新生報》「橋副刊」主編歌雷（史習枚）提供雙份稿酬給臺灣作家發表作品，同時又受到楊逵在臺灣師範學院演講提出「積極鬥爭精神」的鼓勵，開始嘗試以中文寫詩。
	5 月	原銀鈴會同仁雜誌《ふちぐさ》（緣草）改名《潮流》復刊。發表日文作品〈銀鈴會員的寄語〉與日文詩作〈人的悲哀〉、〈考試與禮拜天〉、〈你的名字〉、〈百合呦〉於《潮流》春季號。
	7 月	發表日文詩作〈人類的鄉愁〉、〈圍牆〉、〈埋葬五月〉於

《潮流》夏季號。

8月　9 日，發表第一首中文詩作〈靈魂的秋天〉於《臺灣新生報》「橋副刊」第 150 期。

應邀參加銀鈴會於臺中后里內埔國小舉辦之第一次詩友聯誼會。

9月　13 日，發表詩作〈鳳凰木〉於《臺灣新生報》「橋副刊」第 163 期。

10月　6 日，發表詩作〈新路〉於《臺灣新生報》「橋副刊」第 171 期。

15 日，發表日文詩作〈忘卻〉、〈新畢業的女教員〉於《潮流》秋季號。

1949 年　1月　1 日，發表日文作品〈文藝通信〉與日文詩作〈尼姑〉、〈寂寞的生日〉、〈年輕人之歌〉於《潮流》冬季號。

25 日，應邀參加銀鈴會於彰化市彰化銀行會議室舉辦的第二次詩友聯誼會，於會中朗誦日文詩作三首〈愛之姿〉、〈你的名字〉、〈夢〉。

2月　1 日，發表〈文藝通訊〉於《聯誼會特刊》。

15 日，發表詩作〈歸來〉於《臺灣新生報》「橋副刊」第 215 期。

3月　1 日，發表日文作品〈我的印象〉於《潮流會報》第 1 期。

4 日，發表詩作〈女郎與淚珠〉於《新生報》「學生世界」。

4月　6 日，發生「四六事件」。緊急返回彰化，路經臺中下車往訪楊逵未遇，後於火車站親見楊逵被銬押押入北上火車。

15 日，自費出版日文詩集《靈魂的產聲》。

　　　　　　　　發表日文作品〈文藝通信〉與日文詩作〈詩人淡星兄的韻
　　　　　　　　味〉、〈被虐待成桃紅的女人〉、〈影子〉、〈黑格爾辯證法〉
　　　　　　　　於《潮流》春季號。

　　　　5 月　1 日，發表日文作品〈文藝通訊〉於《潮流會報》第 2
　　　　　　　　期。

　　　　　　　　2 日，發表詩作〈尼姑〉、〈麗梅〉（里慕伊）於《龍安文
　　　　　　　　藝》創刊號。

　　　　本年　發生「四六事件」，「銀鈴會」因成員遭受政治迫害解散，
　　　　　　　　林亨泰首度停止創作。

1950 年　　6 月　自臺灣師範學院教育系畢業。

　　　　8 月　返回家鄉北斗，任教於北斗中學。

　　　　本年　加入臺灣師範學院臺語戲劇社成員成立的「鄉曲文藝
　　　　　　　　社」。

1952 年　　3 月　24 日，發表詩作〈愛之姿〉、〈懺悔〉（陳保郁譯）於《自
　　　　　　　　立晚報》「新詩週刊」第 20 期。

　　　　4 月　15 日，發表組詩「山的那邊」——〈烏來瀑布〉、〈山
　　　　　　　　路〉、〈里慕伊〉、〈山百合〉、〈微笑〉、〈杵〉、〈圓木小
　　　　　　　　屋〉、〈這邊和那邊〉、〈我〉（陳保郁譯）於《自立晚報》
　　　　　　　　「新詩週刊」第 23 期。

　　　　　　　　21 日，發表詩作〈新畢業的女教員〉（陳保郁譯）於《自
　　　　　　　　立晚報》「新詩週刊」第 24 期。

　　　　　　　　28 日，發表詩作〈哲學家〉、〈浪漫主義者〉、〈形而上學
　　　　　　　　者〉（陳保郁譯）於《自立晚報》「新詩週刊」第 25 期。

　　　　5 月　5 日，發表詩作〈詩與題名〉（陳保郁譯）於《自立晚報》
　　　　　　　　「新詩週刊」第 26 期。

　　　　　　　　19 日，發表詩作〈虐待〉（陳保郁譯）於《自立晚報》
　　　　　　　　「新詩週刊」第 28 期。

	6 月	2 日，發表詩作〈嬰孩〉（陳保郁譯）於《自立晚報》「新詩週刊」第 30 期。
		9 日，發表詩作〈雨天〉（陳保郁譯）於《自立晚報》「新詩週刊」第 31 期。
	7 月	28 日，發表詩作〈書籍〉（陳保郁譯）於《自立晚報》「新詩週刊」第 38 期。
	8 月	4 日，發表詩作〈矛盾〉（陳保郁譯）於《自立晚報》「新詩週刊」第 39 期。
		18 日，發表詩作〈海岸線〉（陳保郁譯）於《自立晚報》「新詩週刊」第 41 期。
	9 月	1 日，發表詩作〈影子〉、〈回憶〉（陳保郁譯）於《自立晚報》「新詩週刊」第 43 期。
1953 年	4 月	20 日，發表詩作〈百合〉（葉泥譯）於《自立晚報》「新詩週刊」第 74 期。
	5 月	1 日，發表日文詩作〈第一信〉於《現代詩》第 2 期。
	8 月	轉至省立彰化工業學校（今彰化師範大學附設高級工業職業學校）任教。
1954 年	本年	因不滿政府之戰鬥文藝政策，打算不再寫詩。偶在書店發現紀弦主編之《現代詩》介紹法國現代詩人阿保里奈爾（Guillaume Apollinaire）、考克多（Jean Cocteau），重新燃起創作現代詩的熱情。
		開始和紀弦通信，恢復創作。
1955 年	2 月	以筆名「桓太」發表詩作〈回憶〉於《現代詩》第 9 期。
	3 月	詩集《長的咽喉》由臺中新光書店出版。
	5 月	發表詩作〈心臟之什〉、〈四月〉、〈誕生〉、〈教室〉、〈他〉於《現代詩》第 10 期。

10 月	發表詩作〈輪子〉、〈青春〉、〈鼻子〉、〈氣球〉、〈手術臺上〉於《現代詩》第 11 期。
12 月	發表詩作〈亞熱帶及其他〉、〈電影〉、〈晚安〉、〈死後〉於《現代詩》第 12 期。

1956 年

1 月	應紀弦之邀,加入「現代派」,為「九人籌備委員會」人員之一,並擔任《現代詩》編輯委員,於臺北召開第一屆現代詩人代表大會,與會者有紀弦、方思、鄭愁予、商禽等人。
2 月	發表詩作〈房屋〉、〈人類身上的鈕扣〉、〈鷺〉、〈遺傳〉於《現代詩》第 13 期。 發表詩作〈郊外〉、〈教員與蜈蚣標本〉於《創世紀》第 5 期。
4 月	發表詩作〈第 20 圖〉、〈Romance〉、〈騷音〉於《現代詩》第 14 期。
6 月	1 日,發表〈致葉泥〉於《商工日報》「南北笛」第 7 號。
10 月	20 日,發表詩作〈車禍〉、〈花園〉於《現代詩》第 15 期。

1957 年

2 月	1 日,發表詩作〈出發〉於《今日新詩》第 2 期。
3 月	1 日,發表〈關於現代派〉、詩作〈進香團〉、〈電影中的佈景〉於《現代詩》第 17 期。
5 月	20 日,發表〈符號論〉、詩作〈患砂眼的城市〉、〈體操〉、〈無題〉於《現代詩》第 18 期。
12 月	1 日,發表〈中國詩的傳統〉於《現代詩》第 20 期。

1958 年

3 月	1 日,發表〈談主知與抒情〉、〈黃荷生和他的詩集《觸覺生活》〉於《現代詩》第 21 期。
12 月	發表〈鹹味的詩〉於《現代詩》第 22 期。

1959 年	3 月	20 日，翻譯聖・佩甫（Sainte Beuve）〈關於批評（上）〉於《現代詩》第 23 期。
	7 月	發表〈評白萩的詩集《蛾之死》〉於《創世紀》第 12 期。
	10 月	發表詩作〈風景 NO.1〉、〈風景 NO.2〉於《創世紀》第 13 期。
1960 年	5 月	翻譯馬洛（André Maurois）〈保羅・梵樂希的方法序說〉連載於《創世紀》第 15～16 期。
1961 年	12 月	翻譯馬洛〈保羅・梵樂希的方法序說（3）〉於《藍星》第 2 期。
1962 年	6 月	6 日，翻譯勝野睦人詩作〈VIRGINTE〉於《野火詩刊》第 2 期。
	8 月	1 日，翻譯森崎和江詩作〈女兒們的合唱〉於《創世紀》第 17 期，發表〈孤獨的位置〉於《現代詩》第 39 期。。15 日，發表〈詩人當他創作時〉、〈盒與火柴〉與詩作「長的咽喉（1）」——〈心臟〉、〈亞熱帶〉、〈無題〉、〈鄉村〉、〈小溪〉、〈農社〉共六首，於《野火詩刊》第 3 期。
1963 年	1 月	發表〈一顆高貴的心胸〉於《詩・散文・木刻》第 5 期。
	2 月	發表詩作「長的咽喉（2）」——〈四月〉、〈思慕〉、〈國畫〉、〈蟬鳴〉、〈小汽車〉、〈死後〉共六首，於《野火詩刊》第 4 期。
	3 月	3 日，與黃綺雲結婚。
	6 月	發表〈紙牌的下落〉於《創世紀》第 18 期。
	11 月	20 日，長男林于竝出生。
1964 年	1 月	發表〈概念的極限〉與詩作〈非情之歌〉51 首於《創世紀》第 19 期。
	2 月	翻譯艾文・高爾（Ivan Goll）〈日常生活的終焉〉於《現代詩》第 45 期。

3 月 與詹冰、陳千武、錦連、古貝、吳瀛濤、黃荷生、薛柏谷、趙天儀、白萩、杜國清、王憲陽共同發起創辦「笠詩社」、《笠》詩刊，並擔任首任主編。

4 月 翻譯石原吉郎詩作〈夜的來了〉於《臺灣文藝》創刊號。

6 月 15 日，《笠》創刊號出版，規劃「笠下影」、「作品合評」、「詩史資料」等專欄，並發表〈本社啟事〉、〈古刹的竹掃〉、〈笠下影——詹冰〉等文。

20 日，翻譯翁・溫特斯（Yvor Winters）〈Tewa 之春〉於《現代詩頁》第 1 期。

8 月 15 日，發表〈幽門狹窄〉、〈笠下影——吳瀛濤〉於《笠》第 2 期。

23 日，與笠詩社成員詹冰、陳千武、錦連、趙天儀、張彥勳、古貝、杜國清前往臺中后里毘盧禪寺郊遊，並舉行「作品合評」專欄討論。

10 月 15 日，發表〈惡意的智慧〉、〈笠下影——桓夫〉於《笠》第 3 期，並擔任「作品合評」專欄之合評人。

12 月 15 日，發表〈破攤子與詩人〉、〈笠下影——林亨泰〉與詩作〈影子〉、〈風景其一〉、〈風景其二〉、〈兩倍距離〉於《笠》第 4 期，並擔任「作品合評」專欄之合評人。

1965 年 1 月 2 日，應邀參加笠詩社於臺北南港臺灣肥料公司六廠舉辦的第一次年會兼同仁大會，與會者有吳瀛濤、詹冰、陳千武、張彥勳、羅浪、錦連、趙天儀、白萩、杜國清、楓堤、王憲陽、吳宏一、古貝、方平等人。

2 月 15 日，發表〈非音樂的音樂性〉、〈笠下影——錦連作品介紹〉兩文於《笠》第 5 期，並擔任「作品合評」專欄合評人。

4 月　15 日，發表〈精神與方法〉、〈笠下影——紀弦作品介紹〉於《笠》第 6 期，並擔任「作品合評」專欄合評人。辭去主編職務，由白萩接任。

6 月　15 日，擔任《笠》第 7 期「作品合評」專欄合評人。

8 月　15 日，發表〈詹冰的詩〉於《笠》第 8 期，並擔任「作品合評」專欄合評人。

與笠詩社成員錦連、陳千武、葉笛、吳瀛濤成立日文翻譯小組，將國內詩作譯成日文，交由日本《詩學》、《現代詩手帖》發表。

1966 年　2 月　15 日，擔任《笠》第 11 期「作品合評」專欄合評人。

8 月　9 日，應邀出席笠詩社於彰化慈濟寺舉辦的中部同仁暑期詩話會，擔任主持人，與會者有趙天儀、方平、喬林、張彥勳、吳建堂、施淑、陳明台、蕭蕭等人。

11 月　2 日，長女林巾力出生。

1967 年　1 月　15 日，應邀參加由笠詩社主辦的「鄭烱明作品研究」座談會，與會者有錦連、喬林、鄭烱明、潘秀明、陳千武、張彥勳等人。

5 月　28 日，主持笠詩社於彰化慈濟寺舉辦的年會，與會者有趙天儀、吳瀛濤、葉笛、羅浪、詹冰、岩上、陳千武、謝秀宗、鄭烱明等人。

8 月　15 日，發表〈詩——這負責的形式〉於《笠》第 20 期。

10 月　26 日，應邀參加笠詩社於吳瀛濤宅舉辦的白萩詩集《風的薔薇》合評會，與會者有陳千武、白萩、葉笛、吳瀛濤、趙天儀、楓堤、林煥彰、林錫嘉、羅明河、陳芳明、陳明台等人。

11 月　12 日，應邀參加「中國新詩學會」成立大會，並獲選為

新詩學會理事。

	12 月	15 日，〈臺灣詩壇十年史〉連載於《笠》第 22～23 期。
1968 年	1 月	30 日，陳明台、謝秀宗錄音專訪，文章〈詩話錄音〉（陳千武紀錄）刊載於《笠》第 23 期。
		《現代詩的基本精神──論真摯性》由臺中笠詩社出版。
	3 月	16 日，應邀於中國文化學院華岡詩社發表演講「現代詩的基本精神」。
		17 日，應邀參加於桃園中壢杜潘芳格宅舉辦的笠詩社年會，與會者有陳千武、錦連、羅浪、趙天儀、陳秀喜、吳瀛濤、羅明河、鄭烱明、杜潘芳格、林煥彰、林錫嘉、白萩、葉笛、林宗源、洪炎秋、郭水潭、鍾肇政、鄭清文、林鍾隆、辛牧、陳明台、拾虹等人。
	9 月	《J・S 布魯那的教育理論──PSSC 等新課程的編制原理》由臺中新光書店出版。
	11 月	12 日，加入「中國新詩學會」，獲會員提名並選為理事。
1969 年	2 月	9 日，應邀參加笠詩社於彰化慈濟寺舉辦的中部同仁聚會，與會者有陳千武、錦連、張彥勳、羅浪等人。
	3 月	應邀擔任由彰化青年救國團主辦的「文藝創作研習班」講師，發表演講：「詩論與美學」。
	9 月	翻譯馬洛《保羅・梵樂希的方法序說》由臺北田園出版社出版。
1970 年	4 月	15 日，父親林仁薯逝世。
	6 月	7 日，應邀參加由臺中縣青年寫作協會於臺中豐原青年育樂中心主辦的「新詩座談會」，與錦連共同發表演講：「現代詩的本質」、「新詩鑑賞」。
		15 日，發表〈詩的本質〉於《笠》第 37 期。

	7 月	因招生考試試務操勞，引發急性腎炎，住院治療。
1971 年	8 月	身體稍有康復，銷假回校上課。
	12 月	31 日，陳明台、傅敏專訪，文章〈笠的精神——追記林亨泰先生的談話〉刊載於《笠》第 47 期。
1972 年	4 月	15 日，發表詩作〈弄髒了的臉〉於《笠》第 48 期。
1973 年	4 月	15 日，發表〈我們時代裡的中國詩〉於《笠》第 54～59、61 期。
	9 月	1 日，發表〈詩的三十年（上）〉、〈致張默〉於《創世紀》第 34 期。
	11 月	1 日，發表〈詩的三十年（下）〉於《創世紀》第 35 期。
1974 年	1 月	應邀擔任「第一屆中國現代詩獎」評審委員。
	4 月	21 日，應邀參加由吳望堯於臺北主辦的「第一屆中國現代詩獎」決審會議，擔任評審。
	7 月	發表〈表現的自由〉於《創世紀》第 37 期。
	8 月	為慢性腎炎疾病所擾，自彰化高級工業學校退休。繼續從事日文教學與文學研究。
	9 月	應邀擔任中州工專（今中州科技大學）兼任教師。
1975 年	4 月	13 日，應邀參加第二屆「中國現代詩獎」決審會議，擔任主席。
	12 月	20 日，應邀參加由笠詩社中部同仁舉辦的「慶祝非馬詩集《在風城》出版紀念餐會」。
1976 年	6 月	6 日，應邀參加於成功大學文學院會議廳舉辦的笠詩社 12 週年慶。
	8 月	15 日，發表〈詩與現代自我之確立〉與詩作〈畫室斷想〉於《笠》第 74 期。
	10 月	發表〈中國現代詩風格與理論之演變〉於《詩學》第 1

輯。

發表〈寫作與責任〉於《中華文藝》第 68 期。

1977 年	1 月	發表〈文學創作的生理基礎〉於《中華文藝》第 71 期。
	4 月	15 日，發表詩作〈商業大樓〉於《笠》第 78 期。
	6 月	15 日，發表詩作〈有孤岩的風景〉於《笠》第 79 期。
	12 月	發表〈想像力的兩極性〉於《詩人季刊》第 9 期。
1978 年	1 月	楊亭、廖莫白專訪，文章〈詩的防風林——林亨泰先生訪問記〉刊載於《幼獅文藝》第 289 期。
	5 月	10 日，雁蕪天專訪，文章〈現代詩人的基本精神〉刊載於《創世紀》第 47 期。
	6 月	10 日，慶祝詩人節，與林鍾隆、陳千武共同擔任於臺中市立文化中心舉行的「笠詩社發行 14 週年座談」主持人。
	8 月	應邀擔任建國工專（今建國科技大學）兼任教師。
	10 月	發表詩作〈生活〉於《臺灣文藝》第 60 期。
1979 年	2 月	3 日，康原專訪，文章〈訪林亨泰談文學創作中的情感〉刊載於《臺灣日報》副刊。
	5 月	30 日，發表詩作〈夢〉於《聯合報》副刊。
	7 月	15 日，應邀參加由臺中市立文化中心主辦的「現代詩作品研習會」，與會者有陳千武、詹冰、逸峰等人。
	8 月	15 日，發表〈《美麗島詩集》序〉、〈意象論批評集（1）〉於《笠》第 92 期。
		19 日，應邀參加於臺南關子嶺「笠園」舉辦的笠詩社 15 週年年會。
	10 月	15 日，發表〈詹冰的〈5 月〉〉於《笠》第 93 期。
1980 年	2 月	15 日，發表〈桓夫的〈窗〉〉於《笠》第 95 期。

4 月　15 日，發表〈非馬的〈風景〉〉於《笠》第 96 期。

發表〈現實觀的探求〉於《詩學》第 3 輯。

6 月　應邀擔任由臺中市立文化中心主辦的「現代詩研習會」講師。

8 月　應邀參加笠詩社於臺中市立文化中心舉辦的「詩的欣賞比較」座談，與會者有黃乙、張志華、陳秋月、何豐山、陳千武等人。

10 月　12 日，應邀參加由笠詩社於臺中市立文化中心主辦的「中部詩話會──詩與人生座談」。

13 日，應邀參加由笠詩社於臺中市立文化中心主辦的「臺灣先輩詩人作家座談會」，發表演講：「臺灣現代詩的演變」。

12 月　14 日，應邀參加由笠詩社於臺中市立文化中心主辦的「《笠》創刊一百期紀念現代詩座談會」。

15 日，發表〈笠的回顧與展望〉與詩作〈事件〉於《笠》第 100 期。

1981 年　2 月　15 日，發表〈陳秀喜的〈花絮〉〉於《笠》第 101 期。

8 月　應邀擔任中山醫學院（今中山醫學大學）兼任講師，教授日文。

本年　應邀擔任《中國時報》第五屆新詩獎評審委員。

1982 年　1 月　15 日，應邀參加笠詩社於臺中市立文化中心主辦的「中日韓現代詩人會議」，與會者有陳千武、蓉子、陳秀喜、向陽等人。

2 月　15 日，發表〈國語與方言──林宗源詩集《根》序〉、〈一九八二年新春談片〉於《笠》第 107 期。

4 月　15 日，康原專訪，文章〈詩人的回憶──林亨泰訪問記

之一〉刊載於《文學界》第 2 期。

5 月　發表〈抒情變革的軌跡──由「現代派的信條」中的第一條說起〉於《中外文學》第 10 卷第 12 期。

6 月　發表〈現代詩的「形式」與「內容」〉於《現代詩》復刊第 1 期。

8 月　15 日，發表〈關於「詩的語言」〉於《笠》第 110 期。

9 月　18 日，應邀參加現代詩社於臺北市太陽飯店九樓星星餐廳主辦的「詩句織就的星圖──林泠作品討論」座談，與談人有瘂弦、羅行、季紅、商禽、辛鬱、羅門、張默、羊令野、張漢良、梅新、碧果、向明等人。

應邀擔任臺中商專（今臺中技術學院）兼任講師，教授日文。

10 月　發表詩作〈鞦韆〉、〈今日又昇起〉於《創世紀》第 59 期。

本年　應邀擔任《中國時報》第五屆敘事詩獎評審委員。

1983 年　1 月　16 日，應邀參加現代詩社主辦的「門被開啓──黃荷生作品討論」座談，與談人有羅行、梅新、瘂弦、林煥彰、張拓蕪、季紅、黃荷生等人。

3 月　發表詩作〈爪痕集〉八首於《現代詩》復刊第 3 期。

5 月　1 日，應邀參加《笠》詩刊與《自立副刊》於臺北四季餐廳舉辦之「藍星・創世紀・笠三角討論會」。

24 日，發表詩作〈爪痕集〉於《聯合報》副刊。

應邀出席笠詩社於臺北市中國大飯店主辦的「非情之歌──《林亨泰詩集》研討會」，與會者有：洛夫、向明、辛鬱、瘂弦、商禽、白萩、劉克襄、陳克華、羅行、梅新。

6 月　11 日，建國工專學生劉學芝等人專訪，文章〈訪林亨泰

先生談現代詩的基本精神〉刊載於《建專青年》第 11 期。

15 日，發表〈談現代派的影響〉於《笠》第 115 期。

發表詩作〈路〉於《臺灣詩季刊》創刊號。

7 月　發表〈象徵價值的創造及其他〉於《現代詩》復刊第 4 期。

9 月　應邀擔任東海大學兼任講師，教授日文。

12 月　18 日，應邀參加笠詩社於臺中市主辦的「白萩作品討論會」，與談人有陳千武、鄭烱明、陳明台、李敏勇、苦苓、岩上等人。

本年　應邀擔任《中國時報》第六屆新詩獎評審委員。

1984 年　3 月　4 日，應邀參加笠詩社於臺中市立文化中心文英館主辦的「詩與現實」座談，與會者有白萩、廖莫白、林華洲、吳麗櫻、錦連、岩上、陳明台、陳千武、何淑鈞等人。

10 日，《林亨泰詩集》由臺北時報文化出版公司出版。

4 月　22 日，應邀參加文訊月刊社於臺北耕莘文教院主辦之「中國現代詩談話會」，與會者有瘂弦、張默、羅門、白萩、張健、上官予等人。

6 月　12 日，發表〈「動」與「靜」之間〉於《自立晚報》「本土副刊」。

康原專訪，文章〈臺灣鄉土文學並非始於鄉土論戰〉刊載於《臺灣詩季刊》第 5 號。

發表〈從「迷失的詩」到「詩的迷失」〉於《現代詩》復刊第 6 期。

7 月　辭去建國工專教職。

10 月　6 日，應邀參加《創世紀》創刊 30 週年慶祝會，並獲

《創世紀》詩論評獎。

7 日，應邀參加現代詩社於臺北菡影家樓頂書齋舉辦的「白荻詩集《詩廣場》討論會」，與會者有梅新、季紅、彭邦楨、洛夫、商禽、向明、瘂弦、羅行、趙天儀、侯吉諒、菡影等人。

13 日，應邀參加中央圖書館主辦之「現代詩卅年詩集、詩刊、詩人資料展」，並主講：「詩的創作」。

發表〈現實觀的探求〉於《創世紀》第 65 期。

發表詩作〈有生之年〉於《掌門詩刊》第 20 期。

1985 年	1 月	26 日，應邀參加於臺灣大學校友會館舉辦的第一次《笠》詩友會活動。
	3 月	發表〈詩的創作──國立中央圖書館演講辭〉於《現代詩》復刊第 7、8 合刊號。
	4 月	4 日，應邀參加於臺中后里張彥勳宅舉辦的「「銀鈴會」回顧座談會」。
	5 月	4 日，應邀至臺灣大學校友會館演講：「跨越語言一代的詩人們──從「銀鈴會」談起」，演講內容同日刊載於《自立晚報》「「本土副刊」」。
		5 日，應邀參加由《文學界》雜誌於臺北主辦的「非馬作品討論會」，與談人有李敏勇、喬林、向陽、鄭炯明、陳明台、趙天儀、古添洪、莫渝等人。
	6 月	22 日，發表詩作〈新畢業的女教師〉（楊喚翻譯）於《聯合報》副刊。
	7 月	5〜6 日，應邀參加由美國麻州大學主辦的「第四屆臺灣文學研究會」，於會中宣讀論文〈「銀鈴會」史話〉。
	8 月	應邀擔任《聯合文學》雜誌社舉辦之第一屆「全省巡迴文

藝營」講師。

9 月　15 日，發表詩作〈臺灣〉於《臺灣文藝》第 96 期。

10 月　15 日，發表「林亨泰早期作品四首」——〈人類的鄉愁〉、〈忘卻〉、〈年輕人的歌〉、〈人間的悲哀〉於《笠》第 129 期。

11 月　14 日，因胃出血住進彰化基督教醫院治療，19 日出院。

1986 年　2 月　詩集《爪痕集》由臺中笠詩社出版。

3 月　15 日，發表詩作〈同座者〉於《臺灣文藝》第 99 期。

30 日，應邀參加由《臺灣文藝》、《笠》、《文學界》聯合主辦的「吳濁流文學獎、巫永福評論獎、臺灣詩人選集出版紀念會暨文藝講座」活動。

4 月　15 日，發表〈張彥勳與銀鈴會〉於《笠》第 132 期。

28 日，第二次胃出血，住進彰化秀傳醫院治療，至 5 月 4 日出院。

5 月　15 日，發表〈探求原始的風景〉於《臺灣文藝》第 100 期。

8 月　應邀擔任行政院文化建設委員會、文化復興運動推行委員會臺灣省分會聯合主辦之「中部地區兒童文學研究夏令營」講師。

應邀擔任《聯合文學》舉辦的第二屆「全省巡迴文藝營」講師。

11 月　25 日，發表〈燈的呼喚——關於〈室內設計〉〉（陳克華詩作）於《中國時報》「人間副刊」。

本年　應邀擔任《中國時報》第九屆新詩獎評審委員。

1987 年　2 月　15 日，加入「臺灣筆會」。

15 日，發表詩作〈力量〉於《笠》第 137 期。

5 月　22 日，發表詩作〈安全〉於《自立晚報》「本土副刊」。

應邀出席《聯合報》於臺北「鼎盧」小茶屋舉辦的「詩人與科學家激談錄」，與陳漢平進行對談，與會者有瘂弦、白靈、陳義芝等人。

7 月　辭去中山醫學院教職。

發表〈強化現代詩體質的探討〉於《臺灣文藝》第 106 期。

11 月　古添洪專訪，文章〈現代詩裡「現代主義」問卷及分析〉刊載於《文學界》第 24 期。

12 月　發表詩作〈車禍〉、〈進香團〉，及桃集專訪，文章〈有孤岩的風景——訪林亨泰〉於《現代詩》復刊第 11 期。

發表詩作〈生活〉於《笠》第 142 期。

應邀擔任第八屆「巫永福評論獎」評審委員。

1988 年　1 月　14～17 日，應邀參加由笠詩社於臺中市立文化中心文英館主辦的「第三屆亞洲詩人會議」，並代表臺灣詩人致詞。

3 月　林燿德專訪，文章〈臺灣的「前現代派」與「現代派」〉刊載於《臺北評論》第 4 期。

發表詩作〈主權的更替〉於《臺灣文藝》第 110 期。

4 月　15 日，發表〈批評家的良識〉於《笠》第 144 期。

5 月　22 日，應邀參加由南部笠詩社同仁為 24 週年慶於臺南神學院舉辦的「詩的交談」活動，並發表演講：「詩的語言與意象」。

6 月　12 日，應邀參加笠詩社於臺中市立文化中心文英館主辦的「江山之助作品賞析會」，與會者有白萩、洪中周、陳亮、渡也、陳千武等人。

8 月　15 日，發表〈新詩的再革命〉於《笠》第 146～147 期。

9 月　4 日，應邀參加笠詩社於臺中市立文化中心文英館主辦的「利玉芳作品賞析會」，與會者有白萩、詹冰、劉素惠、洪中周、陳千武等人。

10 月　24 日，發表〈健步的語言意象〉於《中國時報》「人間副刊」。

11 月　6 日，應邀參加笠詩社於臺中市文化中心文英館主辦的「臺灣新詩的獨特性與未來開展」座談，與會者有陳千武、詹冰、趙天儀、白萩、李篤恭、金尚浩、洪中周等人。

12 月　11 日，發表詩作〈老膃肭獸〉於《自立晚報》「本土副刊」。

25 日，應邀參加於臺北東區舉辦的「詩人與語言的三角對話」座談會，與談者有簡政珍、林燿德。

29 日，發表詩作〈美國紀行〉於《中國時報》「人間副刊」。

本年　應邀擔任《中國時報》第 11 屆新詩獎評審委員。

應邀擔任第九屆「巫永福評論獎」評審委員。

1989 年　1 月　8 日，應邀參加於臺北巫永福宅舉辦的「臺灣人的唐山觀——兼論巫永福〈祖國〉一詩」座談會，與會者有巫永福、陳千武、趙天儀、林宗源、白萩、李魁賢、李敏勇、張信吉等人。

14 日，發表詩作〈敬告迴旋夢裡的人民〉於《臺灣時報》副刊。

3 月　12 日，應邀參加笠詩社於高雄春暉語文中心舉辦的「臺灣孤立的哀愁——兼論陳千武先生〈見解〉一詩」座談

會，並擔任主持人，與會者有曾貴海、鄭烱明、葉石濤、葉笛、陳千武、錦連、白萩等人。

4 月　22 日，應邀參加聯合報系「七十七年度文學好書」評選決選會議，為詩類評選委員。

5 月　7 日，應邀參加笠詩社於臺中市立文化中心文英會館主辦的「浮沉太平洋的臺灣──兼論白萩〈領空〉一詩」座談會，與會者有李篤恭、鄭烱明、趙天儀、莊柏林、陳千武、杜潘芳格、白萩、詹冰、江平、曹湘如、張信吉等人。

鄭明娳專訪，文章〈理論與實際──專訪林亨泰校友〉刊載於《師大校友月刊》第 245 期。

6 月　15 日，發表〈走過的存在〉與詩作〈回扣醜聞〉、〈上班奴隸〉於《笠》第 151 期。

7 月　1 日，應邀於臺中商專發表演講：「現代詩的基本精神」，演講紀錄刊載於《漠耘》第 6 期。

10 日，發表〈銀鈴會與四六學運〉、〈半百世紀〉於《臺灣春秋》第 10 期。

17 日，應邀參加笠詩社於高雄春暉語文中心主辦的「臺灣的愛怨情結──兼論李魁賢〈愛情政治學〉與鄭烱明〈一個男人的觀察〉兩詩」座談會，與會者有曾貴海、陳秀喜、井東襄、曹湘如、白萩、陳明台、蔡榮勇、陳坤崙、利玉芳、羊子喬、莊金國、陳千武、沙白、柯旗化、莊智年、鄭烱明、李敏勇、李魁賢、趙天儀、北原政吉、鈴木豐志夫、杜潘芳格、張信吉等人。

發表〈「銀鈴會」的史話〉於《臺灣文藝》第 118 期。

8 月　應邀擔任《聯合文學》雜誌社舉辦之第五屆「全省巡迴文

藝營」講師。

9 月　10 日，第三次胃出血住院，至 14 日出院。

林婷專訪，文章〈開放文學教育的花果──專訪本土現代詩人林亨泰〉刊載於《自由青年》。

11 月　3 日，發表〈走過現代・定位鄉土──我的文學生活〉於《首都早報》。

8 日，發表〈文學與政治〉於《首都早報》。

10 日，發表〈臺灣文學的構成與條件〉與詩作〈西餐〉於《臺灣春秋》第 14 期。

本年　應邀擔任《聯合報》之聯合副刊「每月人物」推荐委員。

1990 年　3 月　22 日，發表詩作〈變〉於《中國時報》「人間副刊」。

應邀擔任臺灣省兒童文學協會與臺中市立文化中心合辦之「童詩創作研習班」講師，同期講師有詹冰、陳千武、錦連、白萩等人。

4 月　1 日，發表〈走出語言的牢獄〉於《中時晚報》「時代文學」第 1 期。

22 日，發表〈文字・暴力・意識形態〉於《中時晚報》「時代文學」第 4 期。

5 月　6 日，應邀參加笠詩社於臺北主辦的「被踩污的綠色臺灣──兼論李敏勇詩〈噪音〉、江自得詩〈童年的碎片〉、李昌憲詩〈返臺觀感〉」座談會，與會者有巫永福、莫渝、莊柏林、劉國棟、李敏勇、杜文祥、李魁賢、白萩、趙天儀、徐麗禎等人。

13 日，發表〈媒體操作與詩的表現〉於《中時晚報》「時代文學」第 7 期。

27 日，發表詩作〈演戲〉於《中時晚報》「時代文學」第

9 期。

詩集《跨不過的歷史》由臺北尚書文化出版社出版。

6 月　5 日，郭玉文專訪，文章〈Poison——訪詩人林亨泰先生〉刊載於《自立晚報》「本土副刊」，並發表詩作〈黃道吉日〉。

　　　20 日，應邀參加全國文化會議之中區座談，討論「當前文藝發展的取向」，主持人為楊念慈，與會者有余光中、王心均、白萩、陳千武、陳篤弘、陳憲仁等人。

　　　24 日，應邀參加新地文學基金會於清華大學舉辦之第三屆「當代中國文學國際學術會議」，與王昶雄、葉石濤、陳千武一同進行「我們是怎麼走過來的——日據時代作家座談會」，由趙天儀擔任主持人。

7 月　18 日，發表詩作〈國會變奏曲〉於《中國時報》「人間副刊」。

　　　22 日，發表〈「蒼白的臉」與「紅色肌膚」〉於《中時晚報》「時代文學」第 17 期。

　　　29 日，應邀參加笠詩社於臺中市立文化中心文英館主辦的「臺灣歷史的傷痕——兼論丘逢甲〈離臺詩〉、龔顯榮〈天窗〉、柯旗化〈母親的悲願〉、白萩〈雁的世界及觀察〉、鄭烱明〈童話〉」座談會。與會者有白萩、錦連、溫桂美、李篤恭、張素華、詹冰、江自得、陳千武、陳明仁、龔顯榮、莊柏林、鄭烱明、柯旗化等人。該次座談紀錄刊載於《笠》第 160 期。

8 月　22 日，發表〈讓詩成為人人每天必讀的〉於《自立晚報》晚安臺灣。

9 月　26 日，發表〈臺灣精神的建立〉於《自立晚報》晚安臺

灣。

30 日，應邀參加中國青年寫作協會主辦之「八○年代臺灣文學研討會」，發表論文〈八○年代臺灣詩潮宏觀〉（講評人為鄭恆雄）。

10 月　21 日，發表〈文學功能的兩輪——作者與讀者〉於《中時晚報》「時代文學」第 30 期。

12 月　30 日，發表〈執著的作家與不氣餒的出版社〉於《中時晚報》「時代文學」第 40 期。

本年　第四次胃出血住院。

1991 年　2 月　3 日，礁溪文化學會成立，擔任理事。

24 日，發表〈真空妙有〉於《中時晚報》「時代文學」第 48 期。

發表〈抽離的咬痕——論簡政珍的詩集《歷史的騷味》〉於《聯合文學》第 76 期。

3 月　3 日，發表〈因創造而尊嚴〉於《中時晚報》「時代文學」第 49 期。

24 日，發表悼念陳秀喜詩作〈走上永恆〉於《臺灣日報》副刊，後刊載於《笠》第 162 期（1991 年 4 月）。

4 月　28 日，發表〈還是寫作最瞭解你〉於《聯合報》副刊。

6 月　5 日，發表〈八卦禿山〉於《中時晚報》「時代文學」。

10 日，臺中商專文藝社專訪，文章〈從原點起步的詩人——訪詩人林亨泰老師〉刊載於《漠耘》第 7 期。

15 日，發表〈《詩與臺灣現實》序〉於《笠》第 163 期。

16 日，應邀參加南投文化中心於南投主辦的「臺灣新詩活動的回顧與展望——現代詩研討會」，發表論文〈現代派運動的實質及影響〉發表〈繆斯寵愛桃太郎——日本小

學的詩教育〉於《中時晚報》「時代文學」第 64 期。

7 月　14 日，發表〈從小就和繆斯打交道——日本文學教育往下紮根〉於《中時晚報》「時代文學」第 68 期。

30 日，應邀參加臺灣兒童協會於南投日月潭青年活動中心主辦的「兒童文學創作研究夏令營」，發表演講：「詩與現代意象的表現」。

8 月　4 日，應邀參加《聯合報》第 13 屆小說獎附設新詩獎決審會議，擔任決審委員，與會者有余光中、洛夫、楊牧、瘂弦等人。

17～21 日，應邀擔任《自立晚報》副刊於臺南南鯤鯓代天府舉辦之第 13 屆「鹽分地帶文藝營」講師。

26～30 日，〈銀鈴遺聲——銀鈴會文學觀點的探討〉連載於《自立晚報》「本土副刊」。

28 日，發表詩作〈賴皮狗〉於《自立早報》副刊。

10 月　8 日，發表〈發光的圖騰——評〈幻愛〉詩組曲〉（李宗榮著）於《中國時報》「人間副刊」。

18 日，發表詩作〈照鏡子〉於《中國時報》「人間副刊」。

30 日，發表〈解讀卑瑣的一種方法——賞析〈清道婦〉〉（羅葉著）於《聯合報》副刊。

11 月　9 日，應邀參加榮後基金會於臺南北門南鯤鯓代天府舉辦的「第一屆榮後臺灣詩獎頒獎典禮」，與會者有陳千武、莊柏林、林梵、趙天儀等人。

12 月　2 日，應邀參加笠詩社於臺中市臺灣兒童協會主辦的「龔顯榮詩集《天窗》合評」座談會，與會者有白萩、陳千武、錦連、江自得、洪中周等人。

22 日，發表〈回歸民主精神的根源——評吳豐山《臺灣一九九九》〉於《自立晚報》書香書評。

本年　應邀擔任《中國時報》第 14 屆新詩獎評審委員。

1992 年　1 月　10 日，應邀參加文學臺灣基金會於臺北耕莘文教院「寫作小屋」主辦的「悲情之繭——杜潘芳格作品研討會」，與會者有李敏勇、利玉芳、李魁賢、莊柏林、劉捷、錦連等人。

12 日，應邀參加文學臺灣基金會於臺北 YMCA 波士廳主辦的「《文學臺灣》創刊紀念會」，與會者有巫永福、王昶雄、楊青矗、李瑞騰、林濁水、彭瑞金、陳萬益、呂興昌、張恆豪、鄭清文、向陽等六十餘人。

22 日，發表〈父親意象與母語肉聲——莊柏林詩集《西北雨》讀後感〉於《臺灣時報》副刊。

發表〈賴和的反向思考〉於《彰化人雜誌》第 11 期。

4 月　12 日，應邀參加由笠詩社於臺中主辦的「江自德詩集《那天，我輕輕觸著了妳的傷口》合評」座談會，與會者有白萩、岩上、蔡榮勇、陳千武、陳亮等人。

5 月　31 日，發表〈立體的存在——論臺灣現代派運動的實質及影響〉與詩作〈老人〉於《中時晚報》「時代文學」第112 期。

6 月　14 日，應邀參加礦溪文化學會於彰化縣立文化中心主辦的「礦溪午後的饗宴——臺灣文學對話」，與陳明台對談：「現代主義精神的再反省」。

7 月　7 日，發表詩作〈降火氣〉、〈飄流物〉於《中國時報》「人間副刊」。

8月　2 日，應邀參加臺灣筆會、《文學臺灣》雜誌與高雄縣政
府於高雄鳳山主辦的「鍾理和逝世三十二週年紀念暨臺灣
文學學術研討會」，與會者有葉石濤、許素蘭、鄭麗玲、
陳萬益、李喬、林瑞明、李敏勇等人。

7 日，發表〈「詩永不滅」論〉於《中國時報》「人間副
刊」。

10月　2 日，發表〈兩隻閱讀現實的眼睛——姚嘉文《臺海一九
九九》讀後感〉於《自立晚報》「本土副刊」。

31 日，獲頒榮後文化基金會第二屆「榮後臺灣詩獎」，發
表〈五十年的「詩」生活——「榮後臺灣詩獎」得獎感
言〉於《自立晚報》「本土副刊」。

11月　6 日，應邀出席於臺北誠品敦南店舉行的「詩的星期五」
活動，與張默共同擔任主持人，並朗誦詩作〈風景〉、〈爪
痕集〉等 16 首。

12 日，應邀參加臺灣筆會於臺北許昌街 YMCA 舉行之彭
明敏教授回臺歡迎茶會，與會者有李魁賢、莊柏林、向
陽、李喬、黃春明、陳千武等人，共同朗誦詩歌和報告近
三十年的臺灣文學發展。

26 日，發表詩作〈選舉〉於《自立晚報》「本土副刊」。

本年　應邀擔任聯合報系「全國文學新書」評選委員。

1993 年　1 月　17 日，發表〈近代化胎動的顫聲——讀〈駁北報的無腔
笛〉一文〉於《中國時報》「人間副刊」。

2 月　15 日，陳謙專訪，文章〈詩永不死——訪林亨泰〉（林秀
梅整理）刊載於《臺灣文藝》第 135 期。

3 月　23～24 日，〈在鄉土中建立自主文化——序《大地的眼
睛》〉（洪長源著）連載於《民眾日報》鄉土副刊。

4 月　3 日，應邀參加「檢驗校訓校歌，審視教育心態」座談
　　　會，與會者有李魁賢、趙天儀、許素蘭。

5 月　15 日，應邀參加彰化師範大學國文系於彰化主辦的「現
　　　代詩學研討會」，擔任論文講評人。

　　　25 日，發表詩作〈臺北〉於《自立晚報》「本土副刊」。

　　　應邀擔任爾雅出版社之「八十一年詩選」及「年度詩獎」
　　　編輯評審委員，其他編輯委員爲洛夫、向明、余光中、商
　　　禽、張默、瘂弦、梅新等人。

6 月　《見者之言》由彰化縣立文化中心出版。

7 月　25 日，應邀參加於臺北 YMCA 舉辦的笠詩社 1993 年年
　　　會，與會者有黃騰輝、莊柏林、陳千武、李魁賢、白萩、
　　　鄭烱明、謝碧修、陳坤崙、李昌憲、羅浪、喬林、李篤
　　　恭、林宗源、張芳慈、羊子喬、黃荷生、張彥勳、黃恆
　　　秋、蕭翔文、張瓊文、黃勁連、李敏勇、陳明台、陳明
　　　仁、莫渝、岩上、拾虹等人。

　　　發表〈現代派運動與我〉於《現代詩》復刊第 20 期。

　　　John Balcom 翻譯詩作〈回憶 NO.1〉、〈作品之九〉、〈作品
　　　之十〉、〈作品之十八〉、〈作品之二十〉、〈作品之二十
　　　五〉、〈有生之年〉、〈有孤岩的風景〉、〈弄髒了的臉〉，發
　　　表於 *Free China Review*。

8 月　19 日，獲頒由自立報系主辦的第 15 屆鹽分地帶文藝營
　　　「臺灣新文學貢獻獎」。

　　　29 日，應邀參加《現代詩》季刊於誠品書店世貿店會議
　　　廳舉辦之「現代詩發展 40 年研討會」，主講：「《現代詩》
　　　季刊與現代主義」，與會者有鄭愁予、楊澤、楊牧、商
　　　禽、瘂弦、白萩、廖咸浩、向明、陳黎、譚石、楚戈等
　　　人。

發表〈五○年代現代派運動〉於《大成報》藝術文化版。

10 月　3 日，應邀參加臺灣礦溪文化學會主辦之「紀念臺灣鄉土小說家洪醒夫學術研討會」，擔任主持人，與會者有呂興昌、陳萬益、康原等人。

本年　當選爲礦溪文化學會第二屆理事長。

1994 年　2 月　應邀擔任第 15 屆「巫永福評論獎」評審委員。

4 月　6 日，發表詩作〈地球還有點亮光〉於《中國時報》「人間副刊」。

應邀擔任陳秀喜詩獎基金會舉辦之第三屆「陳秀喜詩獎」評審委員。

5 月　7 日，應邀參加第三屆陳秀喜詩獎頒獎典禮。

14 日，發表詩作〈腐爛〉於《自立晚報》「本土副刊」。

6 月　11～12 日，應邀參加於臺中上智社教研究院舉辦的「慶祝《臺灣文藝》、《笠》30 週年『1994 臺灣文學會議』」，與會者有陳千武、莊柏林、李敏勇、王昶雄、白萩、趙天儀、向陽、羊子喬、呂興昌、鍾肇政、陳萬益等人。

15 日，發表詩作二首〈宮廷政治〉、〈且慢〉與〈「笠詩社」與臺灣自主文化〉於《笠》第 181 期。

呂興昌編《林亨泰研究資料彙編》（共二冊），由彰化縣立文化中心出版。

《找尋現代詩的原點》由彰化縣立文化中心出版。

7 月　12 日，銀鈴會同仁朱實自日本回國，於臺中后里張彥勳宅召開歡迎會，與會者有朱商秋、賴泍、呂興昌、呂興忠、錦連等人。

辭去東海大學教職。

8 月　1 日，發表〈到哪裡去找「天才」？〉於《自立晚報》

「晚安臺灣」。

27～31 日，應邀參加笠詩社、世界藝術文化學院於臺北環亞大飯店舉辦的「第 15 屆世界詩人大會」，由鍾鼎文頒給榮譽博士學位，與會者有趙天儀、吳建堂、岩上、陳明台、陳千武、喬林、李魁賢、趙天儀等人。

應邀擔任《聯合文學》雜誌社主辦之「第 10 屆全省巡迴文藝營」講師。

發表〈《現代詩》季刊與現代主義〉於《現代詩》第 22 期。

10 月　15 日，發表〈《找尋現代詩的原點》自序〉於《笠》第 183 期。

23 日，應邀參加臺灣省兒童文學協會承辦之「新詩童詩作品研討會」，與詹冰、白萩共同主講「詩與語言（我怎樣寫童詩）」。

11 月　25～27 日，應邀參加行政院文化建設委員會、清華大學臺灣研究室、賴和文教基金會於清華大學主辦之「賴和及其同時代的作家：日據時期臺灣文學國際學術會議」，擔任論文講評人，並於「日據時期臺灣作家座談會」中發表引言，與會者有陳萬益、呂興昌、呂正惠、張良澤、黃英哲、林瑞明、藤井省三、下村作次郎、趙天儀等人。

12 月　23 日，發表〈我是《笠》的首任主編〉於《中央日報》副刊。

27 日，應邀參加靜宜大學中國文學系與《笠》詩刊合辦之「三十而笠」活動，並朗誦詩歌。與會者有趙天儀、陳千武、詹冰、白萩、岩上等人。

本年　應邀擔任彰化師範大學國文系系主任李威熊教授舉辦的

「新文藝師資研習班」講師。

1995 年　1 月　22 日，應邀參加礦溪文化學會於彰化文化中心主辦的「臺灣詩史銀鈴會專題研討會」，發表論文〈銀鈴會文學觀點的探討〉。

3 月　25 日，應邀參加由文訊雜誌社主辦的「臺灣現代詩史研討會」，發表論文〈臺灣詩史上的一個大融合（前期）——1950 年代後半期的臺灣詩壇〉。

4 月　29 日，應邀參加彰化師範大學國文系主辦的「第二屆現代詩學會議」，發表論文〈關於文學教育改革的一個提案〉。

5 月　11 日，因腦溢血入彰化基督教醫院急救。

6 月　主編《臺灣詩史「銀鈴會」論文集》由彰化臺灣礦溪文化學會出版。

7 月　辭去臺中商專教職。

1996 年　2 月　9 日，應邀參加彰化師範大學主辦之「全國高中生文藝營」，主持現代詩朗誦比賽。

3 月　14 日，應邀爲霧峰佛教學院（今中華佛教學院）兼任教師。

發表詩作〈老膃肭獸〉於鹿兒島《野鹿》第 48 號。

5 月　29 日，發表〈平等心〉於《聯合報》副刊。

6 月　15 日，發表詩作〈誕生〉於《中央日報》副刊。

8 月　發表詩作〈宮廷政治〉於《臺灣文學英譯叢刊》第 1 號。

12 月　發表〈詩人當他在創作時〉、詩作〈平等心〉與〈誕生〉於《笠》第 196 期。

本年　美國漢學家陶忘機（John Balcom）選譯詩作集結爲 *Black and White*，由美國加州 Taoran 出版社出版。

1997 年   4 月   27 日,應邀與中部笠詩社同仁聯誼,並參加笠詩社於南
投主辦的「詩的座談」。

7 月   16 日,莊紫蓉專訪,文章〈追求音樂與繪畫的詩境──
詩人林亨泰訪談錄〉,後改題為〈訪林亨泰〉刊載於《臺
灣新文學》第 9 期(1997 年 12 月 15 日)。

8 月   15 日,發表〈祝《笠》詩刊發行兩百期〉與詩作〈死去
母親的幻影〉於《笠》第 200 期。

9 月   16 日,第五次胃出血,進入彰化基督教醫院療養,19 日
出院。

1998 年   5 月   4 日,發表詩作〈自若〉於《聯合報》副刊。

6 月   11 日,發表詩作〈愛的美學〉於《自由時報》副刊。

8 月   15 日,發表詩作〈花之頌〉、〈自若〉、〈愛的美學〉於
《笠》第 206 期。

9 月   呂興昌編《林亨泰全集》(共 10 冊),由彰化縣立文化中
心出版。

10 月   15 日,發表詩作〈在說與未說之間──悼詩友蕭翔文
兄〉於《笠》第 207 期。

1999 年   1 月   發表〈跨越我的語言的界線〉於《彰化藝文》第 2 期。

3 月   3 日,發表詩作〈人的存在〉於《聯合報》副刊。

16 日,發表詩作〈想入睡的一刻〉於《中國時報》「人間
副刊」。

4 月   2 日,發表詩作〈兩個阿公〉於《臺灣日報》副刊。

3 日,獲頒彰化縣文化局第一屆「磺溪文學獎」特別貢獻
獎。

10 月   5 日,發表詩作〈餘震〉於《臺灣日報》副刊。後刊載於
《笠》第 214 期(1999 年 12 月)。

	11 月	6 日，應邀參加真理大學臺灣文學系主辦之「福爾摩莎的文豪——鍾肇政文學會議」，與會者有陳千武、葉石濤、陳萬益、李敏勇、李喬、李魁賢、鄭清文、莫素微、胡紅波等人。
2000 年	2 月	15 日，發表〈現代詩的光芒——巫永福的〈枕詩〉〉於《笠》第 215 期。
	6 月	15 日，發表〈現代詩的光芒（2）——趙天儀的〈海岸〉〉於《笠》第 217 期。
	8 月	4 日，應邀參加吳三連臺灣史料基金會於臺南南鯤鯓代天府舉辦之第 22 屆鹽分地帶文藝營「向臺灣前輩作家致敬」典禮，並獲頒獎牌。
		15 日，發表〈現代詩的光芒（3）——李魁賢的〈鼓聲〉〉於《笠》第 218 期。
	10 月	15 日，發表〈現代詩的光芒（4）——杜潘芳格的〈中元節〉〉於《笠》第 219 期。
		發表〈研究《笠》詩刊的基本原點〉於《文學臺灣》第 36 期。
	11 月	4 日，應邀參加真理大學臺灣文學系主辦之「福爾摩莎的心窗——王昶雄文學會議」，與李喬、葉石濤、李敏勇及李筱峰等進行「全面本土化國策與臺灣文學發展」座談。
	12 月	15 日，發表〈現代詩的光芒（5）——岩上的〈舞〉〉於《笠》第 220 期。
		18 日，應邀擔任臺灣師範大學「人文講席」講師，演講：「停滯與革新——從我的角度來看戰後的現代詩意識」。演講稿刊載於《笠》第 222 期（2001 年 4 月）。
		19 日，於臺灣師範大學演講：「談詩的創作過程」。

2001 年	2 月	14 日，林峻楓專訪，文章〈博愛的默禱者——訪詩人林亨泰〉刊載於《青年日報》第 13 版。
	11 月	1 日，獲頒淡水真理大學「第五屆臺灣文學家牛津獎」，並應邀參加於真理大學演講廳舉辦的「福爾摩莎的詩哲——林亨泰文學會議」，與會者有李魁賢、趙天儀、向陽、三木直大、郭楓、陳明台、蕭蕭、白靈、孟佑寧、陳凌、林盛彬、李敏勇等人。

6 日，應邀參加「八卦山文學步道啓用典禮」，與彰化縣長阮剛猛、文化局長李俊德及康原等人共同剪綵揭幕。

2002 年	1 月	《福爾摩莎詩哲——林亨泰文學會議論文集》由彰化縣文化局出版。
	2 月	15 日，發表日文作品〈現代詩的光芒（6）——葉笛的〈火和海〉〉於《笠》第 227 期。
	7 月	發表〈我們以及我們的祖先們——不同政治不同文化的數代家族史〉於《臺灣文學評論》第 2 卷第 3～4 期。
	9 月	25 日，應邀參加成功大學臺灣文學系成立茶會，與會者有陳水扁、高強、呂興昌、林瑞明、葉石濤、李喬、錦連、葉笛、龔顯榮、曾貴海、鄭烱明、陳坤崙、黃樹根、林佛兒、張德本、楊翠等人。
	12 月	發表〈臺灣前輩作家與大正民主運動——另一個源流的發現〉於《彰化藝文》第 18 期。
2003 年	1 月	發表〈我的尋根之旅的一個嘗試——〈我們以及我們的祖先們〉補遺〉（林巾力譯）於《臺灣文學評論》第 3 卷第 1 期。
	7 月	影片「現代派本土詩人——林亨泰」由臺中何春木文教基金會、臺北前衛出版社共同出版，收入「人文臺灣——臺灣作家系列精選輯 VCD」系列，片長 30 分鐘，介紹林亨

泰的生平、創作歷程、文學理念及重要作品。

應邀參加總統府地方文化展系列活動之「彰化縣文化局預展」，教導兒童吟詩。

11 月　　3 日，發表〈生生不息的臺灣文學〉於《聯合報》副刊。

應邀於淡水真理大學發表演講：「初識詹冰──銀鈴會中令人雙眼為之一亮的存在」。

2004 年　　4 月　　15 日，發表詩作〈故里〉於《笠》第 252 期。

6 月　　19～20 日，應邀參加國家臺灣文學館主辦、靜宜大學臺灣文學系承辦之「楊逵文學國際學術研討會」，以及於東海花園舉辦的「在大地寫詩──重回東海花園」活動。

李長青、陳思嫻專訪，文章〈與詩，追尋歷史的現代──訪林亨泰〉刊載於《笠》第 241 期。

7 月　　6 日，發表〈國家文藝獎──得主說感言〉於《民生報》。

獲頒國家文化藝術基金會「第八屆國家文藝獎」。

8 月　　23 日，發表〈鄉土教育在日治時代的北斗〉於《臺灣日報》副刊。

10 月　　發表〈日本殖民地之下的大正經驗──父親時代而至我的成年歲月〉（林巾力譯）於《臺灣文學評論》第 4 卷第 4 期～第 5 卷第 1 期。

2005 年　　3 月　　17 日，應邀參加國家文化藝術基金會與靜宜大學臺灣文學系於文學院小劇場主辦的「銀鈴聲揚──林亨泰詩藝會」活動。

2006 年　　4 月　　康原著《八卦山下的詩人‧林亨泰》由臺北玉山社出版。

12 月　　三木直大編譯《越えられない歷史──林亨泰詩集》由日本東京思潮社出版。

2007 年　　　1 月　發表〈我的想法與回應——針對曾貴海的論點〉（林巾力譯）於《文學臺灣》第 61 期。

林巾力著《福爾摩沙詩哲林亨泰》由臺北印刻出版公司出版。

　　　　　　9 月　《林亨泰詩集》由高雄春暉出版社出版。

2008 年　　　4 月　發表〈我的創作生涯〉於《彰化藝文》第 39 期。

　　　　　　12 月　陳昌明編《林亨泰集》由臺南國立臺灣文學館出版。

2009 年　　　6 月　6 日，彰化師範大學國文系以「林亨泰 85」為主題，舉辦「第 18 屆詩學會議——林亨泰詩與詩學國際研討會」，與會者有呂興昌、陳芳明、李瑞騰、林巾力、游喚、蕭蕭、翁文嫻、阮美慧、陳義芝、李癸雲、陳俊榮、柯夌伶、三木直大、洪子誠、金尚浩等人。後集結論文《看似尋常，最奇崛——林亨泰詩與詩學國際學術研討會論文集》由臺北五南圖書出版公司出版。

23 日，中、日文詩集《生命之詩》由臺中晨星出版公司出版。

2010 年　　　5 月　29 日，應邀擔任彰化賴和紀念館駐館作家，主講「詩戀美麗島」。

參考資料：

・呂興昌編訂，《林亨泰全集十——外國文學研究與翻譯卷》，彰化：彰化縣立文化中心，1998 年 9 月，頁 166～255。

・康原著，《八卦山下的詩人・林亨泰》，臺北：玉山社，2006 年 4 月，頁 205～274。

・林巾力，《福爾摩沙詩哲林亨泰》，臺北：印刻出版公司，2007 年 1 月，頁 264～268。

・林亨泰著、林巾力譯，《生命之詩——林亨泰中日文詩集》，臺中：晨星出版公司，
　2009 年 6 月，頁 165～189。

輯三◎
研究綜述

林亨泰研究評述

◎呂興昌

一、前言

　　林亨泰，筆名亨人、桓太，1924 年生於日治下的臺中州北斗郡北斗街（今彰化縣北斗鎮），北斗公學校、高等科畢業，臺北中學（今泰北中學）肄業，臺北帝國大學附設熱帶醫學研究所所屬「衛生技術人員短期養成所」結業，戰後入臺灣師範學院（今臺灣師範大學）博物系，隨又轉入教育系本科畢業。先後任教北斗中學、彰化高工，授歷史、代數、幾何、地理、生理衛生、英文等課程，1974 年退休後，陸續於興大、東大、中國醫藥學院、彰化教育學院、臺中商專、建國工專等校任兼任講師，講授日文。1995 年腦血管栓塞入院急救，肢體與大腦語言區均受損，以無比毅力進行復健，終能再執筆寫詩著述。出版有詩集《靈魂的產聲》（日文）、《長的咽喉》、《林亨泰詩集》、《爪痕集》、《跨不過的歷史》，詩論集《現代詩的基本精神—論真摯性》，教育論著《Ｊ・Ｓ・布魯那的教育理論》，並譯有法國馬洛所著的《保羅・梵樂希的方法序說》；其它尚有《見者之言》、《找尋現代詩的原點》等。1994 年，呂興昌爲其編成《林亨泰研究資料彙編》上下二冊、1998 年，呂興昌再爲其編成《林亨泰全集》十冊。

　　林亨泰在臺灣現代詩史的重要成就，可從兩方面加以肯定，一是詩創作的開風氣之先、一是詩論的鑽研與詩史的鉤沉。前者作品不多，在全集中僅三冊，後者頗爲著力，共有六冊。林亨泰在詩作方面，據其自述，乃

「走過現代、定位鄉土」，筆者略予補述，可說是「始於批判、走過現代、定位本土」，即 1940 年代銀鈴會時期受楊逵影響，偏向「寫什麼」的思考，即強調對社會弱勢者的關懷；1950 年代中至 1960 年代初，與紀弦現代派詩運動、創世紀超現實主義相互激盪，轉向「怎麼寫」的嘗試，對語言進行各種悖離通常用法的翻轉與實驗；1960 年代中期加入笠詩社後迄今，誠如他在《笠》詩刊創刊號的「本社啓事」中的疾呼：與「五四」、「前時代」劃一界限，隔絕開來，追求自己世代的「自主性」，以便對前時代的詩，採取一種痛烈的訂正甚至否定的批判態度。這種追求獨立自主的精神塑造，正與臺灣文學蓽路藍縷步履維艱的歷史發展共相呼應，甚至可以說林亨泰的「始於批判、走過現代、定位本土」正是臺灣詩史走向的縮影。

二、林亨泰其人

收錄在本書的主要論述分為三個部分，其一是「林亨泰其人」，其二是「座談與受訪」，其三為「詩與詩論」。在第一部分中，主要是採自林亨泰本人的回憶與自述，舉凡他的出生、求學、工作、文學志業都是第一手資料，當然如果要更詳盡地了解他的生平，由其女兒林巾力執筆以第一人敘述的《福爾摩莎詩哲林亨泰》最為可讀；而其同事後輩康原的《八卦山下的詩人‧林亨泰》也頗具參考價值，由於篇幅所限，二書不得不均予割愛。入選的詩人吳晟〈溫厚的長者〉一文，作於不惑之年，讀初中時他是林亨泰的學生，對林亨泰自有景仰之心，寫作本文時他已出版了《吾鄉印象》、《泥土》詩集與《農婦》散文集，其文學風格之樸素自然眾所周知，所以他著重的是林亨泰從不唯我獨尊擺出「我是大詩人」的姿態，認為他是勤於思索甘於淡泊的溫厚長者的典範。至於林亨泰兒子林于竝所寫的〈五張書桌，五個公事包──我的詩人爸爸林亨泰〉，近距離觀察其父，對林亨泰一生治學不倦卻生活奔波的情形有著簡捷傳神的敘述。

三、座談與受訪

　　第二部分是座談與受訪。受訪中林亨泰是主，訪問者主要是提問。座談則林亨泰與其他談話者都是主，相互論辨切磋。這些資料在全集中占有兩冊，足見分量不經，本書僅擇其二。第一篇是與陳漢平座談的〈夢想的對唱——詩人與科學家激談錄〉。第二篇是莊紫蓉訪談的〈訪林亨泰〉。後者是林亨泰 1995 年中風後兩年接受訪問的，也是所有受訪的最後一篇，具有比較完整的資訊，如配合林亨泰自己所發表的自述與回憶，彼此便可相互印證補充。至於 1987 年與陳漢平的座談，雖然參與者還有瘂弦、白靈與陳義芝，但主要還是林陳兩人。這次的座談頗具巧思，因爲陳漢平是美國休斯頓公司電腦部的經理，而林亨泰參與過現代詩運動，對知性至爲重視，兩造有其交集之處。座談中的科學比較具體的以電腦爲例。林亨泰提出詩創作過程中科學可否介入以及詩對科學發展有何助益的問題；他認爲詩人與科學家都在追求「想像的世界」，只是科學家以「數據」「方法」把想像具體地創造，而詩人則是以語言文字創造「現實代用品」的意象。他還表示全盤依賴電腦，自己个思考是可怕的事，電腦龐大的儲存力有可能比三流詩人把詩寫得更好，但也可能只是文字詞彙工作的組合，形同遊戲等。

四、林亨泰的詩與詩論

1940～1950 年代：

　　對於林亨泰的詩與詩論進行研究，幾乎與他詩作的發表或詩集的出版同步進行。當 1948 年他在《新生報・橋副刊》發表詩作時即有瑞碧與吳瀛濤著文評論（本書未收入）。1949 年他出版《靈魂の產聲》時，蕭金堆也即爲其作序，序中簡要地表示林亨泰不迎合現實，經常自我探詢，深化自我，莊嚴地躍入外在鬥爭的潮流，並說他的詩表現了人生的深悲，一種懷著明日之希望的悲哀。點出他具有現實批判與思想深度的特質。到了 1950

年代，他在《現代詩》發表詩作，該刊主編紀弦大爲驚艷，立即寫就〈談林亨泰的詩〉；紀弦先從「講求節奏」的觀點肯定林亨泰已出版的詩集《長的咽喉》，然後再從「否定節奏」的觀點討論林亨泰在該刊所發表的既新且怪的「符號詩」。從篇幅上看，兩者分量相等，但實質上讀者的反應大都著重在後半部，嗣後詩史的討論也都集中在這部分。紀弦所論，一則是針對一般人看不懂這類詩的「機會教育」，一則是正面提出對於詩語言這項工具要加以研究、探討方法，作種種實驗的說法，認爲一切都爲了表現，這才是嚴肅的藝術家當有的責任。

1960 年代：

　　接著是 1960 年代。〈笠下影——林亨泰〉是林亨泰的自我評述，在精神上，他自認要盡力探求的詩風景是別人尙未踏過的、是別人認爲不是風景的風景、或別人以爲醜陋而他認爲具有特殊意義的風景。在形式上，當別人寫「豆腐干」詩時他寫形同打翻活字版的「符號詩」，當別人流行參差錯落的「現代詩」時，他轉而寫工整的「豆腐干」詩（指非詩之歌系列）。因此，他不以文字所持的意義寫詩，而以精神所具的秩序寫詩。詩人鄭烱明的〈評介《現代詩的基本精神》〉，作於他 20 足歲之際，是林亨泰該書一出版即予評介的第一篇專論。鄭烱明以極爲年輕的心靈勾勒林亨泰此書所具的系統性，有別於當時零散而缺少體系的詩論專書，他在介紹林亨泰所提出的「真摯性」的三個面向——從散文次元到詩次元、從自然語言到人工語言、大乘的寫法——後，特別點出「現代主義的文學必須根植在現代人的生活上，無論是用語或被描述的對象」，對照他 1980 年代創辦《文學界》、1990 年代續辦《文學臺灣》雜誌，一路走來均以建構臺灣文學主體性爲志業，這篇文章確已透露這種走向最早的契機。

　　1960 年代還有一篇討論林亨泰詩作的重要論文，即江萌（熊秉明）的〈一首現代詩的分析〉。該文針對林亨泰的〈風景 No.1〉以 1 萬 2 千字作了極爲精微的細讀，在整個臺灣詩論史中具有啓示的典範意義，它一方面針對質疑〈風景 No.1〉甚至認爲它是一首壞詩的讀者、論者進行辯護，使

林亨泰被誤解的詩作有了新的解讀；另方面則理性而具體地從語法、詞彙、兩闋（即前闋的防風林與後闋的海）的對照關係、音樂性等四個層面進行分析，對當時充滿印象式發論的文學批評界實有示範導正的作用。但江萌的分析並沒有獲得完全的認同，1990 年代游喚即有〈一首問題詩的問題詮釋——「臺灣現代詩批評考察系列」之一〉之作，對林亨泰的〈風景 No.1〉與江萌的〈一首現代詩的分析〉均分別加以質疑問難，成為小小的筆戰。可惜本書選文碰到授權問題，一直無法聯絡到已過世的江萌的家人，連帶地游喚的論文也就只好割愛了；但有興趣的朋友仍可在呂興昌編的《林亨泰研究資料彙編》找到他們兩造的論文加以參閱。

1970～1980 年代：

1970 年代有關林亨泰的探討只有旅人的〈林亨泰的出現〉一文。旅人的興趣在新詩論史的建構，後來也出版了《中國新詩論史》。此文發表於前述鄭烱明的評介八年之後，除了論及林亨泰在紀弦現代派詩運動中積極參與、成為紀弦有力的理論軍師外，也探討了《現代詩的基本精神——論真摯性》專書。旅人指出林亨泰以「縱的繼承」彌補紀弦「橫的移植」的不足，更指出林亨泰強調「主知」的同時，並未全盤否定「抒情」的詩素，而「符號論」更是超乎紀弦的新思考。至於林亨泰將「真摯性」視為現代詩的基本精神，旅人也多所著墨，可與鄭烱明的評介並觀。

到了 1980 年代，屬笠詩社同人的喬林發表了〈回看林亨泰〉，該文採取批判的立場，對林亨泰的詩作定位提出了較為嚴格的論斷，他認為林亨泰教師的身分多於詩人的身分；林亨泰開風氣之先引進圖象詩，對現代詩的建樹卻是失效的意見；林亨泰創作方法上的實驗，多於詩本身完美性的完成。這樣的論斷自應有其論據作為支持的理由，只可惜局於文章體制的簡短，未能進一步論證。接著是趙天儀的〈知性思考的瞑想者——論林亨泰的詩〉，他肯定林亨泰的詩觀在當時是獨樹一幟的覺醒者，在詩的方法論上，林亨泰是表現多樣性的現代主義者，在詩的精神上，他以知性的瞑想處理現實的鄉土素材。趙天儀具體地以〈弄髒了的臉〉、〈生活〉、〈鞦韆〉3

首 1970、1980 年代的詩為例，闡明林亨泰一直以來在詩的題材上是鄉土的現實的，而在表現方法上卻是前衛的現代的；亦即他常叩緊現實生活的某一點滴，在知性的觀照下有所覺醒，從而擴大視野，映照出歷史的投影甚至宇宙時空的思辨。最後就是林燿德的〈疾射之箭・每一刹那皆靜止〉了。此文對林亨泰的詩人生涯畫分為四個時期進行評述，即「前現代」時期（1942～1949 年）、「現代派」時期（1953～1964 年）、「笠」時期（1964～1970 年）、現階段。最值得注意的是在現階段一節，林燿德特別凸顯林亨泰在一次座談會中的發言，認為臺灣文學精神的確立必須以臺語為基礎的觀點。他引用林亨泰的話說：「我們不能以題材是什麼來決定是何種文學……要確立臺灣文學，必須有臺語這種語言的東西，才能論得清楚。」臺灣文學界都知道，1989 年廖咸浩發表〈需要更多養分的革命；「臺語文學」運動的盲點與侷限〉，對臺語文學多所質疑與否定，遂與臺語文學界的洪惟仁、林央敏、宋澤萊等發生論戰。與廖咸浩族群身分相似的林燿德能獨具隻眼肯定臺語文學的提法，足見他識見恢宏，殊為難能可貴。

1990 年代迄今：

時至 1990 年代，學院中對臺灣文學的定位日趨清楚堅定，原屬中國文學學者的呂興昌，由成大轉任清大教授後，研究領域也轉為臺灣文學。他由細密的田調工作入手，對跨越語言一代的詩人進行研究，除陳千武外也著手林亨泰的探討。1992 年林亨泰獲第二屆「榮後臺灣詩獎」，由呂興昌在頒獎典禮上發表專題評論，此即〈走向自主性的世代──林亨泰詩路歷程簡述〉一文。該文首度翻譯、評論林亨泰寫於 228 事件不久的日文詩〈群眾〉，對於林亨泰的政治批判的美學處理有深入的分析。同時對頗有爭論的實驗性作品〈風景 NO.1〉、〈風景 NO.2〉，也有異於別人包括林亨泰本人的見解，他不同意江萌只處理〈風景 NO.2〉，認為二詩應予並觀，從而點出〈風景 NO.1〉農作物的風景是一種熱切的期盼，〈風景 NO.2〉防風林的風景則是一種不安的隱憂；二者結合為一體，形成林亨泰從土地的實質感情中提煉出來的「心境」。同一年，呂興昌再發表〈林亨泰四〇年代新詩

研究〉，文長兩萬餘，1997 年又發表〈語言的苦鬥——小論林亨泰詩的幾個面向〉，雖然論述頗多新意，但由於篇幅所限，都無法選入本書之中。

接著是陳千武的評論。陳千武與林亨泰都是跨越語言一代的詩人，對日本現代詩壇都一樣熟悉，他對林亨泰所受日本現代詩運動的影響相對地也比一般人了解，因此他在〈知性不惑的詩——評介林亨泰〉裡，便將〈風景 NO.1〉、〈風景 NO.2〉與山村暮鳥於 1915 年出版的《聖三稜玻璃》詩集中的一首〈風景〉詩相較，認爲林亨泰內含的情景與山村有著相似的意味，但由於母語不同所延伸的思考差異，在各自的語言空間裡都具有知性抒情之美。至於《爪痕集》的第二輯，打破既成詩的形式，與平戶康吉等人嚐試過的風格並無兩樣；例如平戶的未來派作品〈願具〉的一節，便可以看出林亨泰〈車禍〉一詩的類似性。陳千武這種比較文學式的思考模式，在方法論上對臺灣文學的研究極有幫助，只是礙於個人日文能力不足，無法進一步評斷兩者更細微的美學特性，只好留待精通日語的同道追蹤辨析。

岩上也是笠詩社同仁，他的〈釋析林亨泰〈宮廷政治〉一詩〉，以細讀的方式作了極精密的分析，對林亨泰「直覺」、「主知」、「象徵」的詩法詮解，具有示範性的價值。同樣的，身兼詩人與學者的向陽爲詩選所作的簡潔詮釋——〈〈秋〉、〈癲皮狗〉賞析〉一文，也重在字質的細讀，對啓導初學者進入現代詩的堂奧，應有實際的功效。選此二文還有一項額外的用意，即有感於現代年輕的學者特別是學院的研究生，在探討文學作品時，常好高騖遠地追逐似懂非懂的西方文論，相對而言，面對文學本身的美學特質，卻常表現不知如何言詮的困境，因此私意以爲，不管採用何種文論去處理文學，最基本的字質細讀與言詮仍是最起碼的研究訓練，岩上與向陽的詮釋就是可行的示例。

2000 年後，有關林亨泰的研究，也頗爲熱絡。先是 2000 年劉紀蕙的〈銀鈴會與林亨泰的日本超現實淵源與知性美學〉，該文從 1930 年代楊熾昌創立風車詩社提倡超現實主義談起，認爲 1940 年代的銀鈴會出現過介紹

現代主義並創作實驗性的作品，是風車詩社現代詩運動的進一步發展，這個現代化脈絡與 1950 年代的紀弦結合，便有超現實主義翻轉視野、質疑理性、揭露現實假相的思維方式。亦即紀弦爲林亨泰提供延續銀鈴會現代運動的管道，而林亨泰則成爲紀弦發展現代派的支柱。劉紀蕙進一步指出，源自日本《詩與詩論》主知美學的林亨泰，一方面在理論上強調詩語言的的實驗性、挑戰語言形式及其背後的認知模式與意識形態，另方面在創作上也一直存在著對現實的批判。這樣的理解使她在詮釋寫於 1949 年四六事件後停筆前的〈春〉與〈回憶 No.2〉時這樣說：「以超現實視角切入」，「兩首詩中，林亨泰藉著達利的構圖意象與非理性拼貼邏輯，透露出他在 228 事件之後，白色恐怖時期，目睹歷史轉移的的困頓與艱苦」，對歷史記憶頗具批判力。此一見解，可謂機杼別出，言人之所未言。同樣的她也在《非情之歌》系列作品中強調林亨泰除語言實驗外，皆有其隱藏的歷史經驗與政治批判。換言之，林亨泰一則以語言實驗的危險地帶將文字的意義擴大到最大的極限，一則以濃厚的批判精神觀看、批判現實。最後劉紀蕙在論文末段「銀鈴會的本土化收編」批判性地表示，1970、1980 年代《笠》詩刊的本土化傾向使該刊早期的「世界文學」視野逐漸淡去，林亨泰的實驗風格也在 1980 年代轉向白描直言的寫法。這是臺灣文學回歸以賴和與楊逵等寫實主義陣營爲本宗的本土化，以及壓抑淨化現代主義文學的結果。這一點筆者認爲尚有斟酌的空間；從我的文學閱讀經驗來看，語言的翻轉實驗，固然有其在特定時空下的必然性與效益，但行之既久，亦將漸成老套，弊病難免，寫實主義的白描直言，情形也完全相同；因此，落筆騁思，兩者到底各該如何肆應瞬息萬變的生活實境，端看其能否各自發其所長而避其所短而已。從林亨泰回顧自己創作歷程的夫子自道——「走過現代，定位鄉（本）土」——不同的美學思維原就有其歷史階段的辨證挪移的。

　　三木直大是日本學界對林亨泰研究著力頗深的學者，他發表過三篇有關林亨泰的論文，都頗具見地；收於本書的〈林亨泰「現代派」詩的鄉土

性〉，是 2001 年真理大學頒予林亨泰「臺灣文學家牛津獎」並舉行「福爾摩莎哲——林亨泰文學會議」所宣讀的論文，該文以文學史脈絡的觀點，將林亨泰 1950 年代充滿語言實驗的現代派詩作與 1940 年代處於「臺灣新文學運動時期」的銀鈴會及《新生報・橋》時期的林亨泰連成一氣，論證林亨泰固然有其實驗性與前衛性，但不能排它地把他的活動性只局限於字面的「現代派」的文脈中去探究，以免無法掌握其作品的整體性。三木直大以名詩〈風景 No.1〉、〈風景 No.2〉為例說明，這組實驗性的現代主義詩作，同時也在表現臺灣的鄉土氣息；它源自第一本中文詩集《長的咽喉》中「鄉土組曲」的作品群（如〈村戲〉、〈房屋〉、〈跫音〉），兩者的世界有著密切的關聯，也就是說，它們都是臺灣中部村莊的風景。三木進一步觀察，文學史側重林亨泰詩的現代主義研究而忽視其鄉土性研究，可能是受紀弦〈談林亨泰的詩〉一文之影響，因為該文只關心林亨泰形式上革新性的創發，而幾乎未涉及作品作為整體所表現的世界的內容。

郭楓的〈感覺靈光的詩美投影——評析林亨泰詩作藝術〉，也是在「福爾摩莎哲——林亨泰文學會議」所宣讀的論文，是該場會議中採取質疑與批判角度進行論述的評論。在眾多高度肯定林亨泰詩學成就的學界，是頗為難得的異聲，這種識見與 1950 年代對林亨泰的撻伐遙相呼應，讓沉思於臺灣文學史尤其是臺灣詩史發展的人有了更多元的思考。郭楓整體的見解或許仍有其可再商榷的餘地，例如該會議蕭蕭宣讀的〈臺灣現實主義詩作的美學特質：以林亨泰為驗證重點〉，剛好可以拿來與郭楓作仔細的對話。然而郭楓指出林亨泰不擅長詩、較難掌握長篇敘事詩的結構和氣勢、混入閒雜字句、整體結構雜亂、長詩氣勢中斷等，確實有其見地，只是在舉例上，由於只是列舉，並未細析，因此仍有待進一步的討論；例如所舉的〈上班族〉、〈回扣醜聞〉、〈美國紀行〉確有冗雜的症候，但〈黃道吉日〉也入列，應該是一時失察吧。

林巾力作為林亨泰的女兒，在掌握父親生平知見與創作精微處，自有比他人更為方便的互動與體悟，因此藉著嚴格的學術訓練，可以在有限的

時間內完成林亨泰的傳記專書:《福爾摩莎詩哲林亨泰》,成為想窺林亨泰
其人其詩之堂奧最容易入門的好書。至於 2006 年她的〈想像現代詩——以
林亨泰五〇年代的「現代主義」建構為例〉一文,從林亨泰的現代詩實踐
與跨越語言的嘗試同時並行此一特性著手,重新檢討他 1950 年代諸多「怪
詩」的相關問題。首先林巾力點出林亨泰的詩學淵源來自日本的前衛詩
潮,特別是未來派的詩學實踐,他重讀神原泰的《未來派研究》,將焦點集
中在未來派創始人馬里內蒂「自由語」的創造與運用,諸如不同字體、字
號、顏色、數學符號……等形式的追求,達到翻轉語言的效果。其次,從
跨越語言一代在華語書寫的劣勢與困境中,由於林亨泰不願放棄詩的創
作,於是劣勢與困境反而蘊藏著翻轉的機會,亦即拙於造詞砌字的缺點,
相對於 20 世紀標榜「惡文」、不喜「優美」,語言的拙劣竟弔詭地變成長
處;換言之,林亨泰的 1950 年代,解決他貧瘠的語言處境之方不是融入主
流語言,而是揚棄主流形式,創造自己獨特的美學價值。於是在語言的困
境與未來派等前衛詩觀兩相結合下,林亨泰開始嘗試「毀滅句法」、「消滅
形容詞」、「消滅副詞」、「名詞成雙重疊」、「消滅標點符號」等的語言革
新,從而寫出一系列的符號詩與圖像詩。最後,林巾力總結地說,這種語
言的革新所帶來的破壞,並非他的終極關懷,他重視的是從語言時間性與
空間性的匱乏中,重新打破時空的束縛,建構自己的美學。建構的重點就
是「主知」或「知性」的強調,這一點臺灣文學界早有定見,然而林巾力
指出:「知性」或「主知」的觀念,非但不是西方未來派與超現主義義所追
求的,甚至是意圖加以瓦解的對象。因此林亨泰對於西方的詩學觀念一方
面固然有所承繼,另方面也有所揚棄。他的語言實驗之最終目標不在於追
求未來派無政府主義式的激越、混亂與破壞性,而是藉由瓦解一般對於詩
歌語言的既成觀點與閱讀期待,而將焦點聚於詩歌的內在精神活動。林巾
力這樣的分析極有助於理解林亨泰「走過現代、定位本(鄉)土」的詩路
歷程,剛好也彌補了劉紀蕙論文的縫隙。

　　最後,也是身兼詩人與學者身分的蕭蕭在 2007 年所發表的〈林亨泰:

建構臺灣的新詩理論——細論林亨泰所開展的八方詩路〉一文，很有趣地以林亨泰住在彰化八卦山腰、山下的空間想像，結合在地的彰師大推動「彰化學」的氛圍，分別討論他的作品（詩）：八卦所開展的多向現實諷諭、與理論（哲）：八卦所開發的多元現代詩論。以八卦入題來綰攝林亨泰的八類詩作風貌，這樣的論述結構雖然較傾向詩人性格而不類學者典型，但其論述內容卻也有其可取之處。在討論詩作風貌時或參酌其他學者見地或自抒己見，均能看出他析論詩作的精微與用心，只可惜八類詩作以詩題為名，並未標舉該類詩作所蘊含的特色概念，讀來較費周章。至於八種現代詩論取向的析述，內容也頗具見地，但小標的立名也僅約略指出林亨泰詩論呈現的外在運作。這八方詩路分別為 1.借銀鈴會的變遷找尋自己的靈魂；2.借現代派的舞臺演出自己的戲碼；3.借符號詩的實驗樹立自己的形象；4.借小論文的力量積澱自己的功夫；5.借笠下影的「引言」傳達現代主義的心聲；6.借笠下影的「位置」肯定現代主義的價值；7.借訪問記的挑戰裨補現代主義的闕漏；8.借座談會的揮灑點化現代主義的精神。意即，長期以來作為對現代主義的詩與詩論也情有獨鍾的蕭蕭，並不那麼直截地在小標明白宣示他的概念歸納，而是略作佈陣地迫使讀者細看他的本文詮釋。

五、結語

　　綜合前文所述，林亨泰研究不論詩作或詩論，實已累積相當的成果。如果再從教育體制下學位論文生產的角度來看，以林亨泰為論文主題者，已有 1998 年柯夌伶的碩士論文〈林亨泰新詩研究〉；部分論及者有阮美慧1997 年的碩士論文〈笠詩社跨越語言一代詩人研究第四章：林亨泰論〉等，數量雖不多，但已可看出學界對林亨泰的重視。不過整體而言，有關林亨泰具前衛實驗性的詩觀及詩作與日本現代詩的關係，雖有陳千武的討論，但由於所涉層面仍然不夠完整，分析也還有進一步落實的空間，個人至為期待熟諳日語與臺日現代詩的專家能在這方面繼續深入研究。

輯四◎
重要評論文章選刊

詩的三十年

◎林亨泰

壹、光復前

一

　　小學的音樂歌唱是學生們喜愛的一門課，拍拍唱唱其樂融融，但比這更令我吸住感動的是歌唱裡的歌詞，尤其出自名詩人寫的歌詞，如西條八十的〈金絲鳥〉、島崎藤村的〈椰樹的果實〉等，更是耐人尋味，牢牢地刻在稚嫩的心版上，本來這平靜如湖水的童心，自從接觸了這些歌詞以後，頃刻間盪漾起情感生活的漣漪，一顆愛慕「語辭之美」的心就這樣被喚起了，這是我接觸詩的開始。

　　中學國文課（日據時代的日文），課本裡排有幾首「新體詩」[1]，任課老師亦即我導師，畢業於東京帝大，課堂上他常提及那些頗負盛名的文學家是他們的老師。因此經常可聽到不少有關這些文學家之作品與韻事，倍感親切，令人嚮往。然而對於詩，他是極力推薦島崎藤村，當時國文課本有篇長詩〈晚春的別離〉，老師要學生背誦，全詩共有 115 行，以七言五言為基調。藤村的詩作品，雖然常被指為開創詩歌新時代的一個起點，但，就今日看來，無異是一種「自由韻文」，誦起詩來倒琅琅上口，趣味

---

[1]由井上哲次郎、矢田部良吉、外山正一等三人首先發起，他們共同合著《新體詩抄》一書，出版於明治 15 年（公元 1882 年）7 月，這是日本詩人對傳統詩（即和歌、俳句）發起改革運動之第一聲，茲將井上哲次郎用漢文寫成的序抄錄於後：「泰西之詩。隨世而變。故今之詩。用今之語。周到精緻。使人翫讀不倦。於是乎又曰。古之和歌。不足取也。何不作新體詩乎。」由此可看出他們革新的熱情與用心，而在詩的表現上，句與節的分段，雖是採用西詩的書式，但語調還是以日本舊有的七五言為基調，還不算是一次十分徹底的革命。

無窮，晚上外出之歸途中，在晦暗幽靜的夜色下，要好的幾個同學，手搭手和著腳下的木屐聲，放聲朗誦這長篇大詩，一句緊接一句的昂然長嘯，路上行人見了這群愛好詩的狂放者，倒也投以會心的微笑。

中學的語文課程除了國文課以外，還有一門漢文課，是學習中國的四書五經與詩詞等之古文，並且也教我們「詩吟」[2]，吟法和中國有別，是以日語發聲的。這可說是我接觸祖國韻文的開始吧。課餘飯後，總喜歡坐在賃屋的窗檻上，面對廣曠視野，情不自禁的脫口大聲吟唱，鄰居們聽了這鏗鏘聲的自我陶醉者，則也報以親切的眼光。當時日本社會都視「漢詩」為他們文化中重要的一部分。依老師的指示，購買了一本改造社出版的《現代日本詩集・現代日本漢詩集》（現代日本文學全集第 37 輯）及一本岩波文庫版的《唐詩選》，這是我生平頭一次購買詩集的經驗，書購到手的興奮，自以為所有詩選菁華，均在這兩本書裡已包括無遺了。

上中學高年級，便開始養成了一種習慣，愛逛書店，每逢星期假日，只要一有空暇，一定是徘徊在幾家舊書店之間，打開書本，往往要留連在字裡行間而忘返。有一次，無意間翻到了幾本舊雜誌《詩與詩論》[3]，此乃介紹西歐新派文學作品理論的雜誌，這就是我認識現代文學的起始，此後注意力更轉向歐美文學的探討，其中最引我注意的有如下幾人：休謨（T. E. Hulme）、葛珠德・史坦因（Gertrude Stein）、龐德（Ezra Pound）、艾略特（T. S. Eliot）、李恰茲（I. A. Richards）、李德（Herbeat Read）、喬埃斯（James Joyce）、康明斯（E. E. Cummings）、梵樂希（Paul Valery）、阿保里奈爾（Guillaume Apollinaire）、紀德（Andre Gide）、考克多（Jean Cocteau）、布魯東（Andre Breton）、艾呂爾（Paul Eluard）、耶哥布（Max Jacob）、亞朗（Alain）、里爾克（Rainer Marin Rilke）、卡夫卡

---

[2]即吟詩，不按中國漢音和字序發音，用日音和日語字序唸出，其語調豪放、雄壯，可搭配舞劍。
[3]創刊於昭和 3 年（西元 1928 年）9 月，是季刊雜誌，主編者為春山行夫，乃介紹西歐文學「新精神」（L'Esprit nouveau）並提倡「純粹詩」與「知性詩」。主要專輯有：第 4 冊為「世界現代詩人評論專集」，內有布魯東〈超現實主義宣言〉（北川冬彥譯）。第 5 冊與第 7 冊均為「保羅・梵樂希專輯」。第 6 冊為「紀德專輯」等。

（Franz Kafka）等，所瀏覽範圍雖廣，但並未深入，甚至有的還一知半解呢！

　　對日本詩的興趣，也逐漸從明治、大正時代的新體詩、自由詩轉向昭和初年的現代詩人的作品，諸如西脇順三郎、春山行夫、北園克衛、瀧口修造、北川冬彥、安西多衛、村野四郎、三好達治、荻原恭次郎等等，同時也看了些「新感覺派」[4]的作品與理論，這是一群年輕小說家為反抗當時舊文壇所崛起的文學革新運動，此派的中心人物是橫光利一、川端康成、中河與一等小說家，他們主張大量攝取海外文學的新精神與新技法。根據當時我閱讀時所抄錄下來的筆記本裡有這麼一段：「我認為未來派、立體派、表現派、達達派、象徵派、如實派的某些部分，無一不屬於新感覺派的」（見橫光利一〈新感覺論〉），以及「攝取當時海外文學的新精神——即未來主義、立體主義、達達主義等的技法與理論，期以多采多姿的現實之再生為目的」（見川端康成〈最近小說的傾向〉）等，由此可見對於攝取歐美寫作理論與技巧，他們所持態度是如何的積極與如何的熾烈。同時他們所遭受到的攻擊亦非常猛烈，與其說是「批評」不如說是「漫罵」（見高見順《昭和文學盛衰史》）。

　　眾所熟悉的，其中川端康成於 1968 年獲得諾貝爾文學獎，他之有今日的成就，該歸功於當時對歐美新潮有過這麼一段熱忱而虛心的吸收，川端一生無時不追求他所熱愛的日本山河之美，無時不表現他所盛讚的日本文學之美，如果他只囿於畛域之傳統文學的因襲，相信他也跟其他許許多多無以數計的日本文人一樣，恐怕永遠只配做一個島國的、矮小的日本作家吧！至於躋上世界文壇成為全球性的作品，那更是談不上的。冷眼觀察日本，無論是文學、經濟或科學技術，他們向世界進軍的步驟總要循著如下的一個公式：「西化」——「現代化」——「世界化」，即：首先有心想

---

[4] 由雜誌《文藝時代》（大正 13 年即西元 1924 年 10 月創刊）的一些新進作家群所發起，最初同仁共有 14 名（根據《文藝時代》創刊號編輯後記所列同仁名單），「新感覺派」這名稱是由當時的評論家千葉龜雄命名（見千葉龜雄〈新感覺之誕生〉一文），其組織分子相當紛歧，但，反對當時舊文壇「私小說」的技法卻是一致的。

經過一段急起直追的「西化」階段，既已進入西化階段，亦即意味著已循入「現代化」的階段，那麼此後緊接著即可坐享其「世界化」之成了。[5]

在當時，這些「新思潮」雖然給予我莫大的振奮與感動，但，我並未立刻放膽作大幅度的接受，只因基於如下的兩因素：一則我個人本身的固定觀念頗深，幾乎無可動搖，這些我個人私自學來的「新思潮」與學校所受的正統的「舊文學」彼此衝突而不兩立，在這矛盾與對立中，必須斷然地在二者之間擇選其一。因此欲接受「新思潮」則非先把自己本身的固定觀念徹底打倒不可，二則當時的社會環境已非昭和初年的豁然開明，由於軍國主義思想瀰漫了整個社會，「新思潮」早已式微沒落，只能在舊書店裡才可找到些許，充其量只不過是一種不能公開的「走私貨」罷了。

我嘗試詩的寫作很可能就在此時期，首先以片句開始。一向有散步嗜好的我，總要準備一枝鉛筆，每想出一句，即信手撿來一塊石頭，長句撿大石，短句撿小石，寫完又隨即一拋丟棄，此刻，內心頓起一股莫名的樂趣。後來，想到的詩句越來越長，便以紙條取而代之了，寫完貼在牆壁上自我欣賞，一首新詩又產生了，便撕掉舊的更上新作品，如此壁上經常有「新歡」。但並不準備留下來，是因為苦於無法將那些殘篇斷句寫成為一完整的統一體，於是，大都因感到不滿而丟棄，均已散失無蹤了，只留一、二篇，曾收在詩集《靈魂的產聲》中的〈夢〉、〈影子〉大致就是這時期的作品。為了成為有機的連貫，當時我所想到的詩技法就是「疊句」（"refrain"）的運用。

有好夢，就永遠作下去罷
因為可憐的人們是不能沒有夢的
夢是苦痛的，夢是空虛的

---

[5] 誠如社會學者冷納（Daniel Lerner）所說：「『西方型模』只有在歷史的意義上說是西方的，但在社會學的意義上說，則是全球性的。」就這一視點而言，「西化」一詞之意義不僅是有「現代化」之實，也可認為就是一種「世界化」。

是的，就是因為苦痛，因為空虛

夢才該永遠地作下去

因為可憐的人們是不能沒有夢的

　　　　　　　　　　　　　　　——〈夢〉

影子……

影子在躺臥著，

垂下著眼簾。

影子看不見，

卻又好像看得見，

影子……

影子在躺臥著，

垂下著眼簾。

　　　　　　　　　　　　　　　——〈影子〉

　　這兩首詩，一目即可瞭然就是「疊句」——反覆詩句——的運用，本是歐洲抒情詩的一定型，後來也廣被日本自由詩所喜歡採用。它能使殘篇斷句不致陷於支離破碎而得以統一成為完整。「疊句」這句法委實幫了我不少忙。同時這種技法相當適合當時的破碎而矛盾的心情。由於家庭事故，成天備受矛盾與痛苦的壓榨下，有所乞求於詩的表現時，這種「疊句」更是再恰當不過了，例如「夢是苦痛的、空虛的，但又不得不去作夢」之衝突的矛盾的心情，或如「看得見，又好像看不見」之迷失的茫然的感覺，則非藉這種反覆又反覆的「疊句法」來發洩與傾訴是無法獲得協調與解脫，是無法求得寧靜與安適的。

二

　　光復前曾在故鄉鄰村一所規模約二十多班的公立小學任過教席，這時太平洋戰爭已進入末期，美軍轟炸機正猛烈空襲臺灣，但學校學生仍照常上學校，每天先做完例行的早會升旗後，便回教室準備上這一天課的開始。但往往未上完第一節課，空襲警報即來了，頓時素有訓練的學生以最快速度疏散，有秩序地做完護送學生離校回家之工作後，還在上班時間中的老師們便要進入學校防空壕躲避，美軍之空襲，幾乎是天天如此，每到這個時候便有來勢兇猛的轟炸機毫無忌憚的往頭上示威，但日子久了便也司空見慣，教師們大半時間無所事事倒可落個清閒，我便開始在防空洞裡或樹蔭下展書閱讀，這期間我讀了不少書，因職業所需，閱讀範圍又擴及教育學、哲學、社會學、心理學等，不只是「概論」、「通論」等入門之類，就是較深入的論著或專書也都在涉獵之內。

　　記得，當時我還蒐集了些不一定看得懂，但由於奇特的書名所吸引而購買的書，已 30 年了，曾經幾次的輾轉搬家已喪失損毀了一部分，如今尚藏在書櫃內的有：海德格著的《存在與時間》（寺島實仁譯，三笠書房）、鬼頭英一著的《海德格的存在學》（東洋出版社）、胡賽爾的《純正現象學及現象學的哲學觀》（鬼頭英一譯，春秋社出版）、千葉命吉著的《現象學大意與其解明》（南光社）等，買回來擺在書架上最醒目的地方，這些書與其說是為了研讀，不如說是為著炫耀吧！朋友來訪，看他情不自禁的伸手取書然後聚精會神的翻閱的表情，在旁的我看了則有一種得意的快感，我們也就從這些奇特的書名與似懂非懂的內容取到了靈感，結果爆出了一場激辯，由於雙方都是一知半解，無非是撲風捉影的空論了一番。雖無法獲得完滿的結論，但卻激出了思維的火花滿足了年輕人的求知慾。如今回憶起來，年輕時的好衒學與賣弄知識倒也無可厚非吧！

你，焦急地想抓住

自己映在鏡子裡的形象的孩子啊，

雖然能看得很清楚，

但真實的本體卻沒有在鏡子裡，

向後轉！那形象就是你自己呀！

──〈形而上學者〉

黑格爾說了

正、反、合……

我笑著咬了舌頭

喜、悲、悲喜參半

──〈**黑格爾辯證法**〉

　　這種 Pedantic（街學與賣弄知識）的傾向也曾反映於詩中，當時我對於口常生活中應酬的辭令，甚感困惑厭惡，自然地對得自書本的「知識」總感到新鮮與好感，但如何將這書本的知識提升至詩的境界呢？「知識」本身，並非等於「詩」，因而我想起 T. S. 艾略特的「詩即是思想之情緒的等價物」這一句話，那麼，「如何情緒化」──這就成了我此刻的主要課題了。就上舉兩首為例，「焦急地想抓住」或「我笑著咬了舌頭」等詩句，不外就是想藉以「情緒化」的，顯然，表現得幼稚而不夠成熟，可說是尚未能達成預期的效果，但，繼「疊句法」之後，「知識」的這種「情緒化」已成為我早期慣用的另一種手法乃是不爭之事，日後，我之所以極力提倡「主知詩」乃淵源於這一段苦心摸索有感而發的。

　　如前面所提，我深感困惑與厭惡應酬的辭令，於是，每天沉迷在似懂非懂的書籍堆裡，這種生活足以使我從現實中孤立起來，此外，還有那令我傷心的家境，因而我寧願把自己深鎖在與世俗隔離的密室裡，有一次，

學校教職員們舉行宴會，在餘興節目裡有位日籍女老師她擅長於「和歌」，她把全校每一位老師的特徵，以「數歌」[6]方式，一一扼要地歌詠在31 個字裡，每人一首，每十首為一輪，我是擔任四年級級任，給排在第二輪次的第三首，歌詞是這樣的：

　　三つとせ　　　見ざる言わざる　　聞かざるの

　　　　　　　　　行ない正しき　　學者肌

（大意：數到第三個嘛！是不看、不說、不聽的，行為端莊、有學者之風的。）

　　雖然難得也有滔滔不絕地與人高談闊論的時候，但到底僅限於觸及文學論題的時候罷了。除此而外大半時間，無論是工作間或社交場合，則儼然是個木訥、沉默而寡言的人，這首歌所描寫的「三不主義」即「不看、不說、不聽」的作風，確是當時我性格與生活的寫照。

　　太平洋戰爭已進入決定性階段，戰事節節敗退，呈現一片緊張而混亂的末期狀態，日本軍閥瘋狂地摧殘知識分子，許多文學家遭受到「執筆禁止」之處分，各種管制更形嚴密的施以壓力。物質日漸匱乏，連最起碼的衣食生活都成了問題。是時，在日本本土，情報局「大政翼贊會」[7]等的推動下，「日本文學報國會」[8]召開了第二屆「大東亞文學者大會」[9]，另方面，在臺灣的「文學奉公會」更積極的推行皇民化運動，予以奴化本省同胞，搞得人心栖栖皇皇，終日難安，處在這種情況下，再也提不起讀書的閒情或寫作的逸志了，我變得更沉默，直到光復前這一段，真的是地地道道的「不看、不說、不聽」的一個人了。

　　——原載《創世紀》第 34、35 期，1973 年 9 月 1 日、11 月 1 日。原

---

[6]數歌（Kazoeuta）：日本民歌之一種，每十首為一輪，歌詞各首第一句均依次帶有一、二、三……十等的數目字，各首的第一句與第二句均押以「頭韻」。
[7]昭和 15 年（1940 年）10 月成立。
[8]昭和 17 年（1942 年）6 月成立。
[9]昭和 18 年（1943 年）8 月召開第二屆大會，第一屆大會是前一年 11 月召開的。

文僅「壹、光復前」，光復後之「貳」並未繼續完成。

——選自《林亨泰全集・文學論述 3》

彰化：彰化縣立文化中心，1998 年 9 月

溫厚的長者

◎吳晟[*]

　　民國 46、47 年間，我到彰化八卦山上的一所中學就讀初中部，那年暑假，偶然看到大哥帶回家的一本文藝雜誌——《新生文藝》（本縣作家潘榮禮他們所創辦），竟深受吸引，靜坐一個下午仔細讀完，從此和文學結下不解因緣，多方設法搜求文學作品閱讀。

　　隔了一年，大哥獲知我對文學發生興趣，尤其對新詩更為著迷，交給我一本薄薄的詩集——《長的咽喉》，並說：作者林亨泰先生，是我三年初中的導師，對我的求學路程、思想人格影響很大。

　　那時我剛升上初中三年級，對這冊詩集的作品，當然不可能有多少理解，卻頗感興趣，曾和二、三位愛好文學的同學一起反覆吟詠、研討、甚而爭論，或許這就是詩的魅力吧？其意象之鮮活、想像之豐富，以及精鍊特殊的表現方法，留下至為深刻的印象。

　　自此我每和大哥相處，常以林老師為題，大哥常講述林老師誠懇的為人、認真的治學、淡泊的胸懷給我聽，並引用林老師講過的話開導我、啟發我，而我也陸續讀了更多林老師的理論和詩作，對林老師有更進一層的了解，更進一層的敬佩。

　　在我高中畢業那一年，大哥服完兵役，將赴美求學之前，再三吩咐我一定要去拜望林老師，向他請益，但因我的個性使然，一向怯於主動與人親近，以致一直拖延，就像對許多前輩作家，即使內心至為仰慕，卻不敢趨府拜望，也不敢去信打擾。

*本名吳勝雄。發表文章時為國中教師，現已退休。

　　直到我大專二年級時，大哥又從美國寫信回來，叫我無論如何要找個時間去看林老師，而且，正如火如荼展開的「現代」詩風潮，我有許許多多困惑，苦思苦讀仍不得其解，心想林老師必能有以教我，因此才冒然和林老師聯絡，約定到他服務的學校會面。

　　見面後略做問候，林老師即帶我從學校步行回他家裡，由於林老師的親切接待，使我袪除了不少面對長者的怕生之感。路上，我就急切提出一個一個疑問請教他，他則一個一個問題耐心的解說，雖然事隔多年，當時的景象，我仍記憶猶新，我們的整個談話內容，我也依稀記得，特別是——拒絕學習、便是拒絕成長這句話，我更是引為惕勵自己不斷學習、警告自己不可輕易排斥他人的座右銘。

　　此後數年，我雖然未曾再去拜望他，但一想到他，便會在心中清晰地浮現出一位溫厚長者的形象——仁慈、懇切，那麼值得完全信賴。

　　這幾年來，因為康原的好意，有時邀我和林老師去彰化參加文藝座談會，我又有多次機會親聆林老師的教益，我若有不以為然的看法，也會坦率表示，他從不以為忤，始終以和緩的語調、認真的態度，層層予以剖析。

　　林老師的詩作，因為富有實驗精神，和較為特異的表現手法，不免引起一些爭議，而他的詩學理論，就我所知，則無人不欽服，對整個詩界的影響，至為深遠，我想，這不只是由於他的治學態度嚴謹勤勉、見解精闢而深入，更且是由於他謙沖為懷、淡泊名利又不失執著於探求真理的人格情操所致吧。

　　林老師的確不是呼風喚雨，不是喜歡製造新聞的人物，也從不是那些唯我獨尊，擺出「我是大詩人」姿態的人，數十年來，他只是默默守住他的寂寞、勤於思考，慎重地發而為文為詩。在紛紛擾擾、人人爭相「出頭」的詩學界，像林亨泰老師這樣勤於思索、甘於淡泊的溫厚長者，無疑是非常難得的典範。

──原載《笠》詩刊第 118 期，1983 年 12 月

──選自《林亨泰研究資料彙編（上）》
彰化：彰化縣立文化中心，1994 年 6 月

走過現代・定位鄉土
我的文學生活

◎林亨泰

加入「銀鈴會」參與文學活動

　　當時太平洋戰爭已進入決定性階段，戰事節節敗退，呈現出一片緊張而混亂的末期現象。日本軍閥瘋狂地摧殘知識分子，不少作家遭受「禁止執筆」的處分，各種管制更形嚴密地施以壓力。在臺灣的「文學奉公會」更積極的推行皇民化運動，也要求臺灣作家充當日本奴化自己同胞的共犯。所以，與其掉入所謂的「迎合文學」的陷阱，倒不如保持沉默，期待新的轉機。

　　公開發表作品及參與文學活動，直到戰後的 1947～1948 年左右加入「銀鈴會」的時候才開始。當時正盪漾著 228 事變的餘波，整個臺灣的文學界在白色恐怖之下變得非常消沉。1948 年 8 月 29 日，楊逵先生在銀鈴會第一屆聯誼會席上的一段話，正足以代表當時的情況。他說：「……現在 40 歲以上的人過於消極，……，所以我對銀鈴會有莫大的期待。」（見第一次《聯誼會特刊》，銀鈴會發行）。銀鈴會的刊物《潮流》正是在這種惡劣的環境下，一期比一期加重對於現實的批判。當時，發表作品的主要管道，除了銀鈴會的《潮流》（油印）之外，還有《新生報》副刊「橋」，以及楊陸先生主編的《力行報》副刊。此時期的作品風格除了追求主知性的詩作之外，也寫了不少反映社會現實的詩作品。不幸地，1949年發生了「四六事件」，使得不少同仁牽連其中，銀鈴會也因此被驅散，也幾乎在同時，出版了我第一本詩集《靈魂の產聲》（中文譯名《靈魂的產

聲》），收錄了我的日文詩作品共 37 首。

逛書店，燃起寫作的慾望

自 1949 年銀鈴會被驅散之後幾年，政府大力推展所謂的「戰鬥文藝」。一時，無論報章或雜誌，舉目所見，多是這一類性質的文章。因為「戰鬥文藝」的盛行，又使得我對於文學創作又有著如太平洋戰爭期間一般的心灰意冷。1950 年大學畢業的當時，由於教育人才的嚴重缺乏，使得第一屆師大畢業生的我們，可以憑著自己所填的第一志願分發到相當不錯的行政機關，然而，在那種心情之下，選擇了回北斗家鄉任教。經過了三年的鄉間教學生涯，轉任彰化高工教師。某日，在逛書店的偶然之間，見到紀弦主編的《現代詩》季刊，正介紹一些法國現代派詩人，例如阿保里奈爾、考克多等人的詩作品，就在當時，我又意識到心裡的那股熱切的興奮，我彷彿找到了另一個「可能性」。

就是在這種心情之下，又燃起了寫作的慾望，並且，以筆名投稿《現代詩》季刊。有一次，為了詢問方思詩集《夜》的有關事情，我以本名寫了一封信寄到詩社去，結果，意外地收到紀弦的回信。信中提及：他與葉泥曾多方打聽我的「行蹤」，並問我是不是可以為《現代詩》季刊發表詩作。於是我回信告訴他，我不但寄了，而且也登了，只是不用本名的緣故，所以他不知道罷了！然後，我又寄了一些像是打翻印刷版面的「怪詩」過去。這些詩倒是讓紀弦心血來潮發起了現代派運動。他發出了油印的「加盟通知函」，同時還寄給了我「現代詩社編輯委員第一號聘書」。也幾乎在同時，紀弦與葉泥專誠南下來到我的地方，就現代主義思潮的有關看法和理想，我們痛快地聊了一個晚上。這是我們的第一次見面。

嘗試寫「怪詩」和「符號詩」

現代派運動共分前後二期。前期由現代詩社所主導，為期三年（1956年 1 月～1959 年 3 月）。後期現代派運動則由現代詩社和創世紀詩社所共

同推動，為期有十年（1959 年 4 月～1969 年 1 月）之久。在前期，我的作品較傾向於所謂的「怪詩」和「符號詩」的嘗試。這些「奇奇怪怪」的詩都是在一個月之內所完成的，每次刊登約二、三首在詩刊上。由於是季刊的緣故，所以這些作品前後共出現了有一年的時間。我在後期現代派的重要作品是〈風景〉和〈非情之歌〉。〈風景〉是在實驗了一連串的「怪詩」和「符號詩」之後，所精粹出來的作品。就好比吃了一帖瀉劑，在去除了所有雜質、渣滓而留下了絕對的純淨一般。

　　在完成〈風景〉二首作品之後，彷彿是用盡了體內所有能源一般，我感到非常的疲累，再加上發表之後並沒有得到應有的反響與回應，反而被充做為詩歌函授班的壞詩範例，更加使得我洩氣不已。在當時的情境之下，我可以說又陷入了另一次低潮。

　　所幸，當時留法的熊秉明先生，為我的〈風景〉在《歐洲雜誌》上發表了〈一首現代詩的分析〉。在這一篇的評論當中，以現代的語言學來分析詩語言的邏輯性，分析得非常透徹，理論組織嚴謹，相當可觀。在當時的臺灣，這篇文章說得上是劃時代的文學批評典範。不但壓倒了所有陳腐的舊式批評，並且為我的作品重新定位。由於受到如此的知音和鼓勵，而有了後來〈非情之歌〉的創作。不過，距離前兩首作品〈風景〉的發表，也經過了兩三年間的沉寂。〈非情之歌〉共 51 首，是在 1962 年 5～6 月份的一個月內完成的。

現代派運動擊敗「戰鬥文藝」

　　現代派運動給當時的詩壇帶來了一大轉變，連帶地波及「戰鬥文藝」，在優勝劣敗的常理之下逐漸銷聲匿跡。對於現代派運動，原本持著反對或觀望姿態的人士，越到後來，隨著現代派運動的風起雲湧，大多數人也改弦易轍而抱以支持，甚至是狂熱支持的態度。即使是堅決反對的人，卻也在往後的作品當中逐漸改變風格，向現代派靠攏。在另一方面，現代派對於盛極一時的「戰鬥文藝」，雖然未曾有過任何批評，但，它卻

因現代派的崛起而沒落。因此，現代派可以說是不費半顆子彈，就發揮了極大的影響力。歸納其沒落的原因，最主要的應該是：一個文學運動，若是違反了文學的本質，那麼，即使這個文學運動再怎麼地受到重視，或是以優厚的稿酬做為號召，終究還是會在教條刻板、毫無創意之中逐漸不再引起大眾的興趣。

1964 年 6 月，刊名具有濃厚鄉土味的《笠》詩刊順利地創刊，這意味著詩壇又有另一新局面即將展開。笠詩社 12 名創始人當中，不少人來自現代詩社，因而可以說都與現代派運動有很深淵源，現在卻要與現代派運動分道揚鑣了。笠詩社創辦之初，同仁推薦由我擔任首任主編。在著手主編之時，得到同仁們可不考慮銷路狀況的允諾，於是我便放手企劃了「笠下影」、「詩史資料」、「作品合評」等幾個專欄，並且盡量為了避免個人英雄主義，「社論」、「笠下影」與「本社啟事」等雖然由我執筆，但卻用「本社」名義發表。這幾個專欄後來都成為《笠》詩刊的特色，也維持了一段相當長的時間。

參與創辦《笠》播下鄉土種子

《笠》詩刊的 12 位創辦人來自不同的文學背景，對文學的主張也不盡相同，但是，唯一的共同點是「臺灣人」。就在當時那個「時點」上，要說「臺灣意識已明顯抬頭」，恐怕尚言之過早，但，在那個困難重重而閉鎖的政治環境中，有了這麼一個富有象徵本土的刊名，可說已在無形中播下了臺灣意識的種子。十年後的「鄉土文學論戰」絕非一夜之間的突變與偶發，可說早在這個時候已開始醞成。我就曾在《笠》詩刊創刊號的「本社啟事」中，以不太純熟但富有個性的中文，苦心積慮的疾呼，與「五四」、「前時代」劃一界線——「隔絕」，以求屬於自己世代的「自主性」，主張「對前時代的詩」採取「一種痛烈的訂正乃至否定」的批判態度，為了喚起大家注意這個時代的詩，並且宣布了「這個時代終於有了屬於這個時代的詩」，加以討論「其位置如何？其特徵又如何？」等問題。

　　《笠》詩刊創辦至今，已屆滿 25 周年，回首這段四分之一個世紀的變化，真是令人感慨萬千。或許有人會認為《笠》詩刊該是要功成而身退了，但，我認為：經過 25 年的歷練，《笠》詩刊可以說是才剛站穩腳跟，前途仍不可限量。為了這份刊物持續不輟，永遠維持年輕活力，我期待能有更多的年輕詩人參與投入。

　　　　　　　　——原載《首都早報》文化版，1989 年 11 月 3 日

　　　　　　　　　　　　　——選自《林亨泰全集・文學論述 3》
　　　　　　　　　　　　　彰化：彰化縣立文化中心彰化，1998 年 9 月

五張書桌，五個公事包
我的詩人爸爸林亨泰

◎林于竝*

　　從小我就知道父親是個詩人，因爲早在我出生許多年前他就一直在寫詩，但在生活中，我更清楚他每天一早抓起公事包出門，就是爲生活忙碌著。

　　寫詩的靈感非能招之即來揮之即去，而詩論的完成更需要不時地閱讀大量書籍，父親在百忙之中仍有作品發表，我想祕密可能在他的五張書桌及五個公事包裡面吧！

　　愛書如命的爸爸有個只要有空就抓起書來看的習慣，家裡的藏書早就「淹腳目」，氾濫成災了，而爸爸的五張書桌上更是七橫八豎，堆滿了書籍紙張，有時媽媽會基於一個家庭主婦的本能，把桌上的書擺設整齊一番，但隨即引來爸爸一陣咆哮，說媽媽把他的書「弄亂了」，原來爸爸書桌上的亂，是他「精心安排」，他把所關心的「日本文學評論史」、「西方現代思想」、「臺灣文學與詩」等幾個研究主題的書和資料分別放在不同的桌子上，每次他要寫有關那個主題的文章，就到那個主題的書桌上去。五個公事包也是一樣，裡面各放著不同學校的教材和學生名冊，每次上班就可隨即「提著就走」。

　　父親的詩，完全是在繁瑣的俗事當中「擠」出來的，爲了寫詩，父親讓自己成爲最有效率的人，生活中的每個細節，包括何時吃飯、幾點出門、走什麼路線等等，全部在他的精細計畫當中，也唯有如此才能空出時

*發表文章時爲日本廣島大學社會科學研究所博士生，現爲臺北藝術大學戲劇學院副教授。

間來看書與創作。

其實每個身體都了解疲累，每個心靈都希望能輕鬆自在，但爸爸爲了對詩的熱愛，將生活擠壓緊密到似乎毫無情趣，才能有作品產生，而我在大學過著輕鬆自在「詩人般」的學生生活，卻未曾寫過什麼詩，看到詩人爸爸的辛苦，使我不禁覺得，還是不要成爲詩人的好。

——選自《聯合報》，1990 年 5 月 27 日，29 版

五十年的「詩」生活

「榮後臺灣詩獎」得獎感言

◎林亨泰

　　我的寫詩生涯始於 1942、1943 年，到今年 1992 年為止，算來也有 50 年。在這不算短的半個世紀中，我一共寫了二百數十首的詩作品。從別人的眼光裡看來，這些數目或許稱不上多，但，若以一個每天須為生活奔跑的人來說，可以說已盡了全力。

　　在 1940 年代裡，前半五年正是日本軍國主義最為跋扈、殘害人性，日本人最黑暗最難熬的時候當了日本人；後半五年則為中國政府貪官污吏最為橫行、經濟崩潰，中國人最困頓最絕望的時候當了中國人。而在這樣最艱困的歲月，尤其在 228 事變之後，銀鈴會的同仁們仍然不斷地繼續寫作。所以，文學史家一再地認為 1940 年代的臺灣文學是一片空白，這是錯誤的。做為銀鈴會的一員，我在剛過 228 事變的 1948～1949 年間也寫了五十幾首的詩作品。

　　進入 1950 年代，政府為了配合「反攻大陸」政策，大力推動所謂「戰鬥文藝」。本來打算就此折筆不再寫詩，幸好，有一天在逛書店時發現了紀弦主編帶有濃厚現代風味的《現代詩》季刊。記得，我開始把「怪詩」寄給紀弦的，是現代派尚未發動的半年前。如〈輪子〉這首詩，其中「轉」和「它」兩字的字形像翻筋斗一樣朝四個方向翻轉了四次。這發表於 1955 年秋季發行的第 11 期《現代詩》季刊上。只可惜印刷所的工友自作主張將那顛倒的字「扶正」了過來。紀弦也曾為此來信道歉。因此，我又寄了四首「怪詩」給他，有〈房屋〉、〈人類身上的鈕釦〉、〈遺傳〉、〈鷺〉等。不久，他又來函說要發起現代派運動，徵求我的同意與

加盟。現代派到了 1956 年 1 月終於正式宣告成立。

　　經過這次詩運動之後，詩人們對方法的重要性普遍地都開始有了覺察。本來只關心「寫什麼」的詩人們，逐漸地也都能注意到「怎麼寫」的問題了。大致說來，當時，在精神的追求上表現得愈大膽、手法上的嘗試作了愈多實驗的詩人，他們詩作品的變化也愈顯著、也愈能收到良好的發展，而日後這些人個個都成為名詩人。不過，至今我仍感到納悶的是，這種具有高度潛在發展性的現代派運動，正進入穩定成熟之際，紀弦為何曾經一度公開宣布說要取消「現代詩」這個名稱。但是，大勢所趨已非他個人的意願所能取捨。有趣的是，這一聲明反而證明了臺灣現代詩早已站穩了腳步，且取代了「新詩」這個名號，正展現出它那不可忽視的影響力。在這一段時期裡，我大約寫了六十多首的詩作品。

　　1960 年代詩壇上的一件大事，就是 1964 年 6 月刊名具有濃厚鄉土味的《笠》詩刊順利地創刊，這意味著詩壇又有另一新局面即將揭開。《笠》詩刊 12 名創始人當中，不少人來自現代詩社，因而可以說都與現代派運動有很深淵源，但是，現在他們卻要與現代派運動分道揚鑣了。我當時受到同仁們的推舉，擔任了首任的主編。我在創刊號上〈本社啟事〉中清楚地表明了認清時代意義的發刊宗旨，這跟當時某些一味追求「無意義的詩」的現代派人們的走向有所不同。不過，即使如此，這完全沒有排斥現代派之意。「現代精神」與「時代意義」這兩者之間本來就不存有任何的矛盾。因此，詩人創作若能面面俱到兩者各自的功能與極限，湧出於筆下的作品應該會增添不知多少倍的色澤與深度。

　　在這樣的考慮之下，《笠》詩刊特地開闢了三個專欄。1.「笠下影」專欄：每一期評介一位詩人，分成「壹、作品」、「貳、詩的位置」、「參、詩的特徵」、「肆、結論」等四個方面來進行。2.「詩史資料」專欄：刊登一些向詩人們徵求而來的有關詩人創作過程乃至親身經歷等資料。3.「作品合評」專欄：將當期刊登在《笠》詩刊上的詩作品，以座談會方式加以批評。其目的並不在急於想對詩作品作一好壞之斷定，而只想

在集體討論過程互相切磋中頓悟一些改進自己作品的靈感。

可是，當一切就緒逐漸進入情況的時候，亦即主編《笠》詩刊的第二年夏季，遭受颱風的來襲，建於山坡中腹的敝宅前面，以石塊築成的 30 尺高石壁崩塌，因而與山坡下的屋主發生了糾紛。有一段時間天天必須周旋於此，再也無法專心投入編輯工作，以致不得不將編輯工作的棒子傳遞給白萩、桓夫、趙天儀等諸位同仁。

此後 15 年可以說是多災多難的歲月。屋前又屢次倒塌，因此，於1967 年不得不搬離了那喜愛的八卦山的山居生活。本以為已逃開了一劫，不料，又來了一難。1970 年暑假，學校招生工作，雖是我每年無法避開的，可是那一年因擔任試務組長而加重了責任。入闈中，一連數日徹夜不眠，引起了身體不適，檢查的結果，急性腎炎必須立即入院，病況未好轉而轉入慢性，在病牀上躺了三、四年。因仍未起色，不得不提早在 1974 年退休，接著又來一次搬家。然後繼續再跟病魔又鬥了四年，總算盼到了康復的希望。這時已近 1970 年代的尾聲，整整十個年頭就這樣消失。跟屋前石壁屢屢崩塌的五年合計起來，這困頓的 15 年間，最令我苦悶的是，除了評審、作品會評、演講、年會之類的「公交」要出席之外，靜養中的慢性病人，須避免一切應酬，於是也疏遠了同仁們，有時也不得不婉辭了某些私交，因而招惹到一些不必要的誤會。

我在 1960 年代所寫的詩作品，只有於 1962 年 5 月至 6 月不到一個月期間所寫一連串的詩作品 51 首，這是以序詩為首每十首一組共有五組經過設計的詩集〈非情之歌〉。曾以一次全部刊完為條件，發表於 1964 年 1 月發行的第 19 期《創世紀》季刊上。當時以每頁三段的密集編排共占了 8 頁把它一次刊完。不過，在此我必須特別一提的是，詩集〈非情之歌〉的完成與發表，都在《笠》詩刊創立之前。

詩集〈非情之歌〉1962 年完成後，再次復筆寫詩，已是十年後的 1972年。雖說再次復筆，可是產量也不多，自 1972 年至 1992 年間，只寫了 49首。不過，事關創作，我都持著非常謹慎的態度。只是我不怎麼喜歡詩中

有過多的「傷感」，這可以說是我寫詩時唯一的禁忌。除此之外，我並不反對任何主張與派別。記得，我曾在《笠》詩刊第 100 期紀念號上，發表了〈笠的回顧與展望〉這樣一篇文章。在文章結尾中我曾經提出了兩點希望與建議：1.兼容並包的精神；2.增加批判性的比重。再過二、三年，《笠》詩刊就要進入 30 周年了，但，我對於詩的信念與希望仍然是一樣的。

　　我一直因自尊而創作，這一次榮獲財團法人榮後文化基金會第二屆臺灣詩獎，我感到一生的最高光榮與無比興奮。我的年紀雖然已經不小，但對於詩仍然抱著強烈的好奇心，我希望自己的未來仍有更新更好的發展。這一次獲得榮後基金會的這富有意義的臺灣詩獎的鼓勵，我一定愛惜這一份光榮與責任。

　　——原載《自立晚報》副刊，1992 年 10 月 30 日。為榮獲第二屆「榮後臺灣詩獎」之得獎感言。該獎於 1992 年 10 月 31 日假臺南縣北門鄉南鯤鯓棟槺山莊隆重頒發。

——選自《林亨泰全集·文學論述 3》

彰化：彰化縣立文化中心彰化，1998 年 9 月

林亨泰
85 歲還在寫詩

◎康原[*]

　　筆者從 2006 年出版《八卦山下的詩人林亨泰》傳記後，就比較少到八卦山下的建寶莊去打擾前輩詩人，原因是林亨泰每天必須到戶外散步，藉以復健中風之後的身體，另一方面林亨泰講話也比較費力氣，記得有一次與彰師大老師徐秀慧、研究生去拜訪林亨泰，在訪談過程中，林亨泰有些事已經記不清楚，必須再找資料才能確定。請教林亨泰是否還寫詩，他說：「還在寫，但已經要用日文書寫了，因華語漸漸忘了。」

　　因此，他的作品完成後，必須依賴讀日文的女兒林巾力幫他翻成華語才能發表，林巾力說：「要翻譯父親的文章很難，尤其是詩，譯出來之後父親總是不滿意，修修改改費了很多時間。」直到 2007 年 10 月《笠》詩刊第 261 期發表了〈盧騷《愛彌兒》讀後五首〉作品，這些作品後註記是 2005 年 5 月的創作，直到 2007 年 6 月才翻譯完成。近日我打電話問候林亨泰，這系列的創作有幾首？他說：「盧騷《愛彌兒》的系列創作，已經完成了 60 首，但到如今只發表了十首，還有 50 首未發表。」翻譯使其發表慢了下來。

　　盧梭（Rousseau, 1712～1778）在日內瓦出生，是極為感性的人，在文學史上他是浪漫主義者，在哲學上是自由自然主義者，著名的作品《愛彌兒》為代表作。在《愛彌兒》中他說：「人類從自由的自然狀況中開始，人把自己放在這個架構中。在這個架構中，人自愛自己，從而愛別人。在

---

*本名康丁源。康原文史工作室負責人，專事寫作。

與別人的交往中，產生了財富與分工，也產生了社會、習俗與文化。這文
化扭曲了自然，透過教育的制度，教師應該保護孩子的自然成長。」在林
亨泰的詩中，也一直強調著教育必須尊重自然，不能以大人的意念去型鑄
小孩。〈詩之二〉寫著：

> 如果不去考慮
> 孩童自力所能學習的東西
> 而以成人的意念做為型鑄
> 勢必使他們帶著成人的烙印
>
> 孩童在成為大人之前
> 幼苗會長成怎樣的大樹
> 正是因為無從了解
> 是決定幸福的關鍵
>
> 人啊！同時邁向兩個相反的目標
> 這是無法進行的
> 父母啊！實行之所以可能
> 在於你們有了實踐的決定

已經 85 歲的詩人林亨泰，早上睡醒之後力氣較不能調和，有點昏沉之
感，就在院子裡稍做散步與活動，或閱讀一些書報，有時看點電視節目，
吃午餐後休息躺一下。過去每天散步兩小時，現在只能走半個小時，體力
慢慢消退，許多文學活動都不能參加了，但他心裡想的，還是創作。

——選自《文訊》第 276 期，2008 年 10 月

夢想的對唱

詩人與科學家激談錄

對談：陳漢平（美國休斯頓公司電腦部門經理）

　　　林亨泰（詩人、評論家）

列席：瘂弦、白靈、陳義芝

整理：白靈

時間：民國 76 年暮春

地點：「鼎盧」小茶屋

在每篇感人的詩章背後，都有一條複雜的方程式

林：今天我想先就兩方面來討論。1.傳統的美學經驗都屬於自我意識的範圍，比較偏向於內省的工夫，其真正原理的建立是否可能科學化？2.在詩創作的過程中，科學有否可能介入，介入的方法和效果會如何，我想都值得我們作個溝通。

陳：好詩容易引起共鳴，造成的影響很大，這是自然界的一種現象。但常人的解釋都說這是心靈的，很難有個道理可言。科學目前雖然與整個文化比起來還是嬰兒狀態，但未來是否可拿它來解釋詩？這是我經常思考的。比如詩重視聲音和形象，這兩者都是訊號。而聲音是頻率，像大鼓和鑼的聲音不同，只是頻率不同，它們會引起不同的反應和共鳴，可能與我們心臟和肌肉的頻率有關。詩也是一樣，五言七言長短不同，也可以說是頻率相異，有些人喜歡五言，有些人喜歡七言，可能與物理上的體質有關。詩的原理可以說是複雜的物理現象，而科學則是比較單純的物理現象，如何以簡馭繁，使彼此產生關係，我想的確值得研究。

　　林：很有道理。因為詩用語言，語言有兩面，一是音，一是意象（形象），如何把音「數據化」，儲存在電腦裡頭，供作新的組合，可能扯到非常繁雜的操作。過去的五言七言還有平仄韻可尋，但現代詩更加複雜，這工作將如何進行？至於形象的「數據化」就更困難了。比如，意象與意象在何處相關相切（如何「微分化」），彼此之間應如何組合（如何「積分化」），其運作的掌握必然是極為龐大的工程。如果美學理論的「科學化」能由此建立，那未來我們就可由電腦來寫詩了。

　　陳：每一感人的詩篇背後都有一條很複雜的方程式，說不定哪天我們就可找出這些方程式。像我自己從事的工作是「第五代電腦」，就深深感覺到責任重大。第五代電腦就是所謂「人工智慧」，除了現代電腦所具備的「資料庫」（"data base"）外，它還必須具備有「知識庫」（"knowledge base"）。「知識庫」是由「資料庫」中得出的一些結論，包括意象、觀念、思想，甚至定理等。比如「牡丹是紅的」、「薔薇是紅的」、「桃花是紅的」三個不同資料輸入後，可得出兩個知識：「花可能是紅的」、「凡是紅的可能是花」。其後又可能進一步了解：「很多花就表示春天到了」、「看到一片紅時，就是春天了」，而不至於誤判是到了花店。甚至以後「春天來了，會很高興」，效率就提高。這樣，電腦就慢慢與人的感覺接近。詩的現象也許就會因「人工智慧」的發展而知道是「為什麼」。使詩的「合情」在科學中也能夠「合理」。

　　林：電腦的這種發展似乎與過去人類的文字演進很接近，由開始記憶式的結繩紀事，發展到後來成為我們思考的主要媒體，無語言文字就幾乎無法思考。電腦現在好像就是想超脫純記憶而進入具有象徵的功能。

詩人與科學家都有夢想和一顆鍥而不捨的心

　　林：詩與電腦未來應該是走入「協同」的時代，就像目前的卡拉 OK 一樣，可以讓民眾也有參與感。詩的創作未來也有可能「平民化」。反過來說，那麼詩對科學的發展又有什麼幫助？

陳：這問題牽涉到詩人與科學家是不是同一種人？事實上他們都有兩項特點：1.他們都不斷追求夢想，2.他們都有鍥而不捨的精神。這種奮鬥的精神，詩人似乎更積極，影響範圍更廣。比如世界上第一個寫出程式的，正是詩人拜倫的女兒愛達‧拜倫，在巴貝齊的分析機上寫下了第一個程式，那時候天下的事物會需要什麼程式，因此她的動機和夢想可以說是受她父親那種狂熱的影響，因此詩人與科學家的「原動力」幾乎是相同的。

林：詩人與科學家的確都在追求「想像的世界」，只是科學家有能力用「數據」、「方法」把想像具體地創造而已。詩人則用語言文字去創造一個「現實代用品」的意象罷了。

陳：的確如此。詩是盡可能把自己的夢想和狂熱「擴大化」，把感情充分發揮，也造成很大影響。而科學家則是把它們具體化。當然，未來科學家若想當詩人，他會讓電腦也具備寫詩的能力，也讓一般民眾的感情有機會抒發，借助電腦提供的辭句來編一首詩。但也有缺點，到那時，某些「準詩人」的想像力可能反而受限制了。

義芝：把他們創造的「可能性」都壓制住了。

林：若人人依靠電腦，就自己不思考了，這很可怕。電腦憑其龐大的儲存能力是有可能比三流詩人把詩寫得更好。但問題是，電腦對人類社會有無感應的能力？如果只是在文字辭彙上作組合，那麼會流於遊戲。詩人的責任似乎不僅如此而已。電腦是否也可能有正義感、能作價值判斷？

陳：如果這樣，應該叫它作「有感電腦」。這與我們談「人機界面」的問題有關，比如你的靈感如何輸入就是一個問題。……

義芝：這跟電腦下圍棋仍需人去操作是不是相同？

陳：下圍棋有規則可尋，還比較單純些……

瘂弦：未來電腦既不只是資料庫，還可作知識的儲存整理，那麼它對外來的刺激也會有反應，慢慢也具有七情六慾，感覺社會越複雜、豐富。

陳：電腦是可能會有感應。科學本來就在模仿自然，人的反應既是自然現象，那麼將來你打一下電腦，它也會痛，但它也可以忍耐，就跟人一

樣。人腦若無各種資料、知識的儲存，其感應必然降低。

瘂弦：既然它儲存累積的能力比人強太多，準確度也高，那麼將來會比人聰明。

陳：這是現代科技發展到未來可能會產生的恐懼感。但人能做的，有些部分電腦也許永遠不能做。

林：我還是有個疑慮，儲存只是知識的層面，但詩是情感的層面，它常常需要主動、積極，帶有強烈的「狙擊性」，尤其是富有震撼性的作品更是如此，不單只是刺激反應而已，我們是不是把電腦看得太樂觀了些？

陳：事實上我們對知識產生的原因和運作的原理仍不清晰，詩的意象為什麼會感動人等等，這可以說是知識與科學間的一門新學問，應該稱作「知識工程」，對這些知識原理還未清晰之前，我們是不宜太樂觀。但是就詩與科學它們簡明扼要的展現來看，詩與科學的原理又好像不難解析。好的詩常是簡明的幾句，好的科學方程式也像詩，都具有衝擊性，一條方程式就代表了無數知識的累積，比如愛因斯坦最著名的方程式：

$$E = mc^2$$

（能量＝質量×光速的平方）

這條方程式若看久了，會覺得它真是「好詩」！簡明扼要，給人的印象深刻極了。因此人類的知識都具有共通性，讓你對疑惑不解的人生或現象突然如獲至寶，有「豁然貫通」之感。

若是讓人統統變為智者，這世界就失去了平衡

白：我常會有個夢想，未來會不會有一天我們也可以把知識的儲存壓縮在一塊小 IC 上，植入我們的腦部，讓電腦與人腦作一個結合，一如現在我們已成功地開發「藥物植體法」一樣，不必吃藥，藥自己會長年的溶解。我們的知識在腦中也能如此作用，不知會如何？甚至用另一個 IC 使我

們有能力「掃描」任何事物，您看可能性多高？

　　陳：這種事現在當然會覺得不可思議，但不可思議的事仍然有人去做。而且更荒謬的可能都有，以後人類只要用光一照，說不一定一輩子要學的知識都有了，當然那時的知識可能已千百倍於今日，……。

　　瘂弦：但這樣的話，人類進步的原動力可能就沒有了，每個人都只是「一照」，就不易分出優勝劣敗來，我們說大魚吃小魚，小魚吃蝦米，蝦米吃泥巴，雖然很殘忍，但這才容易有平衡，若是統統變成「智者」，運作可能會產生困難。

　　陳：所以未來的科學家和詩人都要非常小心，每做一步都得考慮它們的影響和後果。

　　白：我還曾經這樣想，將來人類的一些「金頭腦」是不是也可以搬家，就像我們已有人可以把狗的腦袋互相搬換一樣，把好的腦袋一代一代移植在健康的年輕人身上，讓他們不斷地為人類服務，哈哈哈……。

　　林：是不是可以只是把他們的腦波儲存蒐集，轉換到別人身上？

　　陳：人的腦袋的確最重要，其他各部分也許並非必要，它們只是輸送電力的 power supply，人的頭部就已包含了資料庫和知識庫，而且眼耳是輸入，口鼻是輸入也是輸出，就這麼簡單，但我們談哲學卻非常形而上，無法與我們的這些「硬體」間有很深的關聯，事實上會不會與輸出入的「量」或「質」有關，使我們的「見仁」、「見智」都不大相同，這裡面應該有物理或化學的關係，仍有待我們的研究。

詩人不是一面鏡子，他本身就是一個主體

　　瘂弦：有沒有可能把古今中外的好詩統統加以分解，作出一些好詩產生的方程式出來，可以幫助後來創作的人，比如把反諷、對比、相似……等手法和產生的效果統統弄出一套來，這應該也有可能。讓好詩創作的機率可以加大一些。

　　義芝：果真這樣會不會因採取了太多好詩的優點，反而引出衝突、錯

亂,每一部分都想造成高峰,結果卻使詩的餘韻受到阻隔?

陳:以科學角度來說,這的確是未來寫詩的一條路。當然,理論很完整時我們常用「演繹法」,理論不太完整時則用「歸納法」。因此我們對好詩的分析可以先用「歸納」,再予以「演繹」,並用「模擬」予以修正,最後會比較適合我們來用,效果比較不容易互相抵銷。

白:為什麼我們要特別標舉「詩」,而沒有提到其他文類?

林:我想詩是文學之母,許多文類加起來還是可以叫作詩,比如亞里斯多德的《詩學》,討論就不只詩一項。在西方要當編輯,一定要懂得詩;懂得詩就可懂得小說,但懂得小說不見得會懂得詩。

陳:我們討論的是知識產生的基本原理,因此以詩與科學對談是最適當,其他文體可說都是後來的演發,當然也有探討的必要,但那是後半部。

林:詩人並不是一面鏡子,而是他本身就是一個「主體」,任何東西到了他身上,都必須經一番消化、剪裁、轉化,然後才以最微少的字句吐出來,這必然要有很大的「自覺」。

白:我想我們應該把「原創力」當作詩,因此它的範圍很廣,任何藝術家、文學家、科學家具有高度創發性的,我想都是與詩的原理是相通的。

義芝:我想今天我們可以得到一個結論,即使將來電腦會寫詩,也可能只跟古代的許多文人拿著韻書作詩填詞一樣,他們並不能叫作詩人,只能叫作「會寫詩會填詞的」,這就與林先生所說的「主體」有關,唯有具備了這個「主體」才能真正成就其為一個詩人。

——原載《聯合報》副刊,1987 年 5 月 31 日

——選自《林亨泰全集‧文學論述卷 6》
彰化:彰化縣立文化中心,1998 年

訪林亨泰

◎莊紫蓉*

時間：1997 年 7 月 16 日下午 1 點 30 分～5 點

地點：彰化市建寶街 86 巷 10 號林宅

採訪、紀錄：莊紫蓉

莊紫蓉（以下簡稱莊）：林亨泰先生是臺灣有名的詩人，日治時代就開始以日文創作，戰後用中文寫詩，音樂性、繪畫性和思想性是他詩創作的自我期許。此外，他在詩的理論方面也有獨到的見解。林老師，請您談談小時候的生活情形。

林亨泰（以下簡稱林）：我小時候隨著父親搬了幾次家，就讀小學（「公學校」）前，在烏日住過一段時間，當時父親在製糖會社工作。有時，父母會帶我到公司附設工廠看電影，我記得那工廠的屋頂是鐵架搭建的。因為我年紀太小了，看了一會兒就睡著了，不過，在我的腦海裡，還留著當時所看的日本武士打鬥的片斷畫面。

我父親本來在製糖會社的化驗室工作，後來想自己創業，辭去糖廠的工作，考上中醫，又考上西醫，那是光復前的事了。在我印象中，父親的記憶力很好，很用功，每天一大早就起來散步、念書，我經常看到他邊寫邊背書的情景。後來我在熱帶醫學研究所接受衛生技術人員短期訓練時，讀過熱帶病學，有一次我問他有關瘧疾病史的事，他隨口就將書中的記述背出一大段來，可見他用功的情形。

---

*退休教師。

父親考上中、西醫後，就從事醫生的工作，二次大戰終戰後，在過世前一段時間，轉任衛生所主任，1970 年過世。

莊：您的父親對您有什麼樣的影響？

林：我的父親不善於言辭，說話沒什麼條理，脾氣很大，自己不喜歡看電影等等娛樂，也禁止我們從事什麼娛樂。

莊：不過，您小時候，他也會帶您去看電影。

林：那是公司專為日本國人及家屬所舉辦的活動，只好也去捧場。平常他對我們的管教很嚴格，希望我能夠學醫，但是我有自己的主張，並沒有依照他的意思去做。

小時候我們經常搬家，影響最深刻的是小學剛入學的那一次。當時父母親先搬到新家，獨留我一人暫時寄住親戚家，等到學期告一段落，才遷回新家，我的獨立性格就是在這種環境之下逐漸養成的。

莊：您是家中的長子，一般來說，長男都比較受寵愛的。

林：我 13 歲時，母親因難產而過世，就在那一年，父親再娶。大家都說必須在百日內辦喜事，但是，我母親二月過世，父親再娶是 12 月，已經超過百日了。本來家中長子比較受寵，但是我的情形不同，父親再婚後，我好像成了他的包袱，不大喜歡看到我。

莊：您小時候和母親比較親近嗎？

林：比較起來，我和母親較親近。從小我跟著父親叫我母親名字——はくゆ（白瑜），所以，直到母親過世，都沒有叫過媽媽。我外祖父姓傅，是中醫師，屬於文人世家，當時清末時代，尤其是顯赫的文人家族在習慣上總是和武館人家結親，以便在官衙未能善盡捍衛民間的那個時代，藉以保護身家財產的安全。我外婆是武館女兒，曾經和親戚因爭吵而打架，我外婆打贏了。那個親戚懷恨在心，訓練他的雙胞胎兒子，等到他們長大後，就向我外婆挑戰。那時我外婆已 50、60 歲了，和那對雙胞胎打成平手，受到內傷，後來因而生病過世。

莊：這樣看起來，您的外祖母非常勇健。

您的外祖父是文人，您的文學細胞是不是得到他的遺傳或影響？

林：或許是吧！不過，並沒有直接的影響。我外祖父沒有生兒子，他弟弟的一個兒子過繼給他。在我很小的時候，外祖父就過世了，我沒見過他，手邊也沒有他的資料。後來我開始寫詩以後，聽說我外祖父也寫詩，於是我去找外祖父過繼來的兒子，才聽他談起外祖父寫過不少詩，有些寺廟裡的對聯也是出自他的手筆。

莊：您小時候經常搬家，印象較深的是什麼地方？

林：小時候的記憶有些已經模糊了，仔細想來，對北斗這個地方較為熟悉。記得我讀小學時，每天早上起來刷牙洗臉時，都會看到遠方的新高山（玉山）。

莊：那時您心中有什麼感受或是想法？

林：當時看到遠方那麼高的山，感覺有一股神祕感。

莊：您童年時和玩伴遊戲，有什麼特別的經驗？

林：小時候我經常邀集四、五個孩子，就像「囝仔頭王」一樣，找一個主題，每個人說出自己的想像。例如：「如果我是神仙」這個主題，就可以說：「如果有一個人要走過小水溝，我要他的腿變得很長很長，讓他原本的一小步突然跨過了一座房子。」每個人都說出自己的一個想像，那些想法，往往十分誇大或荒誕，大家都談得很開心。

有時候，我們三、四個小孩子坐在客廳的四個角落，嘴裡一邊哼著自創的曲調，一邊用手敲打椅背，發出三拍或四拍的節奏。這些經驗都非常有趣。

莊：您讀書時，在音樂和數學的表現都很好。

林：小學一年級時，大概我的聲音還不錯，被老師選上一年一度園遊會裡的獨唱。但是我上臺唱到一半，忽然忘記怎麼唱下去，最後在大家的掌聲中，很不好意思地下臺。

就讀師範學院時，音樂系的聲樂教授似乎很欣賞我的歌喉，獨唱考試時給我最高分——90 分。有時同學彈琴，我會在旁邊跟著琴聲隨口哼唱，他們

認爲我的音準很好。平常我也喜歡唱歌，多半是唱藝術歌曲，那是戰爭時期，禁止唱流行歌曲。這是我在音樂方面的經驗，但是並沒有往音樂方面發展。

莊：您 13 歲時母親過世，不久父親再娶，這件事對您的影響似乎很大。

林：那件事給我的打擊很大，至此之後開始思考人生的問題。經過各種追尋，以及反覆思索的結果，徒然沒有得到一個明確的答案。起首我追求宗教，然而終因不得內心的共鳴而逐漸轉向文學。

莊：有人說，人生是痛苦而無意義的，您對人生的看法如何？

林：人生是有很多痛苦，不過，那些痛苦畢竟是人生的一部分，也並不是不能忍受的。母親去世這件事，影響甚巨，包括我很晚才結婚，也可以說是受到那件事的影響。這兩年，經過了 1995 年那一次中風的病中經驗，才逐漸淡化了早期的痛苦經驗，並且也比較能豁然以對了。今年 6 月，我寫下〈死去母親的幻影〉：

母親去世在我 13 歲的那年
遠赴中學入學考試的前夜
半夜產婆醫生的足音遠去
父親突然焦急催促的聲音
驚醒了睡在隔壁房間的我

父親只是茫茫然然
喚著長男年紀最大的我
我只是不知所措地
望著面無血色的母親
母親因為難產離開了世間

學業從沒有缺過課

考試去不去？不去？去？

還沒有長大的身長與體重

只是順著親戚們的意見

毫無定見做了最後決定

從沒有想過，一個剛剛出生

更難以相信，一個卻要死去

人生留給我的難題過於困難

只在始終得不到歸結的答案中

死去母親的幻影出現又消失……

莊：您有幾首描寫女性的詩，例如〈尼僧〉、〈新畢業的女教師〉、〈被虐待成桃紅的女人〉、〈鳳凰木〉等等，似乎對女性特別關懷。

林：我所寫的詩都是自己親身的體會和感受，關心的都是切乎人生的問題，例如〈鳳凰木〉：「妳是新世紀的勞動者」、「誰說？／在春天的南國沒有美人／不過，要等到了夏天／鳳凰木，那就是南國的美人」，其實這首詩的背景在光復後不久，當時臺灣女性都較質樸，生活在勞動的環境之中，而沒有太多的修飾與打扮，我所謂的「南國美人」就是這個意思。〈新畢業的女教師〉則是看到剛畢業尚且稚氣未脫的女同事，在驚訝之餘而寫成的。

莊：您的童年生活有沒有特別愉快的經驗？

林：13 歲以前，是無憂無慮的，比較快樂。13 歲以後，則性格比較孤獨，朋友不多。不過，我的朋友雖然不多，卻都是很要好的知己，例如銀鈴會的朱實（辰光）和蕭金堆（蕭翔文），都是我很要好的朋友。至於資助我印第一本詩集《靈魂的產聲》的陳素吟女士，本來我並不認識她，她的弟弟陳瀛洲是我師範學院的學弟，有一次他告訴我他姊姊有一筆年終獎金想捐給銀鈴會，而他和我較為要好，就建議將那筆錢資助我出版第一本

詩集。當時我和陳素吟女士沒有見過面，後來銀鈴會在彰化舉辦第二次聯誼會時，我才認識她，但也沒有交往。直到 1950 年我畢業之後開始教書了，才和她有較密切的往來。

我第一本詩集《靈魂的產聲》是 1949 年 4 月出版，當時在政治上已經有緊張的氣氛，所以，過去刊在《潮流》雜誌上一些比較激烈反政府的詩並沒有編入，而收錄那些比較溫和而沒有反抗性的詩，另外我再臨時寫了幾首，印成那本詩集。當時我寫詩的靈感可以說是很豐富的，可以寫很多詩。

莊：那些反抗性較強的詩，後來有沒有翻譯印出來？

林：有，有些是張彥勳翻譯，有的我自己翻譯的。

《靈魂的產聲》出版後，我停筆了六年。那幾年「戰鬥文藝」當道，我想，與其寫那種詩，不如保持沉默。後來看到紀弦的《現代詩》季刊，介紹一些法國詩人，我似乎抓到了另一種可能性，於是又開始動筆寫作。

「人誕生的呱呱初啼聲是一種喜悅，享嚐奶的香味則在神話般的母親的懷裡享受得到。春天驚醒的靈魂的初啼聲是一種寂寞，那我的青春與詩則是我的夢與哀歌。可是為了愛護真實的生命，竟忘了人類時間與空間，於是靈魂慘痛地傷害。而今，我即將揚起第三度的初啼聲，反映現實的意志的初啼聲是一種嚴肅。」這是我在《靈魂的產聲》後記裡的一段話。人生的第一次初啼聲是剛出生在媽媽懷裡，第二次是青春時期，即是靈魂的初啼聲，也就是詩歌與夢，第三次初啼聲是反映人生現實，表現意志的初啼聲，對我來說，第三次的初啼聲還未到來。事實上，過去我沒有出版的那些較具反抗性的詩，是我以後想要走的方向。在白色恐怖時期，很多想寫的詩不能寫，只好寫現代派的詩，當時我是抓住一個「用現代描寫鄉土」這樣的可能性來寫的。我所寫的那些符號詩，像〈患砂眼的城市〉、〈車禍〉、〈進香團〉等，都是用新的、現代的手法，抒寫現實生活。所以，我的現代派非但沒有脫離現實，而且是落實在實際生活。一般人批評的現代主義，是所謂的「橫的移植」，模仿西方，我的主張和他們不同。

我認為，就像火藥、印刷、羅盤是中國人所發明，後來西方人將這三樣東西發揚，再傳入中國一樣，中國本身是有原創的東西，所以，「縱的繼承」是不能否決掉的。

我這種看法是我獨特的主張，和洛夫他們當時所講的現代派不同，而一般人心目中的現代派就是那種主張。因為想法不同，後來我另組笠詩刊社。回顧我過去寫詩的歷程，雖然風格會改變，但是基調是不變的，就像一串珠子，每粒珠子不同，而串連的那條線是一貫不變的。

莊：您認為自己寫詩的那條基本線是什麼？

林：可以說是反映現實，也就是我所謂的第三次初啼聲，更已朝這個方向在走，只不過，如前所述，第一詩集時期中所發表之較具反抗性的詩作便是如此。直到第二本詩集以及現代派運動期一直都不曾改變初衷。

莊：叔本華在《意志與表象的世界》這本書裡談到，音樂是整個意志的客觀化，它表達事物本身，是最完美、最成功的藝術，最能夠深入人心。您寫詩主張情感內斂，並強調具有音樂性的詩，就能感動人，這種看法是否受到叔本華的影響？

林：我喜愛音樂，但是我所講的是「詩的音樂性」，和音樂不同。所謂詩的音樂性，不一定是像古詩一樣押韻，現代生活步調很快，「速度感」也是一種音樂性。例如〈風景 No.2〉這首詩，是我從溪湖坐車到二林，沿途看到一排排的防風林，過了二林以後，就是海，可以看到一波波的海浪，我把坐在疾駛的車上所看到的情景寫下來。很多人寫詩時，本身是靜止不動的，站在一個定點來觀看、描寫不斷變動的事物。我寫這首詩的視點不同，我本身是在動的，我一動，景物也隨之變動，這種「速度感」就是一種音樂性。另外，詩的間隔、換行、停頓的地方也能夠表現音樂性，所以，詩一定要朗讀，例如：「防風林（停一拍）的（停二拍）外邊（一拍）還有（停兩拍）防風林（停一拍）的（停二拍）外邊（停一拍）還有（停二拍）防風林（停一拍）的（停二拍）外邊（停一拍）還有（停四拍）然而海（停一拍）以及波的羅列（停二拍）然而海（停一拍）

以及波的羅列」這樣吟誦，才會有時間的關係，唸到第二句才產生第一句；因第三句才有第二句……，時間的逐漸移動，這就是音樂性，也就是生活的速度，生活的韻律。所以，我的詩必須讀出來才有立體感，才有韻味，只用眼睛看的話，只是呈現平面而已。

　　莊：〈風景 No.1〉也是您實際觀察到的事物描寫？

　　林：這一首表現的是生命成長中的時間速度，「陽光陽光曬長了耳朵」，陽光由短而變長。一般人對這一首詩比較不能欣賞，討論的人較少。

　　莊：〈風景 No.1〉和〈風景 No.2〉是同時寫的嗎？我們在鄉下看到的防風林是為保護農作物而種的，這兩首詩是不是可以合在一起看？

　　林：這兩首詩是同一時期寫的，不過，是分別寫的，〈風景 No.1〉寫的農作物是一般農村常見的景物，而〈風景 No.2〉則是寫溪湖到二林之間的防風林和海。詩本來就可以做各種解釋，兩首合在一起看也沒什麼不可以。

　　莊：〈爪痕集之六〉第一段：「沒有語言／這世界／可能也沒有什麼驚訝」，您對語言似乎非常重視。

　　林：這是我的文化觀，人類先有語言，然後才慢慢形成文化，語言是文化的基礎，是很重要的。
我寫詩時，非常注重語言，我不喜歡「白髮三千丈」那種誇大的寫，而力求寫實、精確的文字。

　　莊：您有幾首詩，抓住一種感覺，很具體地表現出來，例如〈亞熱帶 No.1〉，用「胖」這個字表現亞熱帶地區在炎熱的陽光下，各種景物給人的感覺是「膨脹」的。
〈黃昏〉這首詩：「蚊子們　在香蕉林中　騷擾著」，有過鄉居經驗的人，一定很能體會您所表現的黃昏景象，這首詩很短，有點俳句的味道。

　　林：以前我唸過日本俳句，有時寫詩也想表現俳句的意境。

　　莊：〈夕陽與茶〉這首詩中，「翻滾的水和沉鬱的時間」將茶葉中的

苦澀釋放出來，就好像人生的苦痛，也是一點一點地在每個人一生的歷程當中呈現。對於那些苦澀，誰能夠毫不猶豫地喝下去？這是您泡茶時所引發的聯想和感觸嗎？

林：是的，這是我在喝茶時引發的感觸。

莊：人生是痛苦的，不過，除了「苦」之外，也還有「甘」的成分，就像喝茶一樣，苦中帶甘。

林：人生的滋味是一言難盡的，詩的好處就在此，心中的感觸不必完全講出來，也不必說明，作者只抓住一點意涵或感覺，將它傳達給讀者。

莊：您有一首詩〈雨天〉，寫出在雨天裡的寂寞，我想，大部分的人都曾經有過這種孤獨、寂寞的感覺。那時您抽煙嗎？

林：我年輕時煙抽得很兇，後來戒掉了。

莊：您幾十年的寫作生涯中，什麼時期創作慾最強？

林：我年輕時創作力很強，例如〈非情之歌〉51 首是一個月之間寫成的。不過，我的作品並不多，因為懶的緣故。去年生病，只寫了兩首，今年到目前為止，只寫了〈死去母親的幻影〉一首。

莊：〈非情之歌〉裡的黑和白有什麼特別涵意？

林：黑和白，好像對立，有時卻又是同步。我是想用這種方式來表現複雜的社會和人生。
我在寫完〈非情之歌〉後，第二次停筆，那是 1962 年，停筆的主要原因是忙，1963 年結婚，同年，長男出生，1964 年，《笠》詩社成立，接著颱風造成住屋崩塌，與山坡下的住戶發生糾紛。1966 年女兒出生，1970 年父親過世，同年八月，患腎臟炎，請了一年長期病假。這種種事情，讓我無法靜下心來創作。不過，雖然暫停創作，其他的文學活動並沒有停頓。

莊：音樂性、繪畫性和思想性是您寫詩所想要達到的目標，例如〈日入而息〉就像一幅農歸圖，讀者彷彿可以聽到牛車的聲音。

林：我有好幾首詩，也都富於戲劇性，例如〈黃道吉日〉、〈同座者〉、〈事件〉……等等，好像一幕幕的戲一樣。而且，我很多詩作，都

是在坐車時得到的靈感，可以說，我有不少詩是和交通有關係。

莊：在您的求學過程中，有沒有哪幾位老師對您影響較大？

林：沒有。不過，我想起來有一件有趣的事，我小學一年級暑假，和十幾個同學到鄰庄田尾老師家，老師很高興，請我們吃中飯。他一碗一碗地為我們添飯，為最後一個同學添好飯後，第一個同學已經吃完了，老師又替他添。老師就這樣不停地為我們添飯，那種情景在我腦子裡留下深刻的印象。後來這位老師介紹我到田尾國民小學教書。

228 事件之前，我就讀師範學院，有些同學是從中國大陸來臺的，他們的衛生習慣不好，隨地吐痰擤鼻涕是常有的事，甚至有一位教中國通史的教授，上課到一半，跑到窗邊把鼻涕擤到外面，再回到講臺繼續上課。像這樣的老師也有。

莊：您有幾十年的教書經驗，但是似乎很少創作有關教學的詩。

林：有關教學的詩也有，但是不多。以前在《創世紀》刊登過一篇〈教員與蜈蚣標本〉，《長的咽喉》裡也有一篇〈教室〉。

莊：您有沒有想過要寫小說或其他的文體？

林：早期我曾經嘗試過小說創作，但是因為受到母親過世的影響，心情一直無法靜下來做長時期的寫作，不能寫小說那麼大部頭的著作。加上我生病以後，很多計畫都擱置下來，例如臺語詩的寫作、小說創作等等，都無法進行。

莊：您有寫日記的習慣嗎？有沒有打算寫回憶錄？

林：由於在長期的戒嚴之下，我並沒有養成寫日記的習慣，所以很多資料散佚，要蒐集很不容易。我是想要寫回憶錄，只是生病以來，整理資料或動筆寫作總不能持久。彰化縣立文化中心打算要為我出版全集，大約有十本。

莊：您曾經用過「亨人」和「恆太」這兩個筆名，有沒有什麼涵意？

林：「亨人」是在《潮流》發表詩作用的筆名，源於我對「人」有一種真切的好感，因此希望人與人之間的互動溝通關係都能順通亨達。「恆

太」是我在《現代詩》時用的筆名，取其音和我的名字相同。我的本名是外祖父所取，來自於詩經，意思很好，所以我後來就沒有用筆名。

莊：您的讀書過程中，受到哪些著作或作者的影響較大？

林：早期我很喜歡看紀德的作品，法國現代詩人的著作也看了不少。中學時代開始接觸尼采，現在特別喜愛尼采全集，經常翻閱。

莊：感謝林亨泰老師在這大熱天撥冗接受訪問，謝謝！

——原載《臺灣新文學》第 9 期，1997 年 12 月 15 日。

　　按：原稿本題「追求音樂與繪畫的詩境：詩人林亨泰訪談錄」，
　　但發表時改爲今題。

——選自《林亨泰全集・文學論述卷 5》
彰化：彰化縣立文化中心，1998 年 9 月

《靈魂的產聲》序

◎蕭金堆[*]
◎呂興昌譯[*]

　　芸芸眾生大都對自己心存危懼，只會一味迎合現實，林亨泰卻能經常自我探詢，把自身的形象刻劃在永恆之壁的上面；他一直喜愛從自己內心自然生成的東西。

　　臺灣中部有一個搭起文學同好心橋的「銀鈴會」，林亨泰是它的正式會員，在同人雜誌《潮流》上，他所發表的詩作，具有純淨清高的靈魂之韻味，常令讀者眼前頓現神聖的視野，使他們成為虔誠的祈禱者。他的詩蘊含著人生的深悲，然而他的悲哀並非看破世情的悲哀，而是懷著明日之希望的悲哀。

　　以自我深化為中心，成為莊嚴地躍入外在鬥爭潮流之中的詩人，我們期待他的未來。

　　　　　　──選自林亨泰，《靈魂的產聲》，臺中：光文社，1949 年 4 月

　　　　　　　　　　　　──選自《林亨泰研究資料彙編（上）》
　　　　　　　　　　　　彰化：彰化縣立文化中心，1994 年 6 月

---

[*]蕭金堆（1927～1998），詩人、散文家、小說家。彰化人。本名蕭翔文，筆名淡星。發表文章時為高中教師。
[**]現為成功大學臺灣文學系兼任教授。

談林亨泰的詩

◎紀弦*

　　林亨泰的詩，有人說他太新，太怪，有人乾脆說看不懂。其實呢，並
不太新，也不太怪，只是表示意見的人，所知有限而已。至於懂或不懂，
那卻不止是一個欣賞能力的問題了。因為詩與散文不同；散文的「意
思」，要是看不懂，那就完了；但是詩的「境界」本來就是只可以心領神
會的。我曾在信札上應允幾位熱心的讀者，說要寫一篇文章，去幫助他們
了解林亨泰的詩。現在我就實踐這個諾言，說幾句試試看。

　　首先，我要把林亨泰這個人介紹一下：他是本省人，現在服務於教育
界，和我同行。早在日據時代，他就經常用日本文在當時的各報章雜誌上
發表作品，而且已經出過日文的詩集了。本省讀者，差不多都知道他。光
復後，才開始學習祖國語文；而用中文寫詩，乃是近年來的事情。據我所
知，除《現代詩》及《南北笛》之外，他很少在別的刊物上發表作品；而
出版於民國 44 年的，他的第一部中文詩集《長的咽喉》，實在是值得推薦
的好書之一（臺中新光書店發行，定價新臺幣三元）。他的文藝態度十分
嚴肅；平日手不釋卷，只管埋頭寫作，而不參與那些不必要的活動，亦無
視於世俗之毀譽，海闊天空，淡泊寧靜，有大作家風度。這一點，最受我
的尊敬。他是我的同志，也是我的良師益友。我能和他訂交，實在榮幸的
很。

　　說到他的作品，我想可以分成兩類：一是講求節奏的，一是根本否定
了節奏的。但前者的節奏，實不同於一般的抒情詩，這因為他的內容很少

*本名路逾。發表文章時為《現代詩》季刊主編，現定居美國。

是「情緒」的，而多為「感覺」的。內容決定形式，此乃通古今中外而皆然的大原理，而不足為那些削足適履者道，且看他的一首《長的咽喉》（詩集《長的咽喉》代序）吧：

> 長的咽喉
> 鳴著圓舞曲
> 而告知
> 從軟管裡
> 將被擠出的
> 就是春

姑不問說的是雄雞還是詩人自己，單是讀了這短短的六行，你就可以獲得一種節奏的滿足，而這是很自然的，有個性的，一點也不做作，乃知詩的新舊，即使是在節奏上，亦有其劃然截然之分。「新」詩使用散文，「舊」詩使用韻文。較之韻文的節奏，則散文的節奏實在是格外富於音樂性的，不過一般人的肉耳已經習慣於韻文，因而對散文的節奏之美還是難去領略罷了。又，「詩」所用的散文不同於「散文」所用的散文，這只要把林亨泰的「詩」唸一遍，再把我的「散文」之任何一段唸一遍，就可以分別出來了。所以「分行的散文」不是自由詩的同類。

再看他的一首〈回憶〉（《長的咽喉》，頁 10）吧：

> 記憶
> 在夜裡，
> 是沒有腳的
> 液體……
>
> 矇矓的圖案啊！

亂舞，

　　波紋，

倒垂，

　　波紋。

矇矓的圖案啊！

黑的，

　　埋沒，

紫的，

　　漂流。

矇矓的圖案啊！

　　這首詩，不僅有其鮮明的節奏，而且有其美妙的旋律。當我們讀它的
第一節時，可以聽到小提琴獨奏的聲音，第三、第五兩節則給人以鋼琴與
小提琴合奏的感覺，二、四、六、三節都是鼓聲，但各有其輕重遠近之
分。如果再進一步去品味它，你就可以伴同著第一節的聲音而聯想到青綠
色的燈光，第三節是橙、黃、白、棕諸色，第五節是黑的和紫的，二、
四、六、三節是濃紅與淺灰之交織，或為七與三之比，或為四與六之比。
要是肯更進一步的話，則你所得的一定更多了。

　　說「從軟管裡將被擠出的就是春」，說「記憶在夜裡是沒有腳的液
體」，這都是十分形態化的表現，是很新鮮的感覺，而像這樣具體而確實
的方法，在阿保里奈爾、高克多等以前，是很少看到的。美國的意象派，
也是這樣。同時，我們現代派的諸特色之一，亦正在此。

　　林亨泰的詩，有時也表現一個情緒，但他主要的是表現一個感覺。他
的感覺，來自觀察。從「靜觀」，到「直覺」，這便是林亨泰的詩法，也
是我們共同的詩法，跟那些浪漫派的殘渣所僅能使用的可憐的原始的「刺

激反應公式」迥異。且看他在作品〈覓〉（《長的咽喉》，頁 25）中怎樣寫一隻醜小鴨吧：

　　　嘴饞的鴨，

　　　貪著月明，

　　　向骯髒的水溝，

　　　整夜不眠的

　　　唼喋著，嚥著

　　　嚥著，又唼喋著……

這多夠味！又如〈晚秋〉（《長的咽喉》，頁 21），也表現得很好：

　　　雞，

　　　縮著一腳在思索著。

　　　而又紅透了雞冠。

　　　所以，

　　　秋已深了……

　　在這裡，沒有西風，也沒有黃葉，而只有一隻雞，但是秋已深了，正因爲這「雞，縮著一腳在思索著」，所以無邊木葉蕭蕭之下的秋聲、秋色，用不著說明，你就可以聽見、看見了，此之謂：以部分暗示全體。這詩，十分的簡潔，十分的精鍊，還帶幾分抒情味，是一幀畫，也是一支樂曲。但那「紅透了」的「雞冠」，究竟是雄雞的冠呢？還是指的雞冠花而言？這卻可以不必多問了。就算是雞冠花吧，在深秋，它的葉子無力地披垂著，不也很像是「縮著一腳在思索著」的「雞」嗎？

　　題爲〈擁擠〉（《長的咽喉》，頁 26）的一個作品則是林亨泰對這 20 世

紀工業社會的人生之靜觀與直覺的表現：

　　我擁擠
　　在車上，
　　而心碎了……

　　但，
　　馬路上，
　　是更擁擠的。

　　所以，
　　何處，
　　有我下車的地方？

　　在密集的都市，為空間的狹小所苦，連心都擠碎了，這是古人所不能體驗的吧？以現代的生活經驗，做為現代詩的內容，產生現代詩的形式，這是再合理也沒有的了。

　　此外，在他的詩集《長的咽喉》中，還有〈等待〉、〈無題〉、〈光〉、〈火的發明〉、〈斷想〉、〈流行〉、〈思慕〉、〈失眠〉、〈錦〉、〈習癖〉等諸作，亦為我所激賞，又，葉泥所譯，他從前的日文詩中，也有許多佳作。但是限於篇幅，這裡不能一一介紹了，只舉一個例子，看他的〈虐待〉吧：

　　故意地熄滅了電燈
　　先讓房中是一片黑暗
　　之後再劃根火柴
　　以那燃燒的火焰的照耀
　　看著心愛的，我的筆跡

　　在我這無理的虐待下

　　你還是默默地低首無語

　　總之，他這一類有節奏的作品，都是可以朗讀的。但朗讀的方法，和一般所謂「朗誦詩」的大不相同了。詩的朗讀是一種專門的藝術，而不只是國語發音正確了就可以勝任愉快的。

　　以下要談的是他那根本否定了節奏的一類。

　　本期本刊，發表了他的三首符號詩，這是由於詩的內容之在表現上的有必要而才使用一些適當的符號以代文字，並不是每一首詩都可以自由地使用的。他用得很適當，所以更能表現，倘若換一個人，而用得不適當的話，那就反而弄巧成拙了。符號詩主要是訴諸視覺的，而這是直接的。意象派的人們所從事的，也是在稿紙上作美術的行動，但那是間接的。因為較諸文字的「意味」，則符號的「形態」是格外地具備了美術性的。符號詩既以直接訴諸視覺為目的，則與聽覺有關的節奏，就當然可以不必注重了。但是如像：

　　　，

　　　。

　　　，

　　　。

以及

　　越過

　　山

　　越過

　　山

這樣的排列，不也可以說是一種「視覺的節奏」麼？倘若把前者改為：

　　讀號

　　　句號

　　讀號

　　　句號

的話，則整個的作品就被破壞，而不能把一列的電燈具體地表現出來。又
如後者的「山」，要是不用大字，則亦無法表現卡車的快速行進了，須知
研究工具，探討方法，作種種的試驗，一切為了表現，這正是一個態度嚴
肅的藝術家所當有的任務。詩之韻文時代既成過去，今天是以散文寫詩的
日子；但是當我們感到散文這新工具仍然不夠表現的時候，遂有符號其物
的應運而生了。以散文為主，以符號為輔，或是散文與符號並用都可以。
而要以符號代散文，如同以散文代韻文，這在今天看來，還是不可能的。
不過將來如何，我卻未敢預言。而我所敢斷定的是：再回到韻文去的可能
性，已經是百分之一百二十的沒有了！

　　寫到這裡，我又想起他那發表在上期本刊而遭人攻擊過的一首〈房
屋〉來了，那實在也是一首符號詩。因為除「笑了」及「哭了」之外，八
個「齒」字和八個「窗」字，實在是當作符號來使用的，而不得目之為文
字，這詩的排列樣式是不可以改變的。只有像這樣的排列才是詩，否則就
被糟踏掉了。請看他的本來面目吧：

　　笑了

　　　齒　齒

　　　齒　齒

　　　齒　齒

　　　齒　齒

哭了

窗　窗

窗　窗

窗　窗

窗　窗

　　這是「看」的，不是「聽」的。這是訴諸「視覺」的，不是訴諸「聽覺」的。是構成的，而非理輯的。是直覺的，而非理念的。還有，立體主義的原理，在這裡，也適用的。請看阿保里奈爾的立體詩吧！他把「心臟」的文字排列成心臟的形狀，把「皇冠」的文字排列成皇冠的形狀，把「鏡子」的文字排列成鏡子的形狀而嵌他自己的姓名在鏡中。準此，則我們爲什麼不可以把八個「齒」和八個「窗」的排列看作二層樓的房屋呢？八個「齒」字的排列，可說是關上了百葉窗時的房屋，八個「窗」字的排列，可說是打開了百葉窗的房屋，至於「齒」所象徵的「笑了」和「窗」所象徵的「哭了」，豈不是除了它們本來的意味之外，還可以看作房屋的煙囪嗎？總之，做爲一首符號詩的「房屋」就是房屋，用眼睛去理解吧！在這裡，實在沒有人生的大道理，只有愚蠢如郎費羅者，才用詩來說教，那些抽象的哲學，讓散文去說明吧！而詩，不管。尤其是今日之新詩，更須純粹。凡屬散文的內容，詩是一概拒絕表現的。當散文的路已走到了盡頭時，詩的世界剛剛顯示她的地平線而已。詩與散文，豈可不分？一個優秀的小說家，不一定能寫詩；一個出眾的詩人，也不一定能寫小說。而以看散文的眼睛去看詩，以處理散文的方法去處理詩，都是令人啼笑皆非的。把一首用散文的節奏寫了的自由詩排列成散文的樣子尙且不可以，何況一首立體派的詩一首符號詩？信手把它抄寫成「笑了：齒　齒——齒　齒——齒　齒——齒　齒　哭了：窗　窗——窗　窗——窗　窗——窗　窗」這種樣子，豈不是等於拆掉了這「房屋」嗎？而這「房屋」的形式，又是不可以模仿的。可一而不可再，此之謂創造。立體派的方法，符號詩

的原理，是誰都可以採用的。但是模仿林亨泰的〈房屋〉而作〈火車〉，那不是大開其玩笑嗎？而就整個世界詩壇而言，像這一系列占領空間的表現方法，已經是很普遍的了。就連日本的中學生，也都具有這方面的常識了。只有在我們的自由中國，才會引起驚異而致遭受攻擊，甯不令人長太息？

　　本來嗎，要是以徐志摩等「新月派」那種「押了韻的本質上的散文」為標準的話，則林亨泰的〈房屋〉之被目為「太新」，就也是理所當然的事情了。

　　說到詩的排列，現在我又想起他的一首〈輪子〉來了。這詩發表於本刊第 11 期。在校對時，我認為已經沒有什麼錯，便簽了字付了印，誰知出版之後，卻完全走了樣子。這首〈輪子〉的本來面目是這樣的：

```
轉。
轉。
轉。
轉。

性急的。
性急的。
　性
　急的。

　　它，
　　它，
　　它，
　　它，

咻！
咻！
咻！咻！
咻！咻！
　　咻！
　　咻！
```

　　大概是在上機器的時候，印刷所的工友發現這一版上有幾個字顛倒

了，於是自動地把它們扶正過來，這一扶正不打緊，可把林亨泰的詩給弄糟了，那輪子向前滾轉的動態就完全變成靜止的形狀了。事後，我曾寫信給林亨泰，向他說明經過情形，並表歉意。現在想想，猶覺遺憾。這詩末尾的八個「咻」字，是模擬火車頭喘息的聲音的。而其妙處，全在四個「轉」字和四個「它」字的排列樣式，所以，這也是一首符號詩；而且是很成功的。

而且，很「寫實」的哩！如同電影一般，有動作、有個性、有聲音，這詩中的主角火車頭，豈不是可以用你們的手去「觸摸」一番的「行」之「現實」嗎？

又，會「笑」也會「哭」的「房屋」，不也是可以把你們的身體搬進去「住」的「現實」嗎？

嗚呼！所謂「寫實派」，所謂「現實主義者」，快回到散文的世界，去好好地寫你們的小說吧！人要守本分的！而在詩的世界裡，本來就無所謂「寫實」這麼一回事；而詩人的心靈，才是現實中之真正的現實。這一點，要是還沒有弄清楚，而就貿貿然的以一個訪問專家的姿態出現的話，那就難怪由於言語不通而結果是弄得敗興而返了。

賢明的讀者諸君啊，請再聽我一言：

第一、你所不喜歡的，不見得就不好。

第二、你到底懂不懂，詩人沒有責任。

第三、你有喜歡或不喜歡，懂或不懂的自由，但是罵人，千萬不可以！多管閒事，尤其不必。

阿保里奈爾立體詩

皇冠・心臟・鏡子

COEUR COURONNE ET MIROIR

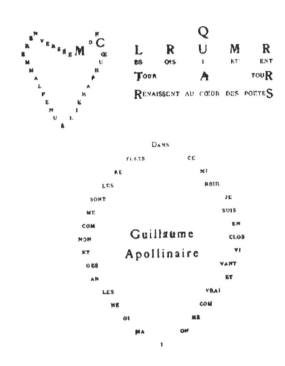

——原載《現代詩》第 14 期，1956 年 4 月

——選自《林亨泰研究資料彙編（上）》

彰化：彰化縣立文化中心，1994 年 6 月

笠下影

林亨泰

◎林亨泰

　　那些特地爲觀光客建設的風景，大都是經過人手蓄意整理出來的，也許真的可以引起觀光客愉悅的情緒也說不定，但是對之用所謂「美麗的」一類的形容詞也就差不多可以概括無遺了。

　　那些所謂「美麗的」風景的特徵，有如被大頭針釘牢的蝴蝶或昆蟲一樣的標本，更像被人類去勢的狗或貓一樣的家畜。那樣標本化或家畜化的風景也許是美好的，但是我還是讓給那些「懂得價值的人」去玩賞吧。

　　我寧願盡力去探求還沒有被那些「懂得價值的人」的足跡所踐踏過的地方，縱然那是有著猙獰的容貌而不能稱爲風景，或者不過是醜陋的一角而不足以稱爲風景，可是，我以爲只有在這裡才體會得到人類居住的環境底真正的嚴謹性。

壹、作品

影子

　影子～～～～

影子是平臥著的

影子是緊閉著眼睛

影子是看不見的

影子也是看得見的

　影子～～～～

影子是平臥著的

影子是緊閉著眼睛

房屋
笑了

　　齒　　齒

　　齒　　齒

　　齒　　齒

　　齒　　齒

哭了

　　窗　　窗

　　窗　　窗

　　窗　　窗

　　窗　　窗

風景　　其一
農作物　的

旁邊　還有

農作物　的

旁邊　還有

農作物　的

旁邊　還有

陽光陽光曬長了耳朵

陽光陽光曬長了脖子

風景　　其二
防風林　的

外邊　還有

防風林　的

外邊　還有

防風林　的

外邊　還有

然而海　以及波的羅列

然而海　以及波的羅列

二倍距離

你的誕生已經

誕生的你的死

已經不死的你

的誕生已經誕

生的你的死已

經不死的你

一棵樹與一棵

樹間的一個早

晨與一個早晨

間的一棵樹與

一棵樹間的一

個早晨與一個

早晨間

那距離必有二倍距離

然而必有二倍距離的

貳、詩的位置

　　縱目現代詩壇，要找出像他的詩這樣經常被當作問題提出來，又引起紛紛議論的，恐怕再沒有第二人了。當人們熱衷於寫形體整齊的「豆腐干」時，他卻寫出了好像翻倒了活字版似的所謂「符號詩」。[1]但是當人們從「豆腐干」的陳腐裡甦醒過來，開始寫作高高低低，參差不齊的所謂「現代詩」時，他反而故意寫著體裁比較工整的「豆腐干」。[2]以他這樣一個「不識時務」的人，在詩壇引起騷動是當然的結果。他所做的也許有點過分，可是，他所扔出的一石，確實激起了很大的驚異和痛楚，如果不是這驚異和痛楚，怎能提醒這個昏昏欲睡的詩壇呢？

　　查一下與他發生過關係的詩刊，可以知道他是循著《現代詩》——《創世紀》——《笠》這一條路線行進；這些詩刊都在發行的當時對詩壇投下了最大的影響，而這一路線從民國 45 年[3]到現在，不就是一直都推動著中國詩壇走向現代化的一股主流嗎？這些詩刊的青春時代底脈搏也就是他所發表的詩及詩論的心跳。他的詩究竟是好是壞，因為見仁見智，觀點各不相同，姑且不論，但是就他不斷地以詩作激起這個詩壇，他的詩作本身就帶有對於詩壇流行的詩作嚴厲的批判這一點來說，他確是有其特殊貢獻的。

參、詩的特徵

　　當文字使用逐漸地流於修飾底使用時，隨著文學即開始墮落了。對於這種墮落，詩人作為挽救的手段之一，就是排斥一切修飾，將文字使用極端地加以樸素化。林亨泰的詩就是這種極端樸素化的典型。因此那些認定詩句必須是形容詞句或副詞句的人，便無法領略到他這種極少使用形容詞句或副詞句的詩之奧妙所在了，猶如好吃油膩的人，嚐不出素食的味道一樣。

---

[1]請參看《現代詩》第 13、14、15、16、17、18 各期。
[2]指發表於《創世紀》第 19 期連序詩共有 51 首的組詩〈非情之歌〉。
[3]指在紀弦主編的《現代詩》第 13 期所倡導的「現代主義運動」。

　　渥滋渥斯（W. Wordsworth）不是說過嗎？「解剖而殺害之」（"We murder to dissect"），詩一直是不堪遭受這種解剖的，但是，我們的周圍卻有太多的儘管解剖也都不死的詩。就是說，從詩篇之中摘取任意的一句時，往往這一句也照樣可以作為獨立完美的一句而生存著。可是林亨泰的詩卻並不容許這種解剖。假如企圖從他的詩篇之中摘取任意的一句作單獨吟詠的話，這一句立刻變成了索然無味的片言隻字，讀者必定會以面對一張白紙的心情而說：「這並沒有什麼啊！」，可是讀者如果不把詩篇肢解，而是當作一個整體來看時，就會突然發見他的詩原來是如此完整而有生命的，假如說他的詩有難懂費解的地方，這並不是文字的難懂，而是詩的方法費解。

　　總之，他不是以文字所持的意義寫詩，而是以精神所具的秩序寫詩。不是要把看到的風景的印象翻譯成文字，作成空間底排列，而是將之沈入於精神底深度之中，等到還元為基本要素時，再作成時間底整理。[4]

　　就其「文字使用」來說，他的詩像農夫一般地樸素，又像兒童一般地幼稚，可是假如從其「精神活動」來看時，它所表現出來的，不但是文化之中的文化的方法底與秩序底，也就是藝術之中的藝術的創意底與嶄新底。

——原載《笠》詩刊第 4 期，1964 年 12 月

——選自《林亨泰全集·文學論述 3》
彰化：彰化縣立文化中心，1998 年 9 月

---

[4]在〈風景〉詩中農作物與農作物或防風林與防風林之間「的　旁（外）邊」的插入，以及在〈房屋〉詩中「笑了」、「哭了」的插入，遂由「空間底」變成「時間底」，就是說成為也可以出聲朗讀的作品，因此「農作物」、「防風林」、「齒」、「窗」等是流動不息的精神的基本要素，絕不是由配置而固定著的句子的基本要素。

評介《現代詩的基本精神》

◎鄭炯明*

　　為臺灣現代詩壇所矚目的，林亨泰先生著的《現代詩的基本精神》（原名：攸里西斯的弓），經過一段某種因素的阻擾後，終於順利出版了。筆者以為它將成為目前具有權威性和建設性的現代詩的鑑賞書籍。這樣說並不言過其實，事實上，放眼觀看一般所謂現代詩論的專書，只不過是將零散四處發表的片段評文集之一冊，沒有真正建立現代詩論的體系，它們是切斷的、不連貫的，而現代詩論體系之一天沒有建立，便一天是臺灣現代詩壇的致命傷。《現代詩的基本精神》（論真摯性）顯然與前述的評文集有所差異，因為它是朝著企圖建立現代詩論體系方向邁進的，並且獲得相當的成功。

　　現代詩經過幾次論戰後，雖然最近又開始蠢動，而昔日的瘡痍猶新，部分排拒現代詩的人士，仍抱持著十年前固執的錯誤論斷，做不合邏輯的推理，來批評當前詩壇的存在及價值，甚有以各種冷諷和熱嘲的方式加以詬病者。當然，在這無政府狀態的臺灣詩壇，其本身不無有值得檢討和反省的地方，但是為什麼大家懂得應該如何救救我們的音樂、我們的繪畫，就不懂得如何救救我們的詩呢？這是努力從事現代詩的創作和推行者極感不平的事。

　　現代詩的基本精神廣泛之至，本書主要是論「真摯性」（"sincerite"）。關於真摯性的解釋，作者引用考克多（Jean Cocteau）的「討論一切，暴露一切，赤裸裸的生活著」為其立足點，進而從「分辨詩

*財團法人文學臺灣基金會董事長、《文學臺灣》發行人。

或散文」的準則著手，做一番詳細的剖析。作者說：「五四時代所揭櫫的『要以現代人的語言表達現代人的思想情感』這是我們應該絕對遵循的原則與精神。至於那長期積蓄而來之傳統經驗的揚棄，我們不必懷太多的留戀與顧忌。而此時此刻，我們更不得不指出，五四時代以來的詩人所常犯的那種以日常生活的語言來代替的寫法，即我們坦率指出的那種僅在散文次元上繞圈子寫法的錯誤所在。」正如《笠》詩誌在創刊號的啓事上所言：「現在，我們可以清楚地意識到，五四對我們來說，已不再意味著什麼意義了。我們可以將五四看成過去，正如我們將唐、宋視爲過去一樣，這是我們敢斷言的，因爲我們已有了與前時代完全相異的詩的原故……」現代詩之進入歷史與否是另外一個問題，我們毋需爲此爭辯，由《現代詩的基本精神》，我們可以看到「我們已有了與前時代完全相異的詩」的有力論證。

全書對真摯性的解說，分爲三部分：

A：從散文的次元到詩次元的理由——亦即由題材美的滿足到詩美的滿足。「不管詩中的題材如何，無論是美的或醜的，一旦藉文字寫成詩後，詩中題材個別的美醜均被揚棄，均能被揚棄於詩的美感之中。」此爲現代詩鑑賞的重要觀念。

現代藝術文學所謂的「美」（"Beauty"），已不再被局限在狹小的題材或字義上，而是要突破和擴大來自傳統的美的經驗相，也就是要挖掘那蟄藏在人類心靈深處底人性的流露。這種「審美的進化過程」，正是人類「思想的進化過程」，以此造成的時代潮流任誰都無法抗拒的。作者舉紀弦的〈脫襪吟〉等詩爲例，我們非但不以爲那些像：「臭的襪子」、「臭的腳」、「食著糞，食著溺」的字眼會使人感到難受和嘔心，相反地我們感到「臭得痛快淋漓」，那是由於我們從詩中發現存在這個社會、人群的映像，再沒有比暴露自己和這個時代更痛快的事了。

B：「真摯性」的歧路——從「自然的語言」到「人工的語言」。「和散文站在同一次元上寫詩是一種錯誤，因之詩人當然得設法把它『加

工』。其途徑有如紀弦似地把『真摯性』只是純粹地僅止於精神地追求方面，同時亦可如瘂弦、商禽兩位除了求其精神的真摯外，更仰賴語言來表現的那種加工的方法。」

作者對詩語言的創造做此概要的劃分，想純係為論述的方便，絕無牽涉到兩者價值的批評。在科學日益昌旺的現代，所謂物質的創造似乎是「人工的」比「自然的」美觀、便利，而在詩語言創造的領域裡，它們之間是無法放在天平上比較的，一首成功的現代詩，若說是詩語言創造的成功，毋寧說是精神的「真摯性」表現得恰到好處，這時語言和精神便自然地合而為一。為什麼作者一再強調〈另一種理由〉比〈巴黎〉，〈事件〉比〈長頸鹿〉更加優秀的道理在於「真摯性」，其原因在此。然而若有人以為「真摯性」是完全忠於物象，那又值得商榷了。

現代詩之遭受非難，語言的問題是一個重要的關鍵，不但國內如此，國外亦然，而就詩的語言的發展來說，這永遠是詩人所必須克服而又不能克服的使命，那麼詩人便像卡繆（Albert Camus）筆下的「薛西弗斯」（"Sisyphus"）了。「詩是語言的藝術」，現代詩人以創造新的語言而自豪，但它同時也是詩人的 Bacteria。「瘂弦、商禽兩位就是把對語言的嘗試如此地推展到一失足即失其立足的最極限的地步」。許多現代詩的作者無法透徹了解此點，無疑在模仿之後，勢必墜入「詩的懸崖」。

C：大乘的寫法──第一階段，學校的作文；第二階段，醒目對象物的俘虜；第三階段，世界公民的心聲。

一首好詩「有時」固然也須要一個適當的題目來做標記，但這項需要並不是絕對的，這點作者在第四章論述得很清楚。「……對於人類的精神活動，先設定某種題目，即強求其某種範圍……至第二階段時，縱使不設題目，精神也能獨自活動的。由於長久的習慣，即使事先並沒有設定題目，結果其精神活動在不知不覺之中，還是會歸向於某種題材的。……至最後階段時，要寫詩，也已不需特別的範圍和限定特殊的題材，因為此時的詩人不論任何對象物，也都能藉來作為表現自己的精神活動。」

　　作者論洛夫的《石室之死亡》時，提到詩的「完整性」和「難懂性」的問題，可惜沒有再進一步討論。關於前者，也許是在進入「大乘的寫法」才有的現象，雖然說：「然則，只要詩具有此完整性，當我們進一步了解詩人之意象結晶的方法時，詩便不該是難懂的。」但，最後仍承認有其「難懂性」的存在，此乃因使用「隱喻」（"Metaphor"）手法過多的關係，而「隱喻」是現代詩的表現之一個特徵。關於現代詩的難懂，村野四郎在《現代詩的探求》有周密的分析，結論是：「問題的解決，在於有無值得難懂性的內容，絕非由於讀者的多寡而決定詩的價值。」那麼，如果再追問：什麼樣的情況才是有無值得難懂性的內容？這就非三言兩語所能道盡了。似乎我們也可以說：「凡是能幫助讀者了解詩的內容的，其本身也都能使讀者發生難懂。」

　　一種現代藝術之誕生必有其時代背景，這是不容任何人否認的。中國詩的長流，從四言開始，到五言、七言的古體，再到近體，以至於今天的現代詩，此乃歷史發展之所必然趨勢，或許以後不知什麼時候，世界的現代詩潮流會再回溯到從前的浪漫和古典的韻文體，但無論如何，生活在如此不安的 20 世紀的我們，是無法再像古代的詩人那樣，將自己關在樓閣裡悠閒地吟詩了，縱使能夠，那也只能達到某種感動和成功而已，因為作品中缺少屬於我們這個時代的真摯性，現代主義的文學必須根植在現代人的生活上，無論是用語或被描述的對象。

　　在民族自尊心脆弱的今天，我們的現代詩壇的自尊心，也一樣薄弱得不堪一擊，整個詩壇好像是一個剛做過虧心事的孩子，畏懼於談論自己的家人，於是變成以談論外國詩人為自豪，真正國內的現代詩壇存在被否定了，價值被揚棄了，不僅如此，到處出現「無的放矢」的荒謬事，是則，《現代詩的基本精神》有其沉重的使命和責任，以便積極建立現代詩論的體系。

　　「……事實上，人類既然具有一個終必腐朽的肉體，以及長日煩惱的精神，那麼，因此而流露出來的弱點之所以能成為詩的強度是無可置疑

的，因為詩人具有的弱點與苦難是牽連著民族甚至人類全體之弱點與苦難的，這不但能構成詩的強度，該也是能打動讀者的心弦的，除非是淺薄的人或偽善者，我們實在不忍心把這種對『真摯性』作獻身的，忘我無私的努力，真叫做『虛無的傾向』或『神經質的叫喊』，對於人類缺點的探求，他近乎自虐地針對著自己，何況他又使用了『詩』這種對民族甚至人類精神負責的形式，如果我要說昔日的『英雄』、『聖人』之類也不過如此，相信不會言之過分的。……」

當我們讀這一段話時，我們的內心是多麼地沉痛啊，這不單是作者對紀弦的論述，同時，也是對現代詩人的一種鼓勵和期待。我們需要像《現代詩的基本精神》這一類的著作。

——原載《笠詩刊》第 24 期，1968 年 4 月。

——選自《林亨泰研究資料彙編（上）》
彰化：彰化縣立文化中心，1994 年 6 月

林亨泰的出現

◎旅人*

　　林亨泰（1924 年出生，臺灣省彰化縣人）早在日據時代即經常以日文發表詩作，光復後，才開始努力學習中文。當紀弦東渡來臺倡導「移植」說後，林亨泰即與之併肩作戰，介紹現代詩。紀弦與覃子豪從大陸帶來了李金髮、戴望舒的「現代派」火種，而吳瀛濤、錦連、林亨泰等人，則承襲了日人西川滿、矢野峰人及省籍王白淵、陳遜仁、張冬芳、史民、曾石火、楊啓東、郭水潭、楊雲萍等人之近代新詩精神，與上述火種匯合，而形成島國特有的詩型，再加上外來詩論的不斷影響下，這種詩型便不斷地向前發展。在吳瀛濤、錦連、林亨泰三人之中，林亨泰的詩論是比較犀利的一位，又因爲他的詩論主張與紀弦相近，所以選林亨泰來論述。他的作品有日文詩集《靈魂的產聲》，中文詩選有〈非情之歌〉、《長的咽喉》，詩論有《現代詩的基本精神》等。

　　紀弦倡「移植說」後，反對之聲亦隨之而起，除了紀弦獨立應戰之外，亦有不少人爲之辯護，林亨泰便是其中之一。在他爲紀弦辯護的文章中，比較重要的有〈中國詩的傳統〉（《現代詩》第 20 期）、〈談主知與抒情〉（《現代詩》第 21 期）以及〈鹹味的詩〉（《現代詩》第 22 期）三篇。

　　由於紀弦的主張新詩要接受「移植」才能進步，而遭致許多人的誤解，以爲如果紀弦的主張如果真的實現的話，那麼新詩豈不淪爲西洋詩的「殖民地」？針對這個誤解與憂心，林亨泰寫〈中國詩的傳統〉爲紀弦辯護。他認爲紀弦的主張，並不是一味地抄襲西洋的詩論，他是有所揚棄、

*本名李勇吉。發表文章時爲臺北市永平國中教師，現爲審計部退休參事、笠詩社成員。

有所光大的；也就是說在消極方面，要繼承傳統，在積極方面有「新」的開拓。不過繼承傳統，不是狹義的繼承，而是廣義的繼承。那麼中國詩有什麼傳統可讓我們繼承的？林亨泰認為中國詩在本質上是象徵主義，因為中國的詩都是短詩居多，其本質即存在於「象徵」中。在文字上，是立體主義，因為中國的文字採的不是「音標文字」，而是依據六書的原理構成的方塊字，其本身即予人一種立體感。因此中國詩的傳統，便是象徵主義與立體主義，這便是我們所要繼承的傳統。如此說來象徵主義以及該主義影響而成的「現代主義」，便是中國詩的傳統，為什麼還要「橫的移植」呢？因為中國詩的傳統已被外人學去，而且青出於藍，所以我們反過頭來要向外人學習，正如火藥、印刷術、指南針是我們所發明的，但今天我們反而要從外人輸入這些東西。易言之，在詩的方法上，形成「橫的移植」；在詩的本質上，形成「縱的繼承」。

事實上，「移植說」的真正目的，不僅僅停留於「橫的移植」和「縱的繼承」的努力，而是如林亨泰所說的，乃是在於復興古中國文學的光榮，以及贏回世界文壇上的領導權。

現代派的主張「打倒抒情主義」，並不是打倒抒情，但許多人卻誤會「打倒抒情主義」就是完全不要抒情了。林亨泰也針對這項誤會，寫了〈談主知與抒情〉，文中強調「打倒抒情主義」，只是不承認「抒情」在詩中的「優位性」而已，在次序上，讓「知性」排在「抒情」的前面，這是現代詩的特色。反對紀弦詩論的人，也即是反對「主知」，雖然這些人口口聲聲反對，可是寫的詩卻偷偷地趨向「知性」，逐漸地減少抒情的成分。所以林亨泰說：「『一首絕不抒情的詩』是無法找到的，但是『抒情主義的詩』卻是充滿著這個詩壇，不過，最近也起了變化——這，我認為是你詩的影響所致。在口頭上，他們都不贊同你，但在詩作上，他們卻逐漸地接近你，逐漸地像你起來了，如xxx，xx等。而『主知主義的詩』逐漸多了起來，並且好的詩都是一些『主知主義的詩』，它雖然也帶了一些『抒情』。」文中的「你」，係指紀弦，由此可證〈談主知與抒情〉也是林亨

泰爲紀弦辯護的文章。

　　給予讀者「不快」，這種「不快」帶有批判的色彩，這是現代詩給予讀者的感受，基於這種認識，並自惠特曼的話：「近代詩的大部分，不是大塊小塊的砂糖，就是口味甜的糖果切片」得到啓示，林亨泰把現代詩叫作「鹹味的詩」。紀弦的詩作，可以說正趨「鹹味的詩」邁進。當時有人認爲紀弦的詩，還是脫離不了「抒情主義」，抒情在詩中仍然占有「優位性」，就是到了民國 56 年由張默、瘂弦主編的《中國現代詩選》也如此批評：「本質上，紀弦是個『抒情詩人』。所以他的詩，理當歸類於『抒情詩』。而『抒情』與『主知』這兩種成分，在他的作品中是都含有著的，只不過比例上前者略占優勢而已。」關於紀弦的詩是否「抒情」，林亨泰這樣爲紀弦辯護：「如果我們不把『感情』甚至『心理』、『意志』、『思考』等誤解說成『抒情』的話，那麼，紀弦先生的詩是有別於「抒情主義」的。而他的『一些詩』──注意，我所說的只是一些詩，而並不包括他所寫的許多主知主義詩──似乎可以說是『主意主義』的。然而，這種詩是意志活動占去了優位的，所以也可以說：這就是抒情的崩潰，也就是主知的抬頭！」。

　　林亨泰爲紀弦辯護的文章，其中所提到的觀點，大抵是受了紀弦詩論而引發的，也可以說這些觀點大部分脫離不了紀弦的東西。至於紀弦所沒有論述的，林亨泰自己另外在《現代詩》第 18 期提出來了〈符號論〉。文中，他認爲詩作離開不了「象徵」，而「象徵」卻是「隱喻」手法造成的，可是這種「隱喻」手法的運用，即是到了登峰造極，連最幼稚的「符號」也是無能爲力的。他說：「詩裡的『象徵』所能給予『詩』的也就是代數學的『符號』所能『代數學』的。再說得明白一點，所謂『象徵』也不過就是語言的『符號價值』之運用而已。正因爲如此，一個符號代表任意一個數目的一次象徵往往是含有其由不同解釋而來的許多『意思』的可能。」

　　根據他自己的〈符號論〉，林亨泰也在該文中附了兩首符號詩，企圖

以符號的運用，達到省略文字增加「象徵的效果」。

解體的手　　構成的腳
解體的手　　構成的腳

蔓延的頭　　萎靡的腰
蔓延的頭　　萎靡的腰

——〈體操〉

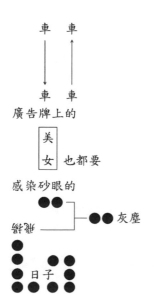

——〈患砂眼病的都市〉

　　這種符號詩，可說是林亨泰對中國文字的立體性及阿保里奈爾的立體主義的努力認識後，所欲在中國創新的詩體。中國詩中文字的立體主義，被阿保里奈爾學去了，林亨泰再把它「橫的移植」過來，企圖在廣義上，繼承中國詩的傳統，並且將此移植物改造，使其在中國的土壤生長得更高大。不過這種符號詩的缺點是缺少音樂性，但林亨泰認為象徵派之詩理，不僅影響到詩的音樂，也影響到音樂的音樂，使兩者都有了大轉變。但這種事實，卻被一般愛好談論「詩的音樂性」之批評家所忽略，他說：「實在我們對此『音樂性』有重新估價的必要，然而正在這個問題尚未有圓滿答案的時候，『符號』之被認為『缺乏音樂』，也是不足為病的。」基於這個觀點，以符號寫成的詩，缺少音樂性，亦不足為奇。

　　林亨泰的詩論，並不因《現代詩》詩刊之停刊而中止發展。民國 57 年元月出版《現代詩的基本精神》（列入笠叢書），書中的多數觀點，仍然和他的「移植說」有不可分離的關係。雖然這時，現代派的盛況，已不復存在，但此派的一些大將，仍然散在各種新起的詩社中，繼續發揮他們的影響力，其中林亨泰便是在笠詩社中埋頭苦幹的一位。因此這本書，雖然不是完成於現代派活躍的時期，但其所寫的精神與旨趣，站在「移植說」的立場，還是值得探討的，何況此書，是林亨泰現存最重要的一本詩論書籍呢！

　　本書談論的重點，可歸納為三點。第一點是從詩工具論現代詩興起之因；第二點是談現代詩的基本精神是什麼？並舉某些詩人之詩印證；第三點是指出中國現代詩人所負的使命。

　　五四文學革命，詩人普遍覺醒以白話寫詩，這種詩工具的改革，可能使詩「散文化」，亦可能「非詩化」，林亨泰認為以白話為工具寫詩，對詩人而言可能是一種相當沉重的負擔。例如胡適的白話詩，既不比用散文來寫更優秀，反而暴露出遜於舊詩凝鍊的缺點。又如「新詩盟主」徐志摩的詩，總算比胡適的詩進步，但因為太抒情，詩調首尾如一，反而顯得單調，讀完了，輕快感也就跟著終止了。像他的很有名的一首詩〈再別康

橋〉的寫法，林亨泰說：「……可是嚴格地說起來，這種自然發生式的寫法，已經不被今日的詩人承認是詩的寫法了。只能承認爲散文式的寫法。其中流貫的調子，與其認爲『詩的音樂性』，毋寧視作『散文的音樂性』，而應該加以排斥。」此外林亨泰再把徐志摩〈我所知道的康橋〉末段：「一別兩年多了，康橋，誰知道我這思鄉的隱憂？也不想別的，我只要那晚鐘撼動的黃昏，沒遮攔的田野，獨自斜倚在軟草裡，看第一個大星在天邊出現。」予以分行：

> 一別二年多了，
> 　康橋，
> 誰知我這
> 　思鄉的隱憂？
>
> 也不想別的，
> 　我只要
> 那晚鐘撼動的黃昏，
> 　沒遮攔的田野！
>
> 獨自
> 　斜倚在軟草裡，
> 看第一個
> 　大星在天邊出現！

　　由是可知五四時代的新詩人寫詩的方法是什麼了，他們以「分行」爲寫詩的唯一方法。但爲了錘鍊新詩的工具，使詩能以更新的形式出現，經過大陸時期象徵詩的啓蒙和摸索以後，現代詩自然因應而興起。

　　但是怎樣的白話才適合於詩，換句話說怎樣的白話才不在散文這次元的白話，才堪稱爲存在於詩次元之上的白話，林亨泰以爲像這種問題，已

經涉及到現代詩的基礎精神──真摯性。把「真摯性」用來淨化日常用語，從習慣化僵硬化的狀態中得到新的生命與活力，再把「日常用語」從散文的次元，飛到詩的次元，便可成爲真正「詩的用語」──「詩的白話」了。林亨泰認爲紀弦的〈脫襪吟〉、〈都市的魔術〉及〈向文學告別〉等詩是合乎上述觀點的詩：

　　何其臭的襪子，
　　何其臭的腳，
　　這是流浪人的襪子。

　　沒有家，
　　他沒有親人，
　　家呀，親人呀，
　　何其生疏的東西呀！

　　　　　　　　　　　　　　　　　　　　──〈脫襪吟〉

　　騷音和速率。
　　騷音和速率。
　　立體。立體。立體。恐怖的立體。
　　蛆樣的人群。蛆樣的人群。
　　碳酸氣和傳染病的製造所。

　　我不能思想。我眩暈。
　　我甚至失去了比一切重要的
　　自意識和存在感。
　　我收縮了起來。我渺小了起來
　　而且作為蛆群中的一蛆，
　　食著糞，食著溺，蠕動在
　　二十世紀的都市裏。

我是被征服了！

我是被征服了！

騷音和速率。騷音和速率。

恐怖的立體。恐怖的立體。

為什麼

作為原野的眾兄弟之一的

我的修偉的姿

收縮了起來，渺小了起來？

——〈都市的魔術〉

1

向文學告別。向詩，說再會。

今天，我是如此的傷心，如此的心碎。

向「惡之華」、「巴黎之憂鬱」

說再會。向但丁、我們的大屈原、

李白、杜甫、陶淵明、保爾・梵樂希、

「古池」的作者、T.S. 艾略特、

惠特曼、愛倫・坡、阿保里奈爾、

高克多、廚川白村、安特烈・紀德、

意象派們、每一個超現實主義者、

自殺了的葉賽寧和嘲笑了人家的自殺

然而終於也自殺了的瑪耶可夫斯基

說再會。而且向你：

我的靈感的小綠樹，說再會。

啊啊，再會，再會，再會。

我是如此的傷心，如此的心碎！

再會！小綠樹。

再會！美的理想和夢的黃金地平線。

再會。

　再會

　　文學再會！

　　　詩再會！

2

何處去？——

茫茫的街。茫茫的夜。

從宣告打烊的咖啡店 DD 步出，

沿著靜安寺路，南京路，向外灘。

江海關的大鐘：

鏗鏘的十二時。

我倚著手杖，佇立在黃浦江邊，

抽著煙斗，想——

沒有生存空間。沒有寫作場所。

沒有書桌，書桌和椅子。沒有家！

沒有閒暇和餘裕。沒有創造。

沒有心的平安和靈魂的午睡。

而在我的動亂的生命裡，

是常充滿了一種藝術的苦悶，

一種詩的、詩的渴念。

而且嚴重地患著營養不良症：

形容枯槁，顏色憔悴。

冬天來了：沒有大衣。

沒有一個地方可以容我棲居，藉以遮蔽風雨。

沒有溫暖。沒有休息。沒有家！

只有奔波，只有流浪，

奔波奔波，流浪流浪，

辛辛苦苦，覓食處處。

啊啊，茫茫的國，何處去？

──〈向文學告別〉（僅錄第一、二節）

　　林亨泰除了舉出紀弦的詩來印證現代詩的基本精神，並讓人了解到怎樣的詩其中才含有真正的詩的「白話」外，另外也舉瘂弦、商禽的詩來印證。他說：「把習慣化的日常用語無批判地取用於詩中的五四時代的詩用語，到了紀弦時，由其『真摯性』感性的質素被純化了，感情的容量也更增加了。可是無可否定的，一到瘂弦、商禽兩位時，由於「隱喻」的多量使用，想像力的領域大為擴展，因而詩味也就更加微妙了。這不能不說是一種進步。」詩人的新個性，要用新的形式才能真摯地表現出來，這是現代詩人努力追求的鵠的。中國的現代詩人，向詩的白話工具挑戰，不斷地改造它，使它成為一種真正理想的工具，適合於現代詩的形式表現，這種努力的精神，並不亞於歷代文言詩人對於詩的文言工具的錘鍊。

　　同時，林亨泰也舉了洛夫的詩集《石室之死亡》再印證。論其大乘寫法，將「隱喻」更高度運用，以塑造特殊且頻繁的意象。但他也說：「使用隱喻的能力，雖說已成為一種測量現代詩人的能力的『度量衡』，可是假如這隱喻的使用決不是為了詩而使用它，僅只為製造隱喻而使用時，就與那種藏匿了謎一樣，為使之難解而弄出花樣，結果是大大地喪盡了『詩』之本質的。」

　　最後，林亨泰在本書末頁，指出中國現代詩人應負的使命。他認為，現代詩人不僅應關切自己身處的國家環境，也應該注意到世界各地所發生的事情，因為現在沒有一個國家可以孤立存在的，世局的變動也能影響到

自己國家的變動，關心世界各地所發生的事情，不也等於關心自己國家的命運嗎？所以林亨泰說：「時代既已這樣地成為世界性、成為全人類性的時候，中國詩人的詩，只是汲汲於抒寫僅適合於中國人胃口的所謂『中國的詩』的話，那就未免眼光太過於狹窄，失之於太『自私』了。只要詩人是真摯的，他一定會以全世界人類為整體而把握它，毫不吝惜地把自己的命運賭在時代和全人類的命運裡面的。中國詩人要有這樣地成為世界之一員，對它感覺到責任，不斷地作用於世界並且有推動世界的積極的意欲——即創作『世界的詩』及至『人類的詩』，才能開拓中國詩向世界詩壇躍進的道路，中國詩的『文藝復興』才有可能，這一點就是本輯之所以要闡述的結論。」這個結論和〈中國詩的傳統〉一文的結論，是一貫的、相同的。

　　如果單從上述林亨泰指出中國現代詩人應負的使命所說的話觀之，很容易使人提出這樣一個問題來，即林亨泰所說的話原則不錯，可是因為太注意整個世界及全人類的結果，往往會忘掉自己的國家、迷失自己。當然這也是反對「移植說」者一向所最擔心的問題。不過如果另讀一直在《笠》詩刊中連載的他的〈我們時代裡的中國詩〉，老是以「血統」為主題，來分析研究詩人的作品，如余光中的「歷史感覺」、錦連的「形而上思考」、桓夫的「現實觀」以及白萩的「回歸」、「認同」的話，那麼，前述的擔心問題，當不會發生，也就不致誤會林亨泰的意思了。

　　　　——原載《笠》詩刊第 72 期，1976 年 4 月；又收入旅人，

　　　　《中國新詩論史》，臺中：臺中縣立文化中心，1991 年 12

　　　　月。

　　　　　　　　　　　　——選自《林亨泰研究資料彙編（上）》

　　　　　　　　　　　　彰化：彰化縣立文化中心，1994 年 6 月

回看林亨泰

◎喬林*

在《六十年代詩選》由編者執筆的林亨泰小評，其第一段是這樣寫的：

有人問大名鼎鼎的畢卡索說：「誰是新人？」畢卡索即回答道：「我就是。」這是詩人林亨泰在一個文藝集會上介紹自己時所說的幾句話。

話中重要的「新人」這一謂詞，從其語言的背景，實已透露出，說者、編者都有意雙關。一是意味著，在中文詩壇上，林氏是一適才出現的新人；二則意味著，林氏在其詩論與作品上的扮相，是一種前導新銳的角色。如果我們熟悉在 1950、1960 年代藝術領域裡，最具新生活力的詩壇與畫壇，那種棄傳統如敝屣，以西方的藝術思潮為心嚮仰止的北辰，赤腳狂熱隔岸求薪的情況，我們當可領會，這一「新人」在後一意味上的美譽，事實上已蓋過前一意味。

在原有的規範裡，中文詩與西洋詩在體質上，即有著極大的差異，它們各自沿著不同的語文與文化合鑄的軌道，依據著各自的生命需求、生活態度，以不同的速度穿越時空。這種情形在舊詩的五言七言藩籬未被拆除以前，更是嚴然分明。然而，時至 1950、1960 年代的新詩人，似乎不約而同的在心裡湧現出一幅可怕景象——那就是看見了五言七言詩中的許多高貴與美麗，只不過是表面裝飾炫麗，其內裡卻是粗陋與窄小的人類靈魂容

*本名周瑞麟。發表文章時為笠詩社成員，現已退休。

器。此一面具的拆穿,其最深刻的意義,不僅是表現在理知的浮現與思考的行動;同時也表現在對舊有詩的信仰上的喪失。事實已說明了這一事態,較之新詩運動以來,倡言力行的外貌改變,更形複雜與具體。

對於生活在中文裡的人來說,自古以來,詩與其說是一種文學的體系,毋寧說是一個堅固的心理母體,近乎宗教般的包容了整個生理生命,維繫著具超越實有境界的交通。失去了這一信仰,亦然失去了在心理上維持直接經驗於不墜的全套象徵、概念及儀式。遂使得新詩人的心靈流離失守,彷徨流徙。

另一方面我們又可以看到,新詩人帶著渴求的心緒,積極的希求重建新的詩的家園。於是,幾乎自認具有現代意識的詩人,無不自我要求的勤加腳程,競相自傳統的家裡出走,走得愈遠,便是愈為「前衛」。而「前衛」在當時是統攝著「好的」、「理想的」等美幻的色彩,強烈的意味著希望的實現。

居於當時的這種詩壇處境及心向,在日文文學圖書裡浸淫多時的林氏,挾其歐風西雨的詩論,併同不帶中文新詩當時習性的作品,乍然出現中文詩壇,在那時的迷亂視野裡,自是被視為「前衛」的具體化身,以「新人」之美譽賦予便為當然。而林氏,以其年輕人的熱忱,也自負的擔當起前導的角色,熱心於站在詩刊的講臺上,滔滔不絕的為當時的各色作品辯護,因此我們說,林氏在自我介紹時以「新人」自稱,語意著重後一意味,當是這種角色的自我肯定。而在做為新詩現代化導師候選人的紀弦這邊,無疑的,是喜獲了一位強力的「助講」。

在這些往事裡,林氏給我們的價值印象,是教師的身分,多於創作者的身分。雖然他曾執意的開風氣之先,引進了一些圖象詩,但對現代詩的建樹而言,那只是一個失效的意見,創作方法上冒險犯難的精神提示,多於詩本身完美性的完成。就是另一些非圖象詩作,著意在方法上的企圖,也多於完成一首詩的企圖。理性的思考計算,清楚嚴謹的幾何隱定結構,使得人性的角色從其作品中退隱消失,造成其作品的一項缺憾。這是約為

廿年後的今天，我們的評價，然而就當時而言，卻是價值連城。不過，如此前後冷熱，並非嘲諷，也不是對以往的否定，而是一種史的意義的鋪陳。如果我們知道，無論自然或人，在生命中沒有任何一事是可以持續不變的，包括我手中所持的價值秤稱。如果我們返身走回過往的那段歷程，而且就站在那個時段，我們當可目睹：林氏在方法論上突創的示範，確真發生了一些作用；在其熱切的會同出力吶喊擁護下的現代詩，確是歡暢的滾動了一段時程。

　　林氏已沉寂多時，雖然近一、二年來，他已復偶有詩論詩作，唯在感覺上已沒有從前的銳氣與神氣。這是否映示著一種知識環境的更替？詩壇上，詩作詩論的充實？總之，在我們印象中的林氏，仍顯是保留在廿年前的林氏──一位沿習著日本論說體的緩慢口吻，超乎仔細的語調，善意的為各種「可能」辯解呵護的現代詩教師。

──原載《笠》詩刊第 118 期，1983 年 12 月

──選自《林亨泰研究資料彙編（上）》
彰化：彰化縣立文化中心，1994 年 6 月

知性思考的瞑想者
論林亨泰的詩

◎趙天儀*

　　林亨泰，民國 13 年生，彰化北斗人，臺灣省立師範學院畢業（現今的師大）。他自省立彰化高工退休以後，目前任教於中部的大專院校。著有日文詩集《靈魂的啼聲》（靈魂の產聲），中文詩集《長的咽喉》及《林亨泰詩集》。詩評論集有《現代詩的基本精神》。譯有《保羅・梵樂希方法序說》。教育專著《J.S.布魯那的教育理論》以及合著的《創造性教學法》。

　　林亨泰在臺灣光復初期的詩壇；一方面是「銀鈴會」的中堅詩人，另一方面是新生報「橋」等文藝副刊重要的詩人之一。在「橋」的時期，林曙光就翻譯介紹了他的日文詩，而吳瀛濤等也討論過他的詩。在民國 38 年 4 月，他出版了第一部日文詩集《靈魂的啼聲》，收錄日文詩 38 首，可見他在臺灣光復初期是一位能以完整的日文來從事創作的詩人，也就是代表了那時期本省詩人在臺灣用日文寫詩的一種水準。當然，由於日文廢止使用，國語逐漸地取而代之，形成了他們那一個時期的詩人，變成了跨越兩種語文的趨勢。《靈魂的啼聲》後來有陳保郁、葉泥等翻譯介紹於《新詩週刊》，可見當時他受重視的一斑。他在民國 44 年 3 月，出版了第二部詩集《長的咽喉》，收錄中文詩 24 首，證明了他已能適應用中文來思考創作了。如果說《靈魂的啼聲》比較具有現實性的素材，而且還帶有一些田園情趣和山地氣息。那麼，在《長的咽喉》中，除了現實性的鄉土意味以外，也加強了他在意象與立體方面的追求。尤其是他後來也參加了紀弦的

現代派，也成爲現代派的健將之一。在詩的創作上，有立體主義的嘗試；例如：〈房屋〉、〈車禍〉等一系列的作品。有高度知性的嘗試；例如：〈非情之歌〉等的作品。也有純粹意象的嘗試；例如：〈風景 NO.1〉、〈風景 NO.2〉等的作品。這些前衛的實驗性的嘗試，使他令人刮目相看，同時也成了現代詩被批評的焦點，也就是所謂符號詩的製造者。在詩的評論上，他也介入了現代派的論戰；一方面爲知性的強調而辯護，另一方面也提出了他的符號論，成爲現代派重要觀點之一。在《笠》創刊以後，他的評論，在〈笠下影〉、《現代詩的基本精神》等等，繼續發揮了他對現代主義的評論，他看出了跨越語言的一代的精神意義，也點出了他自己那一個時代的特徵。《林亨泰詩集》該是他重要的一部詩選集。就做爲一個詩人來說，他的創作量不多，但是，往往是開風氣之先，並且成爲被爭論的焦論之一。就做爲一個批評家來說，他深深地了解外來文學的影響，同時也深深地領悟了他及其同時代的詩人們所應扮演的角色。

在〈概念的界限 D〉中，林亨泰說：

什麼存在？我們必須觀照它，這問題才是詩的。
什麼精神？我們必須跟蹤它，這問題才是詩的。
造型怎樣？我們必須推敲它，它是不是夠堅實。
心象潰了，說它是無法收拾，這才是詩的問題。
氣質差了，說它是無可救藥，這才是詩的問題。

我以爲林亨泰的詩觀，在當時現代派群中，是鶴立雞群，獨樹一幟的覺醒者。他一方面是一個方法論者，對於怎麼寫，具有相當尖銳的分析力。另一方面他也是一個精神論者，對於寫什麼，他也具有充足觀照的想像力。在詩的方法論上，他是表現了多樣性的現代主義者，如意象的擷取，立體的造型等。而在詩的精神論上，他從現實性的鄉土的素材出發，並且有知性的瞑想參與。他曾經把詩人分爲重要的與次要的類型；而在整

個臺灣現代詩的運動上，他具有重要詩人的特質。

　　試以他的詩作五首來加以賞析：

　　　在桌子堆著很多的書籍，

　　　每當我望著它時，

　　　便會有一個思想浮在腦際，

　　　因為，這些書籍的著者，

　　　多半已不在人世了，

　　　有的害了肺病死掉，

　　　有的是發狂著死去。

　　　這些書籍簡直是

　　　從黃泉直接寄來的贈禮

　　　以無盡的感慨，

　　　我抽出一冊來。

　　　一張一張的翻著，

　　　我的手指有如那苦修的行腳僧

　　　逐寺頂禮那樣哀憐。

　　　於是，我祈禱，

　　　像香爐焚薰著線香；

　　　我點燃起煙草……

　　　　　　　　　　　　　　　　──〈**書籍**〉

　　在林亨泰第一部詩集《靈魂的啼聲》中，他也是從現實性的感受出發，當然，在意象的表現上，他已經在抒情與知性的平衡中加以思考了。當他面對著浩瀚的書籍，呈現了書籍多樣性的面貌，他的翻閱，手指有如

那苦修的行腳僧，點出了他心中的感受。

　　門
　　被打開著的
　　　正廳
　　　　神明
　　被打開著的
　　門

──〈農舍〉

　　這是他第二本詩集《長的咽喉》24 首短詩中的一首，在這些被紀弦引為現代派同志的詩作中，都是以意象表現凸出見稱，比較常被討論的作品，有〈回憶〉、〈晚秋〉、〈擁擠〉等多首。〈農舍〉這首詩，題材是鄉土的，表現卻是現代的，他以立體性的形式的感覺來呈現臺灣鄉村的「農舍」，如果把這首詩橫排的話，那麼，這種立體性的形式的感覺一下子就崩潰了！我們從這首詩的表現形式，就可以窺探到一幅農舍的圖樣，栩栩如生地矗立著。

　　你的聲音，若不從你的喉嚨發出；
　　而要裝成有體面的人的喉嚨發出；
　　那是可悲的。

　　你的聲音，必須是極為單純的，
　　要單純得像一個農夫那樣才像你，
　　要單純得像一個工人那樣才像你。

　　那些聰明的傢伙一個個地得志了，
　　有些人出了名就趾高氣揚，

有些人發了財就遠走高飛。

不必靠了一個特別理由來生活，
活下去本來就是不用藉口，
除非你侮蔑了它。

　　　　　　　　　　　　　　──〈生活〉

　　近幾年來，有一些年輕的新生代詩人常常以現實主義者自居，並且宣稱他們自釣魚臺運動到鄉土文學論戰，使他們如何地覺醒過來了，除了批判非難昔日他們所模仿的現代主義以外，並以表現現實的、干涉生活的詩為職志，而以現代主義者為沒落了的一群，一躍而成為最激進的現實主義者的一群了。當然，他們不是先知先覺，在現實主義輝煌的時候，他們曾經也是現代主義唯美的吶喊者。而在現實主義躍居熱門的時候，他們又是現實主義的前進的實踐者；說來說去，好像真理一直都是跟他們站在一邊。然而，如果我們仔細觀察；在現代主義流行的時候，他們固然是後知後覺；而在現實主義復活的時候，他們依然還是後知後覺，所謂前衛的，所謂進步的，只是他們的護身符罷了！

　　林亨泰在詩的創作上，一開始，在詩的素材上就是現實性的，而在表現的方法上，卻是現代的。鄉土而現實性的內容，以現代方法來加以表現，恐怕還是現代詩在創作上必須繼續探索下去的途徑。從〈生活〉這首詩作中，我們可以體會到林亨泰對生活的執著與體驗。

你的聲音，若不從你的喉嚨發出；
而要裝成有體面的人的喉嚨發出；
那是可悲的。

我們的現代詩壇，不也是充滿了一群這種「有體面的人」的聲音嗎？

這些理直氣壯的後知後覺的聲音，往往是一個個得志的「那些聰明的傢伙」。那麼，「生活」的真諦是什麼？林亨泰以他銳利的批判性的口氣說：「不必靠了一個特別理由來生活，活下去本來就是不用藉口，除非你侮蔑了它。」

你說臉孔是在白天的工作弄髒了嗎？
不，該說：是晚間睡眠時才會弄得那麼的髒。
因為，每一個人早晨一起來，什麼事都不做，
所忙碌的只是趕快到盥洗室洗臉──

當然啦，他們之所以不得不趕緊洗臉，
不是為了害羞讓人看到自己有一副醜臉，
更是為他們因為在昨日一段漫長黑夜中，
竟能安然熟睡──這不能說是可恥的嗎？

在一夜之中，世界已改樣，一切都變了。
今晨，窗檻上不是積存了比昨日更多的塵埃？
通往明日之路，不也到處塌陷顯得更多不平？
這一切豈不是都在那一段熟睡中發生了的？

──〈弄髒了的臉〉

在一夜之中，弄髒了的臉，似乎是跟更多的塵埃一樣的！不過，能從這種日常生活中，體驗到「在一夜之中，世界已改樣，一切都變了」。這種對存在變化的了解，這種頓悟現象的覺醒，已從日常性走上知性思考，有歷史性的投影，也有宇宙時空的思辯存在了。如果所謂現代詩只是一些抽象概念的羅列，而不是透過意象和音響帶給我們智慧的啟示，那麼，那種抽象概念已經走上了非詩的邊陲了。林亨泰扣緊了現實生活中的一個點滴，能擴大到這種遼廣的視野，實在值得我們反省與警惕。

只是為了無法妥協的秩序
才不得不選擇的一個席位
那發了青而被擱置的吊椅

左右牽引仍舊掀開在兩邊
座上的人正是一位批評家
搖頭晃腦地坐守在平衡上

　　　　　　　　　　　　——〈鞦韆〉

　　鞦韆是孩提時代的一種玩具，一種在空中飄盪起落的位置，如果擺盪得適當，可以上下擺盪，左右扣緊張力，形成一種有節奏感的秩序。在這首〈鞦韆〉的詩中，林亨泰並沒有裝作很孩子氣，而是以「座上的人正是一位批評家」，來坐鎮這小小的鞦韆，當然，這是一種相當誇張的表現，不過，他想到一個批評家，如果坐上鞦韆這樣擺盪的傢伙。他該堅持一個怎樣的位置，該扮演一個怎樣的角色呢？

　　綜觀上述他這五首詩作，我們自不能說已窮盡了他的詩與詩觀，包括了他的方法論和精神論。然而，從「銀鈴會」、「橋」、「新詩週刊」、《現代詩》、《創世紀》到《笠》；林亨泰在臺灣戰後第一代的詩人群中，可說是頭角崢嶸，備受爭論與非難，然而，他從不退縮，他依然以他精緻的方式在持續地發言；他的詩，簡鍊有如鵝卵石，渾圓晶瑩，樸實無華。他的評論，銳利有如匕首，鋒芒畢露，強勁有力！因此，我們說，在臺灣戰後第一代的詩人群中，他不但是一位重要的詩人，而且是一位頗有見地的批評家。

　　　　　　　　——原載《臺灣詩季刊》第 5 號，1984 年 6 月

　　　　　　　　　　——選自《林亨泰研究資料彙編（下）》
　　　　　　　　　　彰化：彰化縣立文化中心，1994 年 6 月

疾射之箭・每一剎那皆靜止

◎林燿德[*]

林亨泰創作分期前言：箭的軌跡

開啟戰後臺灣現代詩發展序幕的第一代詩人中，原籍彰化北斗的林亨泰（1924～），和渡海來臺的覃子豪（1912～1963）、紀弦（1913～）共同造勢，匯融兩岸詩脈，鼎足而居。

1963 年覃子豪在惋歎聲中逝世，至今墓木已拱；「現代派」宗師，曾以一紙宣言傳檄而定天下的紀弦，也告別詩壇，戰鱗潛翼，在異邦嘯傲煙霞。唯獨林亨泰自戰前屹立迄今，對 40 年來臺灣詩壇產生許多重大影響。

出生於 1924 年的林亨泰雖然較覃、紀二氏年少十歲有餘，但是在發靭期的現代詩壇就提出開創性的論述和詩作，就史的觀點，和二氏屬於同一輩分。不同於將嬌兵暴、熾烈如火的紀弦，也不同於浪漫陰鬱又澎湃似潮的覃子豪，歷經「銀鈴會」、「現代派」、「創世紀」、「笠」各階段迄今的林亨泰，是一顆閃爍、折射著冷冽光芒的晶石。他從未成為「遺老」；40 年以降，他不但一直是思想的啟蒙者，也一直是詩史的見證人。

疾射之箭，每一剎那皆靜止。當我們面對林亨泰多年來浸淫詩學的生命時，必然發現他如尤里西斯的弓中怒馳而出的金箭一般，疾行於時空之中，然而我們也可將那連續的軌跡測量定位，透過他個人的歷史呈現出一種觀察現代詩發展的特定視角。

[*]林燿德（1962～1996），詩人、散文家、小說家、評論家。福建廈門人。本名林燿德。發表文章時為中國青年寫作協會祕書長。

　　自 1942 年迄今，林亨泰的詩人生涯可以劃分爲四個階段：

一、「前現代派」時期（1942～1949 年）

　　1948 年林亨泰開始正式發表中文詩作，以日文做爲主要書寫語文的林亨泰開始嘗試將日文詩作自譯爲中文，並逐步調整爲直接以中文書寫的思考方式。他於同年加入「銀鈴會」並完成〈鄉土組曲〉系列詩作。「銀鈴會」的歷史可追溯至 1942 年，由臺籍詩人組成，出版機關刊物《潮流》，組織「麥浪歌詠隊」赴全省各地公演，他們懷抱著熾烈的革新精神，以集體運動的型態推展理念。

　　在「銀鈴會」發軔的 1942 年前後，林亨泰也已開始著手《靈魂的啼聲》中部分作品的構思。此一階段，林亨泰的詩語言接受日本俳句的影響，而顯得簡潔質樸並且講究結構，但更明顯的啓迪，是得自 19 世紀末期日本新體詩、口語自由詩以降的現代詩精神。春山行夫主編的《詩與詩論》等雜誌提供林亨泰初期的認知模式，反抒情、主知的語言傾向在當時已現端倪。

　　1949 年處女詩集《靈魂的啼聲》（日文）出版，同年「銀鈴會」成員因政治整肅或失蹤或繫獄或流亡，無形中解體，在白色恐怖的氣氛下林亨泰創作中輟。

二、「現代派」時期（1953～1964 年）

　　1953 年林亨泰因購閱《現代詩》而結識紀弦，旋即加盟「現代派」，於《現代詩》第 13～18 期密集發表「符號詩」，成爲震動一時的前衛派代表詩人。白萩說的好，當時「林亨泰者，竟可惡到一螫，而令人高跳起來」（語見《笠》詩刊第 2 期〈魂兮歸來〉，1964 年），因而引起保守派全面的憤怒；《現代詩》第 18 期他發表〈符號詩論〉，向傳統的抒情框架和詩的音樂迷思正式提出挑戰，他指出「詩裡的『象徵』所能給予『詩』的也就是代數學裡的『符號』所能給予『代數學』的」、「很數學的也就是很

藝術的」，而「符號」被視為缺乏音樂性也「不足為病」。其餘重要評論如〈關於現代派〉、〈中國詩的傳統〉、〈談主知與抒情〉、〈鹹味的詩〉均發表於《現代詩》，言簡意賅、擲地有聲。「現代派」草創之初，紀弦無疑更像一個滔滔不絕的雄辯家而非冷靜睿智的理論家，後者的角色實由林亨泰擔綱。

1959 年前後《現代詩》經費短絀、名存實亡。在此之前林亨泰在《現代詩》上所撰寫的論述已奠定他思想家的地位，之後他便移轉陣地以《創世紀》為主要媒體，創作、理論並進，積極參與以《創世紀》為主導的「後期現代派運動」，當時，他仍被譽為「寫詩群中（觀念）最新的詩人」（語見《創世紀》第 13 期〈編輯人手記〉，1959 年）。

三、「笠」時期（1964～1970 年）

1964 年林亨泰在《創世紀》發表了受到日本「現代主義」運動主要理論家春山行夫作品影響的大型組詩〈非情之歌〉，質樸詩風與符號詩觀在 51 首詩中熔冶於一爐，總結前兩個階段的創作趨向。同一年他和桓夫（陳千武）、錦連（陳金連）、吳瀛濤、詹冰（詹益川）、趙天儀、白萩（何錦榮）、黃荷生、杜國清等臺灣省籍詩人共同籌組「笠詩社」，並膺任首屆主編，開始他詩人生涯中的「笠時期」。

《笠》詩刊首期封面即採用法國雕塑家布德爾（Emile Antonine Bourdelle）的名作「射箭的海克力士」，暗示該刊的出發仍然秉持「現代派」以降的前衛精神，以及呼應世界文學思潮的傾向，但是刊名《笠》又透露出對於本土與「原鄉」的關切。林亨泰以「本社」名義撰寫的發刊辭指出：「我們所渴望的是：把呼吸在這個時代的這一個『世代』的詩，以適合於這個時代以及世代的感覺痛快地去談論。」並疾呼與「五四」、「前時代」劃清界線，追求自己世代的「自主性」，主張對過去的詩風與詩觀採取「一種痛烈的訂正乃至否定」。

在林亨泰執編期間，開闢了「笠下影」（由林亨泰自撰：計討論詹冰、

吳瀛濤、桓夫、林亨泰、錦連、紀弦、楊喚、方思等多家詩作）、「作品合評」等專欄，刊用吳瀛濤〈日本現代詩史〉、〈現代詩用語辭典〉，並由同仁逐期譯介當代日本「超現實主義」詩人如三好達治、北園克衛、西脇順三郎、上田敏雄、山中散生、春山行夫、三好豐一郎、田村隆一等詩作及村野四郎的詩論，也出現討論里爾克（Rainer Maria Rilke）、葉慈（William Butlar Yeats）的篇章；更值得注意的是楓堤（李魁賢）的譯詩研究系列及葉笛翻譯的《超現實主義宣言》等重要文獻。

如果進一步考察，可以發現林亨泰在 1968 年出版的《現代詩的基本精神——論真摯性》一書出現在《笠》詩刊第 7 期封底廣告時，是以原名《尤里西斯的弓》納入叢書之列。從他對於西方藝術的偏嗜得以理解：在地緣觀點下對本土的關切，同在時代觀點下追求前衛性和世界性，對於林亨泰而言是並行不悖、一體兩面的懸念。

經由《現代詩的基本精神》一書得以了解，林亨泰關於詩的世界觀已經成熟，藉由系列對當代詩人的美學審視，他進而提出雄渾宏偉的結語：

> ……只要詩人是真摯的，他一定會以全世界人類為整體而把握它，毫不吝惜地把自己的命運賭在時代和全人類的命運裡面的。中國詩人要有這樣地成為世界之一員，對它感覺到責任，不斷地作用於世界並且有推動世界的積極的意欲——即創作「世界的詩」乃至「人類的詩」，才能開拓中國詩向世界詩壇躍進的道路，中國詩的「文藝復興」才有可能。

同一年熊秉明（筆名江萌）結合現象學與新批評觀點，在《歐洲雜誌》第 9 期發表了〈一首現代詩的分析〉，肯定林亨泰「符號詩」〈風景其二〉的成就，不但成為 1960 年代現代詩評論的重點里程碑，也對林亨泰產生巨大的影響，維繫了他持續創作的信念。

直到 1970 年前後林亨泰因慢性腎臟炎導致再度輟筆為止，這一階段他詩作產量不多，重要的貢獻在於奠定《笠》詩刊初期的規模暨完成力作

《現代詩的基本精神》。

四、現階段

　　整個 1970 年代，除了零散發表的八種論文外，林亨泰在創作方面幾乎完全停頓，降至 1980 年代初期，病癒後始重新經營創作，開始進行《爪痕集》及其他散篇詩作的構思，並致力研究當代西方文學重要思潮如結構主義、語言學、解構主義等。返回樸質的文體、切入現實的內裡，成為他現階段的主要表現模式。在這一階段裡他也開始擔任「時報文學獎」敘事詩獎決審委員及其他評審工作，再現詩壇，參與運作；至於《笠》詩刊，他已退居顧問地位。

　　這一階段回顧與展望同時進行，收入各階段作品的《林亨泰詩集》、《爪痕集》、《跨不過的歷史》相繼整編出版，並開始撰寫個人文學歷程的回憶錄，計畫中區分《悲壯的銀鈴會》（1942～1944 年）、《新詩的再革命》（1956～1969 年）、《笠詩社的崛起》（1964～1977 年）三冊，其中第二冊部分章節已於《笠》第 146 期起陸續披露。

　　林亨泰仍然沒有忘懷針對詩壇的發展提出獨到的見解，在《笠》第 148 期的座談紀錄裡，他個人首度提出「臺灣的文學精神」的確立必須以臺語為基礎的觀點：

　　　　詩精神的追求很難討論，很抽象。文學工作者，小說家或是詩人，以鄉土的題材來寫作是很自然的事。題材的不同不能當作文學的特色。文學特色的確立需要很長的時間。戰前的作品，很容易就可以找出題材的不同，但是談到文學的特色，我覺得應該再深入研究。……很多人說臺灣受異族的統治而有反抗精神，很多民族也是有這種反抗精神。因為我們的處境如此，結果自然如此。最根本的問題，我想是臺灣沒有自己特殊的語言，要表達自己比較困難。談到這裡，我要問「什麼是臺灣的文學精神」？從語言上來談，假使日本人以日語寫了一本美國的歷史，這本

書要算是美國歷史而不是日本歷史。另外，日本人用日語寫在美國探險以及生活的經驗，日本人用日語所寫的詩、小說題材中有美國的都市及種種人物，這些作品應該算是日本文學。寫歷史的時候，語言所扮演的角色只是工具，但在文學上，語言不僅僅只是工具。這跟人的思考有密切的關係。雖然是站在臺灣本土，但是以日文或中文寫作要怎麼來歸類？這就是討論的困難所在。……如果要論某某文學的特色，一定會碰到語言的問題。我們不能以題材是什麼來決定是何種文學。歸結起來，要確立起臺灣文學，必須有臺語這種語言的東西，才能論得清楚。

透過語言的原點來檢驗文學精神所繫，出諸林亨泰之口並非令人詫異的事，以他長期沉潛結構主義與語言學的根柢來看，這項說法將不僅滿足於理論的層次，仍待深入探索與發展。在以臺語確立「臺灣文學」的同時，如何適切地與前一階段「中國詩的文藝復興」理念相結合，並省思1980 年代後期「後現代」思潮的撞擊，想必是臺灣詩壇、更是林亨泰在 21世紀來臨前的重要課題。

當年《中國當代十大詩人選集》（張默等編，1977 年，源成版）因林亨泰創作數量不豐，未能選入他的作品，不免遺憾。回溯四十餘年來除兩度輟筆外，林亨泰一直是詩壇的中流砥柱之一，啟迪後進詩智、開創嶄新視野，無論是美學理論或藝術創作都顯示出不平凡的貢獻。他提升了過去現代詩讀者與作者因襲、疲弱的期望視野，也調和了現代詩中的都市精神和鄉土關懷；而他真正卓越之處，正在於豎立一種追索者與反抗者互相表裡、合而為一的詩哲典型。

——原載《聯合文學》第 56 期，1989 年 6 月；修訂後收入林亨泰《跨不過的歷史》附錄，題名改為〈林亨泰註〉。本篇正文採用修行版。

——選自《林亨泰研究資料彙編（下）》
彰化：彰化縣立文化中心，1994 年 6 月

走向自主性的世代
林亨泰詩路歷程簡述

◎呂興昌[*]

一

　　林亨泰，筆名亨人、恆太，1924 年 12 月 11 日生於日據下的臺中州北斗郡北斗街（今彰化縣北斗鎮），北斗公學校、高等科畢業，臺北中學（今泰北中學）肄業，臺北帝國大學附設熱帶醫學研究所所屬「衛生技術人員短期養成所」結業，戰後入臺灣師範學院（今臺灣師大）博物系，隨又轉入教育系本科畢業。先後任教北斗中學、彰化高工，授歷史、代數、幾何、地理、生理衛生、英文等課程，1974 年退休後，陸續於興大、東大、中國醫藥學院、彰化教育學院、臺中商專、建國工專等校任兼任講師，講授日文迄今。出版有詩集《靈魂的產聲》（日文）、《長的咽喉》、《林亨泰詩集》、《爪痕集》、《跨不過的歷史》，詩論集《現代詩的基本精神——論真摯性》，教育論著《J.S.布魯那的教育理論》，並譯有法國馬洛所著的《保羅‧梵樂希的方法序說》；其他尚有多篇頗為重要，迄未結集的臺灣詩學與詩史論述。

二

　　如果說臺灣新詩的歷史發展與詩社的興衰分合具有密切的關聯，那麼林亨泰從戰前的「銀鈴會」到戰後的「現代詩」，再到「笠詩社」的衍變過程，正好是這種關聯的有力見證，可以說，林亨泰「始於批判」、「走過

*發表文章時為清華大學中國語文學系教授，現為成功大學臺灣文學系兼任教授。

現代」、「定位本土」的詩路歷程，正是臺灣現代詩史的典型縮影。

　　1940 年代的林亨泰，就其詩學淵源而論，乃是透過日文的制式教育與個人的廣泛閱讀，接觸吸納了日本與歐美等世界性的文學菁華，尤其是 19 世紀末 20 世紀初的現代主義文學作品，而與中國文學幾乎沒有明顯的關係。他的詩歌創作除了少數的幾首中文詩外，幾乎全以日文書寫，這是臺灣戰後第一代詩人共同的語言經驗。

　　林亨泰於 1947 年加入「銀鈴會」的文學結社，認識了一批年輕而充滿理想的詩人朋友，例如張彥勳、朱實、詹冰、蕭金堆、錦連等，催化了他早已萌芽的創作慾望，開始在銀鈴會刊《潮流》發表詩作，同時又深受銀鈴會的顧問楊逵的鼓勵與指導，一方面繼續以日文寫作，另方面也開始嘗試用中文寫詩，正式具體地實踐所謂的「跨越語言」的工作。

　　由於銀鈴同仁普遍的社會關懷，再加上楊逵的從旁指導，林亨泰此一時期的作品，基本上繼承了臺灣新文學自賴和以降所特別重視的現實批判之文學傳統。因此，他的詩作，正如其他銀鈴同仁的作品，在在表現出願為臺灣新文學奉獻心力的精神，使臺灣文學在 1940 年代後期，並不因為二二八事變的致命打擊而告全盤崩絕。

　　林亨泰 1940 年代的詩作，特別強調個人內在生命深處寂寞之情的抒發，以及意識到與現實人生對決的莊嚴意志之必要。不過，他的抒情極有克制，經常把激盪不已的情思，轉向冷靜的觀照，呈現一種知性的思致；他的現實對決偶有激情的宣洩，但究竟仍歸愛深責切的期盼，他的語言簡潔、素樸，極有美學的震撼力；他的視野開闊，頗富啟發性，舉凡女性典型的塑造、原住民經驗的詮釋、社會苦難的關懷、現實政治的婉諷，在在均顯示他這些 26 歲以前的少作，早在他 1950 年代參加現代詩運動之前，便已預告了他在臺灣詩史的重要地位。

　　此一時期的代表作可舉〈群眾〉一詩為例：

青苔　看透一切地

坐在石頭下　久矣

青苔　從雨滴

吸吮營養之糧　久矣

在陽光不到的陰影裡

綠色的圖案

從闇祕的生活中　偷偷製造著

成千上萬　無窮無盡

把護城河著色

把城門包圍　把城壁攀登

把兵營甍瓦覆沒

青苔　終於燃燒了起來

　　這首詩，站在人民立場觀察二二八事變，把 1940 年代那場慘絕人寰的
屠殺事件，所激盪出來的民心，具體化成一種深邃的文學經驗。青苔比喻
廣大的群眾，他們雖然卑微，卻完全了解真相，他們冷冷地坐在石頭上，
默默地吸取微量的雨滴滋潤以維持起碼的生命，他們常是不受關愛的眾
生，就像陽光永遠與他們無緣，然而他們另有自己的生命圖象，他們被摒
入暗祕的生活之中，但卻又從中相濡以沫地彙成一股霈然莫之能禦的力
量，以致開始渡河、圍城、攀壁、覆瓦，吞沒象徵權力中心的城池與兵
營，最後獲致完全的勝利。這首當時並未公開發表的佳作，不作直接而憤
怒的控訴，但其隱含的憤怒與控訴卻又躍然紙上，是篇極為難得，藉詠物
婉諷時政的「政治詩」。

三

　　1950 年代的林亨泰，於 1955 年出版了《長的咽喉》詩集；1956 年則
參與了紀弦所推動的「現代派」詩運動，理論與創作並行地發表了許多備

受爭議的實驗性作品。從整個臺灣文學史的發展來看，《長的咽喉》及其後的「現代派」實驗，其時間之緊緊相連，正說明它們基本上都是爲了抵抗 1950 年代，與白色恐怖表裡呼應的戰鬥文藝之獨霸性；前者從題材與內容著手，揚棄虛妄而喧囂的反攻神話，強調鄉土經驗的回味與心靈世界的反省，因此有〈鄉土組曲〉、〈心的習癖〉等系列的詩作。後者則從方法論出發，瓦解蕭殺的一言堂式的思想模式，進而質疑習以爲常的庸俗詩想，於是有〈輪子〉、〈房屋〉、〈進香團〉等「符號詩」與〈風景〉二首之前衛作品的出現。

　　《長的咽喉》一集，正如〈日入而息〉所示，可以視爲林亨泰表現「帝力與我何有哉」的巧妙轉化；縱使世網酷密，天地烏暗，人間仍有不受侵擾的淨土，於是——

與工作等長的

太陽的時間

收拾在牛車上

杓柄與杓柄

在水肥桶裡

交叉著手

咯噔　嘩啦嘩啦

嘩啦　咯噔咯噔

穿過　黃昏

回來

了

　　在特別經營的逗、頓、跳行等節奏運行中，相對於波詭雲譎的 1950 年

代低壓氣候，水肥杓柄的叉手交響，居然敲出無邊的安詳與滿足，把真正活在土地上的勤苦眾生，寫得格外可親，這是林亨泰少被強調的精神面貌。

而他被視爲怪異的符號詩，雖然並非全屬上乘的佳作，但它們的寫作意義，仍須予以分辨，首先，這些作品發表的園地《現代詩》，屬季刊，表面登載經年，其實寫作不過月餘，它的實驗性原本相當短暫，卻往往被誤認爲長期經營，以爲是林氏心血灌注的中心。其次，這些作品放在今天的時空重新審視，不難發現它的題材絕對具有現實意義，像〈車禍〉、〈進香團〉、〈噪音〉等是，至於表現方式的「作怪」，則意在提醒讀者採用異於平常的閱讀策略：除了文字意義的捕捉之外，仍須注意字形、標點、空白、跳行、符號等非文字的示意作用，於是一種交雜著語音與非語音的多元「文本」於焉產生，因此，這類作品固然可以評論其優劣，卻不能一概以毫無意義的文字遊戲視之。

林亨泰 1950 年代實驗性的作品，最廣被爭論的恐怕是〈風景〉二首了，儘管熊秉明曾撰長文肯定它的美學成就，但也有學者質疑他是否具有好詩的質素。筆者以爲，一般的討論只針對第二首（防風林），卻鮮少提及第一首（農作物），這是不公平的，如果兩詩對照並觀，有些意義也許較能彰顯出來。第一、〈風景〉No.1 的「農作物」與 No.2 的「防風林」都是農村景觀的一環，農作物是農人的希望之所寄，防風林則是此一希望能圓滿完成的保證之一，因此二者構成的不只是外在的自然景觀，它們同時是農人精神上的內在風景。其次，兩首詩首段形式完全相同的迴環設計，由於空間位置的不同敘述，而產生不一樣的意義效果；「農作物　的／旁邊　還有／……」的「旁邊」與「防風林　的／外邊　還有／……」的「外邊」，分別點出兩種風景的不同特性：農作物是左右延伸的，它傾向無邊舒展的意味，防風林則是內外擴展的，精確的說，只向外擴展，因爲內邊就是它所要護持的農作物，所以它必然要受到極限的約束——海的阻隔。於是可以如此切入兩首詩的意義中心：農作物的風景是一種熱切的期盼，而防風林則是一種不安的隱憂，因此與農作物相呼應的當然是充滿陽

光的等待與盼望了，所謂曬長了耳朵曬長了脖子，正是農人那種凝神等待與盼望的具體形象。相反的，與防風林相對的則是「風」所從來的「海」以及它的具體形跡「波」，在此，防風林那種「防風」所具有的抗拒意味，與海、波的威脅架勢，形成了緊張的對峙關係，但末段重複「然而海以及波的羅列」，則明顯地點示外來的威脅力量是遠為強大的，從而形成不安的隱憂，如此對觀，二首風景仍可視為《鄉土組曲》的變奏，它們仍然是林亨泰從土地的實質感情中提煉出來的「心境」。

1960 年代初，林亨泰以一個月的時間完成一組題為〈非情之歌〉的組詩，除序詩外，共計 50 首，是一般認為「晦澀難懂」的知性詩，與〈風景〉二首，同屬現代派理論的實踐力作，林氏自己也認為，寫完這些詩，好比吃了一劑瀉藥，去除了所有的雜質、渣滓而留下絕對的純淨。

仔細體會這組高難度的作品，可以發現，林亨泰企圖處理的是人類的各種處境，他以抽象化了的「黑」、「白」二色之相互對照，幻化出種種人生情境的偏執與無明、衝突與交融，甚至還觸及了詩創作的根本奧祕。因此，「非情」只是一種知性的觀照態度，全組詩仍然洋溢著「人情」的種種姿影。就像〈作品第三十四〉所說的，「為的什麼呀？／白的你／恨」「為的什麼呀？／黑的你／恨」「在可愛的清晨裡／你們對立著」「在莊嚴的黃昏裡／你們對立著」「清晨流出的淚滴／濕遍了山河／黃昏流出的血液／染紅了海空」，原本可愛莊嚴的自然晨昏，就因為人類各持己見，以恨相待而變成血淚滴流，怵目驚心的冷冷敘說背後仍是一顆敏感憂傷的心靈。

總結林亨泰 1950 年代中到 1960 年代初參與、推動現代派運動的意義，是一項困難的工程，這中間需要謹密的考訂與析辨，目前筆著僅能暫時提出初步的觀察：（一）林亨泰在這場運動中扮演的角色不但是理論的建構者，而且是創作的實踐者。（二）他雖然在詩想與技巧上深具方法論的自覺，但在精神內容方面卻沒有末流所具的蒼白與疏離，而是緊緊地落實在純樸的土地之情，因此與 1940 年代以來的詩作精神是前後呼應的。

（三）這種呼應使他很自然地把自己定位在馬上來臨的 1960 年代中期「笠」詩社所標舉的本土精神。

四

　　眾所周知，1960 年代是臺灣文學西化傾向特別狂熱的時期，但也是本土精神重新甦醒的時期，1964 年吳濁流所主導的《臺灣文藝》發刊具有里程碑的意義，而就在這關鍵性的同一年，林亨泰與詹冰、桓夫、錦連等 12 人也創立了「笠詩社」，發行《笠》詩刊，與《臺灣文藝》成為以後臺灣文學的重要歷史見證。

　　《笠》詩刊之命名是林亨泰的傑作，創刊頭一年六期的主編也由他負責，他以「本社」的名義撰寫社論，同時開闢了「笠下影」、「詩史資料」、「作品合評」等專欄，前八期的「笠下影」也由他主筆，可以說撰稿與編輯的重擔全落在他身上，足見笠社同仁對他的倚重。不過，也正因為編撰兩忙，以致使他這段時期的詩創作停頓了下來，因此 1960 年代後期的林亨泰，其在詩史的地位便建立在這些詩論的探索與《笠》詩刊基本精神走向的塑造上，亦即把現代主義與本土精神結合起來。尤其 1968 年出版《現代詩的基本精神：論真摯性》評論集後，更是確立他在詩論與詩評方面的穩固地位。不過，這本評論集在標舉詩例以辨析詩觀時，完全沒有引用笠詩社同仁的作品，這種弔詭的現象是否意味著林亨泰刻意避免「黨同」呢？從該書的結論看來，林亨泰對於中國詩（實即臺灣詩）的「文藝復興」是抱有殷望的，而所謂文藝復興的契機端視能否創作出「世界的詩」、「人類的詩」，足見林氏的本土精神是一種開放性的追求，而非封閉性的自限。

五

　　1970 年，林亨泰因慢性腎臟炎病發，詩作也因此繼續中輟，一直到 1972 年以後，才開始又寫出數量有限的幾首，不過卻都是詩質極精的佳作，其中〈弄髒了的臉〉以出人意表的詩想批判了那些對於世事變化、理

想墮落以及純淨蒙塵等不幸全都無動於衷的冷漠人心，是一首傳誦頗廣的名篇，而〈事件〉描寫一場意外自機車後座摔落的車禍事件，以不動聲色的筆觸，營造出悲慟欲絕的人生情境，震撼力至強。至於〈鞦韆〉一詩，則巧妙而詼諧地嘲弄人間秩序與平衡的妥協性與無奈感。1980 年代以降迄今，繼續有《爪痕集》系列作品及其他篇什，合計約三十餘首，數量仍非多產，質量則有可觀，其對臺灣現實的批判與反省，溢乎筆端，諸如「流行作家」的輕率與膚淺（〈流行作家〉）、人與人之間的互不尊重（〈同座者〉）、從作客美國而對照出臺灣的藐視人權（〈美國紀行〉）、言論自由的追求（〈安全〉）、國家主權與萬年代表的諷刺（〈主權的更替〉）、一黨專制的批判（〈一黨制〉）等等，在語言的錘鍊與詩想的發展上，極富現代主義的藝術經營，在內容經驗的探索方面，則充滿現實主義的本土精神，可以說，林亨泰經由現代主義的提倡與推動，最後的歸宿仍在本土的安頓，這正是他在一篇回顧文學生涯的文章裡，題名〈走過現代‧定位鄉土〉的理由。

在這段長達 20 年的時期裡，林亨泰也透過他淵博而精深的學養，從世界性的視野思考臺灣詩史的一些問題，寫就了數篇極有分量的重要論文，其中有關現代派與銀鈴會的回顧與討論，由於本身是當事人，特別具有意義，這對臺灣詩史的建構，當然是極富參考價值的文獻，尤其是銀鈴會部分的翔實析述，更有不作第二人想的地位。

六

林亨泰曾在《笠》詩刊創刊號的「本社啓事」中苦心積慮的疾呼：與「五四」、「前時代」劃一界限，隔絕開來，追求自己世代的「自主性」，以便對前時代的詩，採取一種痛烈的訂正甚至否定的批判態度。這段話到了 1990 年代的今天，仍然深具啓發性，筆者與許多關心臺灣詩史的同道，無不翹首期盼，林亨泰能在 21 世紀即將來臨的前夕，爲我們這個世代，創出更多發揚臺灣「自主性」的鴻篇巨作。

1992 年 10 月 20 日

——原載《自立晚報》「本土副刊」，1992 年 11 月 8～10 日

——選自《林亨泰研究資料彙編（下）》
彰化：彰化縣立文化中心

知性不惑的詩
評林亨泰

◎陳千武[*]

一

　　戰後，四十多年的獨裁政治，污染人心極端厲害的臺灣，現代詩人敏銳的創作意欲，被迫不得不調整自己的詩觀，從詩多樣性的技法當中，細心地選擇符合自己理想的詩意，去追求人生的真諦，或實存的意義而創作，這是極為自然的現象。

　　就 1950 年代的臺灣詩壇來說，臺灣文人遭受日語和臺語的禁止使用，以及二二八事件以後恐怖的思想壓制，幾乎全都停筆的情況下，只有跟隨國軍統治族群來臺的詩人們，才敢做主興辦詩刊。他們分別擁有「現代詩」、「藍星」、「創世紀」三大詩刊社；可是所標榜的詩觀，不外就是現代主義、新古典主義或超現實主義，顯然與政策的反共戰鬥文學觀完全不相干，也未受到政治的思想干擾。

　　主宰「現代詩」社的紀弦，戰後來臺，於 1953 年創刊出版詩刊，1956年宣布成立現代派，跟革命政黨採取同一步調，以革命的姿態推行現代詩運動。這運動得力於臺灣詩人林亨泰的幫忙很大，也才能達到其主旨提倡的六大信條，實踐「自波特萊爾以降一切新興詩派的精神與要素」，採取全盤西化的詩的技法，追求知性的純粹詩。

　　當時紀弦對臺灣的實情不了解，跟軍閥獨裁者一樣，抹殺了臺灣過去

[*]本名陳武雄。發表文章時為臺中縣文化中心文英館顧問，現已退休。

的文化，說：「我給臺灣帶來了詩的火種，在此以前臺灣並無所謂什麼詩壇，也談不到什麼文藝界。」

這種無知的放恣，完全失去現代詩人的人格與嚴肅性。尤其他的優越感，卻毫無察覺臺灣詩人林亨泰施展什麼法術參與現代派，引起他們刮目相待，使現代派運動掀風播浪而達成其意義與旨趣。

二

林亨泰生於 1924 年，世居彰化縣。臺灣師範學院畢業。曾任中學及專校教師 25 年，後任東海大學、臺中商專日文教授。1947 年加入銀鈴會詩社，1956 年參與現代派運動發表前衛性的詩，1964 年為《笠》詩刊發起人之一，並任首屆主編，又任中國現代詩獎評審委員多次。

從其經歷，可以知道林亨泰是受日文教育而後畢業臺灣師院，跨過兩個不同的殖民統治完成學業。早期用日文寫詩，戰後，他的日文詩由葉泥譯成華文介紹發展，得有機緣參與《現代詩》發表作品，又與紀弦合力推動現代派運動，激起詩壇的震憾。

詩人參與某種詩的運動，必有其個人的體驗實力，成為主張或豎立旗幟的資本。林亨泰跨過兩個朝代寫過日文詩，也寫華文詩。在早期當然受過日本近代詩運動的薰陶，對日本近代詩的演進詩風十分了解。這從他的詩作品可以看得出來，而且他的詩作本身，就帶有對於詩壇流行的詩作嚴厲的批判。這一點，確實他參與現代派運動有其特殊貢獻的地方。

三

林亨泰的詩主要收錄在 1984 年 3 月時報書系出版的《林亨泰詩集》及 1986 年 2 月笠詩社出版的《爪痕集》。依照他自述寫作時間，《靈魂的啼聲》寫於戰前二、三年及戰後幾年。《長的咽喉》是參與現代派運動前，〈非情之歌〉、〈二倍距離〉是現代派後的創作。另《爪痕集》第一輯是 1948～1949 年，第二輯 1956～1957 年，第三輯 1982～1985 年的創作。

　　就上述作品來考察，林亨泰的創作過程，以沿襲日本近現代詩輸入西歐現代詩潮的前後順序而展開。在日本，1921 年平戶廉吉移植義大利的未來派宣言而發起運動，同時高橋新吉等也實踐了達達的詩創作，為日本帶來前衛傾向的新詩風格。1925 年堀口大學翻譯法國詩集《月下的一群》，大大刺激了詩壇。因此出現知性特色的詩，重新檢討詩人的詩業，再認識抒情詩的系譜。1928 年《詩與詩論》雜誌創刊，進入詩現代化的革命。

　　這些運動首先是詩的外形破壞，從繪畫運動的精神接受思想構成派的詩，認為藝術的對敵是概念，盡量破壞文章論、常套的句法，排斥形容詞、副詞的屍體，使用動詞的不定法，以期達到不被侵害的境域。因而，詩的方法只採取描寫存在的主要點，造成藝術性的短詩或圖象的方式，流行了一陣子。林亨泰是把這一段時期流行的詩法，引進戰後的現代派運動，發表其獨自創作的詩與詩論而掀起騷動的。

　　然而，後來日本很多詩人認為形式的實驗性創作，僅做到破壞詩既成的形式，為藝術而藝術，沒有寫出人生生活的新鮮感動，經過《詩與詩論》運動瓦解之後，採取現代精神知性思考的構成，融合現實性的寫實手法而創作。像北川冬彥提倡新現實主義，福田正夫提倡民眾詩派，還有「四季派」的新抒情，以致戰後的「荒地」、「列島」、「歷程」等，均以知性強烈的批判精神實踐創作。

四

　　林亨泰的日文詩《靈魂的啼聲》、《長的咽喉》等作品，是採取日本現代詩發祥期實踐的短詩風格而創作；意象的捕捉、表現的形式都很相似。例如，山村暮鳥於 1915 年出版的詩集《聖三稜玻璃》裡的一首〈風景〉詩，和林亨泰的〈風景〉詩做為比較。

　　　いちめんのなのはな
　　　いちめんのなのはな

いちめんのなのはな
いちめんのなのはな
いちめんのなのはな
いちめんのなのはな
いちめんのなのはな
かすかなるむぎぶえ
いちめんのなのはな

いちめんのなのはな
いちめんのなのはな
いちめんのなのはな
いちめんのなのはな
いちめんのなのはな
いちめんのなのはな
いちめんのなのはな
ひばりのおしやべり
いちめんのなのはな

いちめんのなのはな
いちめんのなのはな
いちめんのなのはな
いちめんのなのはな
いちめんのなのはな
いちめんのなのはな
いちめんのなのはな
やめるはひるのつき
いちめんのなのはな

農作物　的

　旁邊　還有

農作物　的

　旁邊　還有

農作物　的

　旁邊　還有

陽光陽光曬長了耳朵

陽光陽光曬長了脖子

——〈風景其一〉

防風林　的

　外邊　還有

防風林　的

　外邊　還有

防風林　的

　外邊　還有

然而海　以及波的羅列

然而海　以及波的羅列

——〈風景其二〉

　　山村的詩分三聯，都以「遍地是菜花黃」一句連成，僅在每聯末二行插一行「細微的麥笛聲」、「雲雀的饒舌聲」、「病了的白日月」，構成一點變化，表現感覺性的抒情，具形而上的意義。林亨泰的作品內含的情景，也有感覺性的抒情清淡的意味，但是由於使用的母語不同，延伸出來的思考差異，獨自的意義性閃爍在語言的空間，給人感受知性抒情的美。

　　至於《爪痕集》的第二輯，似乎專為紀弦主宰的《現代詩》刊而創作的作品群，打破既成詩的形式，與平戶廉吉等人嘗試過的風格並無兩樣。

例如平戶的未來派作品〈願具〉的一節，可以看出與林亨泰〈車禍〉一詩的類似性。

五

林亨泰把詩的形式革命期的實驗詩，爲配合現代派運動特意自行創作，把作品與理論投入詩壇，做爲示範，讓當時沒有看過那種詩型的詩人們，感到驚奇而騷動，引起莫大的漣漪，是容易預料得到的結果。這一點，林亨泰是承繼日據時期臺灣詩的根球配合紀弦，履行了戰後詩現代化嚮導的使命，功勞比紀弦還大。

姑且不必談到日據時期 1935 年左右，臺灣已經有過水蔭萍他們實踐過現代詩、超現實主義詩的創作。在戰後，「現代詩」和「創世紀」的詩人們，初次接觸林亨泰開出的現代前衛性作品而大開眼界，絕讚林亨泰的詩和詩論，跟著衝進超現實主義詩的創作。然而迄今，其詩法經過三十多年來，卻沒有多大的改變，沒有看過他們追求過新的詩型方法，這原因是什麼？是不是林亨泰的現代派示範作品，只引進日本詩現代化初期的詩型，而沒有介紹後期像《詩與詩論》的現代革命運動崩毀之後，詩人們頻頻追求的「現代與現實融合的詩法」有關？這或許是其中原因之一，主要可能是他們一直站在統治者方面的優越感，蔑視了對現實社會投入現代詩精神的意向，而高高在上的關係吧。他們不像《笠》詩刊的詩人們熱愛臺灣，持有提升本土詩文學與現代社會結合的使命感。創作的心態意識不同，才使林亨泰沒有辦法再進一步引渡那些現代派的信徒們，像日本戰後詩從焦土上躍進現代精神批判的世界一樣，有自體性的自覺，自動去追求建設性的詩風格，形成獨特的詩文學。

話說回來，林亨泰在現代派以後創作的〈非情之歌〉、〈二倍距離〉等作品，也屬於熱烈追求知性時期的創作。作品的意象與意象之間，能感受知性客觀的精神跳躍，詩語組織的秩序整齊卻也留有韻律美，詩的風格十分獨特凸出。

　　其他〈事件〉、《爪痕集》第三輯，據說是由銀鈴會時期的作風延伸下來的近期作品。像〈弄髒了的臉〉等即比較趨向正視現實，表現人的感情與自然事象的融合，對社會環境的醜惡、不正常心理等有所反駁批判，能看到其思想深入的內容，比較接近《笠》詩人們所實踐的「現實」與「現代」主義的融合，追求藝術表現的詩質。

六

　　看林亨泰的性格，喜歡趨向與人不同的方向、角度，去追求詩的處女地。或許可以說這是他的詩觀以及創作的習性。他自述：對專為觀光客建設的風景喻為「美麗的」特徵，是像大頭針下的蝴蝶或昆蟲，更像被人類去勢的狗或貓。那是人為的，該讓「懂得（那些人為）價值的人」去玩賞，自己卻寧願去探求未被「懂得（那些人為）的人」踐踏過（雖然不足以稱為風景）的地方，反而體會得到人類居住的環境底真正的嚴謹性，而自詡為「不識時勢的人」。可是由於「不識時勢」而執於非情純詩的現代知性，他的詩評論以及創作的詩，才會常在詩壇引起騷動。

　　可是很可惜的是林亨泰在現代派運動之後，《笠》詩刊創刊、主編了《笠》詩刊數期，便因身體缺佳，為了醫治花費了很長一段黃金歲月，致使無法從事更深入精神核心的創作，也使依靠他的現代派詩人們，無法更深入較實質的詩想境域，這是詩壇的損失。不過，他能一直以清高純樸的氣質，保持客觀的非情，做為一位獨特的現代知性不惑的詩人，在目前爭名求利為主的這個社會，確是值得模範，令人敬佩的存在。

——原載《自立晚報》「本土副刊」，1993 年 8 月 19 日

——選自《林亨泰研究資料彙編（下）》

彰化：彰化縣立文化中心，1994 年 6 月

釋析林亨泰〈宮廷政治〉一詩

◎岩上[*]

　　早在民國 45 年 4 月出版的《現代詩》第 14 期，紀弦〈談林亨泰的詩〉一文中就認爲「林亨泰的詩，有時也表現一個情緒，但他主要的是表現一個感覺。他的感覺，來自觀察。從『靜觀』到『直覺』這便是林亨泰的詩法。」

　　《現代詩》第 21 期代社論一，林亨泰的〈談主知與抒情〉一文中說：「不用說，任何一首詩都有或多或少的『抒情』，不過在百分比上有不同而已。而如果有首詩竟有百分之六十以上的『抒情』，這就是所謂『抒情主義的詩』而我們加以反對之；換句話說，我們所真正歡迎的詩就是其『抒情』的份量要在百分之四十以下，而這就是所謂『主知主義的詩』。」

　　林亨泰在「關於現代派（刊於現代詩第 17 期，民國 46 年 3 月出版）一文中表示：「比喻」只有「量」的「說明」，而並沒有「質」的「象徵」。「而我個人也極喜愛象徵詩的白色火燄」。

　　「直覺」、「主知」、「象徵」，數十年林亨泰的詩法，詩觀一路發展下來，證之他創作的作品都能堅守他詩的原點。

　　　肥豬前額
　　　只不過是
　　　　　多長出了些

[*]本名嚴振興。發表文章時爲《笠》詩刊主編，現已退休，專事寫作。

　　　粗大的眉毛

　瘦雞下巴
　只不過是
　　多長出了個
　　鈎狀的尖喙

　宮廷寵物仍被保護的時候
　肥豬只憑粗眉即可當權貴
　瘦雞也借尖喙即可施號令

——林亨泰〈宮廷政治〉

　　林亨泰的詩作品不算多，發表在《笠詩刊》上的也極少，我想這是他堅守他的詩觀，重質不重量的緣故吧！

　　〈宮廷政治〉一詩是發表在《笠》第 181 期（《笠詩刊》三十週年紀念特輯）兩首詩的其中一首。

　　所謂宮廷政治，就是貴族政治，也就是由少數的貴族來統治眾多數的人民；它是寡頭政治，也就是專制政治。

　　古代帝王時代，國家社會尚未走到政治民主化以前，國家的主權全掌握在宮廷，由宮廷發號詩令，甚至人民也是貴族的財產。近百年來民主思潮洶湧迭起，有的國家已相當民主自由，但還有不少國家假借民主的面具，實行專制的政治，執政權貴者無視人民流血革命抗爭，依然享受如古代宮廷貴族般的特權。

　　林亨泰的詩一向靜觀、直覺、清冽，如他的代表名詩：〈風景之二〉。而宮詩除具備這些特性之外，詩之主幹卻具批判性，我特別欣賞這首詩的著眼點即在此。

　　在 20 世紀末期，世界各國政治已相當民主化的時候，仍然存有宮廷政治的現象，這些少數人「可當權貴」、「可號施令」；林詩即針對這種不合理

的現象，加以批判、指控，這是此詩的主題所在。

　　林亨泰的詩法很少鋪陳敘述，幾近不用直述的方式，此詩也如此。他不指陳宮廷政治怎麼不是，只提出兩個點，作爲象徵，引發詩想思考的觸發。

　　這首詩分成三段，結構很簡單卻也很特殊。一、二兩段各四行，並列爲兩個點，詩想向第三段集中，形成 Y 型狀的動向。前兩段如同彈弓的橡皮筋拉長到第三段把詩的彈丸彈射出去。但只看前兩段，不知此詩意圖何指，與「宮廷政治」也扯不上關係，一到第三段詩意就散發出來。把原本一點關係也沒有的事物連接起來，產生詩意，這是此詩高明的地方。兩條橡皮筋和彈丸本來沒什麼關係，架成彈弓之後，就有彈射傷人的力量如同此詩結構之妙趣。

　　而前兩段架構的線也可視爲兩個點。

　　點又有三次變化，由大而集中成小點。即第一段的「肥豬」是大點經「前額」的中點到「眉毛」的小點；第二段「瘦雞」、「下巴」、「尖喙」也是點的縮小。

　　線是向全首詩的集中；點是前兩段，各段的集中。集中就是力量，就是思考的力量，也是詩觸發的力量。

　　詩的思考動向和結構已如上述，以下將針對詩的語言和詩意加以分析。宮廷政治作爲詩的題材來表達，可從很多層面和角度來下手，或可成爲龐大的內容，或作多樣繁複的詮釋。而詩質的把握，並不一定要有很多繁雜的內容，以最經濟的力量一搏，而能觸動詩的火花，才是詩的可貴之處。

　　林詩的意圖僅對宮廷政治加以批判和諷刺，以最尖銳的角度，其他的不必贅述，這一點他辦到了，而且相當成功。

　　政治權貴因爲吸收民脂民膏，坐享其成，養尊處優，所以一般給人的印象是肥肥胖胖的形相，以肥豬作爲象徵最爲恰當。另方面這些權貴能不勞而獲，享受貴族的生活，平時對待人民一定尖酸刻薄，這一形相林亨泰

以瘦雞有尖長的下巴來比喻也是很恰當的。

要表達一個人得意洋洋，通常都顯現在眉宇之間，而表現尖酸刻薄則在於嘴巴。「肥胖前額」是自己享受的結果；「瘦雞下巴」是對待別人的態度。肥與瘦，是極端也是對比，矛盾而卻調和，這是林詩用語的高超地方。

「只不過是／多長出了些」；「只不過是／多長出了個」，「只不過」怎樣怎樣，表現他（權貴）根本沒什麼東西，竟然能成為「宮廷寵物」（如肥豬；如瘦雞）而受到保護，受到保護「可當權貴」已很可惡，卻又「可施號令」。

詩思之層次由前兩段層層夾合，到第三段集中又層層切入。詩思之縝密與語言之貼切，脈注而銳利地展現詩的媚力，是構成這首詩成功的主因。

這首詩第一、二段內各有三個進層，集合一、二段到第三段又是一個進層；而第三段也還有進層，是時間的進層。

宮廷政治在世界潮流尚未普遍民主化以前，幾乎各國都存在皇室政治的現象，現在民主思潮普遍接受，不應該存有這種現象才對，偏偏還有這種不合理的現象存在著。

「宮廷寵物仍被保護的時候」，這一詩句，表達了過去到現在仍存在的事實，這是時間的進層。

「只憑粗眉即可當權貴／也借尖喙即可施號令」，的「只憑」到「當權貴」；「也借」到「可號施令」更是詩句、詩意的進層。這又是另一層的含意。

層層貼切逼進，使被批判、被諷刺的對象，原形畢露，無所遁逃，是這首詩最精釆的手法。

這首詩由「肥豬」和「瘦雞」的象徵作用，能給我們直覺的感受，散發出弦外之音，其批判和諷刺即在其弦外的餘音上，由詩的張力傳達出來，詩意的可貴即在於不落言詮；而結構的精煉與語言的準確，卻又能通

過嚴謹的分析，脈絡分明，真是可貴。

　　林亨泰的「宮廷政治」是一首結構縝密、語句精純，具有強烈批判性的優異的作品，筆者認爲它該是林先生近期的代表作。

——原載《民衆日報》，1995 年 11 月 25 日

——選自《笠》第 190 期，1995 年 12 月

銀鈴會與林亨泰的
日本超現實淵源與知性美學

◎劉紀蕙*

　　1950 年代隨著紀弦倡導的現代派與「橫的移植」開始了臺灣新詩的現代派，而帶起了所謂的「超現實風潮」。當我們正視 1950、1960 年代的超現實風潮時會發現：臺灣現代派超現實風潮，實際上受到日本超現實運動中西脇順三郎以及《詩與詩論》的主知美學與批判精神影響甚深，致使臺灣的超現實風潮以一種論述型態呈現，像是磁石一般，吸引論者以及詩人朝向此異己的極端出發。我認為，臺灣的「超現實風潮」，其實是一個以「超現實」之名作轉化各種政治論述的結點，我們應該稱此銜接超現實語彙的脈絡為「臺灣的超現實論述」。

臺灣的超現實論述與東亞背景

　　「臺灣的超現實論述」的緣起，要算是 1930 年代楊熾昌所創始的超現實主義之「風車詩社」，而直接影響紀弦的現代派六大信條，則是屬於1940 年代「銀鈴會」同人的林亨泰。「銀鈴會」的林亨泰與詹冰兩位「跨越語言的一代」的詩人，是將光復前的現代主義實驗帶到光復後現代運動的主要銜接者。林亨泰因為其持續現代派的理論著述，而被林燿德譽為與覃子豪、紀弦三足鼎立、共同造勢、彙融兩岸詩脈（〈林亨泰註〉，頁151）。桓夫曾於「兩個球根」的說法中，指出中國大陸與日本俱為臺灣詩壇現代化運動的根源：紀弦從中國帶來戴望舒、李金髮等現代派詩人傳

*發表文章時為輔仁大學比較文學研究所所長，現為交通大學社會與文化研究所教授。

統，而 1930 年代的楊熾昌、李張瑞、林修二，以及接受日本教育、進入中文創作的林亨泰、吳瀛濤與錦連等，則是臺灣本有的一支現代運動根源（頁 39～41）。桓夫該文中並未具體指出此「球根」之實質意義。但是，當我們掌握更多「銀鈴會」的資料，以及「銀鈴會」成員如何進入《現代詩》、《創世紀》和而後的《笠》詩刊，我們便可以清楚理解此「球根」的關聯。

韓國詩人具常曾指出「臺灣、日本與韓國三國的現代詩確實對於西歐詩的象徵主義、超現實主義、意象主義、即物主義等技法，對潛在意識與精神分析法的吸收，以及對夢與現實的關注，發展出詩人冷靜客觀表達而具有批判性的知性詩風」（具常，陳千武譯，頁 104）。但是，中國大陸與臺灣的超現實風潮受到西歐的影響，主要是間接透過鄰國日本的東洋影響。[1]1920、1930 年代正是日本現代主義思潮發展之階段，畫界的抽象藝術與超現實主義亦於此時出現。1930 年前衛畫派成立，「獨立美術協會」[2]會員之一福澤一郎，便是超現實繪畫的代表性畫家。福澤一郎更於 1939 年結合「創紀美術協會」的寺田政明等超現實主義作家與「二科會」部分作家，成立了一個純粹超現實主義傾向的「美術文化協會」。參加者有靉光、北昇、小牧源太郎、麻生三郎等 41 名會員（李欽賢，頁 20）。文學界的超現實主義，則是 1925 年（大正 14 年）由上田敏雄、上田保、北園克衛等人辦的雜誌《文藝耽美》中被介紹的，該期介紹了阿拉貢（Louis Aragon）、布荷東、艾呂亞（Paul Éluard）等超現實主義詩人，並刊登了

---

[1]有不少學者指出中國現代文學受到日本現代文學的影響始自 19 世紀末，較具代表性者可參考鄭清茂的〈取徑於東洋〉。此文指出清末張之洞、康有為、梁啓超先後發起的洋務運動（遊學東洋）與變法維新便開始。中國新文學運動中的魯迅、周作人、郁達夫等人都與日本現代文學有深厚淵源，而從梁啓超到魯迅，這些中國現代文人積極引介日本文藝理論的目的，莫不都是藉日本的維新運動與文藝批評力量來推動中國的社會改革（頁 67～92）。

[2]「獨立美術協會」前身為「1930 年協會」，由旅法的小島善太郎、木下孝則、里見勝藏、前田寬治、佐伯佑三五人組成，後來相繼加入的會員有林武、古賀春江、野田彌太郎、川口軌外等畫家。前田寬治與佐伯佑三去世之後，「1930 年協會」原有會員另邀請三岸好太郎、幅則一郎、兒島善三郎與海老原喜之助等人成立「獨立美術協會」。「獨立美術協會」的立場一為脫離法國的支配，二為以純藝術反映時代，否定普羅美術（李欽賢，頁 17～18）。

他們詩作的翻譯。1927 年，西脇順三郎、三浦孝之助、中村喜久夫、佐藤朔、瀧口修造等人出版的《馥郁的火夫啊》，是日本第一本超現實主義詩集。曾與布荷東及艾呂亞在巴黎會面的三中散生，於 1929 年出版雜誌《CIN》。西脇順三郎、上田敏雄、春山行夫、北川冬彥、北園克衛與村野四郎等編輯的《詩與詩論》，則最具代表性與影響力（葉笛，頁 25～26）。

　　西脇順三郎、上田敏雄與春山行夫等人在《詩與詩論》發表的文字中，呈現的「主知」批判美學與東方哲學「無」的概念，可以讓我們看到日本超現實主義本土化的發展：他們特意放棄早期超現實主義著重的自動技法所帶來的混亂，而選取西方超現實主義後期的知性批判，以調節當時日本現代詩傳統的耽美與抒情主流，並批判他們所面對的混亂社會。村野四郎曾經在〈鑑賞現代詩〉一文中說明主知而反感傷的詩觀：「排除一切抒情性的想像，好像以冷靜的攝影機鏡頭那樣，捕捉物體本身。」（引自唐谷青〈日本現代詩鑑賞四〉，頁 74）這種冷靜的注視物體，揭露現實表面之下荒謬冷酷的實情，乍看之下是如一般論者所說受到里爾克（Rainer Maria Rilke）或是德國新即物主義的影響[3]，其底層的精神卻更近於建構超現實主義理論的達利所言，透過物體的非理性拼貼達到辯證式的批判。達利強調幻想中的辯證本質，也強調幻想中的偏執與非理性特性具有批判力，能將混亂的現象以系統化的方式呈現。[4]1934 年，布荷東在布魯賽爾透過比利時超現實藝術家舉辦的演講「何謂超現實主義」中，亦清楚指出第一次世界大戰後超現實主義發展的第一階段偏重直覺與自動寫作，而 1930

---

[3]村野四郎本人承認他對德國新即物主義詩很有感應，而日本評論者多持此見，例如安藤一郎便是。可參見唐谷青在〈日本現代詩鑑賞四〉中的討論（頁 73～75）。

[4]有關達利的妄想式批判與辯證性，請參閱納朵（Maurice Nadeau）在《超現實主義歷史》（*The History of Surrealism*）有關〈達利的妄想式批判〉的章節（頁 183～190）。與村野四郎同為《GALA》詩誌同仁的安藤一郎詩作"Position"更看得出達利式透過物體思考存在的模式：「——斷面——燃燒的地平線／有巨眼的山／透明的都市／被分解的服裝模特兒／立起的蛋／紅蝶／塑膠的匙子／彎曲的針／牀鋪的手槍／思索的貓／以及／像一根線那麼細的陰影」（引自唐谷青〈日本現代詩鑑賞十〉，頁 142）。

年代以降的第二階段則轉向「知性」（"Reasoning phase"），並結合「純粹唯心與唯物辯證」的差距（頁 116），而當代超現實藝術家對於「物體」的反覆翻轉檢視，更是對現實物體最為徹底激進的質疑（頁 138）。

　　第二次世界大戰之後的 1950 年代期間，日本文藝界被 1940 年代聖戰召喚而中止的各種前衛藝術再度興起，抽象、達達與超現實亦相繼而起，超現實繪畫以嶋剛與白髮一雄[5]為代表（李欽賢，頁 35）；超現實詩人有大岡信、清岡卓行、飯島耕一等人；超現實小說家則有結合超現實主義與存在主義的安部公房。從這一批超現實畫家與作家的風格來看，第二次世界大戰後的超現實風格趨向結合存在主義，而強調其作品中詭異、怪誕、荒謬、夢魘般的情境，以批判文明社會的種種理性制度之下的不合理狀況。[6]

　　臺灣除了 1930 年代楊熾昌所創設的「風車詩社」出現過超現實風格之外，1940 年代的《緣草》也出現過介紹現代主義以及實驗性格明顯的作品。林亨泰曾指出，銀鈴會對於世界現代文學的開放與接納，波特萊爾、梵樂希、象徵主義、超現實主義、新現實主義等文學思潮一再在詩集中被提起。綠炎（詹冰）在《潮流》第三冊的「沙龍」專欄中發表的〈所謂新詩〉中，討論詩人的創作不應像是小鳥唱歌那般「自然發生」而沒有「歷史努力」；他亦強調詩人應該研究近代以來一連串的詩的實驗，例如象徵主義、超現實主義、達達派、立體派、未來派，以及梵樂希的方法論，而詩人的每一篇詩都必須是「一支支小實驗管」（林亨泰，〈銀鈴會文學觀點

---

[5]1964 年，白髮一雄發表的〈赤蟻王〉與波拉克（Jackson Pollock）的行動繪畫原理如出一轍，波拉克的行動繪畫被歸類於超現實繪畫，強調否定思考、自動作畫、反理性、解放潛意識的創作衝動。

[6]臺灣 1960 年代作家亦同樣有卡夫卡或是安部公房式反理性、非常理、詭異而如夢魘般的處境，以及存在主義式的荒謬情節，例如超現實小說家七等生、李昂、施叔青等人。李昂早年第一部短篇小說集《花季》中的小說，多半都有超現實式夢魘般的荒謬情境。出版時，她曾說明在高中時代她看的書都是當代西方作品，再加上存在主義，心理分析、意識流等文字，使得常有人指出她此時期寫的小說與卡夫卡的作品有許多相似之處（〈寫在第一本書後〉，頁 198～199）。洪範版序言中，李昂也坦承她當時大量閱讀的卡夫卡、佛洛依德與現代小說，提供了她的表達形式的基礎」（〈洪範版序〉，頁 2～3）。施叔青也說，白先勇曾指出她所表現的世界「就是一種夢魘似患了精神分裂症的世界，像一些超現實主義的畫家（如達利）的畫一般，有一種奇異、瘋狂、醜怪的美」（〈後記〉，頁 205）。

的探討〉，頁 201～202）。[7]由此可見，1940 年代「銀鈴會」的詩刊《潮流》，已經延續了 1930 年代「風車詩社」的現代詩運動，持續介紹包含達達與西方超現實主義等種種現代文學的思潮。這股現代化脈絡與由大陸來臺的李仲生和紀弦在 1950 年代連續所作的文字介紹工作結合，便在整個文化氛圍中播散出超現實主義翻轉視野、質疑理性、揭露現實假相的思維方式。「銀鈴會」中跨越語言的詩人，以及李仲生與紀弦的日本淵源，都使得臺灣 1950 年代的現代化運動沾上日本超現實詩風的主知與批判色彩。

林亨泰與紀弦「現代派」的關係

　　林亨泰生於 1924 年（大正 13 年）臺中北斗，1939 年進入私立臺北中學後，便對 20 世紀的西方文學以及日本現代文學十分熟悉。春山行夫編的《詩與詩論》就是他中學時期在臺北的舊書店找到的（周文旺，頁 70）。透過春山行夫等所編的《詩與詩論》接觸到了三好達治、北園克衛、西脇順三郎、村野四郎等倡導超現實主義的日本現代詩人（〈臺灣的「前現代派」與「現代派」：林燿德訪林亨泰〉，頁 70）。林亨泰原本以日文創作，並於 1949 年出版日語詩集《靈魂的產聲》。1947 年，他加入由張彥勳、朱實與許清世所創辦的「銀鈴會」，並於同年與張彥勳、朱實、詹冰（綠炎）、蕭翔文等人將「銀鈴會」停刊一年的日文刊物《緣草》（1942年～1945 年）更名為《潮流》（1945 年～1949 年）復刊，以日文與中文並行。國民政府來臺之後，林亨泰於 1946 年進入臺灣師範學院就讀，並接受正規中文教育，慢慢練習以中文創作。據聞他練習寫作之初，由於中文還未純熟，「都利用一套日文文法公式來轉換」，被評為「有獨特風格」，而他自己說「別人是弄巧成拙，我是弄拙成巧」（邱婷，頁 29）。1949 年的「四六學運」中，「銀鈴會」因牽連而被迫驅散，林亨泰黯然停筆，他

---

[7]林亨泰並整理出銀鈴會後期活動發展出的詩評活動，例如埔金討論文章中的黑暗面以及「史的現實」（〈文學隨感〉，第 5 冊），淡星區分「小乘的犧牲」與「大乘的犧牲」（〈新的生活方式——關於死的問題〉，第 4 冊）等，可看得出銀鈴會所強調的批判精神（林亨泰，〈銀鈴會文學觀點的探討〉，頁 201～223）。

說：作家當時所面對的「不僅是政治歸屬問題，或者如何由日文跨越到中文的創作語言問題」，而更是必須思考如何在「複雜的政治局面下，進行不違背良心的寫作」（林亨泰，〈銀鈴會與四六學運〉，頁 224）。此外，加上戒嚴期間政府推動的「戰鬥文藝」，更使林亨泰的創作意願低落：「一時之間報紙雜誌幾乎都充斥著那一類的文章。戰鬥文藝的隆盛，使我對文學創作的意欲，如同在太平洋戰爭時期般極為低落。」（三木直大，〈悲情之歌〉，頁 92）

林亨泰指出，1953 年他看到紀弦主編的《現代詩》以及其中刊登的幾位法國詩人，例如阿波里奈爾、考克多等人，他十分興奮：「就好像發現了另一種『可能性』的心情」（三木直大，頁 93）。他認為，在當時的環境來說，這本詩刊的創辦，等於是「為了那些不願跟著喊口號或是歌功頌德的人」所開闢的發表園地（三木直大，頁 93）。林亨泰說，當時他寄給《現代詩》的都是些「會令版面翻覆過來的『怪詩』（三木直大，頁 93）。1953 年，紀弦開始看到林亨泰日文詩集《靈魂的產聲》中的詩作後，便與葉泥四處打聽他。紀弦與林亨泰相遇後，暢談現代主義，立即邀請林亨泰擔任《現代詩》的編輯委員，林亨泰收到的聘書編號是第一號（〈林燿德訪林亨泰〉，頁 72）。

今日回顧，我們發現：紀弦為林亨泰提供了一個延續「銀鈴會」現代運動的管道，而林亨泰也為紀弦提供了一根發展現代派的支柱。

日本超現實詩人的詩論與其強調「主知」的美學，是臺灣 1950、1960 年代現代派持之以反浪漫、抨擊抒情而引發現代詩論戰的主要動力。紀弦的現代派信條第四條便是「知性的強調」；紀弦在「現代派信條釋義」中特別說明：「現代主義之一大特色是：反浪漫主義的。重知性，而排斥情緒之告白。」（《現代詩》第 13 期）在〈新現代主義之全貌〉一文中，紀弦更充分的說明他所謂的現代詩的知性層面：現代詩以「詩想」為本質，重知性、放逐情緒，是主動的表現，否定邏輯而代之以秩序，逆流而上，絕不反映現實，也不再現自然，無實際目的，是變動不居、無可捉摸、多元

而無限的（頁 28～29）。雖然紀弦本人的詩作中也不乏抒情色彩，但是從他的理論中，我們看到他實際上要強調的是以「詩」抵制成規的批判力。我們發現，對紀弦來說，超現實主義是爲了配合他自己的理念而借用的；他策略性地在現代派中凸顯超現實主義，主要是做爲他批判左派的浪漫主義、共產黨文藝路線，以及國民政府的戰鬥文藝強調的寫實與教條主義的工具。紀弦極力推崇林亨泰，亦是因爲林亨泰作品中違反常規的超現實文字邏輯。

　　林亨泰說，紀弦成立「現代派」並發動詩的「再革命」時，林亨泰其實是背後軍師；現代派創立後，林亨泰便陸續發表文章，「補紀弦理論之不足」，而他許多寫給紀弦的信便被以「代社論」刊登在《現代詩》上（〈林燿德訪林亨泰〉，頁 74）。現代派的六大信條發表之後，林亨泰一再爲文說明臺灣當時現代派運動是對於歐美與日本現代文藝思潮「批判性的攝取」（〈新詩的再革命（二）〉，頁 138）。林亨泰在〈新詩的再革命〉中甚至清楚地指出：「現代派的信條」的第四條「知性的強調」是源自於春山行夫透過《詩與詩論》引介的主知主義；主知主義的代表人物是法國梵樂希、普魯斯特、艾略特（T. S. Eliot）等人，強調反對主觀浪漫抒情的傾向，提倡以「知性之光」，像「探照燈一樣照射世界」，而「賦予秩序」（林亨泰，〈新詩的再革命（二）〉，頁 140）。在〈抒情變革的軌跡——由「現代派的信條」中的第一條說起〉一文中，林亨泰指出梵樂希所謂的「新的戰慄」，是來自波特萊爾詩作中的「批判知性」：詩人把詩中「穩定而熟悉的關係予以隔絕，然後讓詩精神的諸特質個別而『高度自覺』地在作品本身的結構體中重新發明乃至組合」（頁 262）。紀弦針對林亨泰個人詩中「很少是情緒的」這一特質強調：「這便是林亨泰的詩法，也是我們共同的詩法，跟那些浪漫派的殘渣所僅能使用的原始的刺激反應公式迥異。」（紀弦，〈談林亨泰的詩〉，頁 66～67）林燿德也直言林亨泰深受日本新體詩的影響，而春山行夫主編的《詩與詩論》等文學雜誌則「提供林亨泰初期的認知模式，反抒情、主知的語言傾向在當時已見端倪」（頁

153）。由此可見，紀弦取林亨泰源自於日本《詩與詩論》派的知性美學，是用以對抗新文學傳統中的浪漫派餘緒，而此導致 1950 年代現代運動中傳承了日本超現實運動中的主知精神。

林亨泰本人的理論更強調詩語言實驗的種種邊緣地帶，以及詩語言以跨越疆界的動作，挑戰語言的形式與形式背後的認知模式與意識形態。他的詩論中重形式實驗的符號論、略帶不快感覺的「鹹味的詩」，以及具有知性批判力的「新的戰慄」，都是現代派運動中最具有代表性的幾個概念。[8]林亨泰在〈現代詩的基本精神〉（原名〈尤里西斯的弓〉）中指出：詩必須有個性，有張力，像是拉開优里西斯的弓弦一般（頁 32），而瘂弦與商禽就是「把對於語言的嘗試如此地推展到一失足及失其立足點的最極限的地步」（頁 37）。林亨泰曾強調「超現實主義」是「一種更細的事實」，因爲它「存在於意識中，不是肉眼可以眞確體會，是內部深層的現實」（〈詩人與語言的三角對話〉，頁 186）。

此外，我們從介紹與實驗超現實技巧最力的《創世紀》詩人洛夫的詩論中，也可看出洛夫的超現實論述與日本現代派超現實主義的關聯，特別是他在〈超現實主義與中國現代詩〉一文中所揭櫫的「知性超現實主義」，以及他所強調的詩的批判功能，「對知的熱切要求」，加上他援用禪宗公案式的頓悟與詩的奇趣，修正法國布荷東的超現實主義，以發展中國現代詩中的超現實特色（頁 177～178）。至於 1950、1960 年代《現代詩》、《創世紀》、《笠》幾種詩刊積極引介歐美與日本的現代詩派，尤其是詩人如紀弦、方思、葉泥、馬朗、林亨泰、洛夫、葉笛、陳千武、白萩、趙天儀等，介紹或練習超現實主義的理論與詩風。[9]由這些翻譯行爲

---

[8]林亨泰的詩主要詩論有〈現代詩的基本精神（尤里西斯的弓）〉、〈中國詩的傳統〉、〈談主知與抒情〉、〈鹹味的詩〉、〈符號詩〉等。有關林亨泰詩論的評論，可參考旅人〈林亨泰的出現〉以及《林亨泰研究資料彙編》中的文章。

[9]當時最常被翻譯的作家是歐美現代派詩人，如超現實詩人保爾・福爾（Paul Fort）、阿保里奈爾、保羅・艾呂亞、羅特阿孟（Lautreamont）、許拜維艾爾（Jules Superville）、考克多、比艾・勒爾維底（Pierre Reverdy）與象徵意象派詩人，尤其是里爾克、艾略特、奧登、威廉士（William Carlos Williams）等。

中，我們也發現只有少數詩作是直接從法文或德文翻譯爲中文的，其餘多數透過日文或是英文的翻譯而轉譯。[10]

　　1960 年代期間，對於日本超現實主義的主知批判功能的承接，其實要算是《笠》詩刊在 1964 年到 1970 年間的階段參與得最爲積極。《笠》詩刊部分成員來自於《現代詩》。《現代詩》於 1959 年停刊後，原班人馬便轉移陣地，在《創世紀》發表作品，接續現代派運動引介超現實主義的工作。自 1964 年林亨泰創辦《笠》詩刊後，受日本教育成長的臺省籍詩人如陳千武、葉泥與葉笛等人便隨之加入，並且有計畫地譯介日本現代詩人，尤其是當代日本超現實主義詩人，例如陳千武（桓夫）譯介的三好達治、北園克衛（第 2 期）、西脇順三郎（第 3 期）、上田敏雄（第 4 期）、三中散生（第 5 期）、春山行夫（第 6 期）、三好豐一郎、田春隆一，林亨泰譯介村野四郎的詩論，桓夫與錦連譯介村野四郎的詩作，以及葉泥翻譯布荷東的「超現實主義宣言」。其餘日本現代派詩人亦被《笠》詩刊譯介，例如田村隆一、黑田三郎、三好豐一郎、吉本隆明、北村太郎、木原孝一、中村千尾、中桐雅夫。而從《笠》詩刊每期固定翻譯一系列日本詩人，以及第 10 期到第 28 期重點翻譯艾略特（杜國清譯）與里爾克（李魁賢譯），我們可以看得出來《笠》詩刊對於現代詩的注重。

　　針對桓夫「兩個球根」的看法，林亨泰曾補充說明：「誰能掌握到《創世紀》詩刊與《笠》詩刊之間的差異，誰也就能夠真正地分析出大陸與臺灣之間的不同文學意識形態」（〈談現代派的影響〉，頁 18），而林亨泰具體指出此差異除了《笠》詩刊的社會意識之外，便在於語言使用的特性：「笠詩社同仁中有不少是處於『二言語使用狀態』（"Bilingualism"）（頁 18）。林亨泰雖然並沒有進一步討論這些「能自由出入於兩種語言之間的詩人」（頁 18）所呈現差異的意義，但是，「能自由出入於兩種語言

---

[10]葉笛於 1966 年在《笠》詩刊發表布荷東「超現實主義宣言」的節譯，他坦承無法閱讀法文，當時是透過日文的譯本翻譯成中文。而有意研究並介紹超現實主義理論與詩的洛夫，也說明他無法閱讀德文與法文，都是藉由日文或是英文的翻譯版本來了解超現實主義的（〈我與西洋文學〉，頁 54）。

之間」的確提供了多於單一語言系統的思考管道，以及了解林亨泰與桓夫等自日語銜接中文、跨越語言與歷史，或是被歷史與語言所跨越的雙語詩人。[11] 林亨泰曾說，「我們這一代的命運走上跨越了最艱難的兩個時期，……在日本人最黑暗的時候當了日本人，中國人最絕望的時候當了中國人」（〈銀鈴會與四六學運〉，頁 225）。我們必須思考的是：從日文到中文，從日本人到中國人，林亨泰所跨越的是什麼樣的語言系統與歷史階段，以及他是如何利用語言來跨越的。

林亨泰詩作中的主知美學與歷史批判

林亨泰對於政治制度內含的權力鬥爭與意識形態暴力看得非常清楚。他在回憶「銀鈴會」被驅散以及 1949 年的「四六學運」時[12]，曾指出：「任何制度莫不是權力的展現，批評一個制度也等於觸犯到權力本身，所以為了維持他本身的權力，並且利用他掌握權力的方便，面對於異議者任意地扣上罪名加以排擠迫害，這個時候掌權者將自己『絕對化』，以為除了自己是『真理』之外，其他就是『叛亂』」（〈銀鈴會與四六學運〉，頁二二八）。[13]

林亨泰的詩作中便一直存在著對現實的批判，他也一再強調「現實觀」的重要性。他在 1955 年以中文出版《長的咽喉》（新光書店），其中包含三部分：「鄉土組曲」、「心的習癖」、「渴」。這本早期詩集中已經呈現林亨泰對語言以及現實觀點的質疑與翻轉。「鄉土組曲」寫作期間約在 1948 年前後，同時期他也在進行日文作品〈終焉〉的寫作。「鄉土組

---

[11] 對於林亨泰所稱「跨越語言的一代」，日本詩人高橋喜久晴曾說：「他們並不是跨越語言的一代，而是被語言所跨越的一代。」（〈臺灣的詩人們〉，《詩學》（1967 年 6 月）；引自林亨泰，〈跨越語言一代的詩人們——從「銀鈴會」談起〉，頁 235）

[12] 1949 年 4 月 6 日，臺大校園因一學生腳踏車違規事件引起連鎖抗議活動，政府全面鎮壓，教師學生多人被捕處死，作家亦被牽連，楊逵、張彥勳、林亨泰被捕，埔金被逮捕後處死，朱實流亡，這就是所謂的「四六事件」。

[13] 林亨泰撰寫此文的時間是 1989 年 7 月，全文結束時，林亨泰補充說明：「這是我在看到『六四天安門事件』而想起來的一段往事，存在記憶中的一切，我盡量翔實而忠實地寫下來。」（〈銀鈴會與四六事件〉，頁二二八）

曲」是用林亨泰故鄉彰化童年的經驗和風景做為題材，三木直大看認為這
是林亨泰藉著以中文書寫來「確保自己成長的時空，進而以中文表記來確
認身分認同的作為」，而這種將被強制賦予的語言轉化為自己的語言／詩
的語言，則具備了「本質的抵抗」的意義（頁 92）。我們細讀「鄉土組
曲」中的詩作，便可看到林亨泰透過語言實驗而展露的特殊觀物方式。在
〈心臟〉這首詩中，詩人以「鍋」來量度春天的容量（頁 21）；在〈鄉
村〉中，詩人鼻子吸的氣味是「粗的憂鬱」（頁 1～2）；而在〈亞熱帶〉
中，詩人以「胖」來形容景物：「胖的軌跡」、「胖的太陽」、「唱著胖
的歌」、「肥豬睡在胖胖的空氣中」、「有香蕉有鳳梨更有胖胖的水
田」。在〈日入而息〉中，更可見到此種主觀經驗滲透客觀環境的描寫手
法：

　　　與工作等長的

　　　太陽的時間

　　　收拾在牛車上

　　　杓柄與杓柄

　　　在水肥桶裡

　　　交叉著手

　　　咯噔　嘩啦嘩啦

　　　嘩啦　咯噔咯噔

　　　穿過　黃昏

　　　回來

　　　了

詩人以工作的時間經驗來計算抽象的「時間」長度，時間的概念亦被

具象化為杓柄，被收拾在牛車上，在黃昏中以像是穿著木屐般的「咯噔」
聲配合著水肥桶的「嘩啦嘩啦」聲音，伴著詩人回家。

　　林亨泰詩中這種具象化的思維與語言革命在「心的習癖」與「渴」二
輯中發揮得更為大膽，更具有達利式的超現實風格。

　　例如〈黎明〉（頁 45）中的超現實意象：

　　窗與門口等，

　　自胸前背後聳起

　　心臟的周圍

　　升起了鹹味的霧

　　屋頂的四角

　　漂浮在白色海上

　　口與鼻子等

　　縷縷冒出了紫煙

　　這種以具象化的思維任意拼貼物體掰切割壓縮現實，目的是要翻轉觀
點，以新的觀點切入。當這種新的觀點聚焦在對於歷史記憶的處理時，則
更見其批判力。[14]另一首詩〈春〉（頁 36）中春天是尚未到臨，必須被擠壓
才可能獲得的不確知的時刻：

　　長的咽喉

　　鳴著圓舞曲

　　而告知

　　從軟管裡

---

[14]三木直大於〈悲情之歌〉中指出林亨泰詩中力圖壓制的表現中，仍有「極欲噴出的激情」，而認
為林亨泰同時之人認定林氏為主知詩人的觀點「未免有不能看清其作品本質，或未能指出其作品
本質，而硬性規定的疏漏」（頁 97）。

將被擠出的

就是春

或是在〈回憶 No.2〉中，記憶是夜間氾濫蔓延的液體，無法抗拒，無法整理，無從壓抑：

記憶

在夜裡

是沒有腳的

液體……

〈春〉與〈回憶 No.2〉兩首詩中，林亨泰藉著達利的構圖意象與非理性拼貼邏輯，透露出他在二二八事件之後、白色恐怖時期，目睹歷史轉移的困頓與艱苦。因此，我們看到，林亨泰早年以超現實視角切入而寫成的〈春〉與〈回憶 No.2〉，是於 1949 年「四六事件」之後停筆前完成的。表面上讀來是達利式的構圖意象與非理性拼貼，實際上卻透露出他在二二八事件之後的白色恐怖時期，以不寫的方式寫出歷史記憶的現實。

1957 年前後，林亨泰以極限主義（minimalism）方式實驗出的符號詩，例如〈二倍距離〉與〈風景 No.1〉和〈風景 No.2〉，是 1960 年代初期〈非情之歌〉（1962 年）的前奏。〈非情之歌〉50 篇短詩中一系列「白」與「黑」反覆變奏，揭露了林亨泰在語言實驗之外隱藏的歷史經驗與政治批判。這一系列就「白」與「黑」反覆實驗各種變奏，以重複的單音或是視覺元素貫穿持續整個作品，配合一些簡單的音節或是色調的變化起伏，十分類似現代繪畫與現代音樂中的極限主義。這種極限主義的語言實驗，在日本超現實主義代表詩人春山行夫所編的《詩與詩論》亦可見到；《詩與詩論》中除了強調詩的知性批判，亦實踐詩的繪畫性，而春山行夫的繪畫性詩風，可在他著名的〈ALBUM〉詩行中見到：

老實的狗是不吠的
薔薇的花叢裡的
　　村
人們經過時
門乍起乍闔

是白的遊步場
是白的椅子
是白的香水
是白的貓
是白的襪子
是白的頸
是白的天
是白的雲
而倒立著的
是白的姑娘
是我的

　　此詩中以「白」這個音素與色彩構成特殊的韻律與節奏，貫穿全詩。林亨泰在討論自己兩篇〈風景〉詩作時，曾經說過他這種符號詩的實驗在〈風景 No.1〉和〈風景 No.2〉中已經到了極限，他在詩作中「從根本揚棄了修辭學上的運用，而走向結構性、方法論上的策略」，也就是說，他將詩作「對字義的依賴降至最低，讓每一個字成爲一個存在」（〈臺灣現代派運動的實質及影響〉，頁 289）。而這種符號的處理與春山行夫式的極限主義，便以各種變形的方式，成爲林亨泰在〈非情之歌〉中處理歷史經驗的模式。

　　〈非情之歌〉一系列作品除語言實驗之外，皆有其隱藏的歷史經驗與

政治批判。例如〈作品第七〉：

　　我仍不要

　　濕了的　　白

　　我仍不要

　　軟了的　　白

　　我仍不要

　　滑過的　　白

　　我仍不要

　　烤過的　　白

　　我仍不要

　　枯了的　　白

　　我仍不要

　　皺了的　　白

　　我仍不要

　　濾過的　　白

　　我仍不要

　　刷過的　　白

　　〈作品第七〉中呈現的是詩人對「白」或是各種性質的現實的檢查，與他對於原則的執著。「白」這個色彩符號在此處透過各種形容詞的結合，似乎被取用以替代漂白過的歷史事實或是歷史資料，可能會因歷史紀錄浸水淹沒而被遺忘輕忽、被洗刷過濾、被折皺枯萎！若我們拿〈作品第七〉與〈作品第八〉對照閱讀，更見詩人對於現實的批判：

　　我仍不要

埋了的　黑

我仍不要

鏽了的　黑

我仍不要

塗過的　黑

我仍不要

鍍過的　黑

我仍不要

淹了的　黑

我仍不要

鏽了的　黑

我仍不要

洗過的　黑

我仍不要

燙過的　黑

　　黑色的歷史是更為沉重可怖的，因為黑色直接帶出被埋葬或被淹死而腫脹的屍體，或是被抹黑的、不可言說的腐蝕生鏽的歷史事件！「白」與「黑」也是兩派各自堅持陣營、彼此仇視殺戮的不同立場，例如〈作品第三十四〉：

為的什麼呀？

白的你

恨

為的什麼呀？

黑的你
恨

在可愛的清晨裡
你們對立著
在莊嚴的黃昏裡
你們對立著

清晨流出的淚滴
濕遍了山河
黃昏流出的血液
染紅了海空

　　林亨泰走過歷史中的日據時期、銀鈴會事件、二二八事件、白色恐怖，而歷史中重複的對立，各自有各自的現實與立場，使得殺戮仇視循環不已。這種對白與黑的翻轉實驗發展到〈作品第四十〉，更見其內在的批判：

　　　欲睡　　但仍未睡
　　　欲閉　　但仍未閉
　　　　仍在試探
　　　　仍在懷疑
　　　自黑混淆不清的
　　　　可怖

　　　欲醒　　但仍未醒
　　　欲開　　但仍未開
　　　　仍在禁忌

　　仍在拒絕

　白黑混淆不清的

　　可怖

　黑的眼睛

　　林亨泰沉痛地指出，現實社會中黑白是非不分，充滿禁忌，彼此疑懼
而拒絕真理，使得人們停留在蒙昧、渾沌無知的半睡半醒狀態。〈作品第
四十九〉更讓我們看到詩人這種面對歷史的巨大不安，以及詩人爲了未來
而輾轉反側無法入眠。

　黑膝頭

　站穩世界

　於是　巨大過去

　踉蹌躲避

　黑眼睛

　對準世界

　於是　巨大現在

　伏地屏息

　黑筆尖

　貫穿世界

　於是　巨大未來

　輾轉反側

　　過去、現在與未來都看在詩人的眼中，詩人堅定立場，目擊一切，而
要拾起詩人之筆，穿透世界的表象。

　　因此，我們了解，林亨泰所強調的「現實觀」與寫實作品中的「現實

感」截然不同：寫實作品中的「現實感」可能會使得運用白話與散文書寫的過程中「喪失了轉移於『詩的現實』進而成爲詩」的契機（〈我們時代裡的中國詩（五）〉，頁 29）；而林亨泰的「現實觀」是指一種觀看現實以及呈現內在現實的特殊觀點，是「對現實的積極觀點，而這份現實觀如非具有嚴肅批判精神者必定是無法作得到的」（〈我們時代裡的中國詩（四）〉，頁 35）。對林亨泰而言，洛夫所標榜的「超現實主義」與他自己自稱杜撰的「大乘的寫法」，有異曲同工之作用：他認爲要達到詩人精神這種獨自活動「出神入化」之自如境界，並不一定局限於潛意識的領域，當意識受到激情所驅使也會有此情形出現（〈我們時代裡的中國詩（一）〉，頁 97）。而桓夫的〈咀嚼〉，則被林亨泰舉爲具有大乘寫法而「以現實觀迫近民族性」的例子：

> 下顎骨接觸上顎骨，就離開。把這種動作悠然不停地反覆。反覆。牙齒和牙齒之間挾著糜爛的食物。（這叫作咀嚼）。
> ——就是他，會很巧妙地咀嚼。不但好咀嚼，而味覺神經也很敏銳。
>
> 剛誕生不久且未沾有鼠嗅的小耗子。
> 或滲有鹹味的蚯蚓。
> 或特地把蛆蟲聚在爛豬肉，再把吸收了豬肉的營養的蛆蟲用油炸……。
> 或用斧頭敲開頭蓋骨，把活生生的猴子的腦汁……
> 　　——喜歡吃那些怪東西的他。
> 顎骨接觸上顎骨，就離開。——不停地反覆著這種似乎優雅的動作的他。
> 喜歡吃臭豆腐，自誇有銳利的味覺和敏捷的咀嚼運動的他。
> 坐吃了五千年歷史和遺產的菁華。
> 坐吃了世界所有的動物，猶覺饜然的他。
> 在近代史上

竟吃起自己的散漫來了。

　　林亨泰指出此詩具有如同蒙太奇跳接的手法，「使吃的意義擴大到最大極限」，而具有對於中國文化「濃厚的批判精神」（〈我們時代裡的中國詩（六）〉，頁64）。

　　林亨泰對於商禽、瘂弦、洛夫與桓夫的評論，很清楚地指向了他自己的詩觀：那便是以語言實驗的危險地帶，將文字的意義擴大到最大的極限，但同時以濃厚的批判精神觀看現實，批判現實。我們可以說，這便是林亨泰要擁日本知性超現實美學而行其具有現實觀的語言實驗的背後政治原因了。

銀鈴會的本土化收編

　　從林亨泰在 1949 年後的〈春〉與〈回憶 No.2〉等作品，我們可以看出「銀鈴會」原本具有的現代主義性格；林亨泰於 1950 年代加入《現代詩》後「會令版面翻覆過來的怪詩」與強調符號實驗、「新的戰慄」與不快的「鹹味」的詩等論調，也都極具現代主義的實驗性。

　　但是，1970、1980 年代《笠》詩刊的本土化傾向卻全面撲蓋此詩社的發展，致使《笠》詩刊早期的「世界文學」視野逐漸淡去。林亨泰早期因〈非情之歌〉的實驗風格晦澀難懂而備受批評，而在 1980 年代他的詩風亦轉向白描直言的寫法。[15]這就是為什麼陳明台會指出：「銀鈴會」詩人在「銀鈴會」解散後「個」的狀態透過加入「笠」詩社而回到「群」的狀態，雖然部分呈現「銀鈴會」的延伸，但是由於 1980 年代「笠」詩社發展出的現實主義、強烈的批判與抵抗的精神，與早期銀鈴會發展相左，甚而因「笠」的各個世代同人「相互激盪」，而造成「影響他們其後創作走向

---

[15]例如林亨泰在《跨不過的歷史》中，刊載 1985 年到 1989 年所寫的詩作便是如此。僅舉一例：「力量來自哪裡？／不是咬牙　不是搥胸／不是埋怨　不是流淚／力量來自哪裡？／不必發誓　不必焚身／不必廝殺　不必流血……」（〈力量〉）

的結果」（〈清音依舊繚繞——解散後銀鈴會同人的走向〉，頁 107）。
1980 年代《笠》詩刊回顧「銀鈴會」時，寫實主義文學的脈絡，如朱實、
張彥勳、埔金、微醺、紅夢等被強烈凸顯。[16]《笠》詩刊吸收轉變現代與前
衛的痕跡，將之化爲無形，正是臺灣文學回歸以賴和與楊逵等寫實主義陣
營爲本宗的本土化，以及壓抑淨化現代主義文學的效果。

正如林亨泰在〈爪痕集第一首〉所呈現的歷史扭曲與遺忘：

像乾裂的河牀
留在時間裡
隱約可見的爪痕

無指向的方位
緊扣著空間
歷史縮成拋物線

不回首的記憶
將山脈烙印
於多皺紋的谷中

臺灣文學史中的非寫實或是超現實等負面書寫，被埋藏在山脈的皺褶
之間，若不翻轉表層，是無法看到的。臺灣島嶼上經歷的歷史緊扣著這個
島嶼的空間，而形成沒有進程、沒有發展方向的曲度。過去的歷史事件無
法留存紀錄，如同飛鴻飄離而無留下爪痕，我們閱讀文學史者只能隱隱約
約在時間洪流乾涸之後的河牀間，從河牀乾裂的痕跡，度想河水流過時的

---

[16]「銀鈴會」本身的成員雖包含傾向法國現代主義、介紹象徵主義和超現實主義的綠炎（詹冰），
但亦有銜接俄國普羅文學論點、強調寫實文學與反應社會黑暗面的埔金、朱實、微醺、紅夢。如
林亨泰〈銀鈴會文學觀點的探討〉一文所示，現存五冊《潮流》（1948 年〜1949 年）中的評論文
字，以綠炎（詹冰）一人的篇數最多，共七篇；但是也只有他一人較有法國現代派的論述方式。
其餘微醺（六篇）、紅夢（五篇）、埔金（五篇）、朱實（四篇）、淡星（四篇）等，多傾向俄國高
爾基、普希金以及中國魯迅等的普羅文學寫實主義。

深度與質量，以及其所引發的反向壓力。然而，被排斥與遮蓋的負面書寫歷史呈現了什麼問題呢？

1930 年代的楊熾昌借西歐與日本的前衛與超現實來實踐文學革命，1940 年代的林亨泰同樣朝向西歐與日本的超現實以翻轉本地的現實，1950 年代的紀弦借重林亨泰，而 1980 年代後現代詩人林燿德努力挖掘出林亨泰的歷史地位，爲他編寫年表，出版作品全集，其背後的政治目的皆是如出一轍：表面上這些前衛詩人藉著西方與現代來批判本地的抒情與寫實傳統，實質上是借用現代主義來展現種種對抗意識形態的政治抗拒。在一次與林亨泰和簡政珍會談的時候，林燿德強調「對所謂合法化的語言傳統的叛逆，本身就是一種反體制的訊息」，而現代詩的基本精神便是「從語言本身開始反體制的意識歷程」（〈詩人與語言的三角對話〉，頁 176）。臺灣現代詩人與理論家依附於「超現實」的論述，藉著切割與壓縮現實元素，將現實做非邏輯的拼貼與置換，反身批判現實。語言革命的顛覆力絕不僅止於形式，而必然延展深入語言背面的意識形態及社會體制。

雖然從「銀鈴會」到《現代詩》、《創世紀》、《笠》詩刊，林亨泰採取的現代主義姿態十分明顯，不過，若與 1930 年代的楊熾昌相比，林亨泰的現代主義性格中的知性成分與批判性格強烈，仍舊屬於理性與系統的產物。陳明台在〈楊熾昌‧風車詩社‧日本詩潮〉一文的結論處，比較風車詩社的現代主義精神與銀鈴會的現代主義精神時，指出風車詩社的創作實驗有其界限：風車詩社「無法全盤地吸收西方新興詩潮的精義……偏向於超現實主義和象徵主義，對於理論和創作的引介，也極其片斷，難以系統化，更不能彙集成爲雄厚的文學遺產……難以形成文學運動」（頁 333），而在〈論戰後臺灣現代詩所受日本前衛詩潮的影響——以跨越語言一代的詩人爲中心來探討〉一文中，陳明台則指出「銀鈴會」跨越語言的一代在戰後具有「連續性、進化的特質」，「規模超出戰前（風車詩社），而且其內容也更加系統化、幅度極廣」（頁 107）。然而，以楊熾昌與銀鈴會、現代派、《笠》詩刊等團體的前衛性相較，我們發現楊熾昌正

是因為其不具有「連續性、進化」或是「系統化」的特質，才得以採取酒神式的放浪思維深入負面意識層次，而**翻轉**寫實主義伊底帕斯症的系統結構。我們再度發現，個人化的偏離系統正是抗拒與**翻轉**既定語言系統內僵化意識形態的激進做法。《笠》詩刊以「群」的策略，系統化地組織集結「本土」精神，使得此詩刊於 1970、1980 年代開始全面採取社會寫實路線，而無法再呈現早期之個人化抵制及語言實驗。

──選自劉紀蕙《孤兒‧女神‧負面書寫：文化符號的徵狀式閱讀》
臺北：立緒文化出版社，2000 年 5 月

林亨泰「現代派」詩的鄉土性

◎三木直大

一、前言

　　紀弦主編的《現代詩》民國 54 年 2 月號（第 13 期）卷首刊登了〈現代派的集團宣言正式成立〉，宣告了「現代派」的成立。眾所周知，林亨泰爲當時九名籌備委員會委員中唯一的本省人詩人。

　　翻閱宣言前後時期的雜誌《現代詩》，其中林亨泰發表在第 11 期（民國 44 年秋季號）上的作品有五篇：〈輪子〉、〈氣球〉、〈鼻子〉、〈手術臺上〉、〈青春〉；第 13 期（民國 45 年 2 月號）上有四篇：〈房屋〉、〈人類身上的鈕扣〉、〈遺傳〉、〈鷺〉；接著又在第 14 期（民國 45 年 4 月號）上做爲〈林亨泰詩三題〉登載了〈第二十圖〉、〈ROMANCE〉、〈騷音〉這三篇「符號詩」。[1]

　　對於「現代派」運動時期林亨泰的作品，歷來偏重於對以「符號詩」爲代表的實驗詩方面的看法。當然不否定林亨泰的作品所具有的實驗性——前衛性。但如果僅僅將「符號詩」看作是林亨泰這一時期的作品，或把他的活動性僅局限於字面的「現代派」的文脈中去探究，則有可能失去對作者的文學作品的整體性的把握。「現代派」的作品中，「符號詩」也是特殊的作品群，它對於林亨泰自身而說「這只是適應現代派的要求而已，

日本廣島大學總合科學研究科文明科學部門教授。
[1]可追溯至第 2 期（民國 42 年 5 月夏季號），這期登載了葉泥譯的〈第一信〉。這篇作品第一次以林亨泰的名字登場於《現代詩》上。

並非我寫詩的終極目標」。[2]

　　這一時期的林亨泰的作品顯示出了其多樣性的特點。也因此我們應該
重新探討作品中表現的「現代性」與「鄉土性」之間的關係。既是實驗的
作品，又是「現代派」作品，就絕不可排除「鄉土性」。如果將鄉土性看
作是居住在臺灣的人們體現出的臺灣意識，也就有可能從這一時期的林亨
泰的作品群中捕捉到以多種形式反映出的鄉土性。總之，「現代派」時期
的作品中關於鄉土性的表現，基本上源於 1947～1949 年期間、處於「臺灣
新文學運動」時期的銀鈴會及《新生報‧橋》時期的林亨泰的作品。

二、林亨泰前衛詩的鄉土性

　　林亨泰「現代派」時期的作品中，可以說最具鄉土性作品的是代表作
〈風景詩〉二首。[3]

農作物　　的

旁邊　　還有

農作物　　的

旁邊　　還有

農作物　　的

旁邊　　還有

陽光陽光曬長了耳朵

陽光陽光曬長了脖子

──〈風景 No. 1〉

---

[2]〈有孤岩的風景〉，《現代詩》復刊第 11 期（1987 年 12 月）。另外，「我十幾首的〈符號詩〉是在
很短時期內完成的，只是 32 開版面的《現代詩》季刊，一頁只能容納二、三首詩作品。我每次以
一頁限度只寄去二、三首。結果發表的時間就這樣一直拖延了一、二年之久。到了最後，自己對
這種作品也感到厭惡，就不想發表了」（〈現代派運動與我〉，《現代詩》復刊第 20 期（1993 年 7
月）的回想。

[3]〈風景 No.1〉、〈風景 No.2〉，《創世記》第 12～13 期（1959 年 10 月）。

　　一般來說，普遍贊同江萌的評論〈一首現代詩的分析〉[4]中指出的：
〈風景 No.1〉和〈風景 No.2〉是實驗性質的現代主義詩這一觀點。可是，
換個角度看，這作品也正如林亨泰本人所說明的那樣：「我這兩首〈風
景〉是在溪湖到二林的途中坐在巴士上完成的。我坐在車上，我從車窗眺
望遠景，防風林一排一排，車快速的飛過，這種現代交通工具的因素，會
促進我們認識論的變化」[5]，是對從巴士的車窗眺望到的臺灣的「風景」的
描繪。

　　總而言之，〈風景 No.1〉描寫的是臺灣的田園風光，〈風景 No.2〉描
述的是臺灣的海岸線景色。換言之，作品表現的世界是臺灣的鄉土氣息而
非其他。呂興昌評論說「二首風景仍可視爲《鄉土組曲》的變奏，它們仍
然是林亨泰從土地的實質感情中提煉出來的『心境』。[6]況且〈風景〉詩
中「的」的用法頗具特色。它將與現代漢語具有的多音節語性性質不同的
日本語的一字一音節的漢字的用法運用到中文詩的世界中去[7]，同時它又與
臺灣語也具有的一字一音節語較多這一語言上的特徵做了巧妙的結合。

　　可以說，被看作極具「現代派」作品的〈風景〉，基本上是源於 1955
年出版的、頗有鄉土文學氣息的、也是林亨泰最初的中文詩集《長的咽
喉》[8]收錄之作品群的。這兩作品的共同之處是：在以靜態呈現於人們面前
的風景的底蘊上湧動著生動的情景。例如〈村戲〉[9]和〈風景〉所描繪的世
界中就有相同之處。

　　　　村戲鑼鼓已鳴響……

---

[4]《歐洲雜誌》第 9 期（1968 年 12 月）。

[5]〈詩永不死〉，《臺灣文藝》第 135 期（1993 年 2 月）。

[6]〈走向自主性的世代——林亨泰詩路歷程簡述〉，《自立晚報》本土副刊 1992 年 11 月 8 日～10
日。

[7]關於這個問題，已在拙論〈林亨泰中文詩的語言問題——以五〇年代現代詩運動前期爲中心〉，
《人間文化研究》第 9 期（2000 年 12 月）作過論述。

[8]新光書，1995 年，未見。

[9]引用的依據是《林亨泰全集》、呂興昌氏的詳細的校核。1955 年版的《長的咽喉》所收。

　　　　　親戚從各地方回來，
　　　　　而笑聲溫柔地爆發了。

　　　　　村戲鑼鼓又鳴響……
　　　　　又有另一批親戚回來，
　　　　　而笑聲更溫柔地爆發了。
　　　　　村戲鑼鼓再鳴響……
　　　　　最遠的親戚也都到齊，
　　　　　而笑聲最溫柔地爆發了。

　　這首〈村戲〉風景詩般的表現，除卻作者在哪兒——即位置關係不同以外，幾乎與〈風景〉處於同一地平上。同時〈村戲〉表現的，正如林亨泰自述的「另有部分童年經驗可由《鄉土組曲》這一系列詩中看出來。例如〈小溪〉一詩，可以看出我常散步於村中溪畔。〈村戲〉也是。」[10]，是臺灣中部村莊的風景。林亨泰對描寫「鄉土」的意義做了如下的解釋。

　　所謂「鄉土」是自己生活的領域，也是創作者的「根據地」，是一個中心。誰說過一句話：「沒有故鄉的人，是沒有中心的人」，中心或可說是「根」。我想這是對的。我的《鄉土組曲》是早期的作品。開始寫詩的時候，自然寫自己最熟悉的題材，於是鄉土就入詩了。像〈農舍〉、〈小溪〉、〈村戲〉都是這一類。[11]

　　可以認為《鄉土組曲》的主要執筆期正是「臺灣新文學運動」時期。[12]這一期間，林亨泰在創作日文詩的同時也致力於中文詩的寫作，並嘗試著將自身的童年體驗以及故鄉的風景等融於詩中。這也是他尋根構思的嘗

---

[10]〈有孤岩的風景〉。

[11]同前註。

[12]關於詩集《長的咽喉》中收錄的詩，有必要確認正確的創作年月其中《鄉土組曲》據《見者之言》（彰化：彰化縣立文化中心，1993 年）所收的年譜〈林亨泰繫年〉為 1948 年「完成《鄉土組曲》系列詩作。這系列之作包含有哪些作品這一點應對照初出雜誌等加以確認。還有林亨泰本人對自作詩不段地加以修改也是產生混亂的原因之一。

試。很有可能這首詩最初的起語是用臺灣語進行的。看起來這首詩以描繪
村莊的悠閒恬靜爲主題，似乎找不到直接的政治方面的表現。但是恰如呂
興昌所指出的那樣，「《長的咽喉》一集，正如〈日入而息〉所示，可以視
爲林亨泰表現『帝力與我何有哉』的巧妙轉化：縱使世網酷密，天地烏
暗，人間仍有不受侵擾的淨土，於是──」[13]，其作品本身在這一時代就具
有其政治性。

《鄉土組曲》的世界與〈風景〉的世界有著密切的聯繫，而「現代
派」時期也和「臺灣新文學運動」保持著持續性。當然「現代派」時期處
於「白色恐怖」時代，處於這種時代，就連標榜「鄉土文學」都是一件危
險事。所以就「鄉土性」的表現方式，必須是以一種隱蔽的形式出現。另
一方面，做爲詩獨自的文學課題，要求必須將「新詩」移至到「現代詩」
上來。「現代詩」這一詞彙，包含著一種與「新詩」性質不同的、反映著
臺灣獨自文學狀況的含義。這兩面支撐著「風景」的世界。

在白色恐怖的狀況之下，已不能直接表現鄉土性。可以說在白色恐怖
盛行的時代裡，以隱蔽形式出現的鄉土文學就是現代詩運動前期的林亨泰
的詩。這一點，就連被視作「符號詩」的作品也是同樣。

　　笑了
　　　齒　　　齒
　　　齒　　　齒
　　　齒　　　齒
　　　齒　　　齒
　　哭了
　　　窗　　　窗
　　　窗　　　窗

---

[13] 〈走向自主性的世代──林亨泰詩路歷程簡述〉。

窗　　窗

窗　　窗

——〈房屋〉

　　如果用上述之觀點反覆讀解，〈房屋〉宛如一幅都市化以前的臺灣中部地帶低矮房屋連片的街景畫的再現。這種說法也未必是離奇之談吧。紀弦在同時期的〈談林亨泰的詩〉[14]評論文中，就〈房屋〉的讀法提供了如下的參考。

　　我們為什麼不可以把八個「齒」和八個「窗」的排列看作二層樓的房屋呢？八個「齒」字的排列，可說是關上了百葉窗時的房屋，八個「窗」字的排列，可說是打開了百葉窗的房屋，至於「窗」所象徵的「哭了」，豈不是除了它們本來的意味之外，還可以看作房屋的煙窗嗎？總之，做為一首符號詩的〈房屋〉就是房屋，用眼睛去理解吧。

　　紀弦的這種讀法說的是〈房屋〉這首詩大膽地導入了視覺性，其視覺性與五四新詩時期聞一多為代表的新月社的「方塊詩」那樣的視覺性不同，它謀求的是中文詩方面的革新。但通過這種視覺性展現在我們眼前的不就是一幅都市化以前的臺灣風情的街景詩嗎？對〈齒〉這一文字的用法來說，懂日本語的人眼前都能浮現出一個充滿著「ハハハハハハハハハ……」笑聲的回聲世界。這也是在〈新詩〉的範疇之內無論如何也難以做到的表現方法。

　　再進一步說，〈房屋〉基於《長的咽喉》中的〈跫音〉。〈跫音〉表現的也是從「窗」看的「房屋」之風景的。

---

[14]《現代詩》第 14 期（1956 年 4 月）。

在屋頂上，

夜雨晴了。

但，

瓦上的，

白光。

白，

光⋯⋯

跫音。

白。

光⋯⋯

小貓？

白，

光⋯⋯

跫音──

踏著屋頂，

回來了。

──〈跫音〉

同時，如同〈炎日〉（初出不明、1956 年）將亞熱帶的臺灣讓人透不過氣的酷熱和午後快快打盹兒的情形寫入詩中一樣，〈鷺〉也以聲情並茂的手法將臺灣的田園風景深深地鑲嵌到讀者的腦海中且久久不能離去。

三、林亨泰的「現代派」運動的理念與「臺灣新文學運動」

可稱得上「現代派」運動宣言的是紀弦的、由六條項目構成的〈現代派的信條〉。其中紀弦與林亨泰的思考方式明顯不同之處是「橫的移植」還是「縱的繼承」之爭論。林亨泰批評了紀弦的「橫的移植」之說，堅持

主張臺灣的「現代派」要實現的是詩的傳統「縱的移植」。林亨泰堅持的「縱的移植」的「傳統」中，包括日本統治時期的日文詩的「傳統」，還包含《橋》的時期和第一次鄉土文學時代的中文詩。何況林亨泰反覆強調銀鈴會與現代詩運動的關聯性。這一點也可反映出「現代派」時期的林亨泰具有的「臺灣新文學運動」的理念。

　　1965 年 1 月，現代詩社發動了現代派運動，像這樣以集團的詩運動，在臺灣史上，並沒有先例。僅就第二次世界大戰結束後的這一段時間來講，自 1948 年 5 月～1949 年 4 月大約一年時間中，銀鈴會的一群詩人，會以同仁雜誌《潮流》做爲主要發表機關，又以《新生報》副刊「橋」、《習作》及《力行報》副刊等做爲輔助發表機關，甚至還支援了「麥浪歌詠隊」。到各地去巡迴公演，他們都抱有共同的理想與目的意識，充滿革新精神，並想藉以集體行動來達成詩運動的目標。所以現代派運動的興起，算來應該是戰後這一類詩運動的第二次。[15]

　　這是 1988 年時的闡述。或也許在此之後又做過整理。但可以說它是林亨泰自身體現出來的臺灣新文學運動與現代派運動持續的旁證。銀鈴會時期的林亨泰同時進行了日文詩與中文詩的創作。並且有了日文詩集《靈魂の產聲》、中文詩集《長的咽喉》兩本詩集。其中彙成《鄉土組曲》的作品群中，收入了銀鈴會時期的中文詩，或也許把它稱作臺灣語詩更確切些。據林亨泰講，《長的咽喉》、特別是《鄉土組曲》的作品群，是用臺灣語構思形成的。以臺灣語構思，則可使日文詩同中文詩共存一體。與其他日本語世代的詩人們相比，林亨泰則在較早時期就進行了將詩的言語創作轉入到中文詩的創作上來這種嘗試了，並證明是可行的。在展示林亨泰與臺灣語之間的關係方面，林亨泰曾做過如下的說明。

　　我一生感到最痛快的一件事，就是在剛光復的當初，自告奮勇地到日本

---

[15]〈新詩的再革命〉，《笠》第 146～147 期（1988 年 8 月～10 月）。

人小學校去擔任臺語教師的這件事。當時針對那些通常以征服者姿態出現的驕傲的日本子女，我所要教授的正是他們前一直所想消滅的臺語，這件帶有「報復心理」。[16]

　　還可以說，給予林亨泰理念更大影響的是他就讀於臺灣師範學院時期與「臺語戲劇社」的關係吧。林亨泰當時並非戲劇社的主要演員，但他是以臺灣戲劇社的基金發行的《龍安文藝》的同仁之一[17]，僅管刊物只發行了一期就夭折了。兩者在關於臺灣語的理念方面有著密切的共同性。其實《龍安文藝》本身就是一個以臺灣語進行文學活動的實驗場所。蔡德本氏的回想中有如下一段記述，這也可說是臺灣戲劇社全體成員的共識吧。

　　該社是當時師大最大的課外活動社團，除了演戲以外，也曾召開「臺語話表現法座談會」，討論用羅馬字或漢字，混合式來表現臺語文學化的問題。當時還邀請到住在臺中的楊逵先生參與。[18]

　　林亨泰最初的中文詩集的名稱叫做《鄉土組曲》，表明了他《新生報・橋》時期的文學理念之一是「鄉土文學」，它反映在林亨泰的創作

[16]〈跨越語言的一代詩人們〉，《笠》第 127 期（1985 年 6 月）。
[17]《新生報》「橋」時期，除去《潮流》外，林亨泰發表的作品如下。若此外還有，請多賜教。
　・中文詩：
「橋」第 150 期（民國 37 年 8 月 9 日）〈靈魂的秋天〉。
「橋」第 163 期（民國 37 年 9 月 13 日）〈鳳凰木〉。
「橋」第 171 期（民國 37 年 10 月 7 日）〈新路〉。
《臺灣力行報》特集（民國 38 年 2 月 7 日　未見）。
《臺灣力行報》第 271 期（民國 38 年 2 月 9 日　未見）〈新女教員〉。
「橋」第 215 期（民國 38 年 2 月 21 日）〈歸來〉。
《學生世界》「學生新生報副刊」（民國 38 年 3 月 4 日　未見）〈女郎與淚珠〉。
・日文詩的翻譯：
「橋」第 103 期（民國 37 年 4 月 14 日）〈麗梅〉、〈我〉（林曙光譯、全集未收錄？）。
「橋」第 108 期（民國 37 年 4 月 30 日）〈按摩者〉（林曙光譯，全集收錄）。
《龍安文藝》第 1 期（民國 38 年 5 月）〈尼姑〉（蕭金堆譯，與全集收錄的內容不同）
《龍安文藝》第 1 期（民國 38 年 5 月）〈書籍〉（蕭金堆譯，與全集收錄的內容不同）
[18]李漢偉，〈蔡德本訪談錄〉，《臺灣時報・臺語副刊》，1996 年 21 日。

中。而且還表明了他在《橋》時期就把鄉土性自然地做爲尋根的問題進行了探索的。

　　文學史上，所以側重林亨泰詩的現代主義的研究而忽視了其鄉土性的研究的原因之一，可能主要是受了如前引述的紀弦的〈談林亨泰的詩〉之評論的影響。《現代詩》第 14 期（1956 年 4 月）發表的紀弦的這篇評論，是紀弦做爲贊辭寫給林亨泰的，同時也是對現代派詩人林亨泰的很好評論。但是紀弦的評價始終是圍繞中文詩方面的林亨泰作品的革新性進行的，幾乎未涉及作品做爲整體所表現的世界的內容。〈長的咽喉〉及〈晚秋〉的分析就是其代表之例。

　　　　雞，
　　　　縮著一腳在思索著。

　　　　而又紅透了雞冠。

　　　　所以，
　　　　秋已深了……

　　（省略）。這詩，十分的簡潔，十分的精鍊，還帶幾分抒情味，是一幀畫，也是一支樂曲。但那「紅透了」的「雞冠」，究竟是雄雞的冠呢？還是指的雞冠花而言？這卻可以不必多問了。就算是雞冠花吧，在深秋，它的葉子無力地披垂著，不也很像是「縮著一腳在思索著」的「雞」嗎？

　　可是如果將紀弦的這一評論繼續展開下去，如前所述，一幅臺灣的田園風景畫就栩栩如生地浮現在眼前。作品表現的正是其臺灣文學的鄉土性自身而不是其他什麼。紀弦做爲分析的對象引用的作品，就是《靈魂の產聲》中所收的日文詩〈哲學者〉的中文版的。綜上所述，可以斷定：林亨

泰的「現代派」運動以《鄉土組曲》做爲媒介，連續到《新生報》「橋」的
時代，這期間林亨泰自身進行了創作鄉土文學這一新穎的嘗試。

> 日光失調の日
>
> 雞は片足あげて思索
>
> 一九四七年十月二十日、秋の日
>
> なぜ片足が日光失調に影響されたかを
>
> 葉のすっり落さ尽くした樹の下。

——〈哲學者〉[19]

——選自《「福爾摩沙詩哲──林亨泰文學會議」論文集》

彰化：彰化縣文化局，2002 年 1 月

---

[19] 以下是中文詩的〈哲學家〉，《林亨泰全集一》（彰化：彰化縣立文化中心，1998 年）。
　陽光失調的日子
　雞縮起一隻腳思索
　1947 年 10 月 20 日，秋天
　爲什麼失調的陽光會影響那隻腳
　在葉子完全落盡的樹下！

感覺靈光的詩美投影
評析林亨泰詩作藝術

◎郭楓[*]

一、現代詩的拓荒先鋒

　　臺灣當代新詩，自 1945 年迄今半個多世紀，以西方現代詩爲尙的詩風，一直籠罩著詩壇，左右臺灣詩運的發展。1950、1960 年代詩壇固然是現代詩各流派並秀的天下。1970、1980 年代的新詩論戰及國內外形勢急劇的變化，新詩社林立，新詩人輩出，呈現一片榮景，而這片嶄新氣象，在潮起潮落中，忽焉生滅，最後還是讓元老的一、二家西化詩社予以統合。甚至到世紀之末，經過民主程序「政權轉移」之後，西化的現代詩流派依然是領導風騷的詩壇主流，其根深柢固難以搖撼的影響力，著實令人戒懼而又敬畏！在這漫長的新詩發展過程中，以「笠」詩社爲核心的本土詩人群，雖然也隨時代之演進而日漸壯大，蔚然成爲一個關懷土地和人民的詩族，可是若要和西化現代詩流派分庭抗禮，還得努力一段相當的時日。

　　西化的現代詩流派，在 1950 年代由紀弦所創辦的《現代詩》季刊肇始，紀弦曾自豪地描述自己：「你是開一代新紀元的中國詩的大功臣，你是文學史上永不沉落的一顆全新的太陽。」[1]事實是，「現代詩」在中國詩史上，早在 1920 年代便已由李金髮等引入，不僅對法國現代詩各流派作品大量譯介，而且創辦不少宣揚現代詩的刊物如《一般》、《創造月刊》、《現代》……等，並出版很多專門性的論著。「現代詩」在臺灣詩史上，

《新地文學》季刊社社長兼總編輯。
[1]紀弦，〈自祭文〉，收於其散文集《園丁之歌》（1967 年）。

也早在 1930 年代由「風車詩社」水蔭萍等前輩詩人引入，其後「銀鈴會」
張彥勳、朱實等前輩詩人的創作中，也有不少現代手法的作品。是則，紀
弦自謂其「開一代新紀元的中國詩」，只是虛誇的自欺欺人之談而已。不
過，在 1950 年代初期，國民黨當局，既禁絕了中國大陸一切新文學的輸入
和閱讀，又禁絕了日文的使用和流通，當時的臺灣詩壇，不僅是一片荒
蕪，根本是一片空白。紀弦在這個空白當口，倡導「現代詩」，真正抓住
了絕佳時機。但，他對西方現代詩的造詣，無能從法文原著獲取資源，也
無能從日文譯介得到挹注[2]，正是別人譏弄的「二房東批評家」[3]，他的現代
詩理論基礎是薄弱的。針對這薄弱的一環，林亨泰由日文譯介的法國現代
詩流派論述中，擷取其大要，寫作出一系列論文，爲紀弦的《現代詩》助
陣。如〈關於現代派〉（《現代詩》第 17 期）、〈符號論〉（《現代詩》第
18 期）、〈中國詩的傳統〉（《現代詩》第 20 期）、〈談主知與抒情〉
（《現代詩》第 21 期）、〈鹹味的詩〉（《現代詩》第 21 期）等。此後，林
亨泰在《現代詩》、《笠》、《創世紀》、《中外文學》、《中華文
藝》、《藍星》、《詩人季刊》、《聯副》、《時報副刊》……等諸報
刊，發表許多推介現代詩的論文。這些論文，前後一貫地支持現代詩在臺
灣詩壇推廣和發展，其論調的基本精神與一些現代詩大師們同步甚至有所
超越，因而深獲紀弦、余光中、洛夫等詩人的青睞，引爲知音，倍加讚
賞。試看他們所主編的各種詩選，林亨泰的作品均占有主要位置。尤其
「創世紀詩社」所編該社歷史性三本代表作詩論集：《中國現代詩論選》
（1969 年，大業書店）、《創世紀詩論專號》（1974 年，創世紀詩社）、
《創世紀四十年評論選》（1994 年，爾雅出版社），林亨泰的論文均排在
首要地位。的確，林亨泰在臺灣當代新詩史上，對現代詩運動建立了不可

---

[2]紀弦雖曾經留學日本，其實在日本只停留不足三個月。1936 年 4 月到東京，會見了時在東京中央
　大學留學的覃子豪，未及入學，於 6 月即因病返回中國。故其日文之造詣不深，而法文之根柢本
　即甚淺。
[3]余光中有〈二房東的評論家〉一文，譏諷不懂外文而議論西方文學的評論家。此文收入其散文集
　《望鄉的牧神》（臺北：純文學出版社，1974 年 11 月），頁 88。

磨滅的功績，稱之為現代詩開國的元勛之一，應該也當之無愧。

　　臺灣當代的現代詩，自紀弦的《現代詩》開端，到瘂弦、洛夫、張默的《創世紀》集其大成[4]。在 1950、1960 年代，臺灣詩壇是現代詩年代，特別是 1960 年代可謂現代詩的黃金時代。這個時期，《創世紀》已匯集了現代詩各流派的俊傑，造成領袖群倫的形勢。詩人兼評論家蕭蕭指出：「11 期至 29 期的《創世紀》走了十個年頭（1959 年 4 月～1969 年 1 月），這個時期的《創世紀》才是英雄造時勢」[5]。在創造「創世紀時勢」的英雄譜中，林亨泰無疑地也是開疆拓土的一位。他不僅在《創世紀》寫作〈概念的界限〉、〈紙牌的下落〉……等現代詩論文；而且他廣被討論的代表作〈風景 NO.1〉、〈風景 NO.2〉均發表於此（刊《創世紀》第 12 期，1959 年 10 月）。尤其他在 1960 年代唯一的力作〈非情之歌〉（組詩，50 節，另序），也在《創世紀》一次刊出（第 19 期，1964 年 1 月）。如此林亨泰與「創世紀」詩社諸君子惺惺相惜，已不言可喻。

　　1950、1960 年代是現代詩風行臺灣詩壇的時代，也是林亨泰詩生活中從《現代詩》到《創世紀》俱受尊崇的最輝煌的時代。根據臺灣文學研究家呂興昌教授爬羅輯纂的《林亨泰全集》[6]所示：林亨泰創作的「量」，不能算是很豐富，在 1950 年代有詩 71 首，1960 年代有組詩一首（含詩 50 節另序），1970 年代～1990 年代共有詩 55 首（含組詩〈爪痕集〉八節），如果把組詩每節做為一首，則 1950～至 1990 年代（1997 年 8 月 15 日止）共計得詩 177 首。（此外，他在 1940 年代，以日文寫作 53 首，中文寫作五首，收在《全集》第一冊，未計入）。考察這些詩篇，可知林亨泰創作的頂峰，便是 1950、1960 年代。再看他的「文學論述卷」，代表他

[4]洛夫稱「不論精神上或實際創作上，真正繼「現代派」以推廣中國現代詩運動的是創世紀詩社。」見其〈中國現代詩的成長〉一文，收於《洛夫詩論選集》（臺南：金川出版社，1978 年 8 月），頁 37。
[5]見蕭蕭，〈「創世紀」風格與理論之演變〉，《創世紀》第 100 期（40 周年紀念專號）（1994 年 9 月 10 日），頁 41。
[6]《林亨泰全集》係成功大學臺灣文學研究所呂興昌教授，以兩年時間，窮搜林亨泰之全部作品，分門別類，編年考訂，共輯為十冊。（彰化：彰化縣立文化中心，1998 年 9 月）。

現代詩觀的論文收在「論述卷四」，也多是 1950、1960 年代所作。那末，說 1950、1960 年代是林亨泰詩生活的輝煌時代，是實事求是的說法，他的主要作品均於此一時代，他的詩壇盛名也獲自此一時代。

二、感覺與知性的距離

　　林亨泰是西方現代派詩學的信仰者，他信仰的虔誠及對現代詩運動所作的具體工作，都是無庸置疑的。是故林亨泰的創作，是扎根在現代詩的美學土壤上，從精神到形式的呈現，正如紀弦所頌揚的，是一種「移植之花」。

　　西方現代派詩學，「自波特萊爾以降」卻也是流派龐雜，各有其說。其實詩學的理論儘管標新立異，變化萬千，仍不外乎內涵的精神與外爍的形式之繽紛界說，如是而已。臺灣現代詩家對現代詩的銓解，首先是紀弦於 1956 年成立「現代派」時提出〈現代派六大信條〉中的「3.新的內容之表現；新的形式之創造；新的工具之發現；新的手法之發明。4.知性之強調。5.追求詩的純粹性。」這三條涉及到現代詩的內容與形式取向固然清楚，猶不如張默所提出「世界性，超現實性，獨創性，純粹性」[7]的「四性說」之扼要簡明。這四性中的每一性，都涵蓋著現代詩的內容和形式問題。確實掌握了西方現代派詩學的基本特質。不過，理論容易提出，實踐卻難到位。狂放如紀弦，他的全部作品中可稱爲現代詩的爲數不多，他極端反對抒情力主知性，然而，他的詩中往往傾瀉著自己的情懷。如〈脫襪吟〉：「何其臭的襪子，／何其臭的腳，／這是流浪人的襪子／流浪人的腳。沒有家／也沒有親人，／家呀，親人呀，／何其生疏的東西呀！」他在《檳榔樹甲集》和《檳榔樹乙集》中所收的詩，類此者甚多，既無新的內容，也無新的內容，也無新的手法，能合乎「知性」與「純粹性」的詩，寥寥可數。「創世紀」諸人，在現代詩的創作成績方面，卻頗有可

---

[7]見張默編《創世紀四十年總目》（臺北：爾雅出版社，1994 年 9 月），頁 25。

觀：瘂弦的〈深淵〉，具獨創性的語言，超現實性的意象，接近了純詩的境域。洛夫的〈石室之死亡〉，意象繁複無序，字句奇巧失統，拉大了「純粹性」的距離。張默的詩，則介於現實與超現實之間，於詩的獨創性則頗有表現。如他的〈無調之歌〉、〈豹〉、〈飲那絡蒼髮〉等等，都在具象與抽象的組合中，構成一個圓融的詩境。和以上兩家詩刊創辦者相較，林亨泰 1940、1950 年代的現代詩，似乎更能進一步地實踐兩家詩社高懸的目標，表現出濃厚的西方現代派詩風。這或許因為林亨泰從日譯本接觸的西方現代詩較多，所受的薰染較深之故。

　　林亨泰是一個神經纖細感覺敏銳的詩人，一般平常事物，經過他敏銳的感覺，靈光一閃，在他的詩篇裡便留下美麗的投影。

　　試讀林亨泰的〈小溪〉：

寂靜的日子
水清澄
河底砂上
水靜止

　　魚
　　　和
　　魚
寂靜的日子
風透明
河畔堤上
風凝固

　　草
　　　和
　　草

　　這首詩，彷彿唐人絕句。詩中，沒有人物、時間、動作和一切多餘的描寫，也沒有一個多餘的字詞。在純淨、自如、圓滿中，呈現出一幅村野小溪畔水清風定魚游草密的畫境。我們不禁爲詩人一瞥之際捕捉到畫境的靈光，及以最精鍊的文字表現本領而讚嘆！

　　這首詩，是林亨泰「視覺靈光」的表演。

　　再來讀一首〈蟬聲〉：

　　是什麼東西
　　被夾上了？
　　枝頭上有哭聲

　　是什麼東西
　　被粘上了
　　樹葉裡有哭聲

　　這首詩，是由聽覺而來的靈光閃耀。詩寫蟬而未提一蟬字，唯哭聲在枝頭上，哭聲在樹葉裡，蟬之形象自現。蟬，這愛歌唱的精靈，臨風高歌，瀟灑何似？卻因「被夾」「被粘」而哭號，言外之意，頗耐尋味。讀此詩時，我想到唐人兩首詠蟬的名作：一首是初唐駱賓王〈在獄詠蟬〉有「露重飛難進，風高響易沉」句；另一首是晚唐李義山〈蟬〉有「五更疏欲斷，一樹碧無情」句。這些千古名句，歷代歌吟不絕者，皆在其感人至深的言外之意。

　　這首詩，是林亨泰「聽覺靈光」的表演。

　　再來讀一首〈標本〉：

　　從玻璃外邊緊抓著的，我的類似律，
　　如果沒有手指頭的話，瓶一定會落下來的。

而且，雲正飄得如此幽玄的日子裡，

怎麼叫我不懷有極烈的生物學哀感？

癢極了！我的掌。

痛極了！我的心。

　　這首詩，是由觸覺而得的靈光掃描。手握著一個裝有蜈蚣標本的玻璃瓶，這隻死的昆蟲顯示了人的歸宿。於是，一種冰冷的震顫從手感傳布開來，若非抓緊了，瓶會掉落。而雲飄得如此幽玄，人生又何其悲哀！手握標本瓶，由掌心之癢，傳感到內心之痛。

　　這首詩，是林亨泰「觸覺靈光」的表演。

　　林亨泰的詩，或由視覺、或由聽覺、或由觸覺、或由其他感覺，對外界事物產生了一閃而過的靈光；詩人抓住這瞬間的感覺，錄下在心靈中的投影，於焉詩作乃成。這種由一時感觸而得的素材，適合於也僅可以用短詩的形式表現出來。所以林亨泰在 1950、1960 年代的作品，絕大部分皆為十行以內的短詩。最短的〈黃昏〉只有「蚊子們　在香蕉林中　騷擾著」這麼一行。超過 15 行的詩，只有〈跫音〉、〈鷺〉、〈遺傳〉、〈輪子〉等四首。這些稍長一些的詩，便有贅字贅句出現。如〈跫音〉：「在屋頂上，／夜雨晴了。／但，／瓦上的，／白光。／白，／光……／跫音。／白。　　光……／小貓？／白，／光……／跫音！／踏著屋頂，／回來了。」這首詩如果照詩的排版方式平列抄出，共有 17 行。題為「跫音」，應是憑聽覺而得的感受。但「白光。／白，／光……」之類，不知詩人如何聽到的？

　　林亨泰的詩，寫得很「冷」。他的筆，冷冷地把事物影象的感覺掃描，以點、以線、以暈染的技法，呈現出來；而不加以情緒的渲洩或思維的申述。像〈純潔的夜〉有「為月光而流涕」；〈村戲〉有「而笑聲最溫柔地爆發了」，是他在全部（指 1950、1960 年代）的作品中，僅有的兩個

「動情」句子。因此，有些論者指稱林亨泰的詩體現了「知性」的典範。

　　知性，是西方現代詩主要流派的詩風特徵之一。做為對西方機械文明反動表示的現代詩，不僅在詩學領域掀起革命性的改變，而且在歷史領域張揚著社會性的抗議。西方的現代詩，自現實中產生，反映現實中「人生的」失落進而批判現實中「倫理的」虛幻。從此一角度切入，可以考察到西方現代詩有其積極的進步的一面。由「反映現實」到「批判現實」，現代詩形之於美學的特色，不妨以由「冷」到「酷」這兩個層次概括之。「冷」是詩的外爍形式，「酷」是詩的內涵精神。「冷」是表現的手法，「酷」是批判的本質。對現實社會和人生意義予以深刻的批判是「酷」，對事物情境和意象特性予以客觀的表現是「冷」。「酷」是第一義的，「冷」則從屬於「酷」，二者密合，建構出現代詩的「知性」奧境。

　　臺灣當代各流派的現代詩家，雖多倡言詩的知性，奈何由於政治的、社會的諸多制約，真能正視歷史真相，關懷社會休咎，勇於批判現實者，可謂難覓其人；故而，臺灣現代詩所謂「知性之強調」，其強調者最多只在「冷」的層面作不同深度的實驗，求其在「酷」的層面作歷史哲思的批判者，可謂難覓其詩。

　　林亨泰的詩，在「冷」的層面實踐中，有其一定的成績，所表現的造詣已走在現代詩人群的前列。可是，他的詩，缺少知性的歷史認知和哲理深度，乃是由感覺出發，憑靈光閃爍，投擲於作品的事物表面造影。儘管也創造出一些美好篇章，要達到知性的高度，仍有其一定的局限性。

三、新詩形的實驗建構

　　林亨泰的詩，在技巧上，創造了獨特的形式。

　　這種獨特形式，在語言運作上是疊字疊句的使用，在章節結構上是對稱平衡的排列；二者交互為用，彼此補充，建造出一種既整齊而又有變化的詩形。類此的詩形，已是林亨泰詩作的特有模式。

　　我們先來欣賞一首〈農舍〉：

> 門
> 被打開著的
> 　正廳
> 　神明
> 　被打開著的
> 門

　　這首詩是對一家農舍於一瞥之間印象的速寫。詩的義涵，也在一瞥之間顯露無遺，沒有什麼可以賞析的東西。若要賞析，就在於詩的形式。這首詩總共使用到十個字，十個字，分成六短句，一、二句和五、六句複疊，但前後倒置，形成左右對稱中間低凹的圖樣。在視覺上，產生「門」的形狀以及「打開」了的景象。就詩的整體「造型」來看，是經過一番匠心獨運的。這種對於詩形的經營，林亨泰相當地投注心力，上一節所舉的〈小溪〉，於 1962 年 8 月，發表《野火詩刊》第 3 期時，本來分成二節，第一節四行，第七節七行，排列的句式雖然也很規律，卻不像現在這般「前後節，逐字對稱；左右間，完全平衡」的整齊形式。明顯地，詩人對於構造詩的「整齊形式」，興趣濃厚，歷久不滅。在 1950、1960 年代共122 首詩中，如此「造型」整齊對稱的詩有 70 首，占全部數量的百分之57。這些是字比句對，形式嚴整的作品。其他的 52 首（其中包括「圖象詩」十首），其形式也頗為整齊，只是不到「一絲不苟」的程度而已。

　　我們再來欣賞，廣為大家推重的兩首名作：

> 農作物　的
> 旁邊　還有
> 農作物　的
> 旁邊　還有
> 農作物　的

　　　　旁邊　　還有

　　陽光陽光曬長了耳朵
　　陽光陽光曬長了脖子

　　　　　　　　　　　　　　　　　——〈風景 No. 1〉

　　防風林　　的
　　外邊　　還有
　　防風林　　的
　　外邊　　還有
　　防風林　　的
　　外邊　　還有
　　然而海　　以及波的羅列
　　然而海　　以及波的羅列

　　　　　　　　　　　　　　　　　——〈風景 No. 2〉

　　這兩首詩，可以稱為「孿生詩」。兩首詩的「造型」，一字不差，宛如同體，這需要有創造的功力。我們可以想像到，詩人在創造這兩首詩時，對於如何運用切割手法，把句中的字詞予「斷」、「連」、「合」，而後組成畫面的規律和秩序，其詩形具有立體趣味和繪畫之美；一定於排列組合文字間，凝神構思，大費周章。這兩首詩，一經刊出，的確得到現代詩各流派的關注，在一片讚揚的聲浪中，也傳出批評的雜音，一般評論者認為這兩首詩是一種「準圖象詩」的遊戲，雖然從第一節詩形中，讓人產生「農作物」和「防風林」綿延無盡的聯想，而這種聯想，除繪畫性之外，尚有朗讀時的音樂節奏感，論及哲理思維並無任何意義。就詩的本質說，它們已游離於文學的「志」與「情」之外，是一種形式主義的極致。對於類此的指摘，詩人有所駁斥：

　　〈風景〉兩篇作品從根本上揚棄了「修辭學」的運用，而走向「結構性」、「方法論」上的策略，也就是說，放棄一味追求「字義」營造的淋漓盡致，而將對於「字義」的依賴降至最低，讓每一個字成為一個「存在」。針對於此，若評論者不經過「認識論」的顛覆，而退回到「修辭學」上的策略時，原本是一個「立體的存在」，便只能淪落為「平面圖案」了。[8]

　　林亨泰這一段引用「修辭學」、「方法論」、「認識論」等來駁斥評論者的「策略」，讓人一時間不易清楚其立意所在。不過，明顯的是，他主張顛覆字義，從詩的形式結構上，把詩建造成「立體的存在」，這意圖，十分確定。應該說，林亨泰的主張，庸有可議的空間，而他「實驗」「嘗試」的精神，即便是「形式主義」也罷，仍不失為一種「創造」。可是，同為「跨越語言的一代」詩人陳千武卻指出林亨泰的一些作品「是採取日本現代詩發祥期實踐的短詩風格而創作；意象的捕捉，表現的形式，都很相似。」陳千武特別舉出「山村暮鳥」於 1915 年出版的詩集《聖三稜玻璃》裡的一首〈風景〉詩，和林亨泰的〈風景〉詩做為比較，指出二者情景的相近。更進一步，陳千武指出林亨泰的詩：

　　至於《爪痕集》的第二輯，似乎專為紀弦主宰的《現代詩》刊而創作的作品群，打破既成詩的形式，與平戶廉吉等人嘗試過的風格並無兩樣。例如平戶的未來派作品〈願具〉的一節，可以看出與林亨泰〈車禍〉一詩的類似性。[9]

　　早於林亨泰兩年出生的陳千武（1992～）與林亨泰均熟諳日文，陳氏

---

[8] 林亨泰，〈現代派運動的實質及影響〉原刊於《新詩論文集》（南投：南投縣立文化中心，1991 年 6 月）。現收於《林亨泰全集——文學論述卷二》（彰化：彰化縣立文化中心，1998 年 9 月），頁 127。

[9] 見陳千武《臺灣新詩論集》中〈林亨泰與風景〉文，在此文中，陳千武抄出日本詩人山村暮鳥的〈風景〉日文原作，和林亨泰的〈風景〉中文作品，作出對照。見該書頁 276～280（高雄：春暉出版社，1997 年 4 月）。

所指，可能確有所據。也可能是林亨泰於創作之際適與日本前輩詩人之作品「巧合」。是耶？非耶？將來的詩史，自有評斷。

　　無待歷史評斷，當下即可確認的是，林亨泰在詩形上的經營遠超過在詩質上的謀求。本來就注重創造獨特形式的林亨泰，到 1950 年代中期，寫出〈輪子〉、〈房屋〉等詩，已進一步把詩形推到「圖像詩」的極端地步。至此，他猶未止步，從《現代詩》第 14 期～18 期，他發表了〈第 20 圖〉、〈ROMANCE〉、〈騷音〉、〈炎日〉等一系列「符號詩」，在這些「詩」裡，他用曲線、箭頭、星號、黑點……種種符號來取代文字。如此前衛，如此先鋒，在當代臺灣各流派現代詩人族群中，無人能出其右。林亨泰在「現代」的路上，走得實在太遠了。

　　到 1960 年代，林亨泰寫了一首組詩〈非情之歌〉。此詩共有 50 節，圍繞著「黑」「白」兩個核心，作辯證式的演繹。後來，他把每一節編上號碼，題為〈作品第一〉、〈作品第二〉……〈作品第五十〉，前加〈序詩〉，共得詩 51 首。這一組詩的形式主義傾向較之兩首〈風景〉更強，而內容之空泛、玄虛、重複，讀之，錯愕莫名。當代詩論家簡政珍教授，舉其〈作品第十四〉為例，並加批評：

　　　晴　　試驗著

　　　爆炸
　　　白的　　爆炸
　　　爆炸
　　　白的　　爆炸
　　　爆炸
　　　白的　　爆炸

　　　陰　　　試驗著

爆炸

黑的　爆炸

爆炸

黑的　爆炸

爆炸

黑的　爆炸

　　整首詩在「爆炸」、「黑」、「白」一些刻意重複的字詞中顯現宇宙隱約的秩序，這些文字若是以音樂和表演的即興方式展現，所有重複的聲音可能在聽者和觀者留下一種餘音迴盪的新鮮感，但是在書寫空間上，讀者看到的是一再反覆的文字，雖然本詩所要強調的可能是一再重複的景象。[10]

　　讀此一首，已感重複，如果 50 首合讀，恐怕需要相當耐性和魄力。林亨泰創作之際，所需要的耐性和魄力，一定倍加於讀者，其對現代的執著精神，於此可見。

　　從林亨泰作品，我們肯定他是一位敢於實驗、敢於創造詩形的詩人。試一考查他在 20 年時間的實驗創造成績：「符號詩」已是明日黃花；「圖象詩」則仍爭議紛紜；至於他對稱嚴整的「新詩型」，偶一為之，頗有新鮮趣味，若長期而普遍地推廣開來，恐怕會成為一種新的「格律詩」，這和現代詩各派一致反對「新月派」詩人的「豆腐乾子體」，恐怕也相去不遠。

四、夕陽下光影的閃爍

　　林亨泰的詩生命中，絕大部分心血都耗用在西方現代詩的推廣、實驗、創造上。他的前衛姿態，獲得了「新顫慄的製造者」[11]封號，他在現代

---

[10]簡政珍，〈當代詩的當代省思〉，《創世紀》第 100 期（40 周年紀念專號），頁 27。
[11]見張默等主編《六十年代詩選》對林亨泰之〈作者介紹〉（高雄：大業書店，1961 年）。

詩發展上的作用，被稱爲現代詩「林亨泰的根球」[12]，由此可見他在
1950、1960 年代詩壇的鋒芒。雖然，林亨泰的現代詩理論，僅作用於現代
詩創始階段；林亨泰的現代詩作品，僅停留於西方詩學的某一層次，都是
初級的格局；可是，在精神上一些方面，卻與西方現代派相當吻合。那就
是，作品內容的去社會化。

　　林亨泰詩作之去社會化，消解時代意識，泯除鄉土情感，使其在精神
上成爲一個游離於臺灣現實之外的「國際性」詩人。此種精神和意識，非
特表現在對《現代詩》和《創世紀》的熱情，竟也表現在《笠》，創刊後他
擔任主編期間的作風傾向及其後發表在刊物上的多篇論文意旨。儘管林亨
泰以散淡的形貌游離於臺灣現實之外，而臺灣現實的發展卻密切地關係著
每一個臺灣人，關係著臺灣每一種事業——當然也關係著臺灣的文學和
詩。1970 年代來了！「唐文標事件」[13]發動對現代詩的批判；島內外的政
經變化掀起社會大眾民族主義的熱潮；新生代詩人崛起要求走向寫實的詩
風……一時之間，各種反撥現代詩的聲浪，洶湧而來，匯成潮流。潮流，
是不可抗拒的。許多現代詩的大師紛紛修正創作的風格，連素以語言奇詭
著稱的洛夫，也欣然從眾而「不作明朗的或晦澀的無謂爭執與強調」[14]，以
實際暢順的語言來顯示其順乎潮流的變革。處於這樣現實中的林亨泰，從
此也放棄其 20 年經營的詩風，改走寫實主義的道路。

　　從 1970 年代開始到 1990 年代後期，林亨泰寫了 55 首寫實主義的詩。
在這些詩裡，除了〈爪痕集〉的八首仍保留他對稱嚴整的「新詩型」外，
其他作品再也看不到他「現代詩」的影子。詩的形式已從格律中解放而自

---

[12]此語爲桓夫在〈臺灣現代詩的演變〉（原載《自立副刊》，1980 年 9 月 2 日）中所提出。孟樊於其
　　所著《當代臺灣新詩理論》（臺北：揚智文化公司，1998 年 5 月）中引用頁 103。但，桓夫之
　　文，於收入其《臺灣新詩論集》時，將有關此事段落刪去。

[13]新加坡大學的關傑明教授，於 1972 年 9 月在《中國時報‧人間副刊》連續發表〈中國詩的困
　　境〉、〈中國詩的幻境〉兩篇論文，批評臺灣現代詩是「文學殖民地的產物」，不久，臺大教授唐
　　文標，以更激烈的辭鋒，發表〈僵斃的現代詩〉等一系列論文，無情地宣告「現代派的死亡」。
　　這些批評掀起了詩壇激盪的巨浪，被顏元叔指爲《唐文標事件》（刊於《中外文學》第 2 卷第 5
　　期）

[14]洛夫，〈現代詩人的自覺〉，見《洛夫詩論選集》（臺北：開源出版公司，1977 年 1 月），頁 113。

由散列，詩的內容也從個人的孤絕中接近現實。不過，從「現代前衛」向「社會現實」的突然轉變，中間並沒有緩衝、調和的過渡，長期以來，浸淫在現代詩習染中的詩人，倏爾回到平易自然中來，已經不會騰躍飛翔，而有趑趄難進之態。林亨泰的寫實主義詩，語言上明朗了似乎不夠精確，內容上現實了似乎不夠深刻，請看他的這首〈臺灣〉：

> 以綠色畫上陸界的
> 臺灣，啊，美麗島
> 住了六十年後
> 第一次離開妳
> 從雲上俯看，更能證明
> 臺灣，啊，妳是美麗的
>
> 以白浪鑲嵌岸邊的
> 臺灣，啊，美麗島
> 離開了一陣子後
> 又回到了妳身邊
> 從機場走出，竟然發現
> 臺灣，啊，妳是髒亂的

此詩正所謂「一目瞭然，略無餘味」，是現代詩家據以攻擊寫實詩「千人一面」「已經過時」的藉口。如果把這樣「淺白」的寫實詩和那些「深奧」的現代詩相較，「深奧」難懂而「淺白」易知，似乎現代詩家譏刺寫實詩的論調不錯。其實，錯了！若要寫「深奧難懂」的現代詩，易；若要寫「淺白難懂」的寫實詩，難。李白的〈靜夜思〉、李商隱的〈登樂遊原〉，語言淺白而意蘊無限，誰能寫出以平常語言寫非常境界，若非高超詩才和特殊機遇，是極難創造出來的。因而，一般寫實的詩篇，要達一定

的藝術水平，所需的學養和才華甚高，不是泛泛之筆可以企望的。至於玄
奧的現代詩，多的是玄奧在皮而淺俗在骨，真能達至現代神韻者固然也不
易，而寫出有模有樣的現代詩，其實並不難。

林亨泰的寫實詩中，有些精簡的作品，也寫得頗耐咀嚼，例如〈賴皮
狗〉：

樓梯的邏輯
只有
要上，就上去
要下，就下來

樓梯的邏輯
只能
不上，就該下
不下，就該上

可是這隻獸
只想
一直賴在那裡
不上，也不下

精確的析理，深刻的諷刺，就在平凡至極的語句中，隱約閃爍，等待
讀者去品味咀嚼，確是精美佳作。又如〈見者之言〉、〈有生之年〉等
詩，都堪稱好詩。林亨泰一直過的是近乎隱逸的生活，大概對政治的觀察
不深、體會不切，涉及到政治的詩，便往往流於口號。如：〈力量〉、
〈主權的更替〉、〈選舉〉、〈宮廷政治〉等，都不能算是詩。林亨泰也
不擅長篇，長篇敘事詩的結構和氣勢，他掌握不住，以致讓許多「閒雜字
句」混入，導致整體結構的雜亂無章，長詩的氣勢隨之中斷，如：〈上班

族〉、〈黃道吉日〉、〈回扣醜聞〉、〈美國紀行〉等較長的詩,都出現
冗雜的症候。

　　如實地說,林亨泰的煇煌閃耀在 1950、1960 年代。那些年代既已遠
去,難怪現代派族群,如今編輯「詩選」或「詩論」時,也已遺漏了林亨
泰的名字。[15]

　　他們如此其快地就忘記林亨泰對現代詩的貢獻,如此其快地就忘記林
亨泰創造的現代詩風格,當然是不公正的。不過,無論如何林亨泰在臺灣
當代詩史上的位置,誰也無能抹去。

——2001 年 10 月 7 日寫於攬翠樓

——選自《「福爾摩沙詩哲——林亨泰文學會議」論文集》

臺北:真理大學臺灣文學系,2001 年 11 月

---

[15]張錯編詩選《千曲之島》(臺北:爾雅出版社,1986 年 7 月)未選林亨泰。奚密著《現當代詩文
　錄》(臺北:聯合文學出版社,1998 年 11 月出版)未涉及林亨泰。若此的新出版選集,林亨泰
　多已未獲提及。

〈秋〉、〈癩皮狗〉賞析

◎向陽*

作為早期現代主義詩人，林亨泰主張詩是種創造「存在」的新關係的語言藝術。這個詩觀具體表現在他的名作〈秋〉之中。〈秋〉詩只有短短五行，使用縮著一腳在思索著的「雞」，紅透的「雞冠」與「秋已深了」三組意象的並置，表現出詩人對於秋天的新感覺與詮釋。秋天與紅葉、西風，在日常生活中被用慣了，詩人因此使用縮著腳思索的「雞」和紅透的「雞冠」來改變秋天的意象，這是相當大膽的想像，但又具有鮮麗可感的合理關係，這是本詩技巧高超之處。秋的蕭瑟是雞縮著身子思索；秋的豔麗，是紅透的雞冠。到此，詩的意境也就能夠別出心裁，高拔而出。

林亨泰基於現代主義的方法論出發，到「笠詩社」成立之後，開始關注現實社會，〈賴皮狗〉寫於他實踐現實主義風格的後期。這首詩，一樣使用簡潔俐落的語言，一樣極富知性邏輯，詩人以「上」、「下」的關係處理 1980 年代臺灣國會亂象，對於當時的「萬年國會」體制和終身國會代表提出他的批判，題目「賴」皮狗就點出了「要賴」、「賴著不走」的符號意涵，「只想／一直賴在那裡／不上，也不下」，並諷喻這是種違反「樓梯的邏輯」的倒錯，是一首相當諧趣、反諷的佳作。林亨泰後期詩作鎔現代主義技法和寫實主義精神於一爐，於此可證。

——選自向陽編《臺灣現代文選・新詩卷》
臺北：三民書局，2005 年

---

*本名林淇瀁。發表文章時為中興大學臺灣文學研究所副教授，現為臺北教育大學臺灣文化研究所副教授。

想像「現代詩」
以林亨泰 1950 年代的「現代主義」建構爲例

◎林巾力*

> 我們非獲得中文寫作的能力不可，我們來日方長，文學之前的東西——
> 中文——文學我們非精通不可。必須再做一次語言的苦鬥！語言上我們
> 也必須贏得時間性與空間性的勝利，而再獲取另一個表現的世界。
>
> ——〈文藝通訊〉[1]

> 對於「名詞」，甚至附有洋文的所謂「術語」也罷，如果只懂得「字
> 義」而已，這仍然無足以言談詩的。關於詩的討論，如果只是由你拿出
> 一張上面記了什麼「名詞」的牌子打過來，或者只是由我抽出一張上面
> 寫了什麼「名詞」的牌子打過去，如果討論的範圍這樣止於「名詞」（或
> 說「術語」）的「字義」而已，那麼，我想：異邦的一些大都市如巴黎、
> 倫敦、紐約、東京等地的書局小店員，恐怕比我們強得多了。
>
> ——〈紙牌的下落〉[2]

一、臺灣現代主義的論述難題

在面對臺灣的現代主義文學現象時，我們似乎可以相對比較容易指
出，哪些詩人或作家是屬於現代主義的創作群，但卻很難釐清楚究竟什麼
是現代主義。也正是這樣的緣故，當我們個別深入探討臺灣所謂的現代主

---

*發表文章時爲興國管理學院應用日語系專任講師，現爲臺灣師範大學臺灣語文學系助理教授。

[1]原載於 1949 年春季號的《潮流》，原文以日文寫成。〈文藝通訊〉，《潮流》第 2 年第 1 輯（1949 年 4 月），頁 36。

[2]林亨泰，〈紙牌的下落〉，《創世紀詩刊》第 18 期（1963 年 6 月），頁 2。

義詩人或作家的作品時，對於究竟是什麼特質或元素，足以讓我們來斷言其「現代主義」的身分，則不免令人感覺困惑躊躇。

而造成這種現象的原因，也許正與臺灣現代主義的某些特性有所關聯。首先，早期臺灣的現代主義是以「橫的移植」的姿態進入文學藝術的場域，換句話說，現代主義並不是、也無法在臺灣固有的文學藝術「傳統」中自然生成。其二，現代主義在傳播上乃是帶有著一種集團的性格，如 1930 年代的「風車詩社」、1956 年推動現代派運動的《現代詩》成員、1959 年在改版之後的《創世紀》詩人群，以及以臺大外文系為主體的《現代文學》等等。這些文學集團大都有著宣示性的文學行動綱領，他們發行自己的雜誌，也因此造成了一股磁場，如此一來，不但容易吸引理念相近的作家，並且在相互影響下，形成風格或美學上的類聚性。其三，是前兩項因素的綜合，亦即，各個詩人或作家對於這外來文藝思潮的自覺性。也就是說，既然現代主義並不是從臺灣的文藝「傳統」中自然生成，因此現代主義的形跡並不會「自然而然」地出現在創作的過程中，而是作家們（於不同程度上）在各種翻譯的「主義」或「名詞」的自覺影響下，援引並融合他們所認知的現代主義概念和技巧，來進行文藝的創作。

這些特點使得研究者在探究臺灣的現代主義時，可以根據各個文學磁場、作家個人的文學理念、自我宣稱或所屬集團，來「辨認」其現代主義作家的身分。所以，從「風車詩社」中，我們可以循線找到楊熾昌與林修二的超現實主義，《現代詩》中紀弦的象徵主義、林亨泰的未來派，《創世紀》成員瘂弦與洛夫探索內心世界的超現實，以及《現代文學》表現疏離、焦慮、自我放逐的白先勇、王文興、歐陽子、陳若曦等等小說家。循著這些線索的延伸擴展，一個現代主義的臺灣版圖似乎是隱然可見了。

但是，當我們將視線轉移到：什麼是臺灣的現代主義？在怎樣的基礎下，我們可以將之統括在同一個現代主義的名稱底下？由這些詩人或作家們所建立起來的臺灣現代主義的實質內涵究竟為何？等等問題的時候，就顯得千頭萬緒起來了。臺灣的現代主義之所以難以掌握，主要是源於「現

代主義」一詞根本就是一個外來的詞彙，是一個透過翻譯而引介到臺灣的
詞語，不但如此，它還是透過不同語言——諸如日、英、法、德語等等——
——從不同的管道、不同的時期，以及在不同的政治、社會背景、相異的文
學對抗前提下，被引介到臺灣。因此，關於什麼是「現代主義」，恐怕即
使是對於那些曾經置身於歷史現場的所謂現代主義詩人或作家們而言，也
都未必有著一致的認知或共識。更何況，「現代主義」不但是一個後設的
詞語，就算是在它的發源地歐洲，本身就是一個內容涵蓋甚廣、定義歧異
的概括性名詞。即使同在「西方」文化圈內，巴黎與柏林、莫斯科或哥本
哈根所展現的現代主義風貌，是大不相同的，而紐約與位於亞洲的東京甚
至是臺南的「現代主義」，也是各有各的風情和曲調。作為一種以全球為
規模而流動的文學藝術現象，現代主義的駁雜性恐怕是在愈晚出現，或是
離「西方中心」愈「邊陲」的地方，愈是更加明顯，更何況，臺灣向來就
是一個因歷史、政治、地理諸多因素，而不斷衝擊著多股文化勢力的地
方，在這裡出現的現代主義，恐怕是很難以僅僅幾個簡單的指標或說法所
能夠掌握的。

　　然而，在臺灣發展的這股應該是萬般複雜的現代主義文藝思潮，在後
來的論者那裡卻往往以一種相當化約的方式呈現。這緣於現代主義最早既
然是以「橫的移植」的面貌出現在臺灣，而非在「傳統」的脈絡下自然生
成，因此，當論者在面對臺灣現代主義時，最常引用的策略恐怕也就是葉
維廉所不以為然的：「用討論西方現代主義得來的一些指標（markers）作
準，來衡量、訂定在東方文化出現的現代主義作品。」[3]也的確，一般在提
到現代主義時，如技巧方面大抵是意識流、拼貼、語意的斷裂；而現代主
義的內容特質，也不外是疏離、焦慮、逃避現實、無根放逐或去政治化等
等，而這些形式或內容上的「指標」，幾乎可以說是已經成了一種固定的
標籤，甚少受到質疑或挑戰，進而成為判斷現代主義「身分」的基準。

---

[3]葉維廉，《解讀現代・後現代》（臺北：東大圖書公司，1998 年）。

　　誠然，臺灣現代主義典範概念的形成之所以有揮之不去的「西方」身影，究其原因，除了源自論者多是以西方現代主義為討論的主要參考座標之外，當然更是與臺灣現代主義創作者們對於自身之「乞靈於西方」的明白宣示大有關聯。臺灣的現代主義創作群大都曾透過刊物媒介直接或間接昭告讀者，謂其創作的出發點不但是要向「西方」看齊，並且「西方」的文學脈絡亦是他們所力圖繼承的對象。[4]然而這種透過宣示的「西方」身分，卻也在後來的鄉土論戰中成為批判的對象，尤其自 1970 年代初期以來，由於外交的受挫以及臺灣社會內部政治、經濟的變革，更是觸發人們以民族、國家與社會整體為單位來思考文學的議題，因此，現代主義這種帶有濃厚「西方」與個人主義色彩的文學，在當時國家與民族的大敘述底下，便與鄉土文學呈現一種相剋卻又相生的關係——儘管鄉土論述的批判矛頭指向現代主義，但也因為早期鄉土文學論述的成立主要是透過對於現代主義文學的反省，因此在很大的程度上還是經由了「西方」或「帝國主義」這個他者而獲得自身立論與建構的基礎。[5]於是，現代主義便在當時的氣氛中，以內／外、傳統／外來的方式，與寫實主義相互對峙，成為論述的兩極[6]，而這種對峙的觀點也在後起的本土或後殖民論述中獲得進一步的闡述。

　　因而在臺灣現代主義的各種討論中，「西方」依舊是縈繞在正、反見解的兩邊陰魂不散的幽靈，其出沒的方式，首先，由於它的「權勢者西

---

[4]如紀弦在現代派運動的六大信條中，關於「西方」的部分就占了兩條：「第一條：我們是有所揚棄並發揚光大地包容了自波特萊爾以降一切新興詩派之精神與要素的現代派之一群。第二條：我們認為新詩乃是橫的移植，而非縱的繼承。這是一個總的看法，一個基本的出發點，無論是理論的建立或創作的實踐」(《現代詩》第 13 期，頁 4)。另外，《現代文學》在創刊詞中儘管再三強調對於自國文學與傳統的尊重，但也強調以西方為「他山之石」：「我們打算分期有系統地翻譯介紹西方近代藝術學派和潮流，批評和思想，盡可能選擇其代表作品」(《現代文學》第 1 期，頁 2)。

[5]如王拓曾經說過：「因此所謂的『鄉土文學』，事實上是相對於那些盲目模仿和抄襲西洋文學、脫離臺灣的社會現實，而又把文學標準得高高在上的『西化文學』而言的」(《鄉土文學討論集》，頁 116)。

[6]以內／外或傳統／外來的方式來看待現代主義，其實早在鄉土言戰之前便已然存在，如蘇雪林等學者在新詩論戰中所提出的觀點，便是在如此的架構下而展開，只是這種論述方式，一直要到了 1970 年代初期的關傑明與唐文標以及鄉土論戰時，才更有系統且更有影響力地被加以提出。

方」與「現代化」的印記，使得臺灣的現代主義儼然以「高級的」、「進步的」姿態，將自己放置在相較於「本土」更爲優勢的地位上；但是在另一方面，卻也在「西方／臺灣」這個不對等的文化權力位階關係中，被視爲是「落後的」或「亞流的」，而被擺在相較於「西方」的劣勢位置。可以說，臺灣現代主義典範概念的建構，是不斷在這兩股勢力的拉扯之間，逐漸獲得自身的形貌。

　　於是，這意味的是，臺灣現代主義在典範概念的建構過程中，「西方」成了觀看的絕對參照點，而這也使得一連串的問題無法避免地在「西方」的論述框架中自我增生，諸如現代主義的時間問題、發生的物質背景，以及它的表達策略等等，「西方」作爲臺灣現代主義的比較基準向來是如影隨形。所以，在時間的討論上，臺灣勢必永遠有著落後於西方的焦慮。而在發生的物質基礎上，由於一般的說法是認爲西方現代主義是產生於資本主義社會之中，所以，臺灣的現代主義便存在兩種可能：如果臺灣還未達到西方所謂之成熟的資本主義社會的發展標準，那麼，臺灣的現代主義必然是「純粹的文化菁英分子的前衛藝術運動」[7]，或是「既是遲到的，也是早熟的」[8]；但是如果臺灣在當時已達成熟的資本主義社會發展標準，那麼，臺灣的現代主義即有可能是「西方」（美援、西方帝國資本主義社會）依賴發展下的一個「邊陲範型」[9]。也因而在如此的論述框架底下，不管臺灣的物質基礎或文學的發展脈絡究竟爲何，論者們所看到的臺灣現代主義，總不免是從「西方」這個平滑的參照鏡面所折射出來的映照物，「西方」無形中成了臺灣現代主義論述所無法跳脫的理論限制。換句話說，「西方」的魅影是現代主義打從進入臺灣那一刻開始，便無法擺脫的宿命。

---

[7]張誦聖，《文學場域的變遷》（臺北：聯合文學出版社，2001 年），頁 8。
[8]陳芳明，〈現代詩與早期現代詩山的引進──紀弦詩論的再閱讀〉，「文學傳媒與文化視界國際學術研討會」，國立中正大學主辦。
[9]蕭新煌，〈當代知識分子的「鄉土意識」──社會學的考察〉，收入中國論壇編委會主編《知識分子與臺灣發展》（臺北：聯經出版公司，1989 年），頁 196～197。

　　而造成這種持續複製「西方」觀點的論述困境，正是源自酒井直樹所指陳之「西方發光體」的想像。酒井指出，「西方」向來被看成是地理上遠離亞洲的統一體，而這個統一體被視為猶如發光體一般具有向外照射與擴張的能耐，因而作為歷史運動的現代性，也循著這種發光的原理而被想像成是一個向外照射和擴展的過程[10]，同時，這種不可逆反的「發光體」想像，也將文化的流動看成是從「西方」流向「其他地方」的結構，也因此在如此的結構之下，「西方」所代表的是絕對握有影響力、具有改變能力的一方；相對的，「其他地方」卻只能永遠是被動的接受者。但是，酒井質疑，現代性豈是僅以單一原因、過程或地方所能解釋的？因此他進一步將「接觸」與「翻譯」所可能產生的社會關係，帶進思考現代性的視野之中：

　　　　只有在無視於地域、文化、社會距離的情況下，多個地區的人物、工業、政治有機會互相接觸，現代性才會產生。所以現代性一定要與翻譯同時考慮。在這角度來看，現代性首先是人們將多種文化距離轉化，讓互相溝通變得可能的狀態。[11]

　　也的確在這種西方發光體的想像中，光的穿透性幻象被賦予過多的信任，反而忽略它在不同介面中所可能折射出的類似於像差（aberration）與色差（chromatic aberratoin）的現象。因此亦如劉禾（Lydia H. Liu）在《跨語際實踐》中為我們所揭示的，文化如何脫離原來的環境而在另一個社會脈絡中進行新的變異與創造？進而，在異文化的接觸、匯集與翻譯轉化的過程中，主體的位置究竟為何？而這作為異文化交會點的主體究竟如何投射自己的困境、欲望，從而改寫外來的思潮影響？等等的問題也應該是值

---

[10]酒井直樹著；黃念欣譯，〈文明差異與批評：論全球化與文化國族主義的共謀關係〉，《中外文學》第 34 卷第 1 期（2005 年 6 月），頁 131～132。
[11]同前註，頁 133。

得進一步思索的面向[12]。因而，若以臺灣文學的研究爲例，這個在接受者眼中儘管是源自「西方」的現代主義，在經過了輾轉的旅行，透過了不同接受者的轉譯、甚至是根據自身所處之不同位置而有意或無意的誤讀與挪用，甚至是寄生在不同語言文字結構中而傳播開來的結果，其所具體展示出來的現代主義實踐，其實已然成爲一種既是「面目全非」同時也是「重新創造」的產物了。更何況，當初從「西方」所四散傳播開來的現代主義本身，也因其帝國的擴張背景，而早已羼雜了各種異文化的交會，因而「西方」如何能夠作爲現代主義本源性母體，進而成爲觀照臺灣現代主義的絕對座標軸，在方法上亦是有待商榷的。

　　也因此我們要問，長久以來在「西方」的框架下——換個角度也可以說，正是拜「西方」這個框架之賜——（得以）將臺灣現代主義視爲一個具有固定、普遍有效意義的同質性美學集團而進行論述的結果，是否容易讓我們忽略了各個詩人或作家在「現代主義的實踐」上所呈現的差異？亦即，儘管同樣是接受了「西方現代主義」爲影響來源的臺灣詩人或作家，由於他們所身處的文化場域位置與歷史條件不同，必然使得這些詩人或作家在遭遇西方現代主義時，反身從其文化場域位置與歷史條件所能提供給他／她的「工具」或「材料」來選擇、切割、重組，並進而創造發明一種截然不同的現代主義。也因此在前述的問題意識底下，本文嘗試以單一的創作者爲探討現代主義的切入點，而以跨語言詩人林亨泰爲考察對象，並將討論的焦點置於詩人在 1950 年代中期於《現代詩》的活動情形。而之所以將林亨泰引爲本文的考察對象，除了緣於他在現代派運動中所占據的特殊位置之外，其以「跨語言」同時也是「跨文化」的方式，躋身 1950 年代現代詩的創作場域，無疑可以幫助吾人觀察各種異文化如何在作爲主體的詩人中進行匯流與角力的競逐，並循其跨語的軌跡，也能夠提供我們對於

---

[12]Liu, Lydia H. *Translingual Practice: Literature, National Culture, and Translated Modernity-China, 1900-1937*. Stanford: Stanford UP. 1995. xv～xx；1～42.

1950 年代的現代詩及現代主義的建構過程的一個側面性的了解。[13]

二、現代主義與詩人的誇語言實踐

　　林亨泰生於 1924 年，是屬於他所自稱的「跨越語言的一代」，但是其在語言上所必須進行的跨越，並非源於美學或智識上的自由選擇，而是來自於國家力量的強制。戰後的林亨泰在 1947 年加入了文學團體「銀鈴會」，之後正式開始了創作的生涯，當時的作品主要是發表在銀鈴會的同仁雜誌《潮流》以及《新生報》的「橋」副刊。他於這段期間內的創作大都是以日文書寫，或是從日文翻譯成中文的方式發表作品，「真正」的中文作品僅僅是少數。[14]林亨泰在銀鈴會時期所呈現的風格，明顯受到指導者

---

[13]有關林亨泰在 1950 年代詩壇的存在位置，本文審查人之一指出：「林亨泰的詩，在當時詩壇並非是最重要。就詩藝與詩論而言，也不是最醒目的。林亨泰受到注意，全然是後來受到『典律化』所造成的結果」，因此審查人認為以林亨泰為例來討論「現代性的焦慮」，並不是一個恰當的舉證。關於這一點我是部分同意的，誠然，以 1950 年代為例，若比起當時活躍於詩壇的紀弦、覃子豪、余光中等詩人，林亨泰的詩論與詩作品無論在數量上或篇幅上，的確是相對「貧乏」得多的。然而這也正是我的論文要旨所在，也就是說，林亨泰在創作上的最大焦慮乃是來自於語言的轉換，他在 1950 年代的中文程度，只能令他寫出如學者陳芳明所說的：「以隨筆札記方式申論，較不具系統式的推理」（《聯合文學》第 202 期，頁 145），也正因為如此，他必須以「另類」的方式來突破語言的困境。但儘管如此，我們若仔細檢視從「現代派」發起的《現代詩》第 13 期而至停刊前的第 23 期內容，除了紀弦本人之外，唯一占過社論版面的僅有林亨泰的文章（〈談主知與抒情〉，《現代詩》第 21 期），並且，如果排非翻譯自外文的詩論作品來看的話，林亨泰的文章在數量上亦是僅次於紀弦的（分別刊登於第 17、18、20、21、22 期）。此外，紀弦也在《現代詩》第 14 期中，專文為林亨泰的符號詩進行辯護（〈談林亨泰的詩〉），這也是紀弦在《現代詩》第 13～23 期之間，以專文論評臺灣當時詩人絕無僅有的一篇，而他在文中提到撰文的目的時說道：「林亨泰的詩，有人說他太新，有人說他太新，太怪，有人乾脆說看不懂……我曾在信札上應允幾位熱心的讀者，說要寫一篇文章，去幫助他們瞭解林亨泰的詩」（《現代詩》第 14 期，頁 66），足見林亨泰的詩的確在當時引起了不小的回響，才會使得紀弦覺得有必要撰文回應。而紀弦在同文中對林亨泰的介紹是：「他是本省人，現在服務於教育界，和我同行。早在日據時代，他就經常用日文在當時的各報章雜誌上發表作品，而且已經出過日文的詩集了。本省讀者，差不多都知道他。光復後才開始學習祖國語文；而用中文寫詩，乃是近年來的事情」（〈談林亨泰的詩〉）。另外，紀弦本人也曾在後來的第 15 屆世界詩人大會中提到：「由於我們組派之故，乃引起覃子豪與我之間一場有名的『現代主義論戰』。他那邊，有余光中助陣；我這邊，林亨泰的一支筆也是夠鋒利的」（〈關於臺灣的現代詩——為第 15 屆世界詩人大會的專題演講〉；同樣的敘述也可見於紀弦發表在 1996 年 5 月 31 日《聯合報》的〈我的第二故鄉〉一文之中）。因此，我同意所謂「典律化」或許使得林亨泰的作品受到多於以往的注意，但這並不代表他在「典律化」之前就不重要。只不過，在這裡我仍回應審查人的意見，而將原本的「重要位置」改成「特殊位置」，以凸顯本論文所欲探討的臺灣現代主義現象中的一個特殊面向。

[14]收錄於《林亨泰全集一》的 1940 年代作品共有近六十首詩，純語「華文詩」僅有五首，分別是〈靈魂的秋天〉、〈鳳凰木〉、〈新路〉、〈歸來〉、〈女郎與淚珠〉，但其中〈女郎與淚珠〉亦為日文

楊逵的影響而帶有濃厚的左派色彩，詩中的主題不乏各色各樣的社會底層人物，不但顯露了對於弱勢者的人道關切，並且對於原住民文化也有著烏托邦式的嚮往。[15]他曾在 1947 年二二八事件後不久，寫下了反抗意味鮮明的作品〈群眾〉[16]：

> 青苔　看透一切地
> 坐在石頭上　久矣
> 從雨滴
> 吸吮營養之糧　久矣
>
> 在陽光不到的陰影裡
> 綠色的圖案
> 從闇祕的生活中　偷偷製造著
> 成千上萬無窮無盡
> 把護城河著色
> 把城門包圍把牆壁攀登
> 把兵營覓瓦覆沒
> 青苔　終於燃燒起來

然而隨著政治的影響籠罩臺灣文壇，同時也在四六事件的陰影下，銀鈴會於 1949 年之後形同解體，成員四散，有的潛逃大陸，更不幸的被捕入獄[17]，而其他在這次恐怖波潮席捲後還能全身而退的成員，也大抵因為語言跨越的障礙以及對於政治的恐懼，而選擇了沉默，林亨泰也因此停筆了有

　中譯，因此目前僅知的中文詩作只有四首。
[15]如林亨泰的〈山的那一邊〉則是包括了九首有關烏來原住民的系列詩作（呂興昌編，《林亨泰全
　集一》，頁 13～24）。
[16]收錄於呂興昌編，《林亨泰全集一》（彰化：彰化縣立文化中心，1998 年），頁 90～91。
[17]林亨泰，〈銀鈴會與四六學運〉，《臺灣詩史「銀鈴會」論文集》（彰化：磺溪文化學會，1995
　年），頁 65～71。

六年之久。而使得林亨泰再度提筆創作的契機，是在 1954 年的某一天，當他逛書店的時候，偶然發現了紀弦所主編的《現代詩》季刊，這才使他終於又找到了某種新的可能，並且「重新燃燒起寫作的欲念來了」[18]。但是，當林亨泰面對這樣一本打著「現代詩」為名號的刊物時，他所謂的「可能性」究竟是什麼？林亨泰在〈現代派運動與我〉一文中提到當時的情形：

> 當我第一次接觸並完全了解到《現代詩》季刊風格時，我腦中突然並且快速地重新浮現出，中學時代曾經「亂讀」過那些錯綜複雜但相當有趣的各種派別前衛作品的影像，於是，我知道我該寫些什麼樣的詩作品了。
>
> 那麼，在面對《現代詩》季刊我又能扮演怎麼樣的一種角色？我開始在我的藏書中尋找這方面的資料，立刻找到的是神原泰的著作《未來派研究》(1925 年) 與集各種前衛文學影像於一身的萩原恭次郎的一些詩作品。[19]

也就是說，當林亨泰在面對一本標榜著「現代」的刊物時，他的反應，首先是轉身朝向他的「過去」，他打開屬於日治時期的那段記憶，以及在當時所蒐集而來的日文書籍。於是，他找到的是那些曾經「亂讀」過的、包括未來派在內的前衛作品，其中當然是混雜了透過日語轉譯的有關西方前衛運動的介紹，還有以日文為實踐媒介的前衛作品。所以，當面對「現代」的概念並開始思索他自己在其中所可能扮演的實踐角色時，詩人所找到的，是經過了時間與空間壓縮的現代主義綜合體。

「現代詩」這個在晚近已經是十分普遍的用語，在 1950 年代中期仍然是一個新穎的詞彙，即使紀弦當初在 1953 年以「現代詩」來為他的詩刊命名時，「現代詩」這個名稱在臺灣詩壇仍未取得固定的、普遍性的用法。[20]

---

[18] 收入呂興昌編《林亨泰全集五》(彰化：彰化縣立文化中心，1998 年)，頁 144。

[19] 同前註，頁 145～146。

[20] 在《現代詩》創刊號的宣言當中，只出現一次「現代詩」的用法：「只要是詩，是好詩，是現代詩，無論其為政治的或非政治的，都是我們所需要的」。而紀弦在自傳中雖然提到了《現代詩》季刊的創刊經緯，但是至於為何取「現代詩」為名，則未有交代，僅僅描述：「在『暴風雨社』

而即使到了推動現代派運動的 1956 年 2 月（《現代詩》第 13 期），紀弦在他所撰寫的〈現代派的信條〉（封面）及〈現代派信條釋義〉[21]當中，亦是以「新詩」來稱呼他心目中所構思的理想新詩類型，而在行文之間完全沒有出現任何「現代詩」的詞彙。同樣的，與《現代詩》同時出現的其他較具代表性的詩刊，諸如《藍星》與《創世紀》，也多是沿襲五四以來的「新詩」稱呼。[22]當然，「新詩」這個名稱是必須針對「舊詩」，才能成就其存在的意義，也因此，從新與舊的對比名詞中我們不難看出，在 1950 年代中期之前，「新詩」所欲進行的對話與對抗目標，主要仍是中國傳統的舊詩，因而其最大的關懷與挑戰，也不外乎是如何與舊詩分道揚鑣並拓展出自己的道路。

所以，當林亨泰在書店偶然邂逅《現代詩》這份刊物時，「現代詩」這個名稱尚未在臺灣詩壇中取得明確或合法的地位，而這同時也意味著，「現代詩」這個包括了「現代」與「詩」的中國語彙，依舊是一個在內容上有待填補的話語空間，因此也充滿著各種想像與創造的可能。不過，「現代詩」這個語彙對於以日文為主要閱讀工具的林亨泰來說，卻已然有了一個相與對應的內涵。這緣於，同樣是「現代詩」這三個漢字所構成的語彙，已於戰前的日本文學脈絡中取得了一定的位置，其所指涉的具體範疇，大抵是指第一次世界大戰後崛起於日本詩壇的一股新動向，也就是在

不聲不響的關門大吉之後，我就開始籌畫獨資創辦一份新的詩刊了……於是第一步，我決定名這即將誕生的季刊為《現代詩》……第二步，我試著用二號畫筆（畫油畫的，而非中國毛筆）寫了『現代詩』三個字，覺得還不難看，就製好了一塊鋅版備用。第三步，寫信徵稿」（《紀弦回憶錄‧第二部》，頁 48）。從紀弦的回憶文章看來，「現代詩」的命名似乎是頗為隨性的，不過值得注意的是，紀弦曾在《現代詩》第 16 期（1957 年 1 月）的「社論」中提到，他從創刊的第二年春季號開始，便在詩刊的封面印上 The Modernist Poetry Quarterly 的英文，直到組派之後，才更名為 The Modernist Poetry Monthly，因此紀弦強調，從英文命名可以看出，他打從一開始就有結合「現代主義」作為創作方向的意圖了。

[21] 紀弦，〈現代派信條釋義〉，《現代詩》第 13 期（1956 年 2 月），頁 4。

[22] 如《創世紀》在創刊號（1954 年 10 月）的發刊詞〈創世紀的路向〉一文中，當陳述其課題與使命時，亦是以「新詩」這個詞彙來指稱：「『新詩往何處去』？這是今日擺在我們面前的一大課題。而如何引導新詩向正確的方向前進，無庸推諉的，這是今日的詩陣線所要負起而必須付起的一大責任」（二）。另外，即使是 1957 年 8 月所出版的《藍星詩選》叢刊第一輯中，首篇覃子豪的文章標題亦是〈新詩向何處去〉，這多少可以窺得在當時，「新詩」仍是一個比較普遍的說法。

西潮影響下所推展開來的諸如未來派、達達派、新精神、超現實主義、表現主義等等文藝運動[23]，因此，（日文意義脈絡中的）「現代主義詩」（モダニズム詩）[24]的崛起，是標誌了日本從「近代詩」跨入「現代詩」的分水嶺，根據日本學者澤正宏的看法，日本現代主義大約始於 1920 年。若從較具代表性的詩歌運動來看，日本現代主義的前半期是前衛詩的時代，而後半則是「新精神」（エプリーヌーヴォー）的全盛時期[25]。也因此，一種由名詞所帶來的歷史弔詭是，儘管「現代詩」一詞在 1950 年代中期的臺灣仍不具有明確的義涵，但我們卻已然可以在更早的 1930 年代如楊熾昌等臺灣詩人的論述中，看見有關「現代詩」的想像與討論。於是，當紀弦以較大範疇的「我們是有所揚棄並發揚光大地包容了自波特萊爾以降一切新興詩派之精神與要素的現代派之一群」（〈現代派的信條〉第一條），來想像他的現代派與現代詩的時候，對林亨泰來說，波特萊爾則是屬於「近代詩」的範疇，因此他傾向於有所區隔地將未來主義等的前衛派作為他「現代詩」的實驗起點。

不過，令人好奇的到底還是，林亨泰對於前衛詩的接觸明顯是從高中時代便已經開始，但何以前衛詩的語言與形式實驗卻不曾在銀鈴會時期留下任何明顯的足跡，而是必須等到他邂逅了一本叫做《現代詩》的刊物之後，才讓他開始思索「現代詩」是什麼，及其可能的實踐又是什麼？還有，為何在思考「現代詩可以是什麼」之際，他所找到的是包括了未來派在內的前衛作品而不是其他？誠然，這裡所凸顯的，除了是臺灣現代主義

---

[23]陳明台，《「詩と詩論」研究──昭和初期日本前衛詩運動の考察》（臺北：笠詩社，1990 年），頁17～21。

[24]日本文學中的「モダニズム」（modernism）一詞指的多是詩歌的範疇。

[25]澤正宏，〈日本のモダニズム詩〉，收入モダニズム研究會編《モダニズム研究》（東京：思潮社，1994 年），頁 525～526。在日本文學史的時代劃分上，在「現代詩」之前是「近代詩」，而「象徵詩派」則是屬於「近代詩」的階段。日本的象徵詩始於明治 30 年代後期（約 1902 年前後。因此林亨泰認為：「至於象徵主義，在日據時代的臺灣不可能有人會提倡此類主張，因為自從受到上田敏譯詩集《海潮音》（1905 年）的序與譯作的影響，象徵主義早已成為日本詩壇的主流……所以，日據時代的臺灣可能會有人提倡超現實，也不會看到有人主張象徵派的，其主要原因即在此」（《林亨泰全集五》，頁 168）。

的翻譯性格之外，極端一點來說，也揭示了臺灣的現代詩或現代主義在各個詩人或作家那裡的緣起，多少是帶有著一種偶然、任意並且充滿各種變異的特質。但是這種現象並非臺灣的專屬，類似的情形即使在歐洲也是不遑多讓的。根據現代主義研究的重要論著《現代主義》（*Modernism*）的作者布雷德伯里（Malcolm Bradbury）與麥克法蘭（James McFarlance）描述，作為文學運動的現代主義，在世紀之初的歐洲以目不暇給的姿態跨越文化邊界：「在現代主義的時代中，知識的通行以前所未見的速度往來於國家之間，但是，名詞本身跨越疆界的速度，卻往往比它所內含的哲學或技術還要更快」[26]。亦即，當時透過日新月異的傳播技術以及數量驚人的翻譯，各種新興的流派與文學運動可以快速地跨越不同語言，並在標誌語言邊界的國境之間穿梭旅行，而對於新興藝術的熱切渴望，也使得文化在國際之間頻繁交流，那種占為己有的轉借也空前盛行[27]。當中，尤其是「名詞」似乎是比起概念更能夠輕巧地遷徙，只是名詞先行的現象，卻也造成了同一個名詞底下的概念往往是參差不齊的情形，也因此，《現代主義》的作者特別指南，這些新興藝術與各種文藝運動的「名稱，並非風格的最終指出」[28]。如此的情形在歐洲尚且如此，遑論繞過地球大半圈之後的臺灣。

於是，在這裡我們要問的是，詩人在面對「現代」或「現代詩」這些詞彙的召喚時，他如何從身處的場域位置與歷史脈絡來折射出他的呼應與想像？值得注意的是，林亨泰的「現代詩」實踐，正是和他的「跨越語言」嘗試同時並進的，在面對「現代詩」的召喚時，林亨泰的「跨語言」情境成了那一面凹凸不平、既使他感到焦慮困惑卻也暗藏轉機的鏡子。對於已屆成年之齡、復又必須重新學習另一種語言、卻又不甘放棄寫作的詩人或作家來說，文學的追求無疑是一條坎坷的漫長路途。林亨泰在 1949 年

---

[26]Bradbury, Malcolm, and James McFarlane. 1991."Movements, Magazines and Manifestos: The Succession from Naturalism." *Modernism: 1890-1930* .Ed. Malcolm Bradbury and James McFarlane. London: Penguin. 200.

[27]同前註，頁 201。

[28]同前註，頁 198。

所發下的豪語：「語言上我們也必須贏得時間性與空間性的勝利，而再獲取另一個表現的世界。」說來雖是一派展望未來的語調，但這句話也正道出了跨語言作家們在語言上俱失「空間性」與「時間性」的窘境。而這種因歷史的轉折所造成的語言縫隙，竟與威廉斯（Raymond Williams）所描述的西方前衛運動的語言情境如此類似，他在一篇有關語言與前衛派的文章中指出，當時參與前衛運動的成員多數是帝國都會的移民，是都會的異鄉人，於是，「語言在這樣的情況下，便呈顯為一種新的事實：如果不是成為一種中介、美學或工具——既然語言中那因長久的社會安頓而歸化的連續性是不存在的，便是一種帶有距離的、甚至是異己的事實。」[29]。而儘管語言在這些背景各異的前衛派成員那裡各自帶著不同的社會與歷史印跡，但相似的情況是：「一方面，舊的語言或是被壓抑、邊緣化、甚至完全被丟諸腦後，而主導語言（dominant language）如果不是為了新的語言效果而與從屬語言互動，便是以新的方式被當作是可塑或任意的，一個異己但卻可以接近的系統」[30]，而這正是前衛運動在語言實驗上的一個相當重要的背景因素。

　　在林亨泰的例子當中，縱使他並非由於遷徙而造成語言上的斷裂，然而因為國家的強勢介入而必須面對語言的陌生感，卻是與威廉斯所描述的情形是如出一轍的。於是，林亨泰在語言上所失去的「時間性」（文化記憶、歷史的連續性）與「空間性」（可以分享並散布的溝通性、社會性或美感共鳴），也正使得林亨泰企圖從前衛的語言實驗中找到跨語創作上的策略結盟的可能性。亦即，當他面對一個由國家所強力投擲過來的新的主導語言——中文——時，其難以穿透的異物性，使得這位跨語詩人一時還難以將之「內化」成足以承載傳統厚度的、可以普遍分享的「民族」語言[31]，

[29]Williams, Raymond "Language and the Avant-garde." *The Politics of Modernism: Against the New Conformists.* London: Verso, 1989, 78.

[30]同前註。

[31]不容忽略的是，「民族」在 1950 年代的新詩論述中仍是占據一個無比重要的地位，若比較同期的《創世紀》於 1954 年創刊時所提出的：「詩人乃是民族正氣的象徵」，或 1956 年提出的「新民族詩型」，都是以「民族」作為詩創作的一大前提。即使是覃子豪在回應紀弦組「現代派」時所撰

但是反過來說，也正是其難以穿透的異物性格，倒也使得詩人在面對語言時，可以相對不受其所負載的歷史與意識形態——或說「時間性」與「空間性」——的拘束，而將注意力轉移到語言本身，以「語言異鄉人」的姿態將語言從過多的感性負載中剝離，並將之轉化為類似於物質材料（material）般的存在，一種能夠以另類的方式拿來把玩、形塑的媒材。而這新的語言素材（中文），也誠如威廉所提到的，往往與舊有的從屬語言（日文、甚至是臺語）交織互動，並發展出新的語言效果。

　　這也足以說明為什麼當林亨泰在沉潛了數年之後所再度展開的文學實踐，明顯是集中在語言形式上的實驗，而實驗的具體展現，則是包括了一系列的符號詩與圖像詩，如〈第二十圖〉是刊登在《現代詩》第 14 期的作品：[32]

　　　　機械類的時代

　　　　充滿著

　　　　易於動怒的電氣

　　　　＋＋＋＋＋

　　　　－－－－－

　　　　笨重的「世界文化史」

　　　　在第二十圖上的原料

　　　　已有美麗的配合了

　　　　在「　」之內

　　　　電燈

寫的〈新詩向何處去〉一文當中，也提到：「風格是代表自己的，不屬於西洋詩的任何一個流派或任何一個主義。要使讀者從新詩的形象裡能窺見中華民族精神的全貌，從新詩的節奏中聽見中國時代脈搏跳動的聲音」（《藍星詩選》獅子星座號叢刊第一輯，頁 9）。不難看出，詩歌語言在 1950 年代被賦予了濃厚的民族共同體期待，這對才從另一民族「掙脫」出來的跨語言詩人林亨泰來說，中文所承載的民族想像，恐怕還是相對令他難以潛入其中的。

[32] 〈第二十圖〉，《現代詩》第 14 期（1956 年 4 月），頁 46。

　　是夜之書上的

　　　　　　　，

　　　　　　　。

　　　　　　　，

　　　　　　　。

　　這首詩無疑投射了林亨泰對於「現代」與「詩」的想像，首先，他將世界文化的進程比喻成一張接著一張的圖像，因此 20 世紀便是第 20 張圖。在這第 20 世紀的圖景中，充滿的是機械、電氣與工業原料的意象，而科技的進化，也為亙古以來的黑夜帶來了光明的可能。這首詩明確地描繪了詩人的現代進化觀點，並連結科技的意象於美感的呈現。因此林亨泰對於「現代性」的想像也包括了對於科技現象的密切關注。[33]另外值得注意的是，林亨泰除了將文化進程的概念導向以視覺方式來表達（以圖像比喻時間進化）之外，在詩的語言方面也進行了許多新的嘗試。例如，他將一般書寫中僅僅處於邊緣、附屬位置的數學與標點符號，提升至擁有獨立性格、且與文字同等價值的地位，甚至是超越文字意義所能承載的限制，而令之擔負起意義與形象的傳達功能。如詩中將「夜」比喻成「書」，而標點符號的「，。，。」就像是夜裡燃亮的燈火，不僅如此，這些「，。，。」更是來自於「＋＋＋」與「－－－」（「正電」與「負電」）的美麗配合。如此一來，把原本必須以一連串精確或美麗的字詞來堆疊出的「萬家燈火」或「動態的人工城市夜景」意象，就這麼以幾個標點符號生動而諧趣地表達了出來。

　　這首讚美科技現象的詩作，無疑是透過未來派的實踐結果。未來派的

---

[33]林亨泰在《現代詩》時期的詩作中，有不少是有關現代生活的景觀與意象，如描繪速度的〈輪子〉、〈ROMANCE〉、〈車禍〉、〈患砂眼的城市〉，有關生活中的噪音:〈誕生〉、〈噪音〉，或從科技角度觀照人的存在樣態的〈遺傳〉、〈人類身上的鈕釦〉、〈手術臺上〉、〈電影中的布景〉等等，詩人明顯企圖將科技所帶來的各種生活現象入詩，這樣的題材在當時可以說是相當罕見的（參考《林亨泰全集二》）。

創始者，也是義大利人的馬里內蒂，於 1909 年 2 月在《費加洛報》（*Le Figaro*）以法文頭條刊登〈未來派創立與宣言〉（Fondation et Manifeste de Futurisme），宣告了未來派的正式成立。這種將藝術活動當作是一則社會「事件」，並借助大眾媒體來傳播訊息的創舉，果然使得未來派的理念迅速地擴展到世界各處[34]。日本也在兩個月之後，由知名作家森鷗外將之翻譯成日文的〈未來派創立宣言〉，並刊登於文藝雜誌《斯巴瑠》（スバル）（1909 年 5 月）。但森鷗外的翻譯並不是唯一的版本，截至 1924 年神原泰的〈未來派宣言書〉問世為止，藝文界至少出現過五種不同的日文版本，足見日本對於未來派運動的高度關心[35]。也因此，1930 年代的楊熾昌已對於未來派多所著墨，並給予相當高的評價[36]，只是他未曾將未來派的實驗帶進自己的作品當中，直到戰後才有林亨泰的進一步嘗試。而林亨泰所看到的未來派是：

> 未來派是 20 世紀初由義大利詩人馬里內蒂所創始，曾在米蘭、巴黎、莫斯科三地幾乎同時發起的一種藝術運動。提倡快速美，並從永久運動的視點出發，認為時、空的同時存在的一元表現是可能的，也極力讚美著機械的力動美與噪音等。尤其我特別感到興趣的是「自由語」的創造與運動，諸如不同字體（約二十種）、大小不同字號、不同顏色（用了三、四種之多）、擬聲詞（噪音等模仿）、數學記號（×＋＝－＜＞等）、數字感覺、樂譜、歪斜顛倒字形、自由順序等，簡單地說就是印刷技巧的運用。法國詩人阿保里奈爾的立體派作品也是屬於這一項實驗。[37]

---

[34] 塚原史，《言葉のアヴァンギャルド》（東京：講談社，1994 年），頁 52～79。

[35] 千葉宣一，〈前衛藝術との遭遇〉，收入三好行雄、竹盛天雄編，《近代文學》（東京：有斐閣，1977 年），頁 43。

[36] 楊熾昌，〈新精神與詩精神〉，收入呂興昌主編《水蔭萍作品集》（臺南：臺南市立文化中心，1995 年），頁 165～175。

[37] 林亨泰，〈現代派運動與我〉，收入呂興昌編《林亨泰全集五》（彰化：彰化縣立文化中心，1998 年），頁 146。

　　看得出來林亨泰對於未來派的關注主要是集中在語言，尤其是自由語
（parole in liberte）所企圖的詞語自由。馬里內蒂的未來派主張是十分激進
的，如他在第一次的宣言中所揭櫫的 11 條綱領中，除了大力讚美速度、機
械、工業之美與夜晚的燈火輝煌之外，更倡言：「我們要歌頌戰爭──清
潔世界的唯一手段，我們要讚美軍國主義、愛國主義、無政府主義者的破
壞行為……我們稱讚一切蔑視婦女的言行」、「我們要摧毀一切博物館、
圖書館和科學院，向道德主義、女權主義以及一切卑鄙的機會主義者和實
用主義者的思想開戰」[38]，而馬里內蒂的這些激進宣稱，對當時的共產黨
員、法西斯分子，甚至是工人階級卻是有著巨大的魅力，一時間吸引追隨
者頗眾。但是這種激進的言行在臺灣那充滿政治肅殺之氣的 1950 年代，則
是斷不可行的，林亨泰對於未來派的援引，因而是另一種迂迴隱晦、不直
接訴諸政治的激進企圖。而較為明顯可見的，是我們可以從林亨泰的有關
未來派的實驗中看出，詩人從中所欲尋求的「詩的現代性」──其中包括
了現代詩之所以是現代詩的形式追求，以及詩中所呈現的現代生活世界，
也因此，他從馬里內蒂激進的言論中，看到的是對於語言形式的翻轉以及
現代生活世界的各種意象。

　　若我們將林亨泰的前衛實驗對照以 1950 年代官方在文學和語言上所進
行的機構性介入，便不難了解他為何將語言實驗作為創作的主要關懷。一
般臺灣文學史的劃分，通常是將 1950 年代視為反共文學大行其道的年代，
而反共文學成立的背後所不可忽略的，當然是國家體制的積極涉入，由官
方直接或間接推動的藝文事件有：1950 年中華文藝獎金委員會以及中國文
藝協會的成立；1953 年蔣中正完成《民生主義育樂兩篇補述》；1954 年立
法院院長暨文獎會主委張道藩發表〈三民主義文藝論〉[39]、中國文藝協會成

---

[38]馬里內蒂著，吳正儀譯，〈未來主義的創立與宣言〉，收入柳鳴九主編《未來主義超現實主義魔幻
　　現實主義》（臺北：淑馨出版社，1990 年），頁 44～50。
[39]張道藩所撰寫之〈三民主義文藝論〉，乃是根據蔣中正在《民生主義育樂兩篇補述》所提示的文
　　藝政策而完成的「官方」文藝論述，張道藩在文中高舉「現實主義」乃為反共抗俄復國建國的大
　　時代中所亟需，並列舉西洋乃至中國新興文藝各流派的缺陷，斥西洋的浪漫主義為「從個人出

立「文化清潔運動促進會」、1955 年蔣中正提倡「戰鬥文藝」等等。這意味的是官方有意透過國家機構的力量，來左右文學的價值標準與發展方向，而縱使所謂廣義的「反共文學」或「抗戰小說」可能更還包括了一種「集體療傷」的面向，或就女性書寫的角度觀之，亦不乏足可稱爲「女性成長小說」的類型[40]，但是就語言角度來看，反共文學也可能是官方試圖透過文學版圖，來建立以「國語」作爲書寫標準依據的可能，並藉由提升「國語」書寫所生產之敘述風格的優越性，進一步鞏固官方語言作爲「語言共同體」（"linguistic community"）的勢力。

　　法國社會學家布爾迪厄（Pierre Bourdieu）在論及官方語言（official language）時指出，官方語言是由具有寫作權威的作家所創造，並由文法家與負責灌輸其優越性的教師們所定型、密碼化的（Bourdieu, 1991：44～46）。換句話說，光是靠官方政令或政策來推動，還不足以確立官方語言的優勢地位，更進一步的作法，是製造一種標準的、美的或好的書寫風格，凝聚一種語言的標準腔調，使得社會大眾都能自然而然地以此爲鑑、奉此爲尊。而這也可以有效解釋，何以 1950 年代的女性書寫可以是如此傑出，無論她們是在民族人敘述底下進行寫作，或是專注於個人處境與時代互動的描寫，其對文字語言的塑造仍然是有助於國家語言標準化、密碼化的大方向，尤其是女性作家們在文字上的細膩經營，對於以「國語」爲主要書寫標準的鍛鑄與精緻化，可以說是提供了一種更容易親近、可堪模仿的典範。相對的，林亨泰在這塊由官方、作家與學校教育所編織起來的語言交換市場，及其所建立起來的文化價值網絡中，若要比起女性作家，則

發，尚主觀，縱情而反理性，對社會傳統與秩序，有破壞而無建設」；中國的頹廢派作家「逃避現實，沉湎於色情」；中國的象徵派文藝「偏於把握空的心靈，而失去事物的真實形象，呈露了朦朧的境界，並無和諧氣氛，益使人們感覺惆悵」；而自然主義「流於機械的分析」；未來派「著力於物質的表揚，忽略了人性的尊嚴；或轉爲英雄主義的飛揚跋扈，仍含權力崇拜的毒液」；超現實乃爲「大率流於虛誕」，其他如立體派、達達派等文藝是「雜取而不調和，可說偏蔽得更厲害了」（《張道藩先生文集》，頁 628～686）。張道藩極力宣揚寫實主義爲民族之理想文藝，並對於「大眾」與「通俗」的重要性多有闡述，其觀點也可見於後來的鄉土論述之中。
[40]邱貴芬，〈《日據以來臺灣女作家小說選讀》導論〉，《後殖民及其外》（臺北：麥田出版公司，2003 年），頁 223～234。

根本是處於絕對劣勢與不堪的位置。於是，現代主義或前衛所主張的革命性與破壞性，倒是提供詩人一個翻轉語言劣勢的可能。林亨泰曾在《笠》詩刊第 5 期（1965 年 2 月）的〈笠下影〉中，評論錦連 1950 年代的詩作品，他說：

> 如果以善於駕馭文字的優點可以寫詩，那麼相反地，利用拙於造詞砌字的缺點當然也可以寫詩，尤其對於那些因歷史的重寫，而必須重新學習一種文字表現的人，這種方法就成為其唯一的出路了。可是碰巧的是，20 世紀是所謂「惡文的世紀」，就是說，「優美性」成為其短處，而「拙劣性」卻成為其長處了……錦連就是在這樣能失去的都已失去，只剩下極有限的極少數語彙的狀態之中，不是憑著其過剩，而是憑著其不足來寫詩的一個人。[41]

　　這段話指的雖然是同為跨語言作家錦連的 1950 年代作品，但更是林亨泰自身的絕佳寫照。對於林亨泰跨語實踐的可能性，布爾迪厄對於文學場域精闢的分析倒是值得引為觀照。布爾迪厄在不同的著作中，花費相當多的篇幅論述法國文學場域的變遷，他尤其是將焦點集中於福樓拜（Gustave Flaubert）與波特萊爾──同時也是廣義現代主義萌生──的時代，來探討文學場域機制的動態構成。他指出，19 世紀中葉隨著市場機制的日趨成熟，使得文學藝術不時處在出版社、劇場經理、藝術商人或銷售數字的壓力之下，但也正是在藝術成為商品的趨勢中，為「藝術的純理論」（作為藝術的藝術）提供了滋生的土壤。許多文學家與藝術家們開始拒絕布爾喬亞式的美學，並藉由強調作品獨一無二的創造性，來否定藝術作品「可交換」的商業價值，並將自身與一般大眾區隔，也因此拒絕了普通讀者的閱

---

[41]林亨泰，〈笠下影──錦連〉，收入呂興昌編《林亨泰全集六》（彰化：彰化縣立文化中心，1998 年），頁 109。

讀期待[42]。而福樓拜與波特萊爾的「爲藝術而藝術」的主張，也正是藉由否定商品買賣的市場邏輯，而將藝術推向一個純粹的空間，這樣一來雖然造成經濟上暫時的無所回報，卻無形中提高了文學的純粹與自主，同時也提高了它的文化資本。於是，一個擁有自身特殊運作邏輯的文學場域便由此形成。布爾迪厄指出，這樣的文學場域是一個「顛倒的經濟世界」[43]，它的邏輯則是一種「輸者爲贏」（"loser takes all"）[44]的遊戲規則。

　　布爾迪厄有關文學場域「輸者爲贏」的闡述，與林亨泰「拙於造詞砌字也能寫詩」或「拙劣性卻成爲其長處」的邏輯策略，可以說是有著一定程度的相仿，儘管布爾迪厄主要是將文學場域放在一個日益發達的資本主義經濟市場中來進行分析，而林亨泰所面臨的首要文學危機並非來自商業市場的因素，而是受制於國家在語言政策上的強勢逼近：詩人所賴以表達的語言資本在國家政策底下完全貶值而淪爲「語言的無產階級」。因此，若借用布爾迪厄的分析，可以幫助我們看到，在林亨泰的情況中，是一位能動者（意圖延續創作生涯的詩人），利用其文化資本（日治時期透過日文所廣泛涉獵的文學知識以及有關現代主義的概念），而將貶值的語言劣勢翻轉成一種特權（20世紀乃是「惡文的世紀」，將語言的溝通性與民族性退位給由想像力或真摯性所建構的純粹性）。也就是說，詩人因政治的變換而在一夜之間失去所有的語言資產，但儘管如此，如果想要延續創作生涯，詩人的可能路徑，其一是投資更多時間，努力融入主流語言；而另一條途徑則是揚棄主流形式，創造自己獨特的美學價值，並進一步尋求嶄

---

[42]*The Field of Culture Production*. Ed. Randal Johnson. Cambridge: Polity, 1993, 112～120.

[43]同前註，頁164。

[44]布爾迪厄在許多著作中，對於福樓拜的《情感教育》進行細密的分析，他藉由小說情節中的愛情關係來揭示隱藏在底下的社會結構，並認爲福樓拜透過主角佛德列克（Frederica）對於阿努夫人（Madame Arnoux）非理性的、一反商業邏輯的愛情，來闡述他自身「爲藝術而藝術」的立場。而這種翻轉資產階級商業價值的「爲愛而愛」或「爲藝術而藝術」，布爾迪厄則將之稱爲「輸者爲贏」的邏輯（*The Field of Culture Production*. p145～211; *The Rules of Art: Genesis and Structure of the Literary Field*. p21）。又，疑「輸者爲贏」的法文原文是 a qui perd gagne（參見 *Les Règles de L'art: Genèse et Structure du Champ Littèraire*. p44，原意應是指「輸的人賺到」，或從英譯文 loser takes all 的中譯應是「輸者全拿」，但這裡我取「輸者爲贏」的中譯，以凸顯布爾迪厄所欲表達的「文學場域爲經濟世界的顛倒」（*The Field of Culture Production*. p164）的倒錯關係。

新美學的合法地位。也因此，當林亨泰在面對「現代詩」這個仍是有待建立的話語空間時，他並不是（恐怕也不容易做到）像紀弦那樣，將實踐的重點置於象徵主義的技法與概念之上，而是轉身回溯日本的「現代詩」概念來作爲他的出發點，利用日本現代主義詩對於語言的各種摸索與實驗，並援引、重組未來派的自由語技巧與科技意象，來展示他自身對於「現代」與「詩」的想像。

有關自由語的方法，馬里內蒂在第二次宣言——也就是在 1912 年的〈未來派文學技術宣言〉中才有了具體的陳述，宣言中他提出許多驚世駭俗的語言革新主張：諸如必須「毀滅句法」、「消滅形容詞」、「消滅副詞」「每一個名詞都應當是成雙重疊」、「消滅標點符號」（1990b：51～57）等等。神原泰在 1925 年出版的《未來派研究》一書當中，便花費了 70 頁的篇幅來闡述未來派的自由語概念，並列舉了多首的翻譯詩作（神原泰 161～231），但是真正將未來派自由語概念推向極致的，恐怕就屬林亨泰的這首〈房屋〉了[45]：

<blockquote>
笑了

　齒　　齒

　齒　　齒

　齒　　齒

　齒　　齒

哭了

　窗　　窗

　窗　　窗

　窗　　窗

　窗　　窗
</blockquote>

---

[45]刊載於《現代詩》第 13 期（1956 年 2 月），頁 14。

　　這樣一首既消滅了形容詞與副詞並以疊字構成的詩，剝除了語言在意義溝通上的可能。然而，儘管這首詩並不意圖表達任何固定的意義，但卻絕非全然無法理解或領會，這緣於漢字的形象負載仍被詩人留下來作為視覺效果的營造。林亨泰在這段期間的符號詩創作，可以說是在新舊語言之間來回激盪的具體展示，而他也在中文這個完全以「漢字」（亦即表意或圖像文字）構成的語言，找到了有別於日文與臺語的特色，而集中在視覺效果上進行了許多的發揮。儘管日本學者三木直大指出，〈房子〉的構想可能是來自於萩原恭次郎的〈拉斯可尼可夫〉（〈ラスコーリニコフ〉[46]）詩中的一個片段[47]：

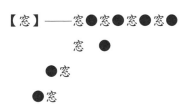

```
【窓】──窓●窓●窓●窓●
　　　　　窓　　●

　　　　●窓

　　　　●窓
鉛貨よりも青つ白い空気●●流動する空気
戰慄する動脈
突走する血液[48]
```

　　這裡所觸碰到的，或許是一個「究竟是影響或是模仿」的問題，在臺灣的現代主義實踐中，最受抨擊的不外乎是「模仿」的質疑。但是，語言之間的跨越即使是就其物質性（語言學）的層面來看，也不必然是可以輕鬆地相互化身成另一個對等的形式或內容。若以日本語文為例，這個看似

[46] 〈ラスコーリニコフ〉是收錄於萩原次郎詩集《死刑宣告》中的作品。詩名與《罪與罰》的男主角同名，詩中描寫因勞資爭議而起的暴力事件，而詩人亦明白透露其無政府主義傾向（《萩原恭次郎詩集》，頁32～34）。

[47] 三木直大，〈林亨泰中文詩的語言問題──以五〇年代現代詩運動前期為中心〉，《臺灣詩學季刊》第37期（2001年11月），頁25。

[48] 〈ラスコーリニコフ〉，收入伊藤信吉編《萩原恭次郎詩集》（東京：彌生書房），頁33～34。

與中文有著部分相似性的語言，其在書寫上，其實除了包括表意的「漢字」之外，更還包括了表音的「平假名」和「片假名」。因此在詩創作上的語言操作、韻律構成與美感表達等各方面，中文與日文在根本上是截然不同的。若取中文詩作與日文詩作的相似性作爲「模仿」的論據，則是預設了日文與中文之間存在有不證自明的可通約性，而忽略了在不同語言條件下的創作，其所動員的美學條件其實是牽涉廣泛的。[49]若以萩原恭次郎的這首〈拉斯可尼可夫〉爲例來分析的話，詩中雖然以重覆排列的方式，將「窓」（亦即中文的「窗」）的點狀錯落感覺呈現出來，但是這首詩與其說是訴諸視覺，倒不如說是透過文字意義的延展，來傳達城市、抗議群眾、工廠與憤怒的意象。如「鉛貨よりも青つ白い空気」（比鉛幣還要青白的空氣」、「流動する空気」（流動的空氣）、「戰慄する動脈」（戰慄的動脈）、「突走する血液」（快速奔馳的血液）等等，其文字的重點並不在於圖象的喚起，而是經由文字的音韻與意義的經營，來表達萩原恭次郎對於資本主義的抗議。這與林亨泰試圖透過怪異的文字排列而將詩的形構推向極端的臨界演出，兩者在文字策略與表達的意圖上是大相逕庭的。

而正是對於語言本身的關注，林亨泰認爲，「西方」透過拼音文字所進行的符號詩實驗，由於受限於自身的形式而說不上是成功的，他引阿保里奈爾的《卡里葛拉姆》將表音文字當作意符文字來運用的方式爲例，而「籠統」地歸結出：中國詩的傳統「（一）在本質上，即象徵主義。（二）在文字上，即立體主義」[50]。不但如此，他更進一步大膽提出：「現代主義即中國主義」[51]的說法。這樣的作法，無非是試圖從對於「西方」的挪用中，一方面補足「西方」的不足（西方前衛實驗中以表音文字來表達圖畫

---

[49]這也說明，同樣是「詩」的範疇，在「日文」其語言自身的歷史與物質條件下，是發展出了諸如俳句、和歌或連歌等等的詩歌形式，而這是中文或是歐洲語言所難以充分表達的藝術形式。反之亦然，中國沒有發展出像是從歐洲語言所精鍊出來的十四行詩，而歐洲語言也不容易達到生成於中國文學脈絡中的詩詞歌賦的境界。

[50]林亨泰，〈中國詩的傳統〉，《現代詩》第20期（1957年12月），頁35～36。

[51]同前註，頁36。

形象時的限制），同時亦將自身從新語言（純粹由漢字所構成的中文）的困境中解放出來。林亨泰將現代主義看成是一種與自我在相互補足、相互指涉中相互完成的文學契機，這可以從底下的一段話中窺得一二[52]：

> 我們正希望著臺北將成為未來的巴黎，正如巴黎已代替了過去的佛羅倫斯那樣。我們也正希望於我們的後代也有這麼一本書，其開頭幾句即這麼寫著：「現代主義運動的歷史，完結於中國。然而這一段歷史，引導我們從法蘭西到美麗寶島的淡水河畔的臺北。但是，現代主義運動的開始，在很重要的意味上說，也在這中國。」[53]

但無論如何，〈房屋〉畢竟是一個極端的例子，像這樣一首看似半開玩笑的詩作品，當然免不了要引來許多批評與嘲諷[54]，只不過，接踵而來的批判與爭議卻也開啟了另類美學的可能性，無疑也為詩人帶來對於「詩」的解釋權。試想，當面對刊登在一本叫做「現代詩」的詩刊上的一首總共只有兩個動詞與兩個名詞的「詩」的時候，無論是驚嘆或咒罵，這首怪詩恐怕也拋給了讀者一連串有關詩的基本問題：什麼才是詩？怎樣才是「現代詩」？詩一定要歌詠美麗的事物或抒發內心的情感嗎？詩人與讀者的位置又該怎麼來看待？而我認為，林亨泰對於自由語的運用，表面上是意圖破壞舊有的詩歌語言以及美感經驗（或說，由於沒有傳統負擔，因此可以置之不理），但這並不是林亨泰的最後意圖，他反而是要藉由否定既成的

---

[52] 林亨泰，〈鹹味的詩〉，《現代詩》第 22 期（1958 年 12 月），頁 5。
[53] 晚近的許多論者對於當時「中國」的稱呼方式大表不以為然，如詩人曾貴海則因此將 1950 年代的林亨泰定位為「中國種族文化主義與文學信仰者」（《文學臺灣》第 57 期，頁 192），我認為這是言之過當，正如林亨泰自身所提及的：「在這裡我必須附帶說明的，文中所謂的『中國』，只是按照一般習慣用法而稱謂的，有時指『中國』有時指『臺灣』而用得相當紛亂，並沒有把『中國』與『臺灣』兩種概念釐定得很清楚」（《林亨泰全集五》，頁 175）。但是撇開「名詞」的爭議，這段文字的重要含義乃在於詩人掌握「現代主義」的方式，亦即，林亨泰並不是將之視為一個擁有固定本質形貌的文學內容，而是將之作為一個有待填補、同時也具有改變「中國」語言潛力的文學空間。也因此，他不僅將臺北的淡水河（「在地」的象徵）期許為「現代主義」的終點，同時更是希望透過變異與創造，而成為另一種文學的新起點。
[54] 趙天儀，〈論林亨泰的詩與詩論〉，《臺灣詩學季刊》第 37 期（2001 年 11 月），頁 13。

詩歌形式，而企圖在「現代」這一個大框架底下，或藉「現代主義」這種外來的不定式，來建立自身的獨特美學。

　　詩人的語言實驗重點是在於從「破壞」來尋找「建立」的可能——這一點我們可以從林亨泰的「主知」概念中看出端倪。我認為「主知」或「知性」的概念是臺灣現代主義詩歌的重要元素之一，我們可以從楊熾昌對於超現實主義的闡述[55]、紀弦「現代派的信條」第四條中的「知性的強調」以及洛夫心中所構畫的理想超現實：「是感性的也是知性的」[56]等等，信手拈來詩人對於「主知」與「知性」的推崇。儘管「主知」或「知性」在每一位詩人那裡各有不同的指涉，但是相較於未來派馬里內蒂的：「讓我們從理智的可憎外殼鑽出來吧！」[57]或超現實主義的布魯東將詩的追求直指夢境、潛意識甚至是錯覺、幻象的探索[58]，「知性」或「主知」的概念，非但不是「西方」的未來派或超現實主義所追求的，甚至是意圖予以瓦解的對象。但臺灣的前衛詩人卻不盡然如此，在林亨泰那裡，「主知」占有著無比優越的地位，他將「主知」與「抒情」對立來看，他在〈鹹味的詩〉中提到，抒情無非是一種「慰藉讀者的糖」，但是作者的任務並不是在於慰藉讀者，而是予以「不快」，這就是作品的批判性。林亨泰引用提博德（Albert Thibaudet）的話說：「這種批判的感覺……使讀者害怕，也使讀者激憤……。依我的看法，沒有一件比這種作者與讀者的鬥爭更健康的

---

[55] 楊熾昌多處提到「主知」與「知性」，首先他自詡在臺灣建立起主知主義的超現實：「過去之詩作品的功過姑且不論，經由《風車》四期的超現實主義系譜在臺灣成為主知主義，新即物的水源地帶，終於變成神話的定論」（《水蔭萍作品集》，頁 253）。另外他也提到類似的說法：「現代詩的完美性就是從作詩法的適用來創造詩，非創造出一個均勻的浮雕不可。所謂詩的才能就是於其詩的純粹性上，非最生動的知性之表現不可」（《水蔭萍作品集》，頁 142）。

[56] 即使洛夫也在他最富於「超現實主義」風格的作品《石室之死亡》中強調，就算不使用「自動表現」的手法，依然可以透過暗示、隱喻或象徵等等，來產生價值的壓縮與意象突出的效果。因此他所追求的是一種「修正」的超現實主義：「未經意志的檢查與選擇而將其原貌赤裸裸托出，勢必造成感性與知性的失調，詩生命的枯竭……因我們主張一首詩在醞釀之初，獨立存在之前，必須透過嚴格的自我批評與控制（《石室之死亡》，頁 1～22）。

[57] 馬里內蒂著，吳正儀譯，〈未來主義的創立與宣言〉，收入柳鳴九主編《未來主義超現實主義魔幻現實主義》，頁 45。

[58] A. ブルトン，〈シュールレアリスム宣言（1924）〉，收入森本和夫譯《シュールレアリスム宣言集》，（東京：現代思潮社，1975），頁 6～50。

事」[59]。而他進一步認為紀弦的詩也就是這種批判的詩，是有別於「抒情主義」的，因此，「（紀弦的）這種詩是意志活動占去了優位的，所以也可以說：這就是抒情的崩潰，也就是主知的抬頭！」（5）[60]「意志活動」乃是林亨泰「主知」的重要內涵，也因此，他的語言實驗的最終目標並不在於追求未來派無政府主義式的激越、混亂與破壞性，而是藉由瓦解一般對於詩歌語言的既成觀點，與一反讀者的閱讀期待，而將箭頭指向詩歌的內在精神活動。關於這一點，其實與楊熾昌在 1934 年所提出的看法是十分接近的：

> 我們怎麼裁斷對象，組合對象，就這樣構成詩的。這是詩人的精神祕密。在那裡詩會做暴風雨的呼吸，我認為被投擲的對象描繪的拋物線即是詩，然而我強求其組織體的不完全。我認為詩的組織就是不完全的意義的世界走到完全的世界。這才是詩的本質。[61]

這段文字裡的「對象」指的是語言和它所對應的「自然」或「現實」，對楊熾昌來說，詩人所關心的並不是那個被投擲的「對象」本身，而是「對象」被投擲時所畫下的「拋物線」過程。不難看出，這裡所謂的「拋物線」，既是一條語言的差異軌跡（traces of differences），亦是詩人在這不斷擴散與綿延軌跡中所試圖介入的內在思考過程，換句話說，「拋物線」指的就是詩人透過投擲「對象」（語言操作）所開展出來的心智動態過程。而這個心智動態過程本身才是「詩的對象」，同時也是「詩的內在事實」。也因此，詩人所關切的，是如何投擲那個「對象」，以及「怎麼裁斷對象，組合對象」。此外，詩人所欲強求的乃是「組織體的不完

---

[59]林亨泰，〈鹹味的詩〉，《現代詩》第 22 期（1958 年 12 月），頁 5。
[60]同前註。
[61]楊熾昌，〈燃燒的頭髮──為了詩的祭典〉，收入呂興昌主編《水蔭萍作品集》，（臺南：臺南市立文化中心，1995 年），頁 129。

全」，亦即，語言與現實對應之間的斷裂而造成的莫可名狀，而這種莫可名狀的對應缺口則是有待想像力來加以填補的。可以說，這種創作時的內在心智動態過程也就是楊熾昌所謂的「主知」概念，「主知」因此是一個透過語言操作而喚醒想像力的心智過程。於是，在詩歌的創作活動中，詩人將語言意義的可對應性及可溝通性讓位給想像力與內在的精神活動，而這也正是「詩人的精神祕密」所在。不但如此，讀者也必須被羅織到「不完全的組織體」中，一起參與詩的思考過程，這樣一來，作品的「不完全」才能夠過渡到彼岸那「完全的世界」之中。

林亨泰有關「拙於造詞砌字」或「惡文的世紀」的說法，其實與楊熾昌的「組織體的不完全」有著近似的內涵。而這也呈顯出這兩位臺灣詩人對於「前衛」的援引，除了是想要借助其破壞的力道之外，更意圖重編「美」與「惡」、「完整」與「缺陷」的疆界，並從中建立一套新的美學思考。縱使他們將自己的詩作放在「前衛」的範疇，或是以「現代主義」來稱呼自己，然其作品實際上是揉雜了更為廣域的各種差點，我們不難在詩人的論述中看到浪漫主義所鼓吹的想像力、象徵主義對於「交感」（"correspondance"）之語言內在形式的追尋，甚至是後現代式的破碎語言外觀，以及表意與表音文字的混雜及轉換，所有這些，均被融合到「主知」的概念之中，與「破壞」的語言技術攜手並進，共同參與「現代詩」的打造，填充他們所想像的「現代主義」的話語空間。

如前所述，「主知」在不同的詩人那裡是存在著相異的認知與詮釋的，關於這一點，需要另文進行系譜式的考察才可能釐清它的各種面貌。但若是籠統概括來說的話，「主知」的義涵在許多臺灣的現代詩人那裡，大概也就是如詹冰所說的：「詩人如小鳥任憑自然流露的情緒來歌唱的時代已過去……我的詩作可以說是一種知性的活動。簡言之，我的詩法是『計算』。我計算心象的鮮度，計算語言的重量，計算詩感的濃度，計算造型的效率，以及計算秩序的完美。最後的目標是要創造前人未踏的詩的

美的世界」[62]。在這裡，詹冰所謂的「知性」，既是創作活動中的精神狀態，同時也是一種語言操作的精神過程，一首詩的完成不再是藉由情感的流湧，而是必須透過「語言技術」的理性操作來加以趨近。這因此使得「主知」帶有一種工具性與技術性的義涵，而這正也符合當時詩人們對於「現代」的想像與期待。詹冰的看法想必會令人聯想起法國詩人梵樂希所說的：「現代的詩人再也不是一個狂亂的瘋子，在一個發熱的夜裡寫下一整首的詩；他應該是一個冷靜的科學家，幾乎就像幾何學家一樣，為敏銳的夢想家服務」[63]。梵樂希推崇理智與科學的方法，而他所強調的知性詩觀，在臺灣或日本[64]是如此地受到廣泛的挪用。在臺灣，無論打的是超現實、未來派或是象徵主義的旗幟，也無論是有過大陸文學背景或走過日治歲月的臺灣詩人，我們都不難看見梵樂希的隻字片語被鑲嵌在詩人的自我主張中，閃閃發著光芒，這無疑是一個耐人尋味的現象。[65]

也因此，一般對於西方現代主義所概括描述的「放逐理性」，乃不足以涵蓋臺灣現代主義詩人的精神傾向。現代主義誠然是被挪用來作為對於主流文學及詩歌的反動，但詩人們所通過的路徑卻未必是以否定理性的方式。或許，較貼切的說法應該是：詩人仍是企圖透過「理性」的語言操作，來打破由主導文化（傳統）所認可的美學合法性，並相信藉此可以達到一種自由。因此語言在這裡成了鬥爭的場域，那裡匯集了新跟舊、「東方」與「西方」、過去與現在的各種勢力的角逐。也誠然，主知或知性的概念之所以不曾受到臺灣詩人的「唾棄」，或許緣於臺灣（其實也包括日

---

[62] 林亨泰，〈笠下影——詹冰〉，收入呂興昌編《林亨泰全集六》，（彰化：彰化縣立文化中心，1998年），頁66。

[63] Valéry, Paul. "On Literary Technique." *The Art of Poetry*. Trans. Denise Folliot. Princeton: Princeton UP. 1985. 315.

[64] 根據《前衛詩運動史の研究》作者中野嘉一的說法，首次將 intelligence（主知）的概念引進日本文壇中的，是《詩と詩論》的主編春山行夫，而服膺於「主知美學」的詩人或學者亦以《詩と詩論》、《文學》與《新即物性文學》等詩誌為中心而展開活動，當中包括了許多重要的詩人如西脇順三郎、北川冬彦、村野四郎與文學理論家阿部知二等等。

[65] 當然我還是得強調，「知性」、「主知」、「理性」、「理智」或「科學思考」等等名詞，在意義上雖然有重疊的部分，但彼此之間不見得是可以通約的，其意涵還是必須還原至詩人或作家所使用的脈絡中，才有可能被理解的。

本）整體的焦慮主要還是來自於西方大舉壓境的科學與工具理性，而即使是新文學的誕生，也自始便承載著理性能夠帶來文化變革的誠摯盼望，因而普遍對於技術、工具、以及「形式或體制的突破可以帶來精神與內涵的改變」等看法，也仍然有著一種樂觀的期待。即使紀弦也不免將「新詩」與「科學」類比[66]，並將現代詩的崛起視爲中國詩的「現代化」。也因此，當「西方」透過廣義的現代主義表達對於科學與理性的質疑時，「現代化」與「現代性」的概念在臺灣（也包括日本），仍是與自由、民主、科學、自我的覺醒等等想像緊扣交纏，因此在文學場域中仍然保持著難以動搖的合法地位。尤其是曾經淪爲殖民或半殖民的臺灣與日本，擁抱現代性的欲望恐怕還是強過於思索其所可能帶來的毒害。

三、結論

林亨泰在語言轉換的困境中，找到現代主義與前衛的語言實驗作爲他的跨語策略，並藉此投身參與正待崛起的「現代詩」的概念建構，但是在1950 年代的政治氣氛下，林亨泰對於前衛概念的援引，是不可能直接作爲衝撞政治的激進主張，而是以迂迴的方式，在形式上指向語言的破壞，並透過這種破壞來翻轉主流的美學價值。然而這種僅在語言上的挑戰卻也不能因此說是「非政治」的。緣於臺灣在 1950 年代正是官方語言尋求一統與標準化的時期，因此文學場域當然也是官方語言建立其優勢地位時所必然重視的目標。而語言的政策既然是透過國家的意志來執行，並由人民主動配合，因此所謂「好的」或「美的」語言已是不可避免地滲透了國家的意識形態。由是，語言的破壞同時也隱含了對於國家主流價值的挑戰。尤其不可忽略的是，林亨泰乃是經過了 1940 年代的另一種前衛——左派思想的

---

[66]紀弦在〈現代派信條釋義〉第二條中提到：「既然科學方面我們已在急起直追，迎頭趕上，那麼文學和藝術方面，反而要它停止在閉關自守、自我陶醉的階段嗎？須知文學藝術無國界，也跟科學一樣。」第四條則有：「一首新詩必須是一座堅實完美的建築物，一個新詩作者必須是一位出類拔萃的工程師。」（《現代詩》第 13 期，頁 4）因此「新詩」在紀弦的想像中，也是帶有著濃厚的「科學」與「技術」色彩的。

洗禮而走向 1950 年代，縱使當時的批判鋒芒不再是指向社會外在的各種現象，但詩人轉而探求創作的「精神自由」，而具體的方式便是「主知」的實踐。也因此，語言的破壞並非林亨泰的終極關懷，而如何從語言在「時間性」與「空間性」的匱乏中，重新打破時空的束縛而壓縮、打造自己的美學，並進而尋求合法化的過程，才是詩人關注的所在。於是，就像本文開頭的引文中所提到的，光只是對於外來名詞的引介與字義的辨明是不足以討論詩的，詩人的真正目標，則是志在參與「名詞」內涵的創造。也因此從西方出發的這些「名詞」，在不同的文化場域中遊走、打滾、變容而輾轉到了臺灣之後，恐怕已不是歐洲的「原初」意義所能予以規範的。

職是，我們既無法將林亨泰透過現代主義或前衛概念所展現的具體實踐，簡單地還原至某個原初形態的「西方」，也不能以林亨泰的現代詩實踐來涵蓋所有的臺灣現代詩人。而這也意味著，如果我們將現代主義放到各個主體的實踐過程中來觀察，我們恐怕得說，臺灣的現代主義難道不是在每一個主體的實踐過程中，透過翻譯、想像，有所吸收、有所揚棄、有所變形或重新排列組合而折射出來的形象各異的創造？或許我們可以將這些由個體所建構的現代主義，集合成一個名為「臺灣現代主義」的複數集合體，然而，若是要從這樣的一個複數集合體找出某些固定的框架，反身來規範或定義個體所呈現的現代主義實踐的話，那我們所能看到的，恐怕將只會是一幅單調的臺灣現代主義圖景。

參考書目

· Bradbury, Malcolm, and James McFarlane. 1991."Movements, Magazines and Manifestos: The Succession from Naturalism." *Modernism: 1890-1930* .Ed. Malcolm Bradbury and James McFarlane. London: Penguin. 192-205.

· Bourdieu, Pierre. 1991. *Language and Symbolic Power*. Trans. Gino Raymond and Matthew Adamson. Cambridge, MA: Harvard UP.

——. c1992. *Les Règles de L'art: Genèse et Structure du Champ Littéraire*. Paris: Seuil.

——. 1993. *The Field of Culture Production*. Ed. Randal Johnson. Cambridge: Polity.

——. 1996. *The Rules of Art: Genesis and Structure of the Literary Field*. Trans. Susan Emanuel. Stanford: Stanford UP.

• Liu, Lydia H. 1995. *Translingual Practice: Literature, National Culture, and Translated Modernity-China*, 1900-1937. Stanford: Stanford UP.

• Valéry, Paul. 1985. "On Literary Technique." *The Art of Poetry*. Trans. Denise Folliot. Princeton: Princeton UP. 315-323.

• Williams, Raymond. 1989. "Language and the Avant-garde." *The Politics of Modernism: Against the New Conformists*. London: Verso. 65-94.

• 三木直大,〈林亨泰中文詩的語言問題——以五〇年代現代詩運動前期為中心〉,《臺灣詩學季刊》第 37 期（2001 年 11 月）,頁 17～30。

• 王拓,〈是現實主義文學,不是鄉土文學〉,收入尉天驄主編,《鄉土文學討論集》（臺北：遠景出版社,1978 年）,頁 100～119。

• 呂興昌編,《林亨泰全集》一、二（彰化：彰化縣立文化中心,1998 年）。

• 邱貴芬,〈《日據以來臺灣女作家小說選讀》導論〉,《後殖民及其外》（臺北：麥田出版公司,2003 年）,頁 209～257。

• 林亨泰,〈文藝通訊〉,《潮流》第 2 年第 1 輯（1949 年 4 月）,頁 36。

——〈房屋〉,《現代詩》第 13 期（1956 年 2 月）,頁 14。

——〈第二十圖〉,《現代詩》第 14 期（1956 年 4 月）,頁 46。

——〈中國詩的傳統〉,《現代詩》第 20 期（1957 年 12 月）,頁 33～36。

——〈鹹味的詩〉,《現代詩》第 22 期（1958 年 12 月）,頁 4～5。

——〈紙牌的下落〉,《創世紀詩刊》第 18 期（1963 年 6 月）,頁 2。

——〈銀鈴會與四六學運〉,《臺灣詩史「銀鈴會」論文集》（彰化：磺溪文化學會,1995 年）,頁 65～71。

——〈山的那一邊〉,收入呂興昌編《林亨泰全集一》（彰化：彰化縣立文化中心,1998 年）。

——〈群眾〉,收入呂興昌編《林亨泰全集一》（彰化：彰化縣立文化中心,1998

年），頁 13～24。

──〈現代派運動與我〉，收入呂興昌編《林亨泰全集五》（彰化：彰化縣立文化中
　　心，1998 年），頁 143～153。

──〈《現代詩》季刊與現代主義〉，收入呂興昌編《林亨泰全集五》（彰化：彰化縣
　　立文化中心，1998 年），頁 154～175。

──〈笠下影：詹冰〉，收入呂興昌編《林亨泰全集六》（彰化：彰化縣立文化中心，
　　1998 年），頁 66～74。

──〈笠下影：錦連〉，收入呂興昌編《林亨泰全集六》（彰化：彰化縣立文化中心，
　　1998 年），頁 103～112。

・洛夫，〈詩人之鏡（自序）〉，《石室之死亡》（臺北：創世紀詩社，1965 年），頁 1～
　　32。

・紀弦，〈現代派信條釋義〉，《現代詩》第 13 期（1956 年 2 月），頁 4。

──〈談林亨泰的詩〉，《現代詩》第 14 期（1956 年 4 月），頁 66～69。

──〈社論──自反而縮雖千萬人吾往矣〉，《現代詩》第 16 期（1957 年 1 月），頁
　　1。

──〈關於臺灣的現代詩──為第 15 屆世界詩人大會的專題演講〉，「第 15 屆世界詩
　　人大會」宣讀稿（1994 年 8 月 13 日）。

──〈我的第二故鄉〉，《聯合報》副刊，1996 年 5 月 31 日。

──《紀弦回憶錄・第二部》（臺北：聯合文學出版社）。

・馬里內蒂著，吳正儀譯，〈未來主義的創立與宣言〉，收入柳鳴九主編《未來主義超現
　　實主義魔幻現實主義》（臺北：淑馨出版社，1990 年），頁 44～50。

──〈未來主義文學技巧宣言〉，收入柳鳴九主編《未來主義超現實主義魔幻現實主
　　義》（臺北：淑馨出版社，1990 年），頁 51～57。

・酒井直樹著，黃念欣譯，〈文明差異與批評：論全球化與文化國族主義的共謀關係〉，
　　《中外文學》第 34 卷第 1 期（2005 年 6 月），頁 127～137。

・現代文學編輯委員會，〈發刊詞〉，《現代文學》第 1 期（1960 年 3 月），頁 2。

・張道藩，〈三民主義文藝論〉，《張道藩先生文集》，道藩文藝中心主編，（臺北：九歌

出版社，1999 年），頁 628～686。

・張誦聖，《文學場域的變遷》（臺北：聯合文學出版社，2001 年）。

・陳芳明，〈橫的移植與現代主義之濫觴〉，《聯合文學》第 202 期（2001 年 8 月），頁
　　136～148。

──〈現代詩與早期現代詩山的引進──紀弦詩論的再閱讀〉，「文學傳媒與文化視界
　　國際學術研討會」，國立中正大學主辦，2003 年。

・覃子豪，〈新詩向何處去？〉，《藍星詩選》獅子星座號叢刊第一輯（1957 年 8 月），
　　頁 9。

・創世紀詩刊編輯委員會，〈創世紀的路向：代發刊詞〉《創世紀》第 1 號（1954 年 10
　　月），頁 213。

・曾貴海，〈臺灣戰後反殖民與後殖民詩學〉，《文學臺灣》第 57 期（2006 年 1 月），頁
　　175～217。

・葉維廉，《解讀現代・後現代》（臺北：東大圖書公司，1998 年）。

・楊熾昌，〈燃燒的頭髮──為了詩的祭典〉，收入呂興昌主編《水蔭萍作品集》（臺
　　南：臺南市立文化中心，1995 年），頁 127～133。

──〈土人的嘴唇〉，收入呂興昌主編《水蔭萍作品集》，（臺南：臺南市立文化中
　　心，1995 年），頁 135～142。

──〈新精神與詩精神〉，收入呂興昌主編《水蔭萍作品集》，（臺南：臺南市立文化
　　中心，1995 年），頁 165～175。

──〈《紙魚》後記〉，收入呂興昌主編《水蔭萍作品集》，（臺南：臺南市立文化中
　　心，1995 年），頁 251～253。

・趙天儀，〈論林亨泰的詩與詩論〉，《臺灣詩學季刊》第 37 期（2001 年 11 月），頁 9～
　　16。

・蕭新煌，〈當代知識分子的「鄉土意識」──社會學的考察〉，《知識分子與臺灣發
　　展》，中國論壇編委會主編（臺北：聯經出版公司，1989 年），頁 179～214。

・澤正宏，〈日本のモダニズム詩〉，モダニズム研究會編《モダニズム研究》（東京：
　　思潮社，1994 年），頁 526～543。

・神原泰，《未來派研究》（東京：イデア書院，1925 年）。

・陳明台，《「詩と詩論」研究——昭和初期日本前衛詩運動の考察》（臺北：笠詩社，
　　　1990 年）。

・千葉宣一，〈前衛藝術との遭遇〉，收入三好行雄、竹盛天雄編《近代文學》，東京：
　　　有斐閣，1977 年），頁 41〜50。

・塚原史，《言葉のアヴァンギャルド》（東京：講談社，1994 年）。

・萩原恭次郎，〈ラスコーリニコフ〉，收入伊藤信吉編《萩原恭次郎詩集》（東京：彌
　　　生書房，1973 年），頁 32〜34。

・A. ブルトン，〈シュールレアリスム宣言（1924）〉，收入森本和夫譯《シュールレア
　　　リスム宣言集》（東京：現代思潮社，1975 年），頁 6〜50。

・分銅惇作〈詩の歷史〉，《近代詩現代詩必攜》（東京：學燈社，1988 年），頁 18〜24。

——選自林巾力《福爾摩沙詩哲——林亨泰》

臺北：印刻出版公司，2007 年 1 月

建構臺灣的新詩理論
細論林亨泰所開展的八方詩路

◎蕭蕭[*]

第一節　前言：北斗指極林亨泰

在《臺灣新詩美學》的共構論述中，我將林亨泰（1924～　）列於現實主義詩人中加以探索，但在行文時卻又不自覺地吐露他的現代主義觀點。譬如：

其一，在引述呂興昌（1945～　）歸結林亨泰詩路歷程所說的話：「林亨泰之『起於批判──走過現代──定位本土』的創作歷程，正是臺灣新詩發展的一個典型縮影。」[1]我更進一步指出「林亨泰『銀鈴會』（1942 年～1949 年）時期的『批判』是現實主義的精神，『笠詩社』時期（1964 年～　）的『本土』是現實主義的內涵，『現代派』時期（1953 年～1964 年）的『現代』仍是以現實爲其內容，只是透過現代主義手法、知性思考、形銷骨立的語言策略，給出心眼裡的現實，就因爲給出的是心眼裡的現實、知性的現實，才可以支應真正現實中的千變萬化，才可以傳遞百代千世而依然是『真』的現實。林亨泰的現實反應不同於一般見事起興、聞雞起舞的淺薄現實主義者，因而才有這樣的讚辭：『他真摯地站在現實基礎上，並堅持知性視野，呈現了獨特的形象，堪稱臺灣戰後詩現實主義者的典

[*]本名蕭水順。發表文章時爲明道大學中國文學系助理教授，現爲明道大學中國文學系副教授。
[1]呂興昌（1945～　），〈走向自主性的時代〉、〈林亨泰四〇年代新詩研究〉，二文均收入《林亨泰研究資料彙編》下冊（彰化：彰化縣立文化中心，1994 年 6 月），頁 365～376，頁 378～446。此一引言分別見於頁 366、379。

範。』²」³在這段話中，我所強調的是：如果不是透過現代主義的洗禮與認知，林亨泰的現實主義詩作將無異於其他的現實主義者，無法超越於一般的現實主義者，因此也就泛泛如同普通的現實主義者。

其二，在「物」之「理」的思考上：「至簡至約的『物』的探索，異於一般現實主義者敘『事』的書寫方式。但『評者之討論往往脫離不了一個惡習——即一味地以詩人對現實乃至社會所作的外在描寫的多寡，作爲判斷作品中現實觀乃至社會性之有無的憑據。』對這種現象，林亨泰深不以爲然，他說：『詩人在許多場合必須把自己所關心的焦點從描寫外在的客觀狀況移至表現內在精神的層次上，縱使他所表現的正是有關現實的外在問題，也非得把它當內在精神的表現問題來處理不可。』⁴揀譯『物』、探索『物』、推究『物』至極處以尋其『理』，是爲了追蹤『物』的『內在精神的層次』，這是林亨泰與一般人相異的現實主義美學特質。」⁵強調這種「從描寫外在的客觀狀況移至表現內在精神的層次上」，其實就是現代主義最主要的精神與內涵，林亨泰早就提出這樣的觀點，並親自加以實踐。

其三，我在〈林亨泰呈現的現實主義美學〉中以這樣的一段話作結：

> 林亨泰，臺灣詩壇的哲人，他的詩冷如匕首，但刺出去的力勁卻熱如鮮血。冷的是言語的削減、情緒的濾除，熱的是生命的活力、物理的沉思，唯其如此，他的詩不會引起喧囂，卻有一股深沉穩定的力量在推促，一把熾熱的火苗在內心深處燃燒。
>
> 「沒有語言／這世界／可能也沒有什麼驚訝」⁶

---

²林亨泰於 1992 年 10 月榮獲第二屆「榮後臺灣詩獎」，此爲詩獎讚辭，收入《林亨泰研究資料彙編》下冊，頁 377。

³蕭蕭（蕭水順，1947～），《臺灣新詩美學》（臺北：爾雅出版社，2004 年 2 月），頁 181～182。

⁴林亨泰，〈現實觀的探求〉，《林亨泰全集》（十冊）之第四冊（彰化：彰化縣立文化中心，1998 年）9 月，頁 204。

⁵蕭蕭，《臺灣新詩美學》，頁 199～200。

⁶林亨泰，〈爪痕集之六〉，《林亨泰全集》（十冊）之第三冊（彰化：彰化縣立文化中心，1998 年 9

林亨泰以最精簡的語言說最強悍的事件，引發最大的驚訝。

「沒有驚訝／這世界／可能也沒有什麼情愛」

林亨泰以哲人之眼深入事物的核心，究其理，闡其微，發現聖人凡人共通的人性，現實世界共存共榮的奧義。

「沒有情愛／這世界／可能再也無須留戀了」

歸結於人性的現實主義詩作，才是永恆的詩，詩的永恆。[7]

語言→驚訝→情愛，依循這樣的指標前進，我們才會發現真正完整的林亨泰，長期在現實主義與現代主義之間拉鋸的詩人，而且這種拉鋸無所謂哪方輸、哪方贏、哪方勝、哪方敗。喜歡二分法的人，喜歡站在某個球根指責另一個球根的人，似乎都無法援引林亨泰作為有力的「政治正確」的例證，卻也無法援引為「反證」，更無法忽略林亨泰的存在，他是臺灣新詩史上不能不論述的重要客體。

這時，如果我們回頭看看康原（康丁源，1947～）筆下的少年林亨泰，成長於濁水溪與大肚溪兩溪之間的他，早已隱隱約約透露出這兩種心思的糾葛：

> 身材高大的林仲禮先生，是林亨泰的三叔，常帶著他到大肚溪畔玩耍，在溪邊，林仲禮常把泥土塗在手掌上，然後用水洗掉，並說：「手髒了要用肥皂，才能洗乾淨。」泥土成了林亨泰心目中的肥皂，只是想不通三叔為何會把泥土當肥皂？[8]

小時候的林亨泰，喜歡呼朋引伴一起玩耍，像是個「囝仔頭王」。遊戲的方式是定一個主題，再讓每個人說出自己的想像：以「如果我是神仙」的主題為例，可以這樣說：「如果我要過一條河，我會將雙腳變

月），頁24。

[7]蕭蕭，《臺灣新詩美學》，頁207。

[8]康原（1947～），《八卦山下的詩人──林亨泰》第一章（臺北：玉山社出版公司，2006 年 4 月），頁13。

長，一腳跨過河流。」每個人的想法都十分荒誕、誇張，但也因此充滿樂趣。[9]

第一個引言，以泥土當肥皂使用，是相當寫實的鄉土生活，但其中「以泥土代肥皂」的做法，雖然是生活累積的經驗，卻也是創意的發揮。

第二個引言，幻想自己是神仙，練習荒誕與誇張的想像力，顯然是現代主義常用的技巧，卻也是活生生的童年幻想的樂趣。

林亨泰出生在北斗（1924 年 12 月 11 日生於當時的臺中州北斗郡北斗街西北斗六百三十六番地外祖母家中），成長在北斗（林亨泰的祖父設籍在北斗街西北斗三百七十九番地），初期教育在北斗地區完成（1931 年隨父親行醫開業，就讀北斗郡埤頭庄小埔心公學校一年級，第二學期轉回北斗公學校就讀），高等教育在北斗奠基（1937 年自北斗公學校畢業，進入原北斗公學校高等科就讀兩年畢業）林亨泰與北斗關係密切，1944 年任教田尾國小，1950 年自臺灣師大教育系畢業後，任教北斗中學三年後才轉任彰化高工。因此，在現實主義與現代主義的共構與交疊中，如果以北斗七星的構圖爲喻，林亨泰就如北斗七星中的「天璇」與「天樞」的聯線，延長五倍，可以找到眾星拱衛的北極星，或可視爲：沿著現實主義與現代主義的共構與交疊，延長五倍，林亨泰成就臺灣詩學中最亮的所在。

以下將以「詩：八卦所開展的多向現實諷喻」、「哲：八爪所開發的多元現代詩論」兩節論述，確立臺灣詩哲林亨泰的歷史地位。

第二節 詩：八卦所開展的多向現實諷喻

曾有年輕學者以林亨泰詩作主題作爲分類的依據，約略以年代之別，共時性的歸納出林亨泰詩作的六個內涵：女性處境的關懷，自然景觀的描繪，鄉土經驗的詮釋，社會生活與現象的關切，現實政治的諷喻，心靈世

---

[9]同前註，頁 15。

界的反省。[10] 呂興昌〈林亨泰四○年代新詩研究〉則從七個層面探討林亨泰詩作特色，包含：知性光照下的抒情，意念的情境轉化，女性典型的塑造，原住民經驗的詮釋，社會苦難的關懷，現實政治的婉諷，語言的跨越。[11] 可以看出林亨泰詩作的現實傾向，其面度十分開闊。

　　康原因爲長年與林亨泰共事（彰化高工，1970 年～1974 年），他們兩人都長期居住八卦山腰，康原嫻熟八卦山地形地勢，出版過《八卦山》詩集[12]，當他撰寫臺灣第一本林亨泰傳記，自然將此書定名爲《八卦山下的詩人——林亨泰》。

　　關於八卦山的命名，最初應該是山上建有「八卦亭」，所以稱爲「八卦亭山」，因而與周易八卦產生聯想，如連橫（1878～1936）《臺灣詩乘》中，收入流寓彰化的晉江秀才蔡德輝寫的一首〈八卦山〉詩：「曉登八卦山，歸來讀周易；掩卷一回思，山行尤歷歷。」[13] 就是將登八卦山與讀周易相連結。另一個說法，康原認爲：臺灣的反清運動中，不管是林爽文、戴潮春、施九緞、陳周全……等，都與八卦會有關，也都在八卦山上開闢戰場。實際上「八卦會」是「天地會」的別稱，乾、坤二卦所對應的就是「天、地」二字，乾隆年間天地會的活動，以彰化爲中心，因此彰化的民族運動，實爲臺灣抗清運動中最重要的一環，彰化爲天地會發展之搖籃，故將扼守屛障之山崗稱「八卦山」。[14] 顯然，康原有意將林亨泰的生活與思想，指向「抗議」精神的傳承。但我以爲回到「八卦」最原始的意義，不以「八卦山」爲限，才能真正開展出林亨泰詩與詩論的大格局、大氣魄。

　　八卦，原是《周易》中的八種圖形，以陽爻（一）、陰爻（一一）組合而成，其名爲：乾、坤、震、巽、坎、離、艮、兌，對應著八種自然現

---

[10] 柯菱玲，《林亨泰新詩研究》，成功大學中國文學研究所碩士論文，1999 年。其第五章爲〈詩作之主題內涵探析〉。

[11] 呂興昌，〈林亨泰四○年代新詩研究〉，《林亨泰研究資料彙編》下冊，頁 378～446。

[12] 康原，《八卦山》（彰化：彰化縣文化局，2001 年 7 月）。

[13] 蔡德輝，〈八卦山〉，連橫（1878～1936）《臺灣詩乘》（南投：臺灣文獻委員會，1992 年 3 月），頁 192。

[14] 康原，《八卦山下的詩人——林亨泰》第九章，頁 113～114。

象：天、地、雷、風、水、火、山、澤，是中國最古老的哲學的起源，是自然景觀與人文思想的結合，由此八卦發展出來的《周易》，游喚（游志誠，1956～）認為是「最標準的一本文學作品，有結構，有隱喻，有絃外之音，有足供天馬行空的聯想材料。而它正是藉文學形式、文學手法表達或玄妙或平實、或抽象或具體的哲理。」[15]因而有「作者之心未必然，讀者之心未必不然。作者用一致之思，讀者各以其情而得之。」[16]這種讀詩的效應。

　　以下以時代先後選讀林亨泰八首詩，雖無法符應「天、地、雷、風、水、火、山、澤」的八卦現象，但可以看出林亨泰在「現代」與「鄉土」上既矛盾又協同的努力，可以看出從太極至無極的開展之功。

一、〈我〉

> 我以文明人的感覺
> 找到這深山裡的百合
>
> 但……
>
> 我以文明人的感覺
> 又扔掉這深山裡的百合[17]

　　這是觀察原住民的組詩〈山的那邊〉第九首，不直接描述烏來原住民的生活細節，而是寫漢人優越感之後的羞愧，頗能體會陶淵明〈桃花源〉「不足為外人道也」的心境，「找到」而後「扔掉」是為了保持原住民原有的優遊自在，不受干擾。

　　彰化詩人對於原住民的書寫，一直走在時代的前頭，如 1920 年代創作

---

[15]游喚（游志誠，1956～），《縱情運命的智慧》（臺北：漢藝色研出版社，1993 年 5 月），頁 12。
[16]同前註，《縱情運命的智慧》，頁 13。
[17]林亨泰，〈我〉，《林亨泰全集一・文學創作卷 1》（彰化：彰化縣立文化中心，1988 年），頁 24。

臺灣第一首新詩的追風（謝春木，1902～1969）所寫的〈詩的模仿〉，其中〈讚美番王〉（1924 年），即透過對原住民領導者自主治理家園的歌頌，透露出被殖民的悲哀，有著建立「望所望，愛所愛」的王國的想望。1930 年代賴和（賴河，1894～1943）有舊詩〈正月十四夜珠潭泛舟〉[18]、〈石印化蕃〉[19]之作，更有新詩〈南國哀歌〉（1931 年），揭露日本殖民政府的霸權、暴虐，從「第三人稱」的悲痛，寫到「第一人稱」的呼籲：「兄弟們！來！來！來和他們一拚！」讓人悲憤交加，血脈賁張。林亨泰的〈山的那邊〉寫於 1940 年代，外在的情勢稍見緩和，因此可以從互尊互重的角度來看待文化的差異。

二、〈哲學家〉

> 陽光失調的日子
>
> 雞縮起一隻腳思索著
>
> 一九四七年十月二十日，秋天
>
> 為什麼失調的陽光會影響那隻腳？
>
> 在葉子完全落盡的樹下！[20]

---

[18] 賴和，〈正月十四夜珠潭泛舟〉，《賴和全集五‧漢詩卷下》（臺北：前衛出版社，2000 年）。原詩如次：「夜深月微暈，水靜潭澄碧。漁舍幾排筏，參差泊遠潭。一葉舴艋寬，三兩無聊客。擊樂發狂謳，仰天數浮白。興到任風移，遂叩石印柵。一社盡驚起，眾犬吠巷陌。太郎出啓關，婦女窺離隙。教喚阿吻來，睡眸尚脈脈。云儂夢正酣、何事惡作劇。願聞妙歌聲，聊以慰夙昔。且喜言可通，無事置重譯。相攜笑登舟，宛如范少伯。太郎彈胡琴，吾乃按節拍。婉囀嬌喉輕，風生動岩石。人世誰無憂，罄樽盡今夕。」

[19] 賴和，〈石印化蕃〉，《賴和全集五‧漢詩卷下》（臺北：前衛出版社，2000 年）。原詩如次：「蕃人無曆史不傳，一事曾聞傳祖先。追逐白鹿忘近遠，遂來浩蕩潭水邊。渴有可飲飢有食，清泉甘冽魚肥鮮。天留此土養吾輩，移家不嫌地僻偏。竊喜紅塵得斷絕，昏昏悶悶長守拙。聚族歌哭恆於斯，不愁世上亂離別。世外桃源古徑通，桃花消息人間泄。漢民冒險入山深，澄潭始染競爭血。伏屍共痛殺傷多，埋石誓天暫講和。漁獵分區不相擾，佳時載酒或相通。猜忌漸忘情誼厚，共存始覺利尤多。鹽銕鹿脯互交易，浸潤能教蠻性革。語言不作舊啁啾，嘉會已解聯裙屐。飾胸黥面風尚存，殺人馘首冤早釋。漢人肆詐漸欺凌，求活終年苦力役。社中婦女姿態佳，下山多作漢人妻。至今壯夫無配偶，丁口減失生率低。散亡相繼蕭索，夜中冷落牛驚嘶。相杵歌殘明月下，含情禁淚心楚悽。誰知我亦天孫裔，未甘長作漢人隸。牛馬生涯三百年，也應有會風雲際。境過循環還到君，今日蕃人更得勢。直率初無報服心，與君協力永共濟。」

[20] 林亨泰，〈哲學家〉，《林亨泰全集一‧文學創作卷 1》，頁 31。

　　這是以哲學家的苦思狀態，控訴 1947 年「二二八」事件的荒謬、不可思議，康原在《八卦山下的詩人》書中引述呂興昌的研究：「林亨泰的策略是，第一層寫秋天縮著腳獨立的一隻雞的姿態，這已經有它獨立的美感；第二層透過『思索』的類推使這隻雞看起來具有哲學家的架勢；第三層透過特殊的特點——1947——與景物特徵的暗示（陽光失調、葉子落盡）營造一種低迷、蕭殺的氣氛，然後再結合縮腳與思索的動作所流露的疑懼、退縮，終於委婉地烘染出那個歷史時空的實質感受；經過一場瀰天浩劫的知識分子，就像深秋蕭條樹下的一隻雞，因天時的變化（所謂變天），不得不縮腳作哲學性思考，思考天理何在！」[21]當然，所謂「哲學家」也未嘗不是另一種反諷，不知珍愛自己子民的執政者必然也會受到人民的唾棄，這種史實不必深思，昭昭於史冊中。

　　「雞縮起一隻腳思索著」是一種中性的意象，未必然是孤獨、落寞、疑懼、退縮的暗示，但與「陽光失調、葉子完全落盡」的蕭殺秋氣相結合，那就令人有著簀然的感覺。1950 年代林亨泰再度使用這個意象：「雞，／縮著一腳在思索著。／／而又紅透了雞冠。／／所以，／秋已深了……」[22]寂靜的農村秋景，一幅意象派的悠閒感就呈現在眼前。差別就在：「縮起一隻腳」是現在進行式的「驚慌」狀態，「縮著一隻腳」是長時間不受干擾的平和圖畫。差別也在：「葉子完全落盡」的生機蕭索，當然也不同於「雞冠紅透」的暖色系統親和力。一簀然，一怡然，前者有現實主義的悲秋之痛，後者則有現代主義「我思故我在」的無爲之境。意象的創造與使用，可以發展出詩的不同面向，林亨泰強調的「現代性」與「鄉土性」的結合，早在 1940、1950 年代就展現功力了！

三、〈村戲〉

　　　　村戲鑼鼓已鳴響……

───────────

[21]康原，《八卦山下的詩人——林亨泰》第四章，頁 53。

[22]林亨泰，〈晚秋〉，《林亨泰全集二‧文學創作卷 2》，頁 20。

親戚從各地方回來，

而笑聲溫柔地爆發……

村戲鑼鼓再鳴響……

又有一批親戚回來，

而笑聲更溫柔地爆發……

村戲鑼鼓又鳴響……

最遠的親戚也都到齊，

而笑聲終於點燃花炮了……[23]

　　臺灣農民生活清苦，農村經濟逐漸凋弊，但是農家氏族共居的生活模式，卻又是文明都市所缺乏。這首詩以「聲音」入詩，因爲在鄉下聲音是溫暖的、共鳴的、相互感應的，鄉下人的笑聲是無邪的、放縱的，聲音的感染力最爲強悍。〈村戲〉原來以「層遞」的方式進行，各段末句從「笑聲溫柔地爆發」、「笑聲更溫柔地爆發」、到「笑聲最溫柔地爆發」，句型類疊，層層推湧，是他早期喜歡使用的「疊句」，他認爲：「『疊句』——反覆詩句——的運用，本是歐洲抒情詩的一定型，後來也廣被日本自由詩所喜歡採用。它能使殘篇斷句不致陷於支離破碎而得以統一成爲完整。」[24]但最後的定稿則是「笑聲點燃花炮」，以不相干的兩件事物、不可能的聯繫法，繫聯在一起，締造高潮，從不變中產生變化，這是現代主義常用的手法。

四、〈黃昏〉

　　　　蚊子們　　在香蕉林中　　騷擾著[25]

---

[23]林亨泰，〈村戲〉，《林亨泰全集二·文獻創作卷2》，頁30～31。
[24]林亨泰，〈詩的三十年〉，《林亨泰全集六·文學論述卷3》，頁8～9。
[25]林亨泰，〈黃昏〉，《林亨泰全集二·文獻創作卷2》，頁66。

　　這是臺灣新詩史上有名的「一行詩」，大膽的創意可以媲美林亨泰一系列的「符號詩」，「蚊子們　在香蕉林中　騷擾著」，亞熱帶臺灣農村生活的特殊經驗，務實的報導，不加任何修飾語，竟然就是這首詩成功的地方。

　　小詩一向擁有東方詩歌展現晶瑩詩想的鑽石魅力，異於西方詠史歌頌的傳統，所以古典絕句只有 20 字或 28 字，日本俳句 17 字（音節），印度泰戈爾的小詩，都以極短的篇幅負荷極為豐滿的詩想，或者留存極大的冥想空間任讀者想像飛躍。

　　因為有〈村戲〉這樣的疊句使用，〈黃昏〉這樣的削除雜質、滌盡修飾的功夫，所以才可能產生〈風景 No.1〉、〈風景 No.2〉的經典名詩。

五、〈風景〉

農作物　的

旁邊　還有

農作物　的

旁邊　還有

農作物　的

旁邊　還有

還有曬長了耳朵

還有曬長了脖子

　　　　　　　　　　　　　　　——〈風景 No. 1〉

防風林　的

外邊　還有

防風林　的

外邊　還有

防風林　的

外邊　還有

然而海　以及波的羅列
然而海　以及波的羅列[26]

——〈風景 No. 2〉

　　〈風景 No.1〉與〈風景 No.2〉同時發表於《創世紀》詩刊第 13 期
（1959 年 10 月），十年後，江萌（熊秉明）發表三萬字的長文〈一首詩
的分析〉於《歐洲雜誌》（1968 年 12 月），此詩此文因而同時成為臺灣現
代詩壇詩與論的標竿，千里馬與伯樂同享榮耀。

　　從來論述者都略過〈風景 No.1〉，只談〈風景 No.2〉，如果能將二詩
同觀，則北斗、溪洲、埤頭的農田平野景觀歷歷在目，二林、芳苑海岸的
防風林特殊景象盡在眼前，沿著斗苑路（北斗到芳苑）西行，一一呈現。
〈風景 No.1〉所看見的是比人低矮的農作物，平視或俯視取景，一眼可以
看到天邊，所以全詩是左右開展，顯現農田的左右之寬與上下之厚；〈風
景 No.2〉看到的是比人高大許多的木麻黃，平視或仰角取境，所以寫的是
想像中一排一排往外延伸的林木，一波一波的海。〈風景 No.1〉的「陽光
陽光曬長了耳朵／陽光陽光曬長了脖子」有著生命成長的喜悅，屬於陽光
的幸福；〈風景 No.2〉的「然而海　以及波的羅列／然而海　以及波的羅
列」多的是未來的期待，屬於想像的幸福。

　　林亨泰接受陳明台（1948～）訪問時，曾提到〈風景〉這首詩有著
「新即物主義」的意圖，要讓書寫的對象自我呈現，詩人不加任何主觀暗
示，他說：「本來我是靠 Object 要讓讀者自己去想像的。早些時候有人
說，那是立體的實驗。其實我是靠即物性的表現寫的。因為那首詩不是用
排的，是靠對象的事物，農作物也罷、防風林也罷，是靠那些東西的本身
去表現的。」可見這首〈風景〉應用新即物主義的客體客觀呈現，卻獲得

---

[26]陳明台（1948～），〈詩話錄音〉，《林亨泰全集八・文學論述卷 5》，頁 8。

立體主義的具象效果,而這種袪除任何形容詞、副詞等修飾語彙的純淨詩作,音韻的呼應在熊秉明指陳下,豐富無比,是現實主義與新即物主義的完美結合。

六、〈作品第十六〉

寡婦　舉頭望明　白
低頭思故　黑

孤兒　舉頭望明　白
低頭思故　黑

老人　舉頭望明　白
低頭思故　黑

瘋者　舉頭望明　白
低頭思故　黑

貧民　舉頭望明　白
低頭思故　黑[27]

發表兩首〈風景〉於《創世紀》詩刊第 13 期(1959 年 10 月)之後四年,林亨泰又於《創世紀》詩刊第 19 期(1964 年 1 月)發表另一震撼性的詩:〈作品〉51 首(含〈序詩〉),標題從〈作品第一〉至〈作品第五十〉依序排互,全詩的內容都以「黑」與「白」作爲生命現象的截然對比,如〈作品第九〉以「白」喻生,〈作品第十〉則以「黑」喻死,在同一對比詩中採用一句型,重覆使用,真正達至「形銷骨立」,不見血肉的地步,彷彿玉山上的白木林默默支撐臺灣廣大的天空。

---

[27]林亨泰,〈作品第十六〉,《林亨泰全集二・文獻創作卷2》,頁 162～163。

　　〈作品第十六〉是典型之作，寡婦、孤兒、老人、瘋者、貧民……，代表著所有孤苦無告者，他們都一樣（一樣的句型，一樣的遭遇）：舉頭望明月，望不見月，只看見空無一物的白；低頭思故鄉，無鄉可思，只看見一片全然的黑，全然的絕望。

　　這 50 首詩，將所有事物推至極處，推到極簡處，推到太極圖裡的陰陽二極，一陰一陽，一黑一白，以生四象，以生八卦。如果以這樣至黑至白的兩極觀念，回頭看〈風景〉二詩，相對於「陽光」的「白」，「農作物」是「黑」的，相對於「防風林」的「陽」，「海以及波的羅列」是「陰」的。「然而」，他們是並列的，同存的，分立的，共生的，林亨泰的詩作與詩觀就是將萬事萬物推到兩端極處，極約、極簡處，最原始的本質，陰陽初判的地方，因而有無限大的可能：二儀、四象、八卦、無極……

　　直至 1989 年，〈風景〉發表之後的 30 年，林亨泰仍然堅持著黑與白的兩極書寫，其中一首是「白」消「黑」長而「白」竟然更亮的〈白色通道〉：「不斷擴大的黑色空間中／白色通道長長地延伸著／黑影子不斷從兩側逼近／白色通道越來越狹窄／／從左邊從右邊黑影湧入／白色通道為著不讓進來／僵直著單薄身子抗拒著／白色通道越來越細長／／黑色空間總是越來越黑／白色通道總是越來越白／在延伸中仍不斷抗爭著／白色通道顯得更亮白了」。[28]另一首是統合黑白的〈一黨制〉：「桌子上／玩具鋼琴／／白鍵／黑鍵／／只有／一音」。[29]消長與統合是另一種政治上的「黑」與「白」，極端複雜的政治現象，林亨泰仍然以最簡約的「黑」與「白」加以勾勒。

---

[28]林亨泰，〈白色通道〉，《林亨泰全集三‧文獻創作卷 3》，頁 81～82。
[29]林亨泰，〈一黨制〉，《林亨泰全集三‧文獻創作卷 3》，頁 97。

七、〈爪痕集之五〉

慢慢的
被吃掉果肉之後

給人任意丟棄的
龍眼果核

垃圾堆裡
像隻瞪大的眼睛

埋怨地
看著滿地的果殼[30]

　　《爪痕集》八首詩寫作於 1982 年 11 月～1983 年 1 月，發表於《現代詩》復刊第 3 期（1983 年 3 月），是林亨泰繼〈作品〉51 首之後重要的一組詩，可以視為後期詩作的高峰。詩的外在形式，或三節、各三行，或四節、各兩行，詩的內容則從大自然的皺摺、歷史的隱晦，看待人心的委婉曲折。其中〈爪痕集之一〉、〈爪痕集之二〉[31]，彷彿是這一輯作品的序詩，標誌著寫作的旨趣，要從乾裂的河牀、夕陽的陰影，緊扣著歷史的拋物線，用以窺伺人間。

　　八首中直接取材於日常生活，最富於現實情境，卻也締造最佳效果的是〈爪痕集之五〉。如果以前述黑白兩極的書寫方式看待此詩，竟然完全吻合：「果肉──白，果核──黑，眼睛──黑，果殼──白」。這首詩就以黑白對映的方式，將受傷害的生命、委屈的憤怒，靜靜呈現。讀此詩時彷彿有諸多黑亮的眼睛，瞪視讀者的良心；彷彿有諸多無聲的吶喊，在

---

[30]林亨泰，〈爪痕集──之五〉，《林亨泰全集三‧文獻創作卷 3》，頁 23
[31]林亨泰，〈爪痕集──之一〉、〈爪痕集──之二〉，《林亨泰全集三‧文獻創作卷 3》，頁 19～20

四周靜靜響起。

　　現代主義者往往以挖掘靈魂深處的震顫為其職志，《爪痕集》時期的作品顯然就有這樣的企圖，但是，假使能以現實生活中的實物為其憑藉，如〈爪痕集之五〉借用八卦山臺地盛產的龍眼、隨地拋擲的龍眼核，則其挖掘的靈魂不會無所依附，靈魂深處的震顫不會憑空消逝，可以深深震撼讀者。

八、〈平等心〉

> 了解自己生命的，無法頂替的，可愛的可貴的，
> 也了解他人生命的，無法頂替的，可愛的可貴，
> 同時，又是超越，又是包涵，又是建構了的，
> 這無法頂替的也就因此一個不漏地頂替起來。
>
> 充滿著個人與超個人，有意識與無意識，
> 這又是淡泊又是深刻，這又是迴向又是發展，
> 這又是純潔又是熱誠，這又是理智又是神祕，
> 同時，這又是傳導又是洞察，這又是磁體又是發光。
> 遍滿天地，超越大小的，永無止境的擴張開來，
> 都能為無私無我地存在，都能為一切存在而存在，
> 無法頂替的，都能一視同仁的，毫無差別的超越，
> 無法同質的，都能完全公平的，毫無差別的包涵。[32]

　　檢驗林亨泰的詩作以發覺其生命哲學，最直接呈露的是寫於 1996 年 5 月，發表於 5 月 29 日《聯合報》副刊的〈平等心〉。

　　實則平等心的溫厚涵養一直彰顯在他各期的詩作中，如早期關懷原住民的詩輯〈山的那邊〉，是族族間的平等心；如長期為林亨泰所愛用的創

---

[32]林亨泰，〈平等心〉，《林亨泰全集三‧文獻創作卷3》，頁 130～131。

作方法：讓「物」自己說話，則是物種間的平等心；如自己身處美國時，想到「被趕出故鄉的人／失去故鄉的人／那沉默、執著的心／不就也是我現在的心情嗎？」[33]更是隨時隨地、設身處地為他人著想。

〈平等心〉這首詩，以自己獨立的人格，推己及人，所有的個體都是可愛可貴、無可取代、無可頂替的，所有的個體生命因此而有各種無限的可能（淡泊、深刻、理智、神祕等等），所以他提出無私無我地存在，為一切存在而存在，則所有的生命將可在生命的品質上無限地超越，在生命的視野上無限地擴伸。林亨泰一生的詩與詩觀，是站在這樣的胸懷與視野，向八方拓展而去。

第三節　哲：八爪所開發的多元現代詩論

彰化縣立文化中心所出版的《林亨泰全集》共有十冊，但詩集僅得其三，論述及外國文學研究、翻譯，卻有七部，與同輩詩人如余光中（1928～）、洛夫（莫洛夫，1928～）、葉維廉（1937～）等詩與論兼優的詩人相比，大異其趣，他們都有一、二十冊的詩集，論述則只有四、五冊而已。早在 1949 年之前，林亨泰已廣泛接觸西方現代主義作品，其時余光中、洛夫等人尚未啟蒙。1956 年元月「現代派」成立前後，林亨泰已發表多篇「符號詩」及其他前衛詩論，覃子豪（覃基，1912～1963）、余光中等人的「藍星詩社」，洛夫、葉維廉的「創世紀詩社」，尚未進入現代化的火爐冶鍊。因此，從歷史的出發點、理論質量的發光點而言，林亨泰必然是臺灣第一位新詩理論家。

以下將從八個方向為林亨泰的詩論指證他開發的軌轍。

一、借銀鈴會的變遷找尋自己的靈魂

「加入銀鈴會，對我的文學生涯而言，是一個重要的起點。」[34]這是林亨泰的女兒林巾力以第一人稱（林亨泰）口吻所寫的傳記《福爾摩沙詩哲

---

[33]林亨泰，〈美國紀行〉，《林亨泰全集三‧文獻創作卷3》，頁57。
[34]林巾力，《福爾摩沙詩哲林亨泰》（臺北：印刻出版公司，2007年1月），頁84。

林亨泰》第四章「銀鈴會」的開頭語，顯見銀鈴會對林亨泰、對彰化詩學、以至於對臺灣文學的歷史意義與價值。[35]

　　銀鈴會是繼 1933 年超現實主義的「風車詩社」之後臺灣第二個新詩社團，成立於 1942 年 4 月，結束於 1949 年 4 月，銀鈴會創辦人之一的朱實（朱商彝，1925～）認爲是在「苦難的年代裡誕生」[36]，當時日本偷襲珍珠港，發動太平洋戰爭，從中途島戰役節節敗退，臺灣男人被拉去南洋充當軍伕，臺灣本土受到美軍 B29 轟炸，臺灣陷入戰爭的苦難中。林亨泰也稱銀鈴會同仁爲「處於最惡劣環境的不幸世代」，因爲太平洋戰爭停戰前夕，是日本軍國主義最爲跋扈的時代，卻也是日本人最難熬、最黑暗的時候，銀鈴會同仁這時候的身分是日本人；戰後，中國政府貪官污吏橫行，經濟幾近崩潰，是中國人最爲困頓、絕望的時候，國民黨政府轉進臺灣，銀鈴會同仁在這個時候當了中國人。[37]再加上 1947 年的二二八事件、1949年的「四六事件」，銀鈴會同仁間接、直接受到衝擊，面臨繫捕、拘囿、處死的威脅，所謂困頓、絕望，所謂惡劣、不幸，臺灣人的歹命無過於此，林亨泰等銀鈴會同仁所面對的時代，正如惡火一般試煉著詩心。

　　「銀鈴會」是臺中一中三位同期同學張彥勳（1925～1995）、朱實、許世清所創辦、推動，張彥勳是臺中后里人，朱實、許世清則是彰化市人，三個人經常交換作品，裝訂成冊，輪流傳閱，相互切磋。其後還出版《ふちぐさ》（邊緣草）日文油印刊物，向外發行，共出刊十幾期，根據朱實的想法：「邊緣草是種在花壇四周的一種花草，它不顯眼，默默奉獻，襯托百花爭豔的花壇，寫意並不深奧，只是表示在這苦難的年代裡，我們

---

[35] 關於「銀鈴會」，林亨泰曾寫過〈銀鈴會文學觀點的探討〉、〈銀鈴會與四六學運〉、〈跨越語言一代的詩人們——從「銀鈴會」談起〉第三篇文章，與朱實、張彥勳、蕭翔文、陳明台、詹冰、陳金連、許育誠的文章，匯集成《臺灣詩史「銀鈴會」論文集》（彰化：礦溪文化學會，1995 年）出版。另，林巾力，《福爾摩沙詩哲林亨泰》第四章、第五章都在回憶「銀鈴會」，值得參考。

[36] 朱實，〈潮流澎湃銀鈴響——銀鈴會的誕生及其意義〉，林亨泰編，《臺灣詩史「銀鈴會」論文集》（彰化：礦溪文化學會，1995 年 6 月），頁 12～13。

[37] 林亨泰，〈編者序〉，《臺灣詩史「銀鈴會」論文集》，頁 4。

三個人願在這小小的園地裡找到心靈的綠洲。」[38]這是所有文學愛好者最原始的本心，銀鈴會創會的初衷，卻因爲太平洋戰事吃緊，美軍轟炸而中斷。此時屬林亨泰、朱實所宣稱的 1942 年 4 月至 1945 年 8 月日本無條件投降爲界的「銀鈴會」前期活動，陳明台（1948～）視之爲銀鈴會同人的「文學修業（修練）時期」[39]，林亨泰尚未加入，「評論之活動尚未抬頭」。[40]

「銀鈴會」的後三年半則是指日本無條件投降至 1949 年 4 月，銀鈴會同仁不顧政局、社會趨勢、文學界的低迷與暗淡，反而更積極而勇敢地重振旗鼓，不再以《邊緣草》自居，反而有領導時代思潮之自我期許，而以《潮流》命名同仁油印雜誌，自 1948 年 5 月開始，採季刊方式發行，一年間共出刊五期，成爲戰後臺灣第一本（中日文混合）詩雜誌，當時林亨泰已加入爲正式同仁，跟朱實是臺灣師範學院（今臺灣師範大學）同學，串聯起師範學院學生、臺中一中校友、彰化與后里文友的感情繫聯與思潮激盪，同仁增至三、四十人，重要同仁風格開始確立[41]，五期《潮流》詩雜誌的創作與論述有著輝煌成果：

日文新詩 114 首
中文新詩 30 首
日文童謠 2 首
中文民謠 3 首
日文小說 4 篇
中文小說 2 篇
日文評論 44 篇
中文評論 2 篇

---

[38]朱實，〈潮流澎湃銀鈴響——銀鈴會的誕生及其意義〉，《臺灣詩史「銀鈴會」論文集》，頁 13。
[39]陳明台（1948～），〈清音依舊繚繞——解散後銀鈴會同人的走向〉，《臺灣詩史「銀鈴會」論文集》，頁 93。
[40]林亨泰，〈銀鈴會文學觀點的探討〉，《臺灣詩史「銀鈴會」論文集》，頁 34。
[41]陳明台，〈清音依舊絲毫——解散後銀鈴會同人的走向〉，《臺灣詩史「銀鈴會」論文集》，頁 93。

日文散文 13 篇

中文散文 10 篇[42]

新詩與評論顯然多於其他文類，日文篇數又壓倒性勝過中文，所謂「跨越語言的一代」，這樣的數證已足以說明一切。跨越語言的一代，其實也跨越了國界、身分、文化使命與文化類型，因而站上另一個制高點——幾乎是人類文化的制高點，大漢、大和（含西洋）、臺灣文化所激湧出來的那個制高點。雖然所謂跨越語言的一代，不完全局限於「銀鈴會」的同仁，「銀鈴會」同仁也不是臺灣當時繼續詩創作的唯一代表，但林亨泰新加入以後的「銀鈴會」，確實在「文學評論」的格局上有了「質變」與「量變」，在「文化方向」的思考上有了「立足點」與「放眼處」的反思，「銀鈴會」因而成為臺灣自發性詩創作的一個重要果實，臺灣自足傳承詩教養的一個不可或缺的象徵。再加上銀鈴會創始人朱實遠遁日本，許世清不知所終，張彥勳轉戰小說、兒童文學，蕭翔文回歸地理學，詹冰、錦連的個性傾向內斂，臺灣詩史上「銀鈴會」與林亨泰因而結合為一，一脈相傳了臺灣詩史的微弱香火，填補了大家誤認的戰後 1940 年代臺灣詩史的空白。

就「承前起後、彌補空白」這點，朱實認為這是「銀鈴會」的歷史意義之一[43]，林亨泰則以「艱苦環境中的奮鬥精神」[44]，解釋這種語言工具更替、政治環境轉換也不可能打敗的臺灣詩人內在的生命韌力。晚一輩的臺灣詩學評論者陳明台則指出，從銀鈴會到笠的階段，具有「建構起臺灣本土詩史完整系譜之意義」。[45]專門研究《笠》詩刊的學者阮美慧承繼這種說法：「銀鈴會的許多重要成員，日後都成為《笠》詩刊社的重要創始者，如林亨泰、張彥勳、錦連、詹冰等，他們成為《笠》成立之初的重要成

---

[42]林亨泰，〈銀鈴會文學觀點的探討〉，《臺灣詩史「銀鈴會」論文集》，頁 36。

[43]朱實，〈潮流澎湃銀鈴響——銀鈴會的誕生及其意義〉，《臺灣詩史「銀鈴會」論文集》，頁 20。

[44]林亨泰，〈銀鈴會文學觀點的探討〉，《臺灣詩史「銀鈴會」論文集》，頁 63。

[45]陳明台，〈清音依舊絲毫——解散後銀鈴會同人的走向〉，《臺灣詩史「銀鈴會」論文集》，頁 106。

員，並將銀鈴會後期所形成的文學風格帶進了《笠》中，使《笠》有注重現實、批判的精神，而這樣的文學風格在日據時期業已完成，因此從銀鈴會到笠正是延續著臺灣新文學的香火……換句話說，做爲詩史完整性連貫，銀鈴會的確有其不可或缺的重要性。」[46]

「銀鈴會」存在的歷史意義，朱實與林亨泰有著相同的歷史評述[47]，他們還指出另外兩項重點：第一點，朱實說是「繼承傳統　堅韌不拔」，林亨泰說是「繼承臺灣文學精神」，都指出銀鈴會延續戰前賴和、楊逵所領導的「反帝反封建」的臺灣文學傳統。第二點，朱實稱之爲「放眼世界立足鄉土」，林亨泰則強「放開胸襟接受世界文學」，他們都提到《潮流》季刊所引用、介紹的各國文學家與文學理論，包括俄國的高爾基、普希金、托爾斯泰，法國的波特萊爾、梵樂希，日本的石川啄木、島崎藤村、北條民雄，中國的魯迅、林語堂等等，以及各種文學思潮，如象徵主義、超現實主義、新現實主義等等。西方現代主義的思潮已在類近無政府、無主義的亂世臺灣悄悄撞擊詩人的心靈，這是 1948 年 5 月～1949 年 4 月的事，林亨泰的第一本詩集《靈魂の產聲》（日文版）也在這段時間醞釀、生產、問世。這時的洛夫剛剛高中畢業，考入國立湖南大學外文系，發表新詩十餘首，攜帶馮至艾青詩集各一冊，隨國民黨軍隊來臺；十年後，1958 年 3 月洛夫第一次風格轉變之作〈投影〉、〈吻〉、〈蝶〉才寫出，1959 年 8 月所謂「超現實主義」組詩《石室之死亡》才動筆。[48]

加入銀鈴會，是林亨泰文學生涯一個重要的起點，就在這個起跑點，林亨泰已經找尋到自己新詩的靈魂。

二、借現代派的舞臺演出自己的戲碼

1955 年，出版日文詩集《靈魂の產聲》之後六年，林亨泰出版了漢文

---

[46]阮美慧，《笠轟跨越語言一代詩人研究》〈第五章·分論（三）——原銀鈴會詩人群：錦連與詹冰、張彥勳研究〉，東海大學碩士學位論文，1997，頁 147～148。

[47]參見朱實，〈潮流澎湃銀鈴響——銀鈴會的誕生及其意義〉，《臺灣詩史「銀鈴會」論文集》，頁 11～22。林亨泰，〈銀鈴會文學觀點的探討〉，《臺灣詩史「銀鈴會」論文集》，頁 33～64。

[48]洛夫，〈年譜〉，《洛夫自選集》（臺北：黎明文化公司，1975 年 5 月），頁 2～3。

詩集《長的咽喉》[49]，之後，偶然在書店發現紀弦主編的《現代詩》，開始以筆名「恆太」投稿《現代詩》，他富於實驗精神的「符號詩」直接刺激了紀弦好勝、好戰之心，終於放手一搏，爲臺灣新詩現代化加足馬力，一個外省籍的詩運動家提供了舞臺，一個本省籍的詩理論家舞出了新姿，雙雙成爲臺灣戰後最新一波現代主義運動的先鋒部隊、頭號旗手。

讀「臺北中學」（今泰北中學）時的林亨泰已廣泛閱讀日本《詩與詩論》雜誌的春山行夫、安西冬衛、北川東彥、北園克衛，超現實主義推手西脇順三郎、瀧口修造，前衛詩人萩原恭次郎，未來派神原泰等詩人的作品，彷彿經過一番水的淘洗、火的冶煉——但與賴和不同的是：他未經由漢詩薰陶，直接從日文奔策向世界。再如橫光利一、川端康成、中河與一的「新感覺派」小說，林亨泰也著迷喜愛，彷彿推開另一扇窗，欣賞不同的景觀——但與賴和不同的是：他專注於新詩創作與論評，不旁騖其他文類。而在現代主義盛行臺灣時文藝青年所琅琅上口的龐德（Ezra Pound, 1885～1972）、艾略特（Thomas Stearns Eliot, 1888～1965）、喬艾斯（James Joyes, 1882～1941）、康明思（Edward Estlin Cummings, 1894～1962）、阿保里奈爾（Guillaume Apollinaire）、紀德（Andre Gide, 1869～1951）、布魯東（Andre Breton, 1896～1966）、里爾克（Reiner Maria Rilke, 1875～1925）、卡夫卡（Franz Kafka, 1883～1924）等等，林亨泰也是在中學後期的階段就開始接觸[50]——但與賴和不同的是：林亨泰率先跳上了現代主義的列車，飛馳於臺灣的土地上。

如果，賴和是臺灣新文學之父，那麼林亨泰的新詩地位也應該有更新的評價。

此時林亨泰對現代主義已經擁有了周全的認識，整裝、蓄勢，等待引爆，但是整個臺灣新詩壇猶在蒙昧混沌中，唯有紀弦組成現代派、引發現代主義論戰，確實有震聾啓瞶的作用，晚年紀弦在其《紀弦回憶錄》之第

---

[49]林亨泰，《長的咽喉》（臺中：新光書店，1955 年 3 月）。
[50]林巾力，《福爾摩沙詩哲林亨泰》，頁 57～58。

二部仍然有著「在頂點與高潮」的喜悅與自得，以第五、六、七等三章加以細論。[51]不過，如此長篇巨幅所論述的，仍然還是觀念上的澄清、口號式的呼籲、主觀型的評斷，未見反思、檢討。以長遠的新詩發展史來看，紀弦鼓舞的僅止於求變的勇氣，而非求新的方向，從最初的組社到稍後的論戰，從論文的內容到紀弦自己所創造的新詩語言、形式，顯現浪漫主義的訴求強過象徵主義的塑型，徒有向前衝的戰鬥個性，缺乏向內看的省思智能，即使今日再閱讀《紀弦回憶錄》，長達 47 頁的第五、六、七等三章篇幅，只有兩處簡略提到林亨泰，一是提到《現代詩》第 14 期紀弦所寫的〈對〈所謂現代派〉一文之答覆〉、〈談林亨泰的詩〉這兩篇文章，是為駁斥一個「無聊透頂寫雜文的傢伙」所寫的〈所謂現代派〉，其內涵如何則未曾檢討（這兩篇文章也未收入 1970 年出版的《紀弦論現代詩》[52]）。一是現代主義論戰期間，《現代詩》第 21、22 期，林亨泰以〈談主知與抒情〉、〈鹹味的詩〉予以聲援，主要論點如何，回憶錄亦闕而不錄。[53]可以看出紀弦粗枝大葉的英雄式的呼告，只管呼聲、力勁是否動人，不管論理、思惟是否到位！

　　相對來看，林亨泰曾經以五篇文章〈新詩的再革命〉〈現代派運動的實質影響〉、〈現代主義與臺灣現代詩〉、〈現代派運動與我〉、〈現代詩季刊與現代主義〉，[54]記述、省視現代派、現代主義對臺灣詩壇的影響，即使晚出的、類近於自傳的《福爾摩沙詩哲林亨泰》仍列有專章〈《現代詩》季刊與新詩的「現代化」〉，以與「銀鈴會」、「第一本詩集」、「《笠詩刊》相配，並且企圖擴大解釋「自波特萊爾以降一切新興詩派」，是「包括 19 世紀的象徵派，20 世紀的後期象徵派、立體派、達達派、超現實

---

[51]紀弦，《紀弦回憶錄》第二部「在頂點與高潮」（臺北：聯合文學出版社，2001 年 12 月），頁 69～115。其第五章、組織「現代派」，第六章、現代主義論戰，第七章、第二個回合和論戰的結果，記述「現代派」組成前後詩壇局勢的變遷，現代主義論戰的因果始末，彷彿盛世又回。

[52]紀弦，《紀弦論現代詩》（臺中：藍燈出版社，1970 年 1 月）。

[53]紀弦，《紀弦回憶錄》第二部「在頂點與高潮」，頁 74，114。

[54]林亨泰，《林亨泰全集五・文獻創作卷 2》，頁 2～29，117～175。

派、美國的印象派，以及今日歐美各國的純粹詩運動。」[55]希望能爲紀弦的「移植」之說添加「在地化」的可能，舉日本「新感覺派」吸取外國前衛文學觀念與嶄新技法，用以豐富自身爲證[56]，在在顯示林亨泰迴護紀弦與現代派，用心良苦。

　　衡諸《林亨泰全集》裡的理論之作，學術論述置於卷 1、卷 2，均爲專書、長論，但並無一文發表於《現代詩》；卷 3 是文學生活回顧、作家作品論、序跋類文章，也與《現代詩》屬性相異；卷 4 蒐羅文學短論，只有〈關於現代派〉（《現代詩》第 17 期）、〈符號論〉（第 18 期）、〈中國詩的傳統〉（第 20 期）、〈談主知與抒情〉（第 21 期）、〈鹹味的詩〉（第 22 期）、〈孤獨的位置〉（第 39 期）第六篇文章登載於《現代詩》，這些短論總有幾句話呼應紀弦或現代派之說，但文勢一轉，即以林亨泰自己的創見爲核心，篇幅雖短小，鋒芒卻銳利，一如閃電、鑽石，醒人耳目，在 1957、1958 年早期的新詩天空，或逼人向內省思，或引人往外飛馳。如洛夫與創世紀的改變竟是緊接在這些論述之後：洛夫第一次風格轉變之作是在 1958 年 3 月，他的「超現實主義」作品《石室之死亡》是在 1959 年 8 月動筆，他與張默、瘂弦所主導的《創世紀》以〈社論〉的方式說：「雖然我們從未揚著『現代主義』的旗幟，但我們確是現代藝術的證人與實踐者。」[57]擱置『民族主義』黃色三角旗，扛起『現代主義』的大纛，也是在創刊五年之後的 1959 年 10 月。現代、現代性、現代感、現代主義，從此成爲臺灣詩壇人人朗朗上口的詞彙。

三、借符號詩的實驗樹立自己的形象

　　如何現代，怎樣前衛，應該是新詩革命者最想找到的方法。臺灣詩壇在焦灼的 1950 年代，既已拋除舊詩格律，卻又陷入「五四」、「日制」雙重傳承雙重斷層的懸崖之下，路在哪裡？方法如何尋求？茫無頭緒。「新

---

[55]林巾力，《福爾摩沙詩哲林亨泰》，頁 140。亦見於《林亨泰全集五‧文獻創作卷 2》，頁 18。
[56]林巾力，《福爾摩沙詩哲林亨泰》，頁 142。亦見於《林亨泰全集五‧文獻創作卷 2》，頁 19～20。
[57]《創世紀》社論：〈五年之後〉，《創世紀》第 13 期（1959 年 10 月），頁 1。

詩向何處去」筆戰的雙方，應該就是這種焦灼心境的顯現。林亨泰適時在
《現代詩》第 11 期（1955 年秋季）發表一首題爲〈輪子〉的「符號
詩」，將詩中「轉」字依其義加以 90 度、90 度再旋轉四次，將「它」字
依其形 90 度、90 度再旋轉四次，震撼詩壇，其後又陸續發表〈房屋〉等
詩，既顛覆「認識論」，又揚棄「修辭學」，砍斷一般人對字義的長期依
賴，讓每一個字成爲一個「存在」。[58]並且佐以〈符號論〉（《現代詩》第
18 期）、〈中國詩的傳統〉（《現代詩》第 20 期）的論述，得出這樣的結
論：本質上，中國詩的傳統即象徵主義；文字上，中國詩的傳統即立體主
義，爲「符號詩」（一般稱之爲「圖象詩」）找到了東方、西方都可以接受
的支點，因而鼓舞了臺灣新詩人創新的勇氣與信心。

　　林亨泰對「符號詩」即知即行，藉由日本神原泰的《未來派研究》
（1925 年）、萩原恭次郎的前衛詩作、法國詩人阿保里奈爾的立體派作
品，多方運用不同字體、不同字號、不同顏色、擬聲字詞、數學記號、數
字感覺、樂譜、歪斜或顛倒字形、自由順序等方法——林亨泰稱之爲「自
由語」的創造，或印刷技巧的運用[59]，大量訴諸視覺，勇於推崇圖象。雖然
在很短的期間內完成十多首符號詩，發表的時間卻拉長爲一、二年之久，
影響的波度因而增強。再加上白萩的跟進、爭論，詹冰先發後至的精采作
品〈水牛圖〉、〈自畫像〉，「銀鈴會」之後的臺籍詩人，即知即行，爲
臺灣新詩吹皺一池春水，將新詩創作推向無限可能。

　　如果沒有林亨泰、白萩、詹冰的圖象詩熱潮，臺灣現代詩狂飆期或許
會延緩，聲勢會減弱。亦即林亨泰「符號詩」直接刺激的，並不是圖象詩
的大量仿製或立體派的聲譽鵲起，而是整體現代詩技巧的頓然覺醒，一夕
之間，詩人鐐銬盡除，奮勇衝刺，雙重傳承雙重斷層的懸崖反而開出奇險
之花。

---

[58]林亨泰，〈現代派運動的實質及影響〉，《林亨泰全集五‧文獻創作卷 2》，頁 123～128
[59]林亨泰，〈現代派運動與我〉，《林亨泰全集五‧文獻創作卷 2》，頁 146～147

四、借小論文的力量積澱自己的功夫

　　林亨泰自承是跨越語言的一代，漢字言說或書寫，不是他的專擅，但在日文閱讀與臺語思考之後，心中所翻湧的理念又不能不一吐為快，因此他選擇以短小的篇幅去承載巨大的思考所得，借小論文的力量積澱自己的功夫，如早期在《現代詩》、《笠》上的作品，無一不是短製小論，卻又耐人咀嚼。因為篇幅短小，作者必須芟穢除垢，剪葉裁枝，去掉蕪雜，所以沒有摻水之嫌；也因為篇幅短小，讀者得以伸張自己的想像，添補罅隙，激盪腦力，激生智慧。

　　如最早發表在《現代詩》第 17 期的〈關於現代派〉，以英文字母分段區隔，逐層翻騰，各段都有精義，如（Ａ）節所言：

> 「現代派」——這個廣義的稱呼，便是立體派、達達派、和超現實派的
> 總稱。按發生時間的前後我們應該這樣的稱呼：
> （一）現代派第一期（即指立體派而言）
> （二）現代派第二期（即指達達派而言）
> （三）現代派第三期（即指超現實派而言）
> 然而，「超現實」，乃是自立體派至超現實派的一連串運動所一貫的精
> 神。[60]

　　幾乎將現代主義「異時而交疊，共構而岔生」的特性，三言兩語交代清楚。

　　即如後來驅遣文字漸趨成熟，林亨泰撰寫長論時仍然依循這種模式：壹、貳、參……，或 Ａ、Ｂ、Ｃ……，任其演繹、分立、干擾、組合，以小論的方式去傳達周密的思維，從此成為林亨泰論著的特色。

---

[60]林亨泰，〈關於現代派〉，原載《現代詩》第 17 期（1957 年 3 月 1 日），轉引自《林亨泰全集七·文學論述卷 4》，頁 6。

五、借笠下影的「引言」傳達現代主義的心聲

1964 年《笠》詩刊創辦初期，一至六期爲林亨泰所主編，精心設置「笠下影」、「詩史資料」、「作品合評」等專欄，爲臺灣現代詩學的建構付出心血，其中「笠下影」分列「作品」、「詩的位置」、「詩的特徵」三欄，爲詩人作品作完整評述的工作，爲詩人歷史地位作定音之準備，最早的八期（八位）爲林亨泰所撰稿，前面五期是《笠》詩社同仁，林亨泰藉著尙未進入作品評述之前的「引言」（引用同仁的詩見解、詩觀念），爲自己的同仁找到他們內心深處「追求現代主義」的心聲：

（一）詹冰（詹益川，1921～2004）：

> 詩人如小鳥任憑自然流露的情緒來歌唱的時代已過去；現代的詩人應情緒予以解體分析後，再以新的秩序和型態構成詩，創造獨特的世界。因之詩人該習得現代各部門的學識和教養，傾注其所有的知性來寫詩……
> 我的詩作可以說是一種知性的活動。簡言之，我的詩法是『計算』。我計算心象的鮮度。計算語言的重量。計算詩感的濃度。計算造型的效率。以及計算秩序的完美。最後的目標是要創造前人未踏的詩的美的世界。[61]

（二）吳瀛濤（1916～1971）：

> 最初也是最後的，最渺小而也是最龐大的，物質中之物質，生命中之生命，人工的最高峰，人類智慧的極深奧——這就是原子，原子的領域，同時也就是新世紀的詩的領域。[62]

---

[61] 〈笠下影：詹冰〉，原載《笠詩刊》第 1 期（1964 年 6 月 15 日），頁 6。林亨泰，《林亨泰全集六・文學論述卷 3》，頁 66。
[62] 〈笠下影：吳瀛濤〉，原載《笠詩刊》第 2 期（1964 年 8 月），頁 4。林亨泰，《林亨泰全集六・文學論述卷 3》，頁 75。

（三）桓夫（陳武雄，1922～）：

> 認識自我，探求人存在的意義，將現在的生命連續於未來，為具備持久
> 性的真、善、美而努力；就必須發揮知性的主觀精神，不斷地以新的理
> 念批判自己；並注重及淨化自然流露的情緒，但不惑溺於日常普遍性的
> 感情，而追求高度的精神結晶。──我想以這種方式，獲得現代詩真正
> 的性格。[63]

（四）林亨泰：

> 我寧願盡力去探求還沒有被那些「懂得價值的人」的足跡所踐踏過的地
> 方，縱然那是有著猙獰的容貌而不能稱為風景，或者不過是醜陋的一角
> 而不足以稱為風景，可是，我以為只在這裡才體會得到人類居住的環境
> 底真正的嚴謹性。[64]

（五）錦連（陳金連，1928～）：

> 我是一隻感傷而吝嗇的蜘蛛。
> 1.感傷──對存在的懷疑，不安和鄉愁，常使我特別喜愛一種帶有哀愁的
> 悲壯美（當然也不妨含有一些冷嘲和幽默的口吻）。
> 2.吝嗇──我珍惜往往只用了一次就容易褪色的僅少的語彙（身上的錢既
> 少，就不許揮霍的）。
> 3.蜘蛛──為了捕捉就得耐心等待（並非等著靈感的來臨）。[65]

---

[63] 〈笠下影：桓夫〉，原載《笠詩刊》第 3 期（1964 年 10 月），頁 4。林亨泰，《林亨泰全集六‧文學論述卷 3》，頁 84～85。

[64] 〈笠下影：林亨泰〉，原載《笠詩刊》第 4 期（1964 年 12 月），頁 6。林亨泰，《林亨泰全集六‧文學論述卷 3》，頁 93～94。

[65] 〈笠下影：錦連〉，原載《笠詩刊》第 5 期（1965 年 2 月），頁 6。林亨泰，《林亨泰全集六‧文

這樣的引言，可以聽到《笠》詩刊同仁與時俱進的決心與信念，林亨泰費心為他們找到內心的期許，顯示林亨泰作為編輯者的敏銳，更重要的，這也顯示出做為一位傑出的評論者，林亨泰十分清楚臺灣現代詩未來發展的趨勢與走向。

六、借笠下影的「位置」肯定現代主義的價值

《笠》詩刊「笠下影」的評論工作，在介紹過《笠》詩社前輩同仁之後，第六期至第八期轉而介紹「現代派」的三位詩人，仍由林亨泰執筆，可以看出林亨泰對「現代派」的重視。

評介社外詩友，林亨泰改借「詩的位置」肯定「現代派」三位詩人的成就，兼而肯定現代主義的價值：

（一）紀弦（路逾，1913～）「詩的位置」：

> 當紀弦主編的《現代詩》揭櫫『現代派宣言』時，《藍星》詩刊猶沉睡於『抒情』的甜夢之中，至於《創世紀》詩刊，也還停留於『新民族詩型』的樸素階段。又，方思、楊喚、葉泥、鄭愁予、林亨泰、林泠、壬癸（商禽）、季紅、吹黑明、楊允達、錦連、黃荷生、薛柏谷等夥友之所以聚集於《現代詩》，並非由於他們的作品相類似，而是由於作品的顯然相異，這正是意味著他的重視獨創性（originality）更甚於熟練性（discipline）。[66]

（二）楊喚（楊森，1930～1954）「詩的位置」：

> 就詩的風格看來，他可以說與《現代詩》詩刊上各詩人的作風是有其顯著的親近性的。即是說，就他的詩並非單純的『抒情詩』，甚至更能在

學論述卷 3》，頁 103。

[66] 〈笠下影：紀弦〉，原載《笠詩刊》第 6 期（1965 年 4 月），頁 6。林亨泰，《林亨泰全集六·文學論述卷 3》，頁 119～120。

詩中找到閃爍著的「知性的光輝」這點來說，或就他不以詩來裝飾自己的弱點這樣「真摯」這一點來說，平心而論，當我們處處都可以發現與《現代詩》詩刊上的各作品的類似點時，我們似乎更有理由把他併入《現代詩》詩刊這一系列裡了。[67]

（三）方思（黃時樞，1925～）「詩的位置」：

方思是與紀弦等幾個人推動中國詩導向現代化上，可說是比余光中早一時期的先進之一。雖然所寫的詩論不多，但由他對介紹里爾克以及各國現代詩人的手法上，我們將可以窺見並十二分的了解他對於領會現代詩的深度。[68]

以如此肯定的語氣肯定三人，是因爲林亨泰與「現代派」有著相同的氣息。這種借「笠下影」，以彰顯現代主義的努力，常爲一般評論者所忽略，當然也爲其後繼續撰寫的人所無法企及。隨著林亨泰離開《笠》詩刊主編檯，《笠》詩刊追求現代主義的意願越來越淡，而實踐現實主義的使命感則越來越重，詩理論的分量也少於林亨泰掌舵之日，間接證明林亨泰對於新詩理論有著立竿見影的自我期許。

七、借訪問記的挑戰，裨補現代主義的闕漏

林亨泰是跨越語言的一代，長篇論述或口頭訪問原來都不是他所擅長，但經由一次又一次的訪談，一次又一次的反思，他努力借著訪問記修補早期立論的缺失，增補新的思考所得。

譬如對於現代詩的真摯性之外，他還強調詩的世界性的期許：「首先我們要認識現代詩的基本精神，我們要具有：A、真摯性：要寫『現代』

---

[67] 〈笠下影：楊喚〉，原載《笠詩刊》第 7 期（1965 年 6 月），頁 10。林亨泰，《林亨泰全集六·文學論述卷 3》，頁 129～130。

[68] 〈笠下影：方思〉，原載《笠詩刊》第 8 期（1965 年 8 月），頁 25～26。林亨泰，《林亨泰全集六·文學論述卷 3》，頁 1390。

的詩，不要虛偽。B、世界性：要有世界一體的觀念，在精神上與全人類的
意識活動緊密連結在一起，這才是重要的。[69]

再如面對「情感」，林亨泰也曾細分為四個層次，這是談「知性」的
他所罕於言說的，這樣的說辭彌足珍貴：

> 「感官的感情」──是由身體上任何部位遭受刺激：如美味、痛覺、飢
> 渴、性衝動等所引起的感情，假如把這種感情與詩史上相對應，代表
> 「歌詠時期」，這種發洩方式相當於這一個層次。
>
> 「生命的感情」──是由健康狀態，如莊重、爽快、疲憊等的感覺所引
> 起的，如一種底層流動的地下水脈，這一層次無須外在的刺激，靠自己
> 的力量從生命的深處存在的本源抒洩自己，所以它是更屬人性的，是發
> 自生命的本身。這層次與詩史上的「民謠時期」相對應。
>
> 「心情的感情」──是一般人所謂的感情，如喜悅、憤怒、滿足、悲
> 哀、苦惱、羞恥等感情而說的，是多采多姿而富有色彩的感情。這層次
> 的感情在詩史上，該屬於「抒情詩時期」。
>
> 「精神的感情」──是凌駕這三個層次感情之上，將一切歸統於價值世
> 界，如憧憬、世界苦、歸依之心等，可以說是屬於最高的一層次的感
> 情。這一層次的感情與「現代詩時期」相對應。[70]

感情之說，最後卻又歸結於理性的判斷，這樣的說詞頗似有著現實世
界的情意，卻又必須思考現代主義的表現技巧。林亨泰內心的二元激盪，
似乎不曾停息。

八、借座談會的揮灑，點化現代主義的精神

《笠》詩刊的「作品合評」活動，行之既久，影響極遠，尤其是陳千

---

[69] 楊亨、廖莫白，〈詩的防風林〉，《幼獅文藝》第 289 期（1978 年 1 月）。林亨泰，《林亨泰全集
八·文學論述卷 5》，頁 28。
[70] 康原，〈訪林亨泰先生談文學創作中的情感〉，《臺灣日報》，1979 年 3 月 3 日。林亨泰，《林亨泰
全集八·文學論述卷 5》，頁 52～53。

武、林亨泰、錦連、詹冰、白萩（何錦榮，1937～）等長老級的發言，對於社內同仁具有相當大的啓示作用、教育功能與「笠」精神的傳承意義。林亨泰常在這種溫馨的場合，語重心長，時有微言大義在其中，頗值得參考。

如「很多人都說文學是生活的反映，這是不錯的，但是把生活誤解爲日常生活的流水帳才是生活的表現，那是不可原諒的，文學的真實感（reality）是一種逼真，而不是與日常生活的一致，所謂『小說』本來就是一種 fiction，如卡夫卡的《變身記》，他所寫的雖然是一種虛構（fiction），但是，讀者讀來如果能感到逼真，那麼，這就是文學上的所謂『真實性』。」[71]

如「詩是從痛苦中創作出來才是真正的東西，脫離現代環境要獨善其身，簡單是沒有辦法。」「主知是優位，抒情在於其次。古詩或許有它的好處，奈已逐漸被現代人所遺忘。」[72]

在「詩與現實」的座談會上，林亨泰說：「題材加上表現方法加上思想性才算完整。」「作家應該要想到怎麼寫的問題，所謂專家就是要有解答爲什麼這樣的能力。詩人和小說家就是這方面的專業人員！對怎麼寫這問題不能忽略，不但不能忽略，是更重要的一點。[73]

第四節　結語：臺灣詩哲林亨泰

2001 年，真理大學準備頒贈林亨泰先生「臺灣文學家牛津獎」，我建議以「臺灣詩哲」的讚辭稱揚他，獲得採納，就如獎詞上所寫「林亨泰先生的作品，爲了成型，在形式層次上，必須足夠意象化與結構化；爲了耐

---

[71]〈作品合評〉（邱瑩星作品等），原載《笠詩刊》第 6 期（1965 年 4 月 15 日）。林亨泰，《林亨泰全集九・文學論述卷 6》，頁 45～46。
[72]〈作品合評〉（鄭烱明作品研究座談會），原載《笠詩刊》第 7 期（1967 年 2 月 15 日）。林亨泰，《林亨泰全集九・文學論述卷 6》，頁 97～98。
[73]〈詩與現實〉（中部座談會記錄），原載《笠詩刊》第 120 期（1984 年 4 月 15 日）。林亨泰，《林亨泰全集九・文學論述卷 6》，頁 181。

讀，在涵義層次上，必須充分深層化與多義化。他的哲學思考，已成爲臺灣詩林之典範。」

臺灣詩人林亨泰清楚自己要寫什麼，在做什麼，能將艱深的理論化成各種不同的言語，透過不同的管道，深入影響不同世代的詩人，而且跨越語言，跨越政治藩籬，跨越社團，應該是絕無僅有，臺灣第一人。

正如 1996 年他寫給張默（張德中，1931～）的信所言，他一生的創作可分爲三個時期：

第一時期：銀鈴會時期，自 1945 年～1949 年。

特色：以日文寫作，滿懷社會改革理念。

第二時期：現代詩時期，1952 年～1964 年 6 月。

特色：提出主知的優越性和方法論的重要性。

第三時期：笠詩社時期，自 1964 年 6 月至現在。

特色：強調時代性與本土性，主張「現代」與「鄉土」並不衝突，相信「現代」的成果必能落實在「鄉土」上。[74]

這三個時期的理想一直延續著，激盪著，如社會改革的理念，在後期的作品中更爲張皇，如主知的優越性和方法論的重要性，在第三時期依然未曾放棄，作爲臺灣第一位新詩理論者，林亨泰努力的「現代」成果如是落實於臺灣的土地上。

參考文獻

書目（依作者姓氏筆畫序）：

・呂興昌，《林亨泰研究資料彙編》彰化：彰化縣立文化中心，1994 年。

・阮美慧，《笠詩社跨越語言一代詩人研究》，臺中：東海大學碩士論文，1997 年。

---

[74]林亨泰，〈復張默書〉，《林亨泰全集七・文學論述卷 4》，頁 301～302。

- 林巾力，《福爾摩沙詩哲林亨泰》臺北：印刻出版公司，2007 年。
- 林亨泰，《林亨泰全集》（十冊），彰化：彰化縣立文化中心，1998 年。
- 林亨泰，《臺灣詩史「銀鈴會」論文集》，彰化：磺溪文化學會，1995 年。
- 柯菱玲，《林亨泰新詩研究》，臺南：成功大學碩士論文，1999 年。
- 洛夫，《洛夫自選集》，臺北：黎明文化公司，1975 年。
- 紀弦，《紀弦回憶錄》，臺北：聯合文學出版社，2001 年。
- 紀弦，《紀弦論現代詩》，臺中：藍燈出版社，1970 年。
- 康原，《八卦山》，彰化：彰化縣文化局，2001 年。
- 康原，《八卦山下的詩人——林亨泰》，臺北：玉山社出版公司，2006 年。
- 笠詩社：《時代的眼・現實之花》（《笠》1～120 影印本），臺北：學生書局，2000 年。
- 連橫，《臺灣詩乘》，南投：臺灣文獻委員會，1992 年。
- 游喚，《縱情運命的智慧》，臺北：漢藝色研，1993 年。
- 蕭蕭，《臺灣新詩美學》，臺北：爾雅出版社，2004 年。
- 賴和，《賴和全集》，臺北：前衛出版社，2000 年。

——選自蕭蕭《土地哲學與彰化詩學》

臺中：晨星出版公司，2007 年 7 月

輯五◎
研究評論資料目錄

作家、作品評論專書與學位論文

專書

1. 呂興昌編　　林亨泰研究資料彙編（上、下）　彰化　彰化縣立文化中心　1994 年 6 月　467 頁

本書分上、下 2 冊，收錄評論林亨泰及其作品之相關資料 49 篇：1.端碧〈我記憶裡的兩首詩：「按摩者」的道德性與〈渡〉的社會性〉；2.吳瀛濤〈詩的真實：論〈按摩者〉與〈渡〉〉；3.端碧〈詩人的使命〉；4.蕭金堆〈《靈魂的產生》序〉；5.子潛〈詩人之眸——談亨人〉；6.紀弦〈談林亨泰的詩〉；7.柳文哲〈論詩的語言底純粹性〉；8.余光中〈古董店與委託行之間〉；9.林亨泰〈笠下影：林亨泰〉；10.鄭炯明〈評介《現代詩的基本精神》〉；11.江萌〈一首現代詩的分析〉；12.林鍾隆〈《林亨泰詩集》的風貌〉；13.水星詩社〈中國現代派扛鼎詩人：林亨泰作品回顧特展〉；14.旅人〈林亨泰的出現〉；15.蕭蕭〈〈風景 NO.2〉賞析〉；16.江萌〈讀〈風景 NO.2〉一詩的示意〉；17.張漢良、蕭蕭〈林亨泰〉；18.李豐楙〈林亨泰〉；19.張彥勳〈林亨泰〉；20.康原〈靈魂的初啼聲：小論林亨泰早期的作品〉；21.張默〈林亨泰〈風景 NO.2〉〉；22.喬林〈學習筆記〉；23.吳晟〈溫厚的長者〉；24.陳千武〈詩人林亨泰與風景〉；25.喬林〈回看林亨泰〉；26.康原〈八卦山下的詩人林亨泰〉；27.趙天儀〈知性思考的瞑想者：論林亨泰的詩〉；28.鄭炯明〈從林亨泰《長的咽喉》談起〉；29.陳明台〈《林亨泰詩集》〉；30.趙天儀〈〈晚秋〉表現季節變化的詩〉；31.洛夫等〈《林亨泰詩集》研討會〉；32.黃綺雲〈我的丈夫林亨泰〉；33.鄭明娳〈非情詩人〉；34.陶梁〈〈春夏秋冬〉、〈今日又升起〉簡評〉；35.吳新發〈非情世界：試論《林亨泰詩集》與《爪痕集》36.林燿德〈疾射之箭，每一剎那皆靜止〉；37.古繼堂〈林亨泰〉；38.于慈江〈〈風景〉賞析〉；39.蔡榮勇〈以小見大〉；40.林燿德〈林亨泰繫年〉；41.游喚〈一首問題詩的問題詮釋：「臺灣現代詩批評考察系列」之一〉；42.朱雙一〈林亨泰〉；43.何加焉、姚玉光〈林亨泰詩鑑賞〉；44.康原〈詩史的見証人：跨越語言一代的詩人林亨泰先生〉；45.呂興昌〈走向自主性的世代：林亨泰詩路歷程簡述〉；46.李魁賢等〈第二屆「榮後臺灣詩獎」獎辭〉；47.呂興昌〈林亨泰四〇年代新詩研究：跨越語言一代的詩人研究之二〉；48.陳千武〈知性不惑的詩：評介林亨泰〉；49.古遠清〈林亨泰——冷靜、睿智的前衛詩論家〉。

2. 真理大學臺灣文學系編　　福爾摩莎詩哲——林亨泰文學會議論文集　臺北　真理大學臺灣文學系　2001 年 11 月 3 日　140 頁

本書爲林亨泰文學會議論文集、會議手冊及會議紀錄合訂本：1.論文集，收有趙天儀〈論林亨泰的詩與詩評論——現實主義與現代主義的對話〉、三木直大〈林亨泰「現代派」詩的鄉土性〉、三木直大〈林亨泰中文詩的語言問題——以五〇年代現代詩運動前期爲中心〉、三木直大〈「東方的時間」與「西方的時間」——關於林亨泰的〈美國紀行〉、蕭蕭〈臺灣現實主義詩作的美學特質——以林亨泰爲驗證重點〉、孟佑寧〈林亨泰語言風格「異常句」、「走樣結構」之分析——以《林亨泰詩集》爲分析場域〉；2.會議手冊，收有陳凌〈獻辭——詩史之眸〉、李魁賢〈專題演講——林亨泰的典型〉、張秋雲輯〈林亨泰先生獲獎紀錄〉、張秋雲輯〈林亨泰先生學經歷〉、黃桂汝輯〈林亨泰先生文學年譜〉、郭書伶，陳佩璇輯〈林亨泰先生著作細目〉、邱素貞輯〈林亨泰先生嘉言錄〉、邱素貞輯〈林亨泰先生文學佳評〉、林亨泰著；林巾力譯〈「從我第一本詩集說起」〉；3.會議記錄，收錄李魁賢專題演講內容、趙天儀等人論文發表摘要、講評與問題討論以及蕭蕭主持；李魁賢，白靈，向陽與會的專題座談：臺灣詩學教育展望。

3. **真理大學臺灣文學系** **「福爾摩莎詩哲——林亨泰文學會議」論文集** **彰化** **彰化縣文化局** **2002 年 1 月** **324 頁**

本書結集「福爾摩莎詩哲——林亨泰文學會議」之會議論文，全書共 7 篇：1.趙天儀〈論林亨泰的詩與評論——現現實主義與現代主義的對話〉；2.三木直大〈林亨泰「現代派」詩的鄉土性〉；3.三木直大〈林亨泰中文詩的語言問題——以五〇年代現代詩運動前期爲中心〉；4.三木直大〈「東方的時間」與「西方的時間」——關於林亨泰的〈美國紀行〉；5.郭楓〈感覺靈光的詩美投影——評評林亨泰詩作藝術〉；6.蕭蕭〈臺灣現實主義詩作的美學特質——以林亨泰爲驗證重點〉；7.孟佑寧〈林亨泰詩語風格「異常句」、「走樣結構」之分析——以《林亨泰詩集》爲分析場域〉。書前有李俊德〈臺灣詩史的見證〉、陳凌〈獻辭——詩史之眸〉、李魁賢〈專題演講——林亨泰的典型〉，正文後附錄〈「臺灣文學家牛津獎」獎詞〉、張秋雲〈林亨泰先生獲獎紀錄〉、張秋雲〈林亨泰先生學經歷〉、黃桂汝〈林亨泰先生文學年譜〉、郭書伶，陳姵璇〈林亨泰先生著作細目〉、邱素貞〈林亨泰先生嘉言錄〉、邱素貞〈林亨泰先生文學佳評〉、林亨泰作；林巾力譯〈從我的第一本詩集說起——日文詩集《靈魂的產聲》的出版經緯〉。

4. **康 原** **八卦山下的詩人‧林亨泰** **臺北** **玉山社出版公司** **2006 年 4 月** **315頁**

本書透過詩人與土地、人民的互動，透視其作品與臺灣文學的歷史關係，建構林亨泰在臺灣現代詩史的地位。全書共 16 章：1.童年夢迴——東螺溪畔的往事；2.靈魂

的產聲──臺北追夢少年；3.劍部隊──臺灣日本兵；4.「二二八事件」與「銀鈴會」；5.《橋副刊》楊逵與四六事件；6.返鄉任教，重燃詩的火花；7.「符號詩」的創作，《教室詩集》出刊；8.詩〈風景〉與陌生知己「江萌」；9.八卦山與《長的咽喉》；10.新婚詩人與《笠》詩刊；11.跨越語言的詩人與文學語言；12.鄉土文學論戰與〈臺灣〉；13.笠詩社詩人眼中的林亨泰；14.詩學理論與文學教育；15.〈鞦韆〉與〈弄髒了的臉〉；16.詩哲見證臺灣詩史。正文後附錄〈林亨泰生平及著作年表〉、蕭蕭〈林亨泰──臺灣第一位新詩理論家〉。

5. 林巾力　　福爾摩沙詩哲林亨泰　臺北　印刻出版公司　2007 年 1 月　268 頁

本書以第一人稱口吻，述說詩人身世、生長背景、教育根源、閱讀體驗、教學生涯與寫詩的心理活動，深入地傾談詩創作與人生詩學。全書共 8 章：1.我以及我的祖先們；2.學校教育；3.戰前到戰後；4.銀鈴會；5.從我的第一本詩集談起：《靈魂の產聲》；6.《現代詩》季刊與新詩的「現代」化；7.笠詩刊；8.再次超越。正文後附錄林巾力〈想像「現代詩」──以林亨泰五○年代的「現代主義」建構為例〉、〈林亨泰年表〉。

6. 蕭蕭編　　林亨泰的天地──林亨泰新詩研究　臺中　晨星出版公司　2009 年
**　　　　10 月　246 頁**

本書收錄評論林亨泰詩作風格之文章，共有：孟佑寧〈林亨泰詩語風格「異常句」、「走樣結構」之分析──以《林亨泰詩集》為分析場域〉、郭楓〈感覺靈光的詩美投影──評析林亨泰詩作藝術〉、丁旭輝〈林亨泰符號詩研究〉、陳秉貞〈臺灣現代詩史的見證者──林亨泰詩論研究〉、劉正忠〈主知‧超現實‧現代派運動──臺灣，一九五六─一九六九〉、林巾力〈想像「現代詩」──以林亨泰五○年代的「現代主義」建構為例〉、林亨泰〈我的想法與回應──針對曾貴海的論點〉、柯夌伶〈凝視鄉土，心繫臺灣──林亨泰詩中的臺灣圖像〉8 篇文章。正文前有林明德〈叢書序‧啟動彰化學〉、蕭蕭〈編者序‧勾勒寬廣遼闊的林亨泰天地〉，正文後附有蘇茵慧整理〈林亨泰研究書目〉。

7. 彰化師範大學國文學系，臺灣文學研究所編　　看似尋常，最奇崛──林亨泰
**　　　　詩與詩學國際學術研討會論文集　臺北　五南圖書出版公司　2009**
**　　　　年 11 月　301 頁**

本書為 2009 年 6 月 5 至 6 日舉辦的「第 18 屆詩學會議──林亨泰詩與詩學國際學術研討會」論文集。正文前有林明德〈啟動彰化學──共同完成大夢想〉、〈序──林亨泰，是用獎章砌成的〉，全書共收錄林巾力〈現代詩的「自我」觀──以林

亨泰爲討論中心〉、游喚〈應用《文心雕龍》分析林亨泰詩論〉、三木直大〈人的存在——林亨泰詩的現在性〉、蕭蕭〈林亨泰詩作與東螺溪的文化繫連及其形象思維〉、翁文嫻〈「抒情」之外的開展——林亨泰知性即物美學之探討〉、洪子誠〈詩評家林亨泰印象〉、阮美慧〈文學位置的取得——林亨泰於五○年代「現代詩」運動中之詩作與詩論實踐〉、陳義芝〈語言與時代的雙重斷裂——林亨泰前衛詩學探查〉、金尚浩〈論林亨泰詩從五○至八○年代的軌跡轉變〉、李癸雲〈尋找林亨泰詩中的女性身影〉、陳俊榮〈林亨泰的現代詩詩體論〉、柯夌伶〈泰筆直書臺灣真情——林亨泰詩作題材探析〉12 篇論文。

學位論文

8. 柯夌伶　　林亨泰新詩研究　成功大學中國文學系　碩士論文　陳昌明教授指導　1998 年　286 頁

本論文檢視林亨泰之創作背景、詩論主張、詩作的階段性特色、主題思想及其藝術技巧，進而探究其在臺灣詩壇的地位與貢獻。全文共 7 章：1.緒論；2.林亨泰之創作背景；3.林亨泰之詩論；4.林亨泰詩作之階段性特色；5.詩作之主題內涵探析；6.詩作的藝術技巧；7.結論。正文後附錄〈林亨泰生平著作年表〉、〈林亨泰作品全覽〉、〈林亨泰先生評論引得〉。

作家生平資料篇目

自述

9. 林亨泰　　笠下影：林亨泰　笠　第 4 期　1964 年 12 月　頁 6—8

10. 林亨泰　　笠下影：林亨泰　林亨泰研究資料彙編（上）　彰化　彰化縣立文化中心　1994 年 6 月　頁 38—46

11. 林亨泰　　笠下影：林亨泰　林亨泰全集・文學論述卷 3　彰化　彰化縣立文化中心　1998 年 9 月　頁 93—102

12. 林亨泰　　詩的三十年（上、下）　創世紀　第 34—35 期　1973 年 9—10 月　頁 17—20，11—12

13. 林亨泰　　詩的三十年　林亨泰全集・文學論述卷 3　彰化　彰化縣立文化中心　1998 年 9 月　頁 2—16

14. 林亨泰　　致張默書　創世紀　第 34 期　1973 年 9 月　頁 141—142

15. 林亨泰　　　致張默書　林亨泰全集・文學論述卷 4　彰化　彰化縣立文化中心
　　　　　　　　1998 年 9 月　頁 91—93

16. 林亨泰　　　我的第一首詩：〈夢〉　聯合報　1979 年 5 月 30 日　12 版

17. 林亨泰　　　我的第一首詩　林亨泰全集・文學論述卷 4　彰化　彰化縣立文化
　　　　　　　　中心　1998 年 9 月　頁 122—125

18. 林亨泰　　　詩歷・詩觀　美麗島詩集　臺北　笠詩社　1979 年 6 月　頁 229—
　　　　　　　　230

19. 林亨泰　　　《美麗島詩集》——序一　笠　第 92 期　1979 年 8 月　頁 26

20. 林亨泰　　　《笠》的回顧與展望　笠　第 100 期　1980 年 12 月　頁 27—29

21. 林亨泰講；康原記　　臺灣鄉土文學並非始於鄉土論戰　臺灣詩季刊　第 5 期
　　　　　　　　1984 年 6 月　頁 30—39

22. 林亨泰講；康原記　　臺灣鄉土文學並非始於鄉土論戰　林亨泰全集・文學論
　　　　　　　　述卷 5　彰化　彰化縣立文化中心　1998 年 9 月　頁 115—130

23. 林亨泰　　　跨越語言一代的詩人們——從「銀鈴會」談起　笠　第 127 期
　　　　　　　　1985 年 6 月　頁 28—31

24. 林亨泰　　　跨越語言一代的詩人們——從「銀鈴會」談起　臺灣詩史「銀鈴
　　　　　　　　會」論文集　彰化　磺溪文化學會　1995 年 6 月　頁 72—80

25. 林亨泰　　　「動」與「靜」之間　人生船　臺北　爾雅出版社　1985 年 7 月
　　　　　　　　頁 386—388

26. 林亨泰　　　銀鈴會與四六學運　臺灣春秋　第 10 期　1989 年 8 月　頁 312—
　　　　　　　　315

27. 林亨泰　　　銀鈴會與四六學運　臺灣詩史「銀鈴會」論文集　彰化　磺溪文化
　　　　　　　　學會　1995 年 6 月　頁 67—71

28. 林亨泰　　　走過現代・定位鄉土——我的文學生活　首都早報　1989 年 11 月
　　　　　　　　3 日　9 版

29. 林亨泰　　　走過現代・定位鄉土——我的文學生活　林亨泰全集・文學論述卷
　　　　　　　　3　彰化　彰化縣立文化中心　1998 年 9 月　頁 17—24

30. 林亨泰　　《跨不過的歷史》序　跨不過的歷史　臺北　尙書文化出版社　1990 年 5 月　頁 5—8

31. 林亨泰　　《跨不過的歷史》序　林亨泰全集・文學論述卷 3　彰化　彰化縣立文化中心　1998 年 9 月　頁 219—222

32. 林亨泰　　五十年的「詩」生活——「榮後臺灣詩獎」得獎感言　自立晚報　1992 年 10 月 30 日　19 版

33. 林亨泰　　五十年的「詩」生活——「榮後臺灣詩獎」得獎感言　林亨泰全集・文學論述卷 3　彰化　彰化縣立文化中心　1998 年 9 月　頁 25—31

34. 林亨泰　　《見者之言》自序　見者之言　彰化　彰化縣立文化中心　1993 年 6 月　〔5〕頁

35. 林亨泰　　《見者之言》自序　林亨泰全集・文學論述卷 3　彰化　彰化縣立文化中心　1998 年 9 月　頁 244—249

36. 林亨泰　　現代派運動與我　現代詩　復刊第 20 期　1993 年 7 月　頁 12—17

37. 林亨泰　　現代派運動與我　找尋現代詩的原點　彰化　彰化縣立文化中心　1994 年 6 月　頁 228—236

38. 林亨泰　　現代派運動與我　林亨泰全集・文學論述卷 2　彰化　彰化縣立文化中心　1998 年 9 月　頁 143—153

39. 林亨泰　　母語的發見——「臺灣新文學貢獻獎」得獎感言　自立晚報　1993 年 8 月 19 日　19 版

40. 林亨泰　　母語的發見　找尋現代詩的原點　彰化　彰化縣立文化中心　1994 年 6 月　頁 266—269

41. 林亨泰　　母語的發見——「臺灣新文學貢獻獎」得獎感言　林亨泰全集・文學論述卷 4　彰化　彰化縣立文化中心　1998 年 9 月　頁 279—283

42. 林亨泰　　自序[1]　找尋現代詩的原點　彰化　彰化縣立文化中心　1994 年 6

---

[1]本文後改篇名爲〈《找尋現代詩的原點》自序〉，發表於《笠》第 183 期，後又改篇名爲〈《尋找現代詩的原點》自序〉，發表於《林亨泰全集・文學論述卷 3》。

出版經緯　「福爾摩莎詩哲——林亨泰文學會議」論文集　彰化　彰化縣文化局　2002 年 1 月　頁 249—266

56. 林亨泰著；林巾力譯　從我第一本詩集說起——日文詩集《靈魂の産聲》的出版經緯　臺灣文學評論　第 2 卷第 1 期　2002 年 1 月　頁 46—55

57. 林亨泰著；林巾力譯　從我的第一本詩集說起——日文詩集《靈魂の産聲》的出版經緯　臺灣詩學季刊　第 38 期　2002 年 3 月　頁 124—132

58. 林亨泰　我們以及我們的祖先們——不同政治不同文化的數代家族史（上、下）[2]　臺灣文學評論　第 2 卷第 3—4 期　2002 年 7，10 月　頁 177—200，172—188

59. 林亨泰著；林巾力譯　我的尋根之旅的一個嘗試——〈我們以及我們的祖先們〉補遺　臺灣文學評論　第 3 卷第 1 期　2003 年 1 月　頁 171—176

60. 林亨泰　國家文藝獎得主說感言——詩人：林亨泰——真歡喜心情可能寫詩　民生報　2004 年 7 月 6 日　10 版

61. 林亨泰　衣領上的 V　文訊雜誌　第 226 期　2004 年 8 月　頁 107

62. 林亨泰　一家四口　文訊雜誌　第 237 期　2005 年 7 月　頁 55

63. 林亨泰　青春的瞬間——成長的標記——林亨泰　臺灣文學館通訊　第 12 期　2006 年 9 月　頁 23

64. 林亨泰　我以及我的祖先們　福爾摩沙詩哲：林亨泰　臺北　印刻出版公司　2007 年 1 月　頁 14—39

65. 林亨泰著；林巾力譯　我的想法與回應——針對曾貴海的論點[3]　文學臺灣　第 61 期　2007 年 1 月　頁 60—83

66. 林亨泰著；林巾力譯　我的想法與回應——針對曾貴海的論點　林亨泰的天

[2] 本文後與〈我的尋根之旅的一個嘗試——〈我們以及我們的祖先們〉補遺〉合併，並稍改內容後更改篇名為〈我以及我的祖先們〉。

[3] 本文為林亨泰本人為自己的創作歷程分期，並回應曾貴海對其「中國種族文化主義與文學信仰者」之說。全文共 3 節：1.有關「中國種族文化主義與文學信仰者」說的辯駁；2.五〇年代對於國民黨獨裁統治持有異議的臺灣詩人究竟在哪裡？；3.林亨泰的作品不只有形式主義的作品。

　　　　　　地──林亨泰新詩研究　臺中　晨星出版社　2009 年 10 月　頁 167─186

67. 林亨泰　林亨泰詩觀──因創造而尊嚴　林亨泰詩集　高雄　春暉出版社 2007 年 9 月　頁 4

68. 林亨泰　將文意改爲詩意　生命之詩──林亨泰中日文詩集　臺中　晨星出版社　2009 年 6 月　頁 158─164

69. 林亨泰　林亨泰／《靈魂の產声》　笠詩刊　第 283 期　2011 年 6 月　頁 134─135

70. 林亨泰　來函照登（林亨泰）　笠詩刊　第 283 期　2011 年 6 月　頁 190

他述

71. 白　萩　獨輪上的吟者　幼獅文藝　第 185 期　1969 年 5 月　頁 30─31

72. 舒　蘭　中國新詩史話──林亨泰　新文藝　第 297 期　1980 年 12 月　頁 70─72

73. 舒　蘭　五〇年代詩人詩作──林亨泰　中國新詩史話（三）　臺北　渤海堂文化公司　1998 年 10 月　頁 295─297

74. 蕭　蕭　林亨泰　現代詩入門　臺北　故鄉出版社　1982 年 2 月　頁 99─100

75. 喬　林　回看林亨泰　笠　第 118 期　1983 年 12 月　頁 36─37

76. 喬　林　回看林亨泰　林亨泰研究資料彙編（上）　彰化　彰化縣立文化中心　1994 年 6 月　頁 188─191

77. 吳　晟　溫厚的長者　笠　第 118 期　1983 年 12 月　頁 38─39

78. 吳　晟　溫厚的長者　林亨泰研究資料彙編（上）　彰化　彰化縣立文化中心　1994 年 6 月　頁 177─179

79. 劉美雪　饗宴側記〔林亨泰部分〕　臺灣日報　1984 年 6 月 5 日　8 版

80. 李豐楙　林亨泰　中國新詩賞析 3　臺北　長安出版社　1987 年 2 月　頁 207─208

81. 李豐楙　林亨泰　林亨泰研究資料彙編（上）　彰化　彰化縣立文化中心

1994 年 6 月　頁 138—139

82. 黃綺雲　　我的丈夫林亨泰　笠　第 139 期　1987 年 6 月　頁 72—73

83. 黃綺雲　　我的丈夫林亨泰　林亨泰研究資料彙編（下）　彰化　彰化縣立文
化中心　1994 年 6 月　頁 260—262

84. 林于竝　　五張書桌，五個公事包——我的詩人爸爸林亨泰　聯合報　1990 年
5 月 27 日　29 版

85. 成明進　　海外華文詩人評介——斷不了的一條絲在中間〔林亨泰部分〕　淮
風季刊　1992 年第 2 期　1992 年夏　頁 42—43

86.〔杜慶忠編〕　　林亨泰小傳　彰化縣作家資料檔案摘要　彰化　彰化縣立文
化中心　1993 年 6 月　頁 96—97

87. 蕭金堆著；呂興昌譯　　《靈魂的產聲》序　林亨泰研究資料彙編（上）　彰
化　彰化縣立文化中心　1994 年 6 月　頁 10

88. 邱　婷　　身處語言交替的年代——林亨泰夾縫中澆灌新詩　民生報　1995 年
3 月 26 日　15 版

89. 許育誠　　一群誠實謙虛的朋友——參與銀鈴會之回憶〔林亨泰部分〕　臺灣
詩史「銀鈴會」論文集　彰化　磺溪文化學會　1995 年 6 月　頁
128—131

90. 邱　婷　　林亨泰——臺灣詩運發展的見證人　文訊雜誌　第 117 期　1995 年
7 月　頁 28—29

91. 康　原　　臺灣詩人林亨泰　文訊雜誌　第 123 期　1996 年 1 月　頁 77—81

92.〔岩上主編〕　　林亨泰（1924—）　笠下影：1997 笠詩社同仁著譯書目集
臺北　笠詩社　1997 年 8 月　頁 24

93. 李魁賢　　步道上的詩碑——林亨泰　笠　第 203 期　1998 年 2 月　頁 195—
196

94. 李魁賢　　步道上的詩碑〔林亨泰部分〕　李魁賢文集 8　臺北　行政院文建
會　2002 年 10 月　頁 91—92

95. 彭瑞金　　林亨泰——走過現代、定位本土的詩人　臺灣文學步道　高雄　高

　　　　　　　雄縣立文化中心　1998 年 7 月　頁 194—197

96. 彭瑞金　　林亨泰——走過現代、定位本土的詩人　臺灣新聞報　1998 年 10
　　　　　　　月 19 日　13 版

97. 彭瑞金　　林亨泰——走過現代、定位本土的詩人　臺灣文學 50 家　臺北
　　　　　　　玉山社出版公司　2005 年 7 月　頁 282—289

98. 林巾力　　我的父親林亨泰（八卦山下的詩人）　彰化藝文　第 1 期　1998 年
　　　　　　　10 月　頁 42—44

99. 康　原　　啓蒙與見證——賀林亨泰先生榮獲磺溪文學獎特別貢獻獎　聯合報
　　　　　　　1999 年 4 月 3 日　37 版

100. 李敏勇　　在夜間馳行的海線火車上[4]　民眾日報　1999 年 5 月 13 日　19 版

101. 奚　密　　早期《笠》詩刊探析〔林亨泰部分〕　文化、認同、社會變遷：
　　　　　　　戰後五十年臺灣文學國際學術研討會論文集　臺北　行政院文建
　　　　　　　會　2000 年 6 月　頁 178—191

102. 奚　密　　早期《笠》詩刊探析〔林亨泰部分〕　臺灣現代詩論　香港　天
　　　　　　　地圖書公司　2009 年 7 月　頁 103—113

103. 莊紫蓉　　追求音樂與繪畫的詩境——訪問詩人林亨泰後記（上、下）　臺
　　　　　　　灣日報　2001 年 11 月 4—5 日　23，25 版

104. 林政華　　作品與理論齊名——賀詩哲林亨泰獲「臺灣文學家牛津獎」　臺
　　　　　　　灣日報　2001 年 11 月 5 日　25 版

105. 陳　凌　　獻辭：詩史之眸　福爾摩莎詩哲——林亨泰文學會議論文集〔會
　　　　　　　議手冊〕　臺北　真理大學臺灣文學系　2001 年 11 月　頁 3—4

106. 陳　凌　　詩史之眸　臺灣詩學季刊　第 37 期　2001 年 11 月　頁 6—7

107. 陳　凌　　獻辭：詩史之眸　「福爾摩莎詩哲——林亨泰文學會議」論文集
　　　　　　　彰化　彰化縣文化局　2002 年 1 月　頁 9—12

108. 林政華　　稱呼林亨泰爲「詩哲」的一段祕辛　臺灣新聞報　2001 年 12 月
　　　　　　　19 日　13 版

---

[4]本文論及林亨泰部分，談論作者於 1960 年代與臺灣現代詩壇的互動。

109. 李俊德　　臺灣詩史的見證　福爾摩莎詩哲——林亨泰文學會議論文集　彰化　彰化縣文化局　2002 年 1 月　頁 4—6

110. 〔蕭蕭，白靈編〕　　林亨泰簡介　臺灣現代文學教程：新詩讀本　臺北　二魚文化公司　2002 年 8 月　頁 102—103

111. 林政華　　由銀鈴會而現代派而笠社，本土派的詩哲——林亨泰　臺灣新聞報　2002 年 11 月 13 日　9 版

112. 林政華　　由銀鈴會而現代派而笠社，本土派詩哲——林亨泰　臺灣古今文學名家　桃園　開南管理學院通識教育中心　2003 年 3 月　頁 57

113. 王景山　　林亨泰　臺港澳暨海外華文作家辭典　北京　人民文學出版社　2003 年 7 月　頁 328—330

114. 吳爲恭　　詩情一生　自由時報　2003 年 8 月 3 日　13 版

115. 陳宛茜　　老詩人林亨泰深巷寫作家族史　聯合報　2004 年 7 月 12 日　12 版

116. 〔人間福報〕　　林亨泰退休生涯仍寄情寫作　人間福報　2004 年 7 月 16 日　10 版

117. 曹永珍　　林亨泰　2004 臺灣文學年鑑　臺南　國家臺灣文學館　2005 年 7 月　頁 128

118. 〔吳東晟，陳昱成，王浩翔編著〕　　林亨泰　織錦入春闈：現代詩精選讀本　臺中　京城文化公司　2005 年 8 月　頁 43

119. 蕭　蕭　　林亨泰：臺灣第一位新詩理論家　八卦山下的詩人・林亨泰　臺北　玉山社出版公司　2006 年 4 月　頁 215—375

120. 康　原　　童年夢迴——東螺溪畔的往事——記詩人林亨泰的童年　明道文藝　第 361 期　2006 年 4 月　頁 100—110

121. 〔蕭蕭主編〕　　詩人簡介　優游意象世界　臺北　聯合文學出版社　2006 年 6 月　頁 33—34

122. 康　原　　少年詩人林亨泰　幼獅文藝　第 630 期　2006 年 6 月　頁 110—114

123. 瘂　弦　　《六十年代詩選》作者小評〔林亨泰部分〕　創世紀　第 149 期
　　　　　　　2006 年 12 月　頁 47

124. 〔鹽分地帶文學〕　　前輩作家寫真簿──林亨泰：沒有語言／這世界可能
　　　　　　　也沒有什麼驚訝　鹽分地帶文學　第 11 期　2007 年 8 月　頁 12

125. 〔編輯部〕　　林亨泰簡介　林亨泰詩集　高雄　春暉出版社　2007 年 9 月
　　　　　　　頁 3

126. 〔封德屏主編〕　　林亨泰　2007 臺灣作家作品目錄　臺南　國立臺灣文學
　　　　　　　館　2008 年 7 月　頁 424─425

127. 康　原　　林亨泰：85 歲還在寫詩　文訊雜誌　第 276 期　2008 年 10 月
　　　　　　　頁 86

128. 蕭　蕭　　勾勒寬廣遼闊的林亨泰天地　林亨泰的天地──林亨泰新詩研究
　　　　　　　臺中　晨星出版社　2009 年 10 月　頁 6─7

129. 林明德　　序──林亨泰，是用獎章砌成的　看似尋常，最奇崛──林亨泰
　　　　　　　詩與詩學國際學術研討會論文集　臺北　五南圖書出版公司
　　　　　　　2009 年 11 月　〔4〕頁

130. 林明德　　序──林亨泰，是用獎章砌成的　俗之美　臺北　聯合文學出版
　　　　　　　社　2011 年 2 月　頁 17─23

訪談、對談

131. 林亨泰等5　　詩話錄音　笠　第 23 期　1968 年 2 月　頁 29─34

132. 林亨泰等　　詩話錄音　林亨泰全集・文學論述卷 5　彰化　彰化縣立文化中
　　　　　　　心　1998 年 9 月　頁 2─16

133. 陳明台　　笠的精神──追記林亨泰先生的談話　笠　第 47 期　1972 年 2 月
　　　　　　　頁 10

134. 陳明台　　笠的精神──追記林亨泰先生的談話　林亨泰全集・文學論述卷 5
　　　　　　　彰化　彰化縣立文化中心　1998 年 9 月　頁 17─19

135. 楊亭，廖莫白　　詩的防風林──林亨泰先生訪問記　幼獅文藝　第 288 期

5與會者：林亨泰、陳明台、謝秀宗；紀錄：陳千武。

1978 年 1 月　頁 136—148

136. 楊亭，廖莫白　　詩的防風林——林亨泰先生訪問記　林亨泰全集・文學論
述卷 5　彰化　彰化縣立文化中心　1998 年 9 月　頁 20—36

137. 雁蕪天　　現代詩人的基本精神——詩人林亨泰先生訪問錄　創世紀　第 47
期　1978 年 5 月　頁 51—54

138. 雁蕪天　　現代詩人的基本精神——詩人林亨泰先生訪問錄　林亨泰全集・
文學論述卷 5　彰化　彰化縣立文化中心　1998 年 9 月　頁 37—
50

139. 康　原　　訪林亨泰談文學創作中的情感　臺灣日報　1979 年 3 月 13 日　12
版

140. 康　原　　訪林亨泰談文學創作中的情感　林亨泰全集・文學論述卷 5　彰化
彰化縣立文化中心　1998 年 9 月　頁 51—54

141. 白萩，林亨泰　　詩與人生座談——林亨泰〈弄髒了的臉〉　笠　第 101 期
1981 年 2 月　頁 58—59

142. 白萩，林亨泰　　詩與人生座談　林亨泰全集・文學論述卷[6]　彰化　彰化縣
立文化中心　1998 年 9 月　頁 153

143. 曾清吉等[7]　　一九八二年新春桓夫、白萩、林亨泰、錦連談片　笠　第 107
期　1982 年 2 月　頁 32—41

144. 曾清吉等　　一九八二年新春林亨泰談片　林亨泰全集・文學論述卷 5　彰化
彰化縣立文化中心　1998 年 9 月　頁 55—58

145. 康　原　　詩人的回憶——林亨泰訪問記之一[8]　文學界　第 2 期　1982 年 4
月　頁 151—173

146. 康　原　　詩人的回憶　鄉音的魅力　彰化　青溪新文藝學會彰化分會
1984 年 2 月　頁 91—120

147. 康　原　　詩人的回憶——林亨泰訪問記之一　林亨泰全集・文學論述卷 5

---

[6]與會者：曾清吉、李敏勇、陳明台、鄭烱明。
[7]本文後改篇名為〈詩人的回憶——林亨泰〈鄉土組曲〉北斗經驗（上、下）〉。
[8]本文後改篇名為〈詩人的回憶——林亨泰〈鄉土組曲〉北斗經驗（上、下）〉。

彰化　彰化縣立文化中心　1998 年 9 月　頁 59—97

148. 康　　原　　詩人的回憶——林亨泰〈鄉土組曲〉北斗經驗（上、下）　聯合
報　1999 年 6 月 18—19 日　37 版

149. 賴美岑　　飲那杯陽光的醇酒——訪詩人林亨泰先生　心臟詩刊　第 5 期
1984 年 3 月　頁 13—23

150. 林亨泰等[9]　　「詩的饗宴」座談實錄（上、下）　臺灣日報　1984 年 6 月 4
—5 日　8 版

151. 林亨泰等[10]　　中國現代詩談話會　文訊雜誌　第 12 期　1984 年 6 月　頁 96
—139

152. 林亨泰等[11]　　非情之歌——《林亨泰詩集》研討會　現代詩　復刊第 6 期
1984 年 6 月　頁 32—57

153. 林亨泰等　　《林亨泰詩集》研討會　林亨泰詩集／爪痕集　臺北　笠詩刊
社　1986 年 2 月　頁 64—95

154. 林亨泰等　　《林亨泰詩集》研討會　林亨泰研究資料彙編（下）　彰化
彰化縣立文化中心　1994 年 6 月　頁 225—259

155. 林亨泰等[12]　　「詩的饗宴」——在彰化（上、下）　臺灣時報　1984 年 7
月 14—15 日　8 版

156. 林亨泰等[13]　　詩的饗宴（上、下）——南投座談實錄　臺灣日報　1984 年
10 月 12—13 日　8 版

157. 林亨泰等[14]　　「銀鈴會」回顧座談會　笠　第 127 期　1985 年 6 月　頁 32
—38

158. 林亨泰，陳漢平對談；白靈記　　夢想的對唱——詩人與科學家激談錄　聯

---

[9]主持人：桓夫；與會者：白萩、蔡榮勇、苦苓、林亨泰、康原、廖莫白、賴源聰、趙怒波、陳篤
弘；紀錄、攝影：劉美玲。
[10]與會者：羅門、白萩、上官予、胡品清、張默、林亨泰、瘂弦、張健、張法鶴、邱燮友。
[11]與會者：洛夫、向明、辛鬱、商禽、白荻、劉克襄、羅行、林亨泰、周安托、梅新。
[12]主持人：康原；與會者：林亨泰、陳金連、桓夫、廖莫白、林雙不、宋澤萊、岩上、苦苓、李勤
岸、王灝、吳晟、陳篤弘；紀錄：劉美玲。
[13]與會者：寧可、白萩、林亨泰、桓夫、岩上、王灝、陳篤弘；紀錄：劉美玲。
[14]與會者：詹冰、林亨泰、蕭翔文、許育誠、張彥勳。

合報　1987 年 5 月 31 日　8 版

159. 林亨泰，陳漢平對談；白靈記　　夢想的對唱——詩人與科學家激談錄　林
　　　亨泰全集・文學論述卷 6　彰化　彰化縣立文化中心　1998 年 9
　　　月　頁 218—228

160. 桃　　集　　有孤岩的風景——訪林亨泰　現代詩　復刊第 11 期　1987 年 12
　　　月　頁 15—24

161. 桃　　集　　有孤岩的風景——訪林亨泰　林亨泰全集・文學論述卷 5　彰化
　　　彰化縣立文化中心　1998 年 9 月　頁 136—156

162. 林燿德　　臺灣的「前現代派」與「現代派」——林燿德訪林亨泰　臺北評
　　　論　第 4 期　1988 年 3 月　頁 68—76

163. 林燿德　　臺灣的「前現代派」與「現代派」——與林亨泰對話　觀念對話
　　　——當代詩言談錄　臺北　漢光文化公司　1989 年 8 月　頁 78—
　　　98

164. 林燿德　　臺灣的「前現代派」與「現代派」——與林亨泰對話　林亨泰全
　　　集・文學論述卷 5　彰化　彰化縣立文化中心　1998 年 9 月　頁
　　　157—183

165. 鄭明娳　　理論與實際——專訪林亨泰校友　師大校友月刊　第 245 期
　　　1989 年 5 月　頁 4—6

166. 鄭明娳　　理論與實際——專訪林亨泰校友　林亨泰全集・文學論述卷 5　彰
　　　化　彰化縣立文化中心　1998 年 9 月　頁 184—193

167. 林亨泰，簡政珍，林燿德　　詩人與語言的三角對話　聯合文學　第 56 期
　　　1989 年 6 月　頁 29—39

168. 林亨泰，簡政珍，林燿德　　代跋／詩人與語言的三角對話——林亨泰・簡
　　　政珍・林燿德會談　觀念對話——當代詩言談錄　臺北　漢光文
　　　化公司　1989 年 8 月　頁 232—266

169. 林亨泰，簡政珍，林燿德　　詩人與語言的三角對話——林亨泰・簡政珍・
　　　林燿德會談　跨不過的歷史　臺北　尚書文化出版社　1990 年 5

月　頁 170—215

170. 林亨泰，簡政珍，林燿德　詩人與語言的三角對話──林亨泰・簡政珍・
林燿德會談　詩的瞬間狂喜　臺北　時報文化出版公司　1991 年
9 月　頁 316—361

171. 林亨泰，簡政珍，林燿德　詩人與語言的三角對話──林亨泰・簡政珍・
林燿德會談　林亨泰全集・文學論述卷 6　彰化　彰化縣立文化中
心　1998 年 9 月　頁 260—293

172. 林　婷　開放文學教育的花果──專訪本土現代詩人林亨泰　自由青年
第 82 卷第 3 期　1989 年 9 月　頁 50—55

173. 林　婷　開放文學教育的花果──專訪本土現代詩人林亨泰　林亨泰全
集・文學論述卷 5　彰化　彰化縣立文化中心　1998 年 9 月　頁
194—204

174. 郭玉文　Poison──訪詩人林亨泰先生　自立晚報　1990 年 6 月 5 日　14
版

175. 郭玉文　Poison──訪詩人林亨泰先生　林亨泰全集・文學論述卷 5　彰化
彰化縣立文化中心　1998 年 9 月　頁 205—207

176. 林亨泰等[15]　我們是怎樣走過來的──日據時代作家座談會　新地文學　第
3 期　1990 年 8 月　頁 68—69

177. 林亨泰等　我們是怎樣走過來的──日據時代作家座談會　葉石濤全集・
評論卷七　臺南，高雄　國立臺灣文學館，高雄市政府文化局
2008 年 3 月　頁 250—252

178. 周文旺　臺灣的「前現代派」林燿德訪林亨泰與「現代派」　文學的彰化
彰化　彰化縣立文化中心　1992 年 6 月　頁 63—75

179. 陳謙，林秀梅　詩永不死──訪林亨泰　臺灣文藝　第 135 期　1993 年 2
月 15 日　頁 55—67

180. 陳謙，林秀梅　詩永不死──訪林亨泰　林亨泰全集・文學論述卷 5　彰化

---

[15]主持人：趙天儀；與會者：王昶雄、葉石濤、陳千武、林亨泰。

彰化縣立文化中心　1998 年 9 月　頁 220—234

181. 陳　謙　現代詩與文學教育──林亨泰專訪　薪火　第 14 期　1993 年 8 月　頁 57—60

182. 陳　謙　現代詩與文學教育──訪林亨泰　林亨泰全集・文學論述卷 5　彰化　彰化縣立文化中心　1998 年 9 月　頁 235—241

183. 莊紫蓉　訪林亨泰　臺灣新文學　第 9 期　1997 年 12 月　頁 19—27

184. 莊紫蓉　訪林亨泰　林亨泰全集・文學論述卷 5　彰化　彰化縣立文化中心　1998 年 9 月　頁 242—260

185. 林亨泰等[16]　《林亨泰詩集》研討會　林亨泰全集・文學論述卷 6　彰化　彰化縣立文化中心　1998 年 9 月　頁 213—217

186.〔彰化青年〕　早期現代詩運動的重要人物──林亨泰先生　林亨泰全集・文學論述卷 5　彰化　彰化縣立文化中心　1998 年 9 月　頁 98—104

187. 劉學芝　訪林亨泰先生談現代詩的基本精神　林亨泰全集・文學論述卷 5　彰化　彰化縣立文化中心　1998 年 9 月　頁 105—114

188. 麗玉等[17]　從原點起步的詩人──訪詩人林亨泰老師　林亨泰全集・文學論述卷 5　彰化　彰化縣立文化中心　1998 年 9 月　頁 208—219

189. 林亨泰等[18]　全面本土化國策與臺灣文學發展　福爾摩莎的心窗──王昶雄文學會議論文　臺北　真理大學臺灣文學系　2000 年 11 月 4 日

190. 林峻楓　博愛的默禱者──訪詩人林亨泰　青年日報　2001 年 2 月 14 日　13 版

191. 林峻楓　博愛的默禱者──訪前輩詩人林亨泰　創世紀　第 127 期　2001 年 6 月　頁 21—23

192. 劉紋綜　回首蕭蕭兵馬處──林亨泰訪談錄　臺灣文學史的省思　臺北　富春文化公司　2002 年 7 月　頁 197—208

---

[16]與會者：洛夫、向明、辛鬱、瘂弦、商禽、白萩、劉克襄、陳克華、羅行、周安托、梅新。
[17]採訪者：麗玉、憶如、珮雯、梅吟、惠鈴。
[18]與會者：葉石濤、林亨泰、李敏勇、李筱峰。

193. 林亨泰等[19]　　日治時期詩人談詩　陳千武詩走廊散步　臺中　臺中市文化局
　　　2003 年 8 月　頁 71—87

194. 李長青，陳思嫻　　與詩，追尋歷史的現代——林亨泰訪談　笠　第 241 期
　　　2004 年 6 月　頁 28—30

195. 蔡依伶　家在彰化，林亨泰　印刻文學生活誌　第 14 期　2004 年 10 月
　　　頁 94—101

年表

196. 〔林燿德編〕　　林亨泰繫年　跨不過的歷史　臺北　尚書文化出版社
　　　1990 年 5 月　頁 161—169

197. 〔林燿德編〕　　林亨泰繫年　見者之言　彰化　彰化縣立文化中心　1993
　　　年 6 月　頁 344—350

198. 〔林燿德編〕　　林亨泰繫年　林亨泰研究資料彙編（下）　彰化　彰化縣
　　　立文化中心　1994 年 6 月　頁 308—315

199. 〔杜慶忠編〕　　林亨泰著作年表　彰化縣作家資料檔案摘要　彰化　彰化
　　　縣立文化中心　1993 年 6 月　頁 100—103

200. 〔笠詩社〕　　林亨泰　笠下影：笠詩社同仁著譯書目集　臺北　笠詩刊社
　　　1997 年 8 月　頁 24—25

201. 呂興昌　林亨泰生平著作年表　林亨泰全集・外國文學研究與翻譯卷　彰
　　　化　彰化縣立文化中心　1998 年 9 月　頁 166—255

202. 〔張秋雲輯〕　　林亨泰先生學經歷　福爾摩莎詩哲——林亨泰文學會議論
　　　文集〔會議手冊〕　臺北　真理大學臺灣文學系　2001 年 11 月
　　　頁 10—11

203. 〔張秋雲輯〕　　林亨泰先生學經歷　「福爾摩莎詩哲——林亨泰文學會
　　　議」論文集　彰化　彰化縣文化局　2002 年 1 月　頁 267—270

204. 〔黃桂汶輯〕　　林亨泰先生文學年譜　福爾摩莎詩哲——林亨泰文學會議

---

[19]與會者：林亨泰、郭啓賢、周伯陽、林精鏐、巫永福、龍瑛宗、郭水潭、楊逵、江燦琳、楊啓
東、邱淳洸。

論文集〔會議手冊〕　臺北　真理大學臺灣文學系　2001 年 11 月
頁 12—20

205.〔黃桂汝輯〕　　林亨泰先生文學年譜　「福爾摩莎詩哲──林亨泰文學會
議」論文集　彰化　彰化縣文化局　2002 年 1 月　頁 271—290

206. 林政華　林亨泰先生文學年譜（上、下）　臺灣文學評論　第 2 卷第 1—2
期　2002 年 1，4 月　頁 184—194，106—115

207. 康　原　林亨泰生平及著作年表　八卦山下的詩人・林亨泰　臺北　玉山
社出版公司　2006 年 4 月　頁 205—274

208. 林巾力　林亨泰年表　福爾摩沙詩哲林亨泰　臺北　印刻出版公司　2007
年 1 月　頁 264—268

209.〔編輯部〕　林亨泰年表　林亨泰詩集　高雄　春暉出版社　2007 年 9 月
頁 118—120

210.〔陳昌明編〕　　林亨泰寫作生平簡表　林亨泰集　臺南　國立臺灣文學館
2008 年 12 月　頁 139—140

211. 蘇茵慧　林亨泰大事紀　生命之詩──林亨泰中日文詩集　臺中　晨星出
版社　2009 年 6 月　頁 165—189

其他

212. 蒲　明　林亨泰獲「第二屆榮後臺灣詩獎」　文訊雜誌　第 86 期　1992 年
12 月　頁 27—29

213. 林政華　創作與理論齊名──賀詩哲林亨泰獲「臺灣文學家牛津獎」　臺
灣新聞報　2001 年 11 月 2 日　13 版

214.〔民生報〕　真理大學贈獎林亨泰　民生報　2001 年 11 月 3 日　12 版

215. 賴素鈴　福爾摩莎詩哲林亨泰受獎　民生報　2001 年 11 月 4 日　5 版

216.〔張秋雲輯〕　林亨泰先生獲獎紀錄　福爾摩莎詩哲──林亨泰文學會議
論文集〔會議手冊〕　臺北　真理大學臺灣文學系　2001 年 11 月
頁 9

217.〔張秋雲輯〕　林亨泰先生獲獎紀錄　「福爾摩莎詩哲──林亨泰文學會

議」論文集　彰化　彰化縣文化局　2002 年 1 月　頁 248

218. 洪士惠　林亨泰獲得「臺灣文學家牛津獎」　文訊雜誌　第 194 期　2001
年 12 月　頁 86

219. 陳宛茜　林亨泰「不善言辭只能感謝」　聯合報　2004 年 7 月 6 日　6 版

220. 傅希堯　國家文藝獎名單出爐——李靜君、杜篤之、林亨泰、陳其寬及蕭
泰然出線　中央日報　2004 年 7 月 6 日　15 版

221. 曹麗蕙　國家文藝獎首度頒給電影導演、舞蹈家——八屆得獎名單揭曉：
杜篤之（電影）、李靜君（舞蹈）、林亨泰（文學）、陳其寬（美
術）、蕭泰然（音樂）　人間福報　2004 年 7 月 6 日　6 版

222. 〔臺灣日報〕　蕭泰然、林亨泰、陳其寬、李靜君、杜篤之——榮獲第 8
屆國家文藝獎　臺灣日報　2004 年 7 月 6 日　12 版

223. 李玉玲　國家文藝獎，電影人首度摘桂冠〔林亨泰部分〕　聯合報　2004
年 7 月 6 日　B6 版

224. 鄧晴方　林亨泰獲國家文藝獎　臺灣時報　2004 年 7 月 22 日　9 版

225. 郭士榛　國家文藝獎頒發，有驚喜有使命〔林亨泰部分〕　中央日報
2004 年 9 月 4 日　14 版

226. 賴素鈴　國家文藝獎頒獎，動容的夜〔林亨泰部分〕　民生報　2004 年 9
月 4 日　13 版

227. 陳盈珊　第 8 屆國家文藝獎昨頒獎——蕭泰然、陳其寬、林亨泰、杜篤
之、李靜君獲榮耀　中國時報　2004 年 9 月 4 日　8 版

228. 陳玲芳　第 8 屆國家文藝獎首度跨類決審——錄音師杜篤之、舞者李靜
君、詩人林亨泰、畫家陳其寬、作曲家蕭泰然藝高一籌　臺灣日
報　2004 年 9 月 4 日　7 版

229. 康俐雯　蕭泰然、林亨泰、陳其寬、李靜君、杜篤之接受喝采——國家文
藝獎頒發藝術桂冠　自由時報　2004 年 9 月 4 日　49 版

作品評論篇目

綜論

230. 紀　弦　　談林亨泰的詩　現代詩　第 14 期　1956 年 4 月　頁 66—69

231. 紀　弦　　談林亨泰的詩　林亨泰研究資料彙編（上）　彰化　彰化縣立文
化中心　1994 年 6 月　頁 14—29

232. 瘂　弦　　林亨泰　六十年代詩選　高雄　大業書店　1961 年 1 月　頁 44

233. 瘂　弦　　《六十年代詩選》作者小評　創世紀　第 149 期　2006 年 12 月
頁 47

234. 沙　白　　笠的衣及料——我看「笠」兩年來的詩創作——林亨泰：沒落的
皇裔　笠　第 13 期　1966 年 6 月　頁 4

235. 趙天儀　　第一次全省詩展（上）〔林亨泰部分〕　臺灣文藝　第 32 期
1971 年 7 月　頁 81—82

236. 趙天儀　　第一次全省詩展〔林亨泰部分〕　裸體的國王　臺北　香草山出
版社　1976 年 6 月　頁 46—47

237. 〔水星詩社〕　中國現代派扛鼎詩人——林亨泰作品回顧特展　水星詩刊
第 9 期　1972 年 5 月　4 版

238. 〔水星詩社〕　中國現代派扛鼎詩人——林亨泰作品回顧特展　林亨泰研
究資料彙編（上）　彰化　彰化縣立文化中心　1994 年 6 月　頁
85—94

239. 旅　人　　中國新詩論史〔林亨泰部分〕　笠　第 72 期　1976 年 4 月　頁
40—46

240. 旅　人　　林亨泰的出現　中國新詩論史　臺中　臺中縣立文化中心　1991
年 12 月　頁 116—132

241. 旅　人　　林亨泰的出現　林亨泰研究資料彙編（上）　彰化　彰化縣立文
化中心　1994 年 6 月　頁 95—112

242. 張彥勳　　探討「銀鈴會」時代的重要詩人及其創作路線〔林亨泰部分〕

笠　第 111 期　1982 年 10 月　頁 37—38

243. 張彥勳　林亨泰——探討「銀鈴會」時代的重要詩人及其創作路線（節
錄）　林亨泰研究資料彙編（上）　彰化　彰化縣立文化中心
1994 年 6 月　頁 145—149

244. 康　原　靈魂的初啼聲——小論林亨泰早期作品（上、下）　臺灣時報
1982 年 12 月 19—20 日　12 版

245. 康　原　靈魂的初啼聲　鄉土檔案　彰化　彰化縣立文化中心　1993 年 6
月　頁 190—200

246. 康　原　靈魂的初啼聲——小論林亨泰早期作品　林亨泰研究資料彙編
（上）　彰化　彰化縣立文化中心　1994 年 6 月　頁 150—161

247. 陳千武　詩人林亨泰與風景　文訊雜誌　第 6 期　1983 年 12 月　頁 281—
288

248. 陳千武　詩人林亨泰與風景　林亨泰研究資料彙編（上）　彰化　彰化縣
立文化中心　1994 年 6 月　頁 180—187

249. 陳千武　林亨泰與風景　臺灣新詩論集　臺北　春暉出版社　1997 年 4 月
頁 265—282

250. 康　原　不被遺忘的巨靈　鄉音的魅力　彰化　青溪新文藝學會彰化分會
1984 年 2 月　頁 84—88

251. 康　原　八卦山下的詩人——林亨泰　自立晚報　1984 年 4 月 23 日　10
版

252. 康　原　八卦山下的詩人——林亨泰・彰化　作家的故鄉　臺北　前衛出
版社　1987 年 11 月　頁 17—29

253. 康　原　八卦山下的詩人林亨泰　林亨泰研究資料彙編（上）　彰化　彰
化縣立文化中心　1994 年 6 月　頁 192—201

254. 趙天儀　知性思考的瞑想者——論林亨泰的詩　臺灣詩季刊　第 5 期
1984 年 6 月　頁 21—29

255. 趙天儀　知性思考的瞑想者——論林亨泰的詩　林亨泰研究資料彙編

（上）　彰化　彰化縣立文化中心　1994 年 6 月　頁 202—212

256. 趙天儀　知性思考的瞑想者——論林亨泰的詩　臺灣現代詩鑑賞　臺中
　　　臺中市立文化中心　1998 年 5 月　頁 99—109

257. 子潛著；張彥勳譯　詩人的形象——詩人之眸——談亨人・談子潛　笠
　　　第 127 期　1985 年 6 月　頁 40—41

258. 子潛著；張彥勳譯　詩人之眸，談亨人　林亨泰研究資料彙編（上）　彰
　　　化　彰化縣立文化中心　1994 年 6 月　頁 11—13

259. 杜國清　《笠》與臺灣詩人〔林亨泰部分〕　笠　第 128 期　1985 年 8 月
　　　頁 57—58

260. 杜國清　《笠》與臺灣詩人〔林亨泰部分〕　臺灣精神的崛起　高雄　春
　　　暉出版社　1989 年 12 月　頁 160—162

261. 鄭明娳　中國新詩概說〔林亨泰部分〕　當代文學氣象　臺北　光復書局
　　　1988 年 4 月　頁 176

262. 林燿德　疾射之箭・每一刹那皆靜止[20]　聯合文學　第 56 期　1989 年 6 月
　　　頁 47—50

263. 林燿德　林亨泰註　跨不過的歷史　臺北　尚書文化出版社　1990 年 5 月
　　　頁 151—161

264. 林燿德　疾射之箭・每一刹那皆靜止　林亨泰研究資料彙編（下）　彰化
　　　彰化縣立文化中心　1994 年 6 月　頁 287—295

265. 古繼堂　林亨泰　臺灣新詩發展史　臺北　文史哲出版社　1989 年 7 月
　　　頁 77—80

266. 古繼堂　林亨泰　林亨泰研究資料彙編（下）　彰化　彰化縣立文化中心
　　　1994 年 6 月　頁 296—300

267. 彭瑞金　埋頭深耕的年代（1960—1969）——臺灣詩的現代化與本土化
　　　〔林亨泰部分〕　臺灣新文學運動 40 年　臺北　自立晚報社
　　　1991 年 3 月　頁 143—146

---

[20]本文後改篇名為〈林亨泰註〉。

268. 朱雙一　　鄉土詩歌的崛起及詩壇的多元化趨向〔林亨泰部分〕　臺灣新文
　　　　　　　　學概觀（下）　廈門　鷺江出版社　1991 年 6 月　頁 145—147

269. 朱雙一　　林亨泰　林亨泰研究資料彙編（下）　彰化　彰化縣立文化中心
　　　　　　　　1994 年 6 月　頁 330—332

270. 康　　原　　詩史的見證人——跨越語言一代的詩人林亨泰　文訊雜誌　第 75
　　　　　　　　期　1992 年 1 月　頁 106—109

271. 康　　原　　詩史的見證人——跨越語言一代的詩人林亨泰　林亨泰研究資料
　　　　　　　　彙編（下）　彰化　彰化縣立文化中心　1994 年 6 月　頁 358—
　　　　　　　　364

272. 呂興昌　　四〇年代的林亨泰[21]　臺灣作家鍾理和逝世卅二周年紀念會暨臺灣
　　　　　　　　文學學術會議　高雄　高雄縣政府、臺灣筆會、文學臺灣雜誌聯
　　　　　　　　合主辦，高雄縣文化中心承辦　1992 年 8 月 2 日

273. 呂興昌　　林亨泰四〇年代新詩研究——跨越語言一代的詩人研究之二　鍾
　　　　　　　　理和逝世卅二周年紀念暨臺灣文學學術研討會　高雄　高雄縣政
　　　　　　　　府　1992 年 11 月　頁 149—210

274. 呂興昌　　林亨泰四〇年代新詩研究——跨越語言一代的詩人研究之二　林
　　　　　　　　亨泰研究資料彙編（下）　彰化　彰化縣立文化中心　1994 年 6
　　　　　　　　月　頁 378—446

275. 呂興昌　　林亨泰四〇年代新詩研究——跨越語言一代的詩人研究之二　臺
　　　　　　　　灣詩人研究論文集　臺南　臺南市立文化中心　1995 年 4 月　頁
　　　　　　　　273—346

276. 呂興昌　　走向自主性的世代——林亨泰詩路歷程簡述（上、中、下）　自
　　　　　　　　立晚報　1992 年 11 月 8—10 日　19 版

277. 呂興昌　　走向自主性的世代——林亨泰詩路歷程簡述　林亨泰研究資料彙
　　　　　　　　編（下）　彰化　彰化縣立文化中心　1994 年 6 月　頁 365—376

278. 呂興昌　　走向自主性的世代——林亨泰詩路歷程簡述　臺灣詩人研究論文

---

[21] 本文後改篇名爲〈林亨泰四〇年代新詩研究——跨越語言一代的詩人研究之二〉。

　　　　　　　集　臺南　臺南市立文化中心　1995 年 4 月　頁 347—362

279. 呂興昌　　走向自主性的年代——林亨泰詩路歷程簡述　林亨泰詩集　高雄
　　　　　　　春暉出版社　2007 年 9 月　頁 107—117

280. 康　原　　詩史的見證人　文學的彰化：彰化縣新文學作家小傳　彰化　彰
　　　　　　　化縣立文化中心　1992 年 12 月　頁 63—70

281. 劉登翰　　林亨泰、白萩、陳千武與笠詩人群　臺灣文學史（下）　福州
　　　　　　　海峽文藝出版社　1993 年 1 月　頁 375—379

282. 徐　學　　文學批評（下）——葉維廉等的詩學理論〔林亨泰部分〕　臺灣
　　　　　　　文學史（下）　福州　海峽文藝出版社　1993 年 1 月　頁 887—
　　　　　　　890

283. 古繼堂　　追求「現代」和「超現實」詩人的詩歌理論批評〔林亨泰部分〕
　　　　　　　臺灣新文學理論批評史　瀋陽　春風文藝出版社　1993 年 6 月
　　　　　　　頁 386—389

284. 古繼堂　　追求「現代」和「超現實」詩人的詩歌理論批評——主張新詩現
　　　　　　　代化應落實在鄉土之上的——林亨泰　臺灣新文學理論批評史
　　　　　　　臺北　秀威資訊科技公司　2009 年 3 月　頁 385—388

285. 王志健　　瀛臺詩人與播種者——林亨泰　中國新詩淵藪（中）　臺北　正
　　　　　　　中書局　1993 年 7 月　頁 1375—1379

286. 陳千武　　知性不惑的詩——評介林亨泰　自立晚報　1993 年 8 月 19 日　19
　　　　　　　版

287. 陳千武　　知性不惑的詩——評介林亨泰　林亨泰研究資料彙編（下）　彰
　　　　　　　化　彰化縣立文化中心　1994 年 6 月　頁 447—457

288. 康　原　　文學作品的地方特色與精神傳承〔林亨泰部分〕　鄉土與文學：
　　　　　　　臺灣地區區域文學會議實錄　臺北　文訊雜誌社　1994 年 3 月
　　　　　　　頁 295—296

289. 何加焉，姚玉光　　林亨泰詩鑒賞　林亨泰研究資料彙編（下）　彰化　彰
　　　　　　　化縣立文化中心　1994 年 6 月　頁 308—315

290. 古遠清　　林亨泰——冷靜・睿智的前衛詩論家　林亨泰研究資料彙編
　　　　　　　（下）　彰化　彰化縣立文化中心　1994 年 6 月　頁 458—463

291. 古遠清　　林亨泰——冷靜・睿智的前衛詩論家　臺灣當代文學理論批評史
　　　　　　　武漢　武漢出版社　1994 年 8 月　頁 199—202

292. 俞兆平　　臺灣八十年代詩學理論〔林亨泰部分〕　走向新世紀：第六屆世
　　　　　　　界文學國際學術研討會論文集　北京　人民文學出版社　1994 年
　　　　　　　11 月　頁 173—174

293. 張恆春　　一顆折射著冷冽光芒的晶石——試論臺灣詩人林亨泰的理論與創
　　　　　　　作　吉林師範學院學報　1995 年第 4 期　1995 年 4 月　頁 54—56

294. 陳明台　　清音依舊繚繞——解散後銀鈴會同人的走向〔林亨泰部分〕　笠
　　　　　　　第 186 期　1995 年 4 月　頁 86—87

295. 陳明台　　清音依舊繚繞——解散後銀鈴會同人的走向〔林亨泰部分〕　臺
　　　　　　　灣詩史「銀鈴會」論文集　彰化　磺溪文化學會　1995 年 6 月
　　　　　　　頁 97—99

296. John Balcon　　Modern Mster，Native Son　Free China Review　第 45 期
　　　　　　　1995 年 12 月　頁 62—73

297. 〔中華民國新詩學會編〕　　林亨泰詩創作觀　中華新詩選　臺北　文史哲
　　　　　　　出版社　1996 年 3 月　頁 293

298. 呂興昌　　現實取向的現代詩——析論林亨泰　種子落地　臺中　晨星出版
　　　　　　　公司　1996 年 5 月　頁 255—281

299. 劉登翰，朱雙一　　酷熱地帶對峙太陽的孤岩——林亨泰論　彼岸的繆斯—
　　　　　　　—臺灣詩歌論　南昌　百花洲文藝出版社　1996 年 12 月　頁 176
　　　　　　　—181

300. 三木直大著；陳明台譯　　悲情之歌——林亨泰的中華民國　笠　第 197 期
　　　　　　　1997 年 2 月　頁 84—99

301. 張　默　　陽光陽光，曬長了脖子——林亨泰的詩生活探微　聯合文學　第
　　　　　　　150 期　1997 年 4 月　頁 124—135

302. 張　　默　　陽光陽光，曬長了脖子——林亨泰的詩生活　夢從樺樹上跌下
　　　　　　　　　來：詩壇鈎沉筆記　臺北　爾雅出版社　1998 年 6 月　頁 205—
　　　　　　　　　225

303. 阮美慧　　　林亨泰論　笠詩社跨越語言一代詩人研究　東海大學中國文學系
　　　　　　　　　碩士論文　陳鴻森教授指導　1997 年 5 月　頁 103—142

304. 楊　　翠　　政治風暴摧折，文學花果零落（1945—1949）——黑霧中的微星
　　　　　　　　　——「銀鈴會」——以知性鎔鑄感性——林亨泰（亨人）　彰化
　　　　　　　　　縣文學發展史（下）　彰化　彰化縣立文化中心　1997 年 5 月
　　　　　　　　　頁 301—303

305. 楊　　翠　　五〇年代彰化縣文壇的消寂——語言政策與文藝政策底下的彰化
　　　　　　　　　縣文壇——現代派運動與縣籍作家——無法抽離臺灣的現代派大
　　　　　　　　　將——林亨泰　彰化縣文學發展史（下）　彰化　彰化縣立文化
　　　　　　　　　中心　1997 年 5 月　頁 316—318

306. 楊　　翠　　六〇年代彰化縣文壇再現生機——現代詩壇的老將新秀——現代
　　　　　　　　　與原鄉、知性與感性的融鑄體——林亨泰　彰化縣文學發展史
　　　　　　　　　（下）　彰化　彰化縣立文化中心　1997 年 5 月　頁 329—331

307. 楊　　翠　　八〇年代至今——彰化縣文壇多音交響——老少詩人持續墾植新
　　　　　　　　　詩園地——歸宿在本土的安頓——林亨泰　彰化縣文學發展史
　　　　　　　　　（下）　彰化　彰化縣立文化中心　1997 年 5 月　頁 504—506

308. 陳明台　　　論戰後臺灣現代詩所受日本前衛詩潮的影響——以跨越語言一帶
　　　　　　　　　的詩人為中心來探討[22]　第三屆現代詩學術會議論文集　彰化　彰
　　　　　　　　　化師範大學國文學系　1997 年 5 月　頁 99—122

309. 陳明台　　　論戰後臺灣現代詩所受日本前衛詩潮的影響——以跨越語言一代
　　　　　　　　　的詩人為中心來探討　笠　第 200 期　1997 年 8 月　頁 96—99

---

[22]本文探討戰後臺灣現代詩發展與日本前衛詩潮的關連，以詹冰、陳千武、林亨泰、蕭翔文、錦連
　 5 位 1920 年代出生的詩人作品為討論對象。全文共 6 小節：1.前言；2.共同背景的探索；3.「現
　 代派」和日本前衛詩潮；4.「笠」和日本前衛詩潮；5.試鍊和變革——以跨語言一代的詩人為
　 例；6.結語。

310. 陳明台　論戰後臺灣現代詩所受日本前衛詩潮的影響——以跨越語言一代的詩人爲中心來探討　強韌的精神　高雄　春暉出版社　2005年5月　頁57—80

311. 劉紀蕙　臺灣現代運動中超現實脈絡的日本淵源：談林亨泰的知性美學與歷史批判[23]　東亞細亞比較文學國際學術大會　漢城　韓國比較文學會，國民大學校　1997年6月20—21日

312. 劉紀蕙　臺灣現代運動中超現實脈絡的日本淵源：談林亨泰的知性美學與歷史批判　比較文學：第一回東亞細亞比較文學學術發表論文集　漢城　韓國比較文學會　1998年　頁19—45

313. 柯夌伶　林亨泰四○年代詩中女性關懷　雲漢學刊　第5期　1998年5月　頁43—64

314. 舒　蘭　日據時期的臺灣詩壇〔林亨泰部分〕　中國新詩史話（三）　臺北　渤海堂文化公司　1998年10月　頁94—96

315. 羅振亞　臺灣現代派詩的思想與藝術殊相〔林亨泰部分〕　臺灣研究集刊　1998年第4期　1998年11月　頁94—98

316. 潘麗珠　林亨泰　臺灣現代詩教學研究　臺北　五南圖書公司　1999年3月　頁127—128

317. 呂興昌　林亨泰論　第四屆現代詩學研討會　彰化　彰化師範大學主辦　1999年5月29日

318. 林淇瀁　長廊與地圖：臺灣新詩風潮的溯源與鳥瞰——縱經與橫緯的抉擇：戰後臺灣新詩風潮的開展〔林亨泰部分〕　中外文學　第28卷第1期　1999年6月　頁79—81

319. 林淇瀁　長廊與地圖：臺灣新詩風潮的溯源與鳥瞰——縱經與橫緯的抉擇：戰後臺灣新詩風潮的開展〔林亨泰部分〕　臺灣現代詩經緯　臺北　聯合文學出版社　2001年6月　頁21—23

320. 林淇瀁　縱經與橫緯的抉擇：戰後臺灣新詩風潮的開展〔林亨泰部分〕

---

[23]本文後大幅修改爲〈銀鈴會與林亨泰的日本超現實淵源與知性美學〉。

長廊與地圖：臺灣新詩風潮簡史　臺北　向陽工坊　2002 年 10 月　頁 38—43

321. 柯夌伶　凝視鄉土，心繫臺灣——林亨泰詩中的臺灣圖像　林亨泰新詩研究　成功大學中國文學系　碩士論文　陳昌明教授指導　1999 年 6 月　頁 275—328

322. 柯夌伶　凝視鄉土，心繫臺灣——林亨泰詩中的臺灣圖像　第五屆府城文學獎得獎作品專集　臺南　臺南市立文化中心　1999 年 6 月　頁 275—328

323. 柯夌伶　凝視鄉土，心繫臺灣——林亨泰詩中的臺灣圖像[24]　林亨泰的天地——林亨泰新詩研究　臺中　晨星出版社　2009 年 10 月　頁 187—225

324. 林淇瀁　五〇年代臺灣現代詩風潮試論〔林亨泰部分〕　靜宜人文學報第 11 期　1999 年 7 月　頁 45—61

325. 柯慶明　防風林與絲杉——論林亨泰與白萩詩中的臺灣意象　臺杏第二屆臺灣文學學術研討會——詩／歌中的臺灣意象　臺南　臺杏文教基金會主辦　2000 年 3 月 11—12 日

326. 柯慶明　防風林與絲杉——論林亨泰與白萩詩中的臺灣意象　臺灣現代文學的視野　臺北　麥田出版公司　2006 年 12 月　頁 279—314

327. 劉紀蕙　銀鈴會與林亨泰的日本超現實淵源與知性美學　孤兒・女神・負面書寫：文化符號的徵狀式閱讀　臺北　立緒文化出版社　2000 年 5 月　頁 224—259

328. 陳秉貞　臺灣現代詩史的見證者——林亨泰詩論探究[25]　臺灣人文（臺灣師範大學）　第 4 期　2000 年 6 月　頁 117—140

---

[24] 本文從林亨泰的文學脈絡，來探其詩作與詩論中的臺灣意識。全文共 4 節：1.林亨泰之文學脈動；2.詩論中的臺灣意識；3.詩作中的臺灣圖像；4.結論。

[25] 本文以林亨泰已發表的詩論文章，和他在訪談及座談中所發表的意見等第一手資料為主，藉此闡揚林亨泰的詩學見解，予其評論史上的地位。全文共 7 小節：1.前言；2.林亨泰詩論形成的背景；3.林亨泰的現代詩史論；4.林亨泰的現代詩創作論；5.林亨泰的現代詩批評論；6.林亨泰詩論的特色；7.結語。

329. 陳秉貞　臺灣現代詩史的見證者——林亨泰詩論研究　林亨泰的天地——林亨泰新詩研究　臺中　晨星出版社　2009 年 10 月　頁 78—100

330. 陳慧文　既美麗、又有超能力——淺談林亨泰的詩　中央日報　2000 年 6 月 9 日　22 版

331. 陳慧文　既美麗、又有超能力——淺談林亨泰的詩　民眾日報　2000 年 6 月 13 日　17 版

332. 李魁賢　林亨泰的典型　自由時報　2000 年 12 月 18 日　39 版

333. 李魁賢　專題演講：林亨泰的典型　福爾摩莎詩哲——林亨泰文學會議論文集〔會議手冊〕　臺北　真理大學臺灣文學系　2001 年 11 月　頁 5—8

334. 李魁賢　專題演講：林亨泰的典型　「福爾摩莎詩哲——林亨泰文學會議」論文集　彰化　彰化縣文化局　2002 年 1 月　頁 13—22

335. 李魁賢　林亨泰的典型　李魁賢文集 9　臺北　行政院文建會　2002 年 10 月　頁 70—77

336. 呂興昌　語言的苦鬥——小論林亨泰詩的幾個面向　臺灣現代詩經緯　臺北　聯合文學出版社　2001 年 6 月　頁 129—158

337. 陳芳明　橫的移植與現代主義之濫觴：紀弦與現代派的崛起〔林亨泰部分〕　聯合文學　第 202 期　2001 年 8 月　頁 145—146

338. 林政華　「組曲之王」——談林亨泰的詩　臺灣新聞報　2001 年 11 月 5 日　13 版

339. 趙天儀　論林亨泰的詩與評論——現實主義與現代主義的對話　福爾摩莎詩哲——林亨泰文學會議論文集　臺北　真理大學臺灣文學系　2001 年 11 月 3 日　頁 1—8

340. 趙天儀　論林亨泰的詩與詩論——現實主義與現代主義的對話　臺灣詩學季刊　第 37 期　2001 年 11 月　頁 9—16

341. 趙天儀　論林亨泰的詩與評論——現實主義與現代主義的對話　「福爾摩莎詩哲——林亨泰文學會議」論文集　彰化　彰化縣文化局

2002 年 1 月　頁 23—40

342. 三木直大　　林亨泰「現代派」詩的鄉土性　福爾摩莎詩哲——林亨泰文學
　　　會議論文集　臺北　真理大學臺灣文學系　2001 年 11 月 3 日　頁
　　　9—17

343. 三木直大　　林亨泰「現代派」詩的鄉土性　「福爾摩莎詩哲——林亨泰文
　　　學會議」論文集　彰化　彰化縣文化局　2002 年 1 月　頁 41—61

344. 三木直大　　林亨泰中文詩的語言問題——以五〇年代現代詩運動前期爲中
　　　心　福爾摩莎詩哲——林亨泰文學會議論文集　臺北　真理大學
　　　臺灣文學系　2001 年 11 月 3 日　頁 18—31

345. 三木直大　　林亨泰中文詩的語言問題——以五〇年代現代詩運動前期爲中
　　　心　臺灣詩學季刊　第 37 期　2001 年 11 月　頁 17—30

346. 三木直大　　林亨泰中文詩的語言問題——以五〇年代現代詩運動前期爲中
　　　心　「福爾摩莎詩哲——林亨泰文學會議」論文集　彰化　彰化
　　　縣文化局　2002 年 1 月　頁 62—94

347. 郭　楓　　感覺靈光的詩美投影——評林亨泰詩作藝術[26]　福爾摩莎詩哲——
　　　林亨泰文學會議論文集　臺北　真理大學臺灣文學系　2001 年 11
　　　月　頁 41—54

348. 郭　楓　　感覺靈光的詩美投影——評析林亨泰詩作藝術　臺灣詩學季刊
　　　第 37 期　2001 年 11 月　頁 31—44

349. 郭　楓　　感覺靈光的詩美投影——評林亨泰詩作藝術　「福爾摩莎詩哲—
　　　—林亨泰文學會議」論文集　彰化　彰化縣文化局　2002 年 1 月
　　　頁 118—150

350. 郭　楓　　感覺靈光的詩美投影——評析林亨泰詩作藝術　美麗島文學評論
　　　續集　臺北　臺北縣文化局　2003 年 12 月　頁 117—141

351. 郭　楓　　感覺靈光的詩美投影——評析林亨泰詩作藝術　林亨泰的天地—

---

[26]本文以西方詩學理論評介林亨泰詩作。全文共 4 節：1.現代詩的拓荒先鋒；2.感覺與知性的距
　離；3.新詩型的實驗建構；4.夕陽下光影的閃爍。

　　　　　—林亨泰新詩研究　臺中　晨星出版社　2009 年 10 月　頁 29—
　　　　　47

352. 蕭　蕭　臺灣現實主義詩作的美學特質——以林亨泰為驗證重點[27]　福爾摩
　　　　　莎詩哲——林亨泰文學會議論文集　臺北　真理大學臺灣文學系
　　　　　2001 年 11 月 3 日　頁 55—72

353. 蕭　蕭　林亨泰呈現的現實主義美學（上、中、下）　自由時報　2001 年
　　　　　11 月 4—6 日　35，39 版

354. 蕭　蕭　臺灣現實主義詩作的美學特質——以林亨泰為驗證重點　臺灣詩
　　　　　學季刊　第 37 期　2001 年 11 月　頁 45—64

355. 蕭　蕭　臺灣現實主義詩作的美學特質——以林亨泰為驗證重點　「福爾
　　　　　摩莎詩哲——林亨泰文學會議」論文集　彰化　彰化縣文化局
　　　　　2002 年 1 月　頁 151—195

356. 蕭　蕭　臺灣現實主義詩作的美學——林亨泰呈現的現實主義美學　中華
　　　　　現代文學大系（貳）・臺灣一九八九—二〇〇三評論卷（一）　臺
　　　　　北　九歌出版社　2003 年 10 月　頁 296—317

357. 蕭　蕭　現實主義美學——臺灣新詩驗證的現實主義美學——林亨泰呈現
　　　　　的現實主義美學　臺灣新詩美學　臺北　爾雅出版社　2004 年 2
　　　　　月　頁 181—207

358. 邱素貞輯　　林亨泰先生文學佳評　福爾摩莎詩哲——林亨泰文學會議論文
　　　　　集〔會議手冊〕　臺北　真理大學臺灣文學系　2001 年 11 月 3 日
　　　　　頁 27—31

359. 邱素貞輯　　林亨泰先生文學佳評　「福爾摩莎詩哲——林亨泰文學會議」
　　　　　論文集　彰化　彰化縣文化局　2002 年 1 月　頁 305—316

360. 丁旭輝　林亨泰符號詩研究[28]　國立編譯館館刊　第 30 卷第 1、2 期合刊

---

[27]本文後改篇名為〈林亨泰呈現的現實主義美學（上、中、下）〉、〈現實主義美學——臺灣新詩
　驗證的現實主義美學——林亨泰呈現的現實主義美學〉。
[28]本文透過對林亨泰符號詩理論與作品的研究，釐清臺灣現代圖象詩發展的初期面貌，並試圖呈現
　圖象詩理論的基礎論點，分析作品中所運用的圖象技巧。全文共 4 節：1.前言；2.符號詩的發展

2001 年 12 月　頁 349—367

361. 丁旭輝　　林亨泰　臺灣現代詩圖象技巧研究　高雄　春暉出版社　2002 年
　　　　　　　12 月　頁 38—70

362. 丁旭輝　　林亨泰符號詩研究　林亨泰的天地──林亨泰新詩研究　臺中
　　　　　　　晨星出版公司　2009 年 10 月　頁 48—77

363. 康　原　　跨越語言的臺灣詩人──林亨泰與陳千武　臺灣月刊　第 238 期
　　　　　　　2002 年 10 月　頁 19—21

364. 陳芳明　　鄉土文學運動的覺醒與再出發〔林亨泰部分〕　聯合文學　第 221
　　　　　　　期　2003 年 3 月　頁 156—158

365. 林姿伶　　《笠》重要詩人之二──林亨泰及其作品探討　1964—1977 年
　　　　　　　《笠》重要詩人研究　臺南師範學院鄉土文化研究所　碩士論文
　　　　　　　龔顯宗教授指導　2003 年 6 月　頁 52—73

366. 古繼堂　　臺灣新文學的重建──跨語言一代作家的創作〔林亨泰部分〕
　　　　　　　簡明臺灣文學史　北京　時事出版社　2003 年 7 月　頁 206

367. 陶保璽　　景也，亨泰！舍也，亨泰！思也，亨泰！──讀林亨泰的詩，兼
　　　　　　　論圖像詩的思維走勢　臺灣新詩十家論　臺北　二魚文化公司
　　　　　　　2003 年 8 月　頁 333—372

368. 方艾鈞　　林亨泰──以現代詩探索生命深層　書香遠傳　第 5 期　2003 年
　　　　　　　10 月　頁 40—41

369. 劉正忠　　主知‧超現實‧現代派運動：臺灣，1956—1969〔林亨泰部分〕
　　　　　　　臺灣詩學學刊　第 2 期　2003 年 11 月　頁 132—134

370. 劉正忠　　主知‧超現實‧現代派運動〔林亨泰部分〕　20 世紀臺灣文學專
　　　　　　　題 1：文學思潮與論戰　臺北　萬卷樓圖書公司　2006 年 9 月
　　　　　　　頁 193—220

371. 劉正忠　　主知‧超現實‧現代派運動──臺灣，一九五六──一九六九〔林

過程與理論建構；3.符號詩的作品實踐及其解析；4.結語。內容經小幅調整後收錄於《臺灣現代
詩圖象技巧研究》與《林亨泰的天地──林亨泰新詩研究》。

亨泰部分〕　林亨泰的天地——林亨泰新詩研究　臺中　晨星出

版公司　2009 年 10 月　頁 101—129

372. 劉正忠　主知・超現實・現代派運動——臺灣，1956—1969〔林亨泰部

分〕　臺灣現當代作家研究資料彙編 9・紀弦　臺南　國立臺灣文

學館　2011 年 3 月　頁 135—162

373. 陳仲義　抽象：高度淨化、純化簡化[29]　現代詩技藝透析　臺北　文史哲出

版社　2003 年 12 月　頁 172—177

374. 陳思嫻　臺灣現代圖象詩的起源——以詹冰和林亨泰爲例　臺灣現代圖象

詩研究　南華大學文學研究所　碩士論文　李正治教授指導

2004 年 6 月　頁 34—57

375. 陳美美　現代主義文學作品——現代詩：紀弦、林亨泰與「現代派」　臺

灣現代主義文學的萌芽與再起　佛光人文社會學院文學研究所

碩士論文　馬森教授指導　2004 年 6 月　頁 70—75

376. 陳美美　現代主義文學作品——現代詩：林亨泰、詹冰與「銀鈴會」、「現

代派」、「創世紀」及「笠詩社」　臺灣現代主義文學的萌芽與再

起　佛光人文社會學院文學研究所　碩士論文　馬森教授指導

2004 年 6 月　頁 85—90

377. 江足滿　臺灣在地化「陰性書寫／圖像」之前緣[30]　「陰性書寫／圖像」之

比較文學論述：西蘇與臺灣女性文學、藝術家的對話　輔仁大學

比較文學研究所　博士論文　簡瑛瑛教授指導　2004 年 6 月　頁

71—91

378. 康俐雯　林亨泰從本土觀照世界　自由時報　2004 年 7 月 6 日　49 版

---

[29]本文通篇討論林亨泰詩作中的「抽象」表現形式。

[30]本文發掘臺灣 1950、1960 年代的前衛詩人對「圖像詩」與「立體派」的實驗與轉化爲在地化
「陰性書寫／圖像」之前緣探討，並序列林亨泰、詹冰、紀弦、夏宇及陳幸婉的詩論及詩作爲
例，探討其與西方文藝潮流之繼承、轉化關係，並歸納詩人如何透過詩作過且再現臺灣戰後的
「消音」、「失語」處境，呈現第三世界與「世界」對話的意涵。全文共 3 小節：1.1947 臺灣文
學藝術家的「失語」現象；2.陰性書寫與前衛詩爲何晦澀難懂；3.夏宇的〈另外一種道德〉與陳
幸婉的流動美學

379. 林采韻　第 8 屆國家文藝獎揭曉——林亨泰反抗性詩作　中國時報　2004
　　　年 7 月 6 日　8 版

380. 余欣娟　向內觸發之超「現實」——一九五〇至六〇年代臺籍詩人與軍旅
　　　詩人的超現實詩[31]　第一屆全國臺灣文學研究生學術研討會論文集
　　　臺南　國家臺灣文學館　2004 年 7 月　頁 297—316

381. 黃崇軒　詩、語言與真實的密不可分——第八屆國家文藝獎文學類得主：
　　　林亨泰　臺灣文學館通訊　第 5 期　2004 年 9 月　頁 60—63

382. 葉　笛　論《笠》前行代的詩人們——跨越語言的前行代詩人們〔林亨泰
　　　部分〕　笠詩社四十週年國際學術研討會論文集　臺南　國家臺
　　　灣文學館籌備處　2004 年 11 月　頁 56—61

383. 葉　笛　論《笠》前行的詩人們〔林亨泰部分〕　葉笛全集・評論卷二
　　　臺南　國家臺灣文學館籌備處　2007 年 5 月　頁 76—82

384. 許俊雅　現實與現代的融合——從早期《笠》詩刊的創作取向談起〔林亨
　　　泰部分〕　見樹又見林——文學看臺灣　臺北　渤海堂文化公司
　　　2005 年 2 月　頁 331—346

385. 古添洪　臺灣現代詩的「外來影響」面向——歐美現代詩潮的接受／挪用
　　　／與本土化〔林亨泰部分〕　不廢中西萬古流：中西抒情詩類及
　　　影響研究　臺北　臺灣學生書局　2005 年 4 月　頁 286—293

386. 陳義芝　林亨泰的前衛試探　臺灣現代主義詩學流變析論　高雄師範大學
　　　國文學系　博士論文　張子良教授指導　2005 年 6 月　頁 66—75

387. 陳義芝　「現代派」運動後的現代詩學——林亨泰的前衛試探　聲納：臺
　　　灣現代主義詩學流變　臺北　九歌出版社　2006 年 3 月　頁 90—
　　　100

388. 陳義芝　1950 年代林亨泰的前衛試探　臺灣詩學吹鼓吹詩論壇　第 2 期

---

[31]本文部分論及林亨泰，深入臺灣超現實不同於法國超現實「以文學推動社會革命」的背後現實因
素，並論析於同一時空的臺灣政治環境裡，臺籍詩人與大陸來臺詩人對於超現實主義取徑的接受
與取徑的差異。全文共 4 節：1.臺灣超現實規避「社會革命」的成因；2.臺籍詩人的超現實詩偏
重美學表現；3.尋找「真實」方式以貼近「現實」的「超現實」；4.結論。

　　　　　　2006 年 3 月　頁 84—92

389. 孟　樊　　承襲期臺灣新詩史（下）——林亨泰與詹冰　臺灣詩學學刊　第 6
　　　　　　期　2005 年 11 月　頁 84—89

390. 康　原　　林亨泰：臺灣第一位新詩理論家　八卦山下的詩人‧林亨泰　臺
　　　　　　北　玉山社出版公司　2006 年 4 月　頁 275—315

391. 曾貴海　　殖民戒嚴體制下的詩樂園〔林亨泰部分〕　戰後臺灣反殖民與後
　　　　　　殖民詩學　臺北　前衛出版社　2006 年 6 月　頁 41—48

392. 林巾力　　想像「現代詩」——以林亨泰五〇年代的「現代主義」建構為例[32]
　　　　　　中外文學　第 35 卷第 2 期　2006 年 7 月　頁 111—140

393. 林巾力　　想像「現代詩」——以林亨泰五〇年代的「現代主義」建構為例
　　　　　　福爾摩沙詩哲林亨泰　臺北　印刻出版公司　2007 年 1 月　頁
　　　　　　210—263

394. 林巾力　　想像「現代詩」：以林亨泰五〇年代的「現代主義」建構為例　林
　　　　　　亨泰的天地——林亨泰新詩研究　臺中　晨星出版公司　2009 年
　　　　　　10 月　頁 130—166

395. 蕭　蕭　　林亨泰的詩：八卦所開展的多向現實諷喻　明道文藝　第 368 期
　　　　　　2006 年 11 月　頁 66—80

396. 葉維廉　　臺灣五十年代末到七十年代初兩種文化錯位的現代詩——「跨語
　　　　　　言的一代」：日文／中文創作的錯位與轉化〔林亨泰部分〕　臺灣
　　　　　　文學研究集刊　第 2 期　2006 年 11 月　頁 149—154

397. 馮淳毓，謝志豪，李國安　　臺灣現代主義詩人林亨泰研究[33]　彰中學報　第
　　　　　　24 期　2007 年 1 月　頁 257—284

398. 古遠清　　從鄉土到本土的「笠集團」——《臺灣當代新詩史》之一節——

---

[32]文從臺灣現代主義的論述難題開始，探析現代主義之實質內涵，並援引林亨泰詩作中「跨語言實踐」手法為例。全文共 4 節：1.前言；2.臺灣現代主義的論述難題；3.現代主義與詩人的跨語言實踐；4.結論。

[33]本文討論現代主義對於臺灣文學的影響，並以林亨泰及其詩作為探討對象，透過訪談了解創作理念。1.前言；2.西方現代主義的源流；3.現代主義與臺灣文學的發展；4.林亨泰的生平與文學分期；5.現代主義的實踐—林亨泰現代詩的分析；6.結論。

二、跨越語言的一代——林亨泰：強調西方影響落實本土　笠
第 259 期　2007 年 6 月　頁 191—192

399. 古遠清　從鄉土到本土的「笠集團」——二、跨越語言的一代——林亨
泰：強調西方影響落實本土　臺灣當代新詩史　臺北　文津出版
社　2008 年 1 月　頁 183—184

400. 蕭　蕭　林亨泰：建構臺灣的新詩理論——細論林亨泰所開展的八方詩路[34]
2007 彰化文學國際學術研討會　彰化師範大學　國家臺灣文學
館，彰化師範大學國文系暨臺灣文學研究所　2007 年 6 月 8—9 日

401. 蕭　蕭　林亨泰：建構臺灣的新詩理論——細論林亨泰所開展的八方詩路
土地哲學與彰化詩學　臺中　晨星出版社　2007 年 7 月　頁 41—
83

402. 蕭　蕭　林亨泰：建構臺灣的新詩理論——細論林亨泰所開展的八方詩路
彰化文學大論述　臺北　五南圖書出版公司　2007 年 11 月　頁
271—299

403. 陳明台　從橫的移植論臺灣現代詩的成立與展開——其與日本詩潮關聯的
考察——林亨泰和「現代派」　文學臺灣　第 68 期　2007 年 7 月
頁 107—111

404. 古遠清　老一代新詩理論家——前衛詩論家林亨泰　臺灣當代新詩史　臺
北　文津出版社　2008 年 1 月　頁 306—309

405. 楊　風　晦澀詩的實質美與形式美——以周夢蝶、旅人和林亨泰為中心
臺灣現代詩　第 14 期　2008 年 6 月　頁 54—64

406. 趙小琪　臺灣現代詩社對西方知性話語的誤讀〔林亨泰部分〕　華文文學
第 89 期　2008 年 6 月　頁 9

407. 孔佳薇　從詩風轉折看林亨泰[35]　新詩教學的探究——以現行高中國文教材

---

[34] 本文從林亨泰的新詩創作，及其現代詩評論理論兩個角度切入討論，凸顯其詩觀及「詩」、
「哲」兩大特色。全文共 4 小節：1.前言：北斗指極林亨泰；2.詩：八卦所開展的多項現實諷
喻；3.哲：八卦所開發的多元現代詩論；4.結語：臺灣詩哲林亨泰。

[35] 本文探討林亨泰不同時期的詩風轉變，以深入了解其人。全文共 4 小節：1.符號詩；2.笠詩期

爲例　臺灣師範大學國文學系在職進修碩士班　碩士論文　潘麗
珠教授指導　2008 年 6 月　頁 110—134

408. 丁威仁　　五、六○年代社群詩論的啓航點——「現代派論戰」重探〔林亨
泰部分〕　戰後臺灣現代詩論　臺中　印書小舖　2008 年 9 月
頁 19—78

409. 丁威仁　　臺灣本土詩學的建立（上）：七○年代《笠》詩論研究〔林亨泰部
分〕　戰後臺灣現代詩論　臺中　印書小舖　2008 年 9 月　頁 79
—127

410. 丁威仁　　臺灣本土詩學的建立（下）：八○年代《笠》詩論研究〔林亨泰部
分〕　戰後臺灣現代詩論　臺中　印書小舖　2008 年 9 月　頁
128—191

411. 〔陳昌明編〕　　解說　林亨泰集　臺南　國立臺灣文學館　2008 年 12 月
頁 107—116

412. 古繼堂　　臺灣詩人筆下的新詩理論批評〔林亨泰部分〕　臺灣新文學理論
批評史　高雄　春暉出版社　2009 年 3 月　頁 385—388

413. 林巾力　　現代詩的「自我」觀：以林亨泰爲討論中心[36]　第 18 屆詩學會議
——林亨泰詩與詩學國際學術研討會　彰化　彰化師範大學主辦
2009 年 6 月 5—6 日

414. 林巾力　　現代詩的「自我」觀：以林亨泰爲討論中心　看似尋常，最奇崛
——林亨泰詩與詩學國際學術研討會論文集　臺北　五南圖書出
版公司　2009 年 11 月　頁 1—27

415. 游　喚　　應用《文心雕龍》分析林亨泰詩論[37]　第 18 屆詩學會議——林亨

（1964—1970）；3.知性的意念；4.實驗化的圖像詩。

[36]本文從歷史的角度探討臺灣戰後現代詩的形式特色，進而觀察林亨泰的詩作及詩論，指出林亨泰
「自我」關懷在其創作歷程不同時期的改變。全文共 3 小節：1.現代詩中「自我」的演化軌跡；2.
林亨泰詩論中的「自我」觀；3.林亨泰作品中的「自我」觀。

[37]本文以契合論比較《文心雕龍》之「風骨」及「心神」的文論概念，試由今古比較詮釋林亨泰詩
論。全文共 7 小節：1.前言：會通合數二說；2.文心創修二例；3.畫論折衷二證；4.後期詩論轉
變；5.風骨的契合論；6.詩本質的堅持；7.結論。

泰詩與詩學國際學術研討會　彰化　彰化師範大學主辦　2009 年
6 月 5—6 日

416. 游　喚　　應用《文心雕龍》分析林亨泰詩論　看似尋常，最奇崛——林亨
泰詩與詩學國際學術研討會論文集　臺北　五南圖書出版公司
2009 年 11 月　頁 29—45

417. 三木直大　　人的存在——林亨泰詩的現在性[38]　第 18 屆詩學會議——林亨
泰詩與詩學國際學術研討會　彰化　彰化師範大學主辦　2009 年
6 月 5—6 日

418. 三木直大　　人的存在——林亨泰詩的現在性　看似尋常，最奇崛——林亨
泰詩與詩學國際學術研討會論文集　臺北　五南圖書出版公司
2009 年 11 月　頁 47—64

419. 蕭　蕭　　林亨泰詩作與東螺溪的文化繫連[39]　第 18 屆詩學會議——林亨泰
詩與詩學國際學術研討會　彰化　彰化師範大學主辦　2009 年 6
月 5—6 日

420. 蕭　蕭　　林亨泰詩作與東螺溪的文化繫連及其形象思維　看似尋常，最奇
崛——林亨泰詩與詩學國際學術研討會論文集　臺北　五南圖書
出版公司　2009 年 11 月　頁 65—89

421. 翁文嫻　　「抒情」之外的開展——林亨泰知性即物美學之探討[40]　第 18 屆

---

[38] 本文比較林亨泰、日本昭和現代詩派、北園克衛的創作風格，指出林亨泰受影響與獨特之處。全
文共 5 小節：1.跨越語言的第一本中文詩集《長的咽喉》；2.日本現代主義詩的影響；3.鄉土詩的
構思；4.北園克衛的鄉土詩與戰爭協力責任；5.林亨泰詩的獨特性。

[39] 本文以東螺溪與彰化人的土地記憶為主軸，藉著林亨泰五○年代相關詩作，分析其如何以微小的
生物描繪東螺溪地文景觀，以簡潔的語言書寫北斗街的人文氣息，並探討其詩作〈風景 No.1〉、
〈風景 No.2〉所呈現的斗苑路。全文共 7 小節：1.前言：林亨泰與北斗的臍帶；2.濁水溪與彰化
人的土地記憶；3.東螺溪的馴化與東螺街的轉化；4.東螺溪的地文書寫；5.北斗街的人文書寫；6.
斗苑路的現代書寫；7.結語：新詩地理學的期待。

[40] 本文透過林亨泰 1950、1960 年代詩作，檢視其在現代詩「知性」體質內的開展，追溯此跨越語
言的一代，中文日文翻譯轉換致使中文運用的變化，將其定位於「新即物主義」詩人，為臺灣現
代詩重要根源之一。全文共 9 小節：1.林亨泰與「新即物主義」；2.日文至中文語言的跨越；3.知
性中文開展之一——情緒情感的收藏；4.知性中文開展之二——景物畫面放大成主軸；5.知性中
文開展之三——文字、圖像與符號的互換練習；6.知性中文開展之四——幾何空間關係的風景及
其爭議；7.雙語轉譯下的精神狀況——陌生中文與存在的原始感覺；8.「非情」的極限邊界；9.結
語：「少數文學」的革命。

詩學會議──林亨泰詩與詩學國際學術研討會　彰化　彰化師範
大學主辦　2009 年 6 月 5─6 日

422. 翁文嫻　　「抒情」之外的開展──林亨泰知性即物美學之探討　看似尋
常，最奇崛──林亨泰詩與詩學國際學術研討會論文集　臺北
五南圖書出版公司　2009 年 11 月　頁 91─123

423. 洪子誠　　詩評家林亨泰印象[41]　第 18 屆詩學會議──林亨泰詩與詩學國際
學術研討會　彰化　彰化師範大學主辦　2009 年 6 月 5─6 日

424. 洪子誠　　詩評家林亨泰印象　看似尋常，最奇崛──林亨泰詩與詩學國際
學術研討會論文集　臺北　五南圖書出版公司　2009 年 11 月　頁
125─135

425. 阮美慧　　位置、配置與占位──林亨泰於五○年代「現代詩」運動中之詩
作與詩論實踐[42]　第 18 屆詩學會議──林亨泰詩與詩學國際學術
研討會　彰化　彰化師範大學主辦　2009 年 6 月 5─6 日

426. 阮美慧　　文學位置的取得──林亨泰於五○年代「現代詩」運動中之詩作
與詩論實踐　看似尋常，最奇崛──林亨泰詩與詩學國際學術研
討會論文集　臺北　五南圖書出版公司　2009 年 11 月　頁 137─
168

427. 陳義芝　　語言與時代的雙重斷裂：林亨泰前衛詩學探查[43]　第 18 屆詩學會
議──林亨泰詩與詩學國際學術研討會　彰化　彰化師範大學主
辦　2009 年 6 月 5─6 日

---

[41]本文探討林亨泰文學作品的包容性，於詩歌寫作上同時呈顯「現代主義」與「現實主義」，而在
詩歌批評上警惕「主義」的不當膨脹，於詩史評述認為不同世代詩人應互相尊重不同歷史處境，
爭取態度及方法上的超越。

[42]本文探討林亨泰如何跨越語言障礙創作符號詩，實踐瘂弦現代詩的主張，在臺灣詩壇上獲得「位
置」，並對抗外界對現代詩的批評，重新調整其在現代詩運動中的配置與占位，為 1950 年代的
現代詩運動，奠定「形式」的表現型態。全文共 5 小節：1.前言；2.純粹、知性、創新──紀弦
對「詩」的再認識與再革命；3.突圍而出：「現代詩作」的實踐與創新；4.文學占位：「現代詩
論」的論辯與建構；5.結語。

[43]本文探討林亨泰的時代及其詩藝轉變，以立體主義與未來主義的特點分析其創作思維脈絡，確認
前衛是林亨泰於臺灣詩史上的最重要成就。全文共 6 小節：1.序言；2.林亨泰的關鍵成就；3.林亨
泰的時代與詩藝轉變；4.林亨泰主知論新辨；5.「意象」與「意向」的前衛；6.結語。

428. 陳義芝　語言與時代的雙重斷裂——林亨泰前衛詩學探查　看似尋常，最奇崛——林亨泰詩與詩學國際學術研討會論文集　臺北　五南圖書出版公司　2009 年 11 月　頁 169—185

429. 陳義芝　林亨泰：語言與時代的斷裂　現代詩人結構　臺北　聯合文學出版社　2010 年 9 月　頁 13—39

430. 金尚浩　論林亨泰詩從五〇至八〇年代的軌跡轉變[44]　第 18 屆詩學會議——林亨泰詩與詩學國際學術研討會　彰化　彰化師範大學主辦　2009 年 6 月 5—6 日

431. 金尚浩　論林亨泰詩從五〇至八〇年代的軌跡轉變　看似尋常，最奇崛——林亨泰詩與詩學國際學術研討會論文集　臺北　五南圖書出版公司　2009 年 11 月　頁 187—204

432. 李癸雲　尋找林亨泰詩中的女性身影[45]　第 18 屆詩學會議——林亨泰詩與詩學國際學術研討會　彰化　彰化師範大學主辦　2009 年 6 月 5—6 日

433. 李癸雲　尋找林亨泰詩中的女性身影　看似尋常，最奇崛——林亨泰詩與詩學國際學術研討會論文集　臺北　五南圖書出版公司　2009 年 11 月　頁 205—226

434. 陳俊榮　林亨泰的現代詩詩體論[46]　第 18 屆詩學會議——林亨泰詩與詩學國際學術研討會　彰化　彰化師範大學主辦　2009 年 6 月 5—6 日

435. 陳俊榮　林亨泰的現代詩詩體論　看似尋常，最奇崛——林亨泰詩與詩學國際學術研討會論文集　臺北　五南圖書出版公司　2009 年 11 月　頁 227—246

---

[44]本文以林亨泰從現代主義至現實主義轉變的角度，探討其主張的論述。全文共 4 小節：1.前言；2.從現實主義到現代主義；3.富於追求詩的處女地；4.結語。

[45]本文分析林亨泰詩中的女性形象如何呈現出男人看女人的典型，探究其心靈裡的女人的形貌，藉由這些女性形貌了解林亨泰的心理特徵。全文共 5 小節：1.止於關懷？；2.性別符號的「女人」；3.凝視與男性凝視；4.凝視下的「女人」；5.結語。

[46]本文探討林亨泰的詩論，從共時的理論文體學和歷時的歷史文體學著手，其創新之處是提出「鹹味的詩」一說。全文共 4 小節：1.前言；2.詩體的形式與內容；3.詩體的進化；4.結語。

436. 柯𣏀伶　泰筆直書臺灣真情——林亨泰詩作主題探析[47]　第 18 屆詩學會議
　　　——林亨泰詩與詩學國際學術研討會　彰化　彰化師範大學主辦
　　　2009 年 6 月 5—6 日

437. 柯𣏀伶　泰筆直書臺灣真情——林亨泰詩作題材探析　看似尋常，最奇崛
　　　——林亨泰詩與詩學國際學術研討會論文集　臺北　五南圖書出
　　　版公司　2009 年 11 月　頁 247—291

438. 李桂媚　前行代彰化詩人標點符號運用——以林亨泰、錦連、曹開為例[48]
　　　臺灣新詩標點符號運用——以彰化詩人為例　臺北教育大學臺灣
　　　文化研究所　碩士論文　陳俊榮教授指導　2010 年 7 月　頁 71—
　　　97

439. 李桂媚　林亨泰新式標點之運用[49]　當代詩學　第 6 期　2010 年 12 月　頁
　　　27—51

440. 吳孟昌　林亨泰五〇年代符號詩的生產及其文化位置評議[50]　當代詩學　第
　　　6 期　2010 年 12 月　頁 1—25

分論
◆單行本作品
論述
《現代詩的基本精神》

441. 鄭烱明　評介《現代詩的基本精神》　笠　第 24 期　1968 年 4 月　頁 17
　　　—19

---

[47]本文將林亨泰的詩作題材分為女性處境的關懷，及對臺灣鄉土的書寫，探討其關懷觸角，賞析其
不同的創作技巧與風格。全文共 4 小節：1.前言；2.女性處境的關懷；3.對臺灣鄉土的真情書寫；
4.結語

[48]本文以前行代彰化詩人作品中的標點符號為研究對象，藉以與日治時期彰化詩人的標點符號運用
作釐清辯證，探究不同時期的標點符號使用特色、延續與突破。全文共 3 小節：1.音樂性；2.語
義性；3.圖象性。正文前有〈前言〉，正文後有〈小結〉。

[49]本文將林亨泰詩中標點符號作為音素、語素、圖素討論，分析其如何運用標點符號表現詩的意
象。全文共 5 小節：1.前言；2.音樂性：具形標點符號與隱形標點交錯的聲情音韻；3.語義性：點
號與標號的意欲象徵；4.圖象性：文字與符號交織的想像世界；5.結語。

[50]本文以林亨泰符號詩是否為反對 1950 年代反共文學作切入，論述其創作歷程、與詩壇互動的情
形，為其詩作尋找定位。全文共 3 小節：1.前言；2.林亨泰五〇年代符號詩的生產及其文化位
置；3.結語。

442. 鄭烱明　評介《現代詩的基本精神》　林亨泰研究資料彙編（上）　彰化　彰化縣立文化中心　1994 年 6 月　頁 47—52

詩

《長的咽喉》

443. 鄭烱明　從林亨泰的《長的咽喉》談起　臺灣時報　1974 年 11 月 6 日　8 版

444. 鄭烱明　從林亨泰《長的咽喉》談起　笠　第 125 期　1985 年 2 月　頁 52—55

445. 鄭烱明　從林亨泰《長的咽喉》談起　林亨泰研究資料彙編（上）　彰化　彰化縣立文化中心　1994 年 6 月　頁 213—219

《林亨泰詩集》

446. 林鍾隆　《林亨泰詩集》的風貌　中華日報　1984 年 11 月 5 日　9 版

447. 林鍾隆　《林亨泰詩集》的風貌　林亨泰研究資料彙編（上）　彰化　彰化縣立文化中心　1994 年 6 月　頁 82—84

448. 陳明台　《林亨泰詩集》　笠　第 127 期　1985 年 6 月　頁 119—120

449. 陳明台　評介《林亨泰詩集》　心境與風景　臺中　臺中縣立文化中心　1990 年 11 月　頁 60—61

450. 陳明台　《林亨泰詩集》　林亨泰研究資料彙編（上）　彰化　彰化縣立文化中心　1994 年 6 月　頁 220—222

451. 孟佑寧　林亨泰詩語風格「異常句」、「走樣結構」之分析──以《林亨泰詩集》爲分析場域　福爾摩莎詩哲──林亨泰文學會議論文集　臺北　真理大學臺灣文學系　2001 年 11 月 3 日　頁 73—93

452. 孟佑寧　林亨泰詩語風格「異常句」、「走樣結構」之分析──以《林亨泰詩集》爲分析場域　臺灣詩學季刊　第 37 期　2001 年 11 月　頁 65—81

453. 孟佑寧　林亨泰詩語風格「異常句」、「走樣結構」之分析──以《林亨泰詩集》爲分析場域　「福爾摩莎詩哲──林亨泰文學會議」論文

集　彰化　彰化縣文化局　2002 年 1 月　頁 196—237

454. 孟佑寧　林亨泰詩語風格「異常句」、「走樣結構」之分析——以《林亨泰詩集》為分析場域[51]　林亨泰的天地——林亨泰新詩研究　臺中　晨星出版公司　2009 年 10 月　頁 10—28

《爪痕集》

455. 莊金國　將心比心〔《爪痕集》部分〕　笠　第 137 期　1987 年 2 月　頁 48—50

《生命之詩——林亨泰中日文詩集》

456. 林巾力　創作是林亨泰對生命、對詩最好的註解　生命之詩——林亨泰中日文詩集　臺中　晨星出版公司　2009 年 6 月　頁 6—7

《林亨泰全集》

457. 呂興昌　編者序　林亨泰全集・文學創作卷 1　彰化　彰化縣立文化中心　1998 年 9 月　〔9〕頁

458. 林政華　呂興昌編訂《林亨泰全集》[52]　1998 臺灣文學年鑑　臺北　行政院文建會　1999 年 6 月　頁 272—273

459. 林政華　跨越時代，跨越國界——呂興昌編訂《林亨泰全集》　文訊雜誌　第 165 期　1999 年 7 月　頁 44—45

460. 林政華　跨越時代與跨越國界——《林亨泰全集》紹介　臺灣文學汲探　臺北　文史哲出版社　2002 年 3 月　頁 106—108

---

[51] 本文選出《林亨泰詩集》中放寬語意成分間共存限制的詩句，將各句法功能的關係分為六種修辭法，再將其語意加以分析歸類，找出相異的語意屬性，探研林亨泰詩作的詩語風格。全文共 5 節：1.前言；2.研究目的；3.研究方法；4.異常句分析；5.結論。

[52] 本文後改篇名為〈跨越時代與跨越國界——《林亨泰全集》紹介〉。

國家圖書館出版品預行編目資料

臺灣現當代作家研究資料彙編. 22, 林亨泰 / 呂興昌
編選.-- 初版.-- 臺南市：臺灣文學館, 2012.03
　　面；　　公分
ISBN 978-986-03-2107-4(平裝)

1.林亨泰 2.傳記 3.文學評論

863.4　　　　　　　　　　　　　　101004856

【臺灣現當代作家研究資料彙編】22

林亨泰

發 行 人／　李瑞騰
指導單位／　行政院文化建設委員會
出版單位／　國立台灣文學館
　　　　　　地址／70041 台南市中西區中正路 1 號
　　　　　　電話／06-2217201　　　　傳真／06-2218952
　　　　　　網址／www.nmtl.gov.tw　　電子信箱／pba@nmtl.gov.tw

總 策 畫／　封德屏
顧　　問／　林淇瀁　張恆豪　許俊雅　陳信元　陳義芝　須文蔚　應鳳凰
工作小組／　王雅嫻　杜秀卿　翁智琦　陳欣怡　陳恬逸
　　　　　　黃寁婷　詹宇霈　羅巧琳
編　　選／　呂興昌
責任編輯／　王雅嫻　黃寁婷
校　　對／　王雅嫻　翁智琦　陳欣怡　陳逸凡　黃敏琪　黃寁婷　趙慶華　潘佳君
計畫團隊／　財團法人台灣文學發展基金會
美術設計／　翁國鈞‧不倒翁視覺創意
印　　刷／　松霖彩色印刷事業有限公司

著作財產權人／國立台灣文學館
本書保留所有權利。欲利用本書全部或部分內容者，須徵求著作財產權人同意或書面授
權。請洽國立台灣文學館研典組（電話：06-2217201）

經銷展售／　國家書店松江門市（02-25180207）
　　　　　　國立台灣文學館—雪芙瑞文學咖啡坊（06-2214632）
　　　　　　文建會員工消費合作社（02-23434168）
　　　　　　南天書局（02-23620190）　　　唐山出版社（02-23633072）
　　　　　　府城舊冊店（06-2763093）　　　台灣的店（02-23625799）
　　　　　　啟發文化（02-29586713）　　　三民書局（02-23617511）
　　　　　　草祭二手書店（06-2216872）　　五南文化廣場（04-22260330）

初版一刷／2012 年 3 月
定　　價／新臺幣 360 元整
　　　　　　第一階段 15 冊新臺幣 5500 元整　第二階段 12 冊新臺幣 4500 元整
GPN／1010100536（單本）
　　　　1010000407（套）
ISBN／978-986-03-2107-4（單本）
　　　　978-986-02-7266-6（套）

Printed in Taiwan
著作所有權‧翻印必究